有一天，我错过了晚霞，错过了海风，

但是遇见了你们，于是悄悄地说一句：希望这个故事

能被你们喜欢。♡

梨花颜
LIHUAYAN
－著－

恋恋匠心

Lian Lian Jiang xin

北京联合出版公司

图书在版编目（CIP）数据

恋恋匠心 / 梨花颜著 . —北京：北京联合出版公司，2021.9
ISBN 978-7-5596-5200-3

Ⅰ.①恋… Ⅱ.①梨… Ⅲ.①长篇小说—中国—当代 Ⅳ.①I247.5

中国版本图书馆CIP数据核字（2021）第061920号

恋恋匠心

作　　者：梨花颜
出 品 人：赵红仕
选题策划：雁北堂（北京）文化传媒有限公司
责任编辑：肖　桓
特约策划：施玉环
特约编辑：高雪静
封面设计：射鹿小仙
版式设计：冉冉工作室

北京联合出版公司出版
（北京市西城区德外大街83号楼9层　100088）
北京博艺印刷包装有限公司印刷　新华书店经销
字数307千字　880毫米×1230毫米　1/32　10.75印张
2021年9月第1版　2021年9第1次印刷
ISBN 978-7-5596-5200-3
定价：45.00元

版权所有，侵权必究
未经许可，不得以任何方式复制或抄袭本书部分或全部内容
本书若有质量问题，请与本公司图书销售中心联系调换。电话：（010）82896433

CONTENTS
目录

石绿・初见 /001

绀碧・争论 /017

赭黄・心动 /034

墨黑・复染 /050

朱砂・怀春 /065

藤黄・修复 /081

钛白・手艺 /098

泥金・展览 /111

霜青・节目 /130

紫檀・困难 /147

曙红・传承 /167

雌黄・归属 /185

CONTENTS
目录

银缃·烟花 / 202

花青·告白 / 220

茜草·创新 / 238

水红·决赛 / 254

草灰·坚守 / 268

雄黄·发酵 / 283

石青·高攀 / 298

胭脂·始终 / 315

绯红·求婚 / 328

石绿

初见

初春晴天,阳光正好。

庆云堂矿物颜料工作室内,一块块颜色鲜亮的矿石摆放在工作台上,研磨矿石的器皿也依次按大小顺序排放好。在专用来分解颜料石块的石缸边,一个五官精致的女孩将头发随意扎起,拿着一把铁榔头在敲打。珍贵的大块矿石在她细敲之下,变成一块块角料掉落在石缸中。

苏靛蓝正准备将石块拾出研磨成粉,工作室虚掩的门突然被人撞开,邻居梅婶跌了进来。

"靛蓝,出事了!出大事了!"

"怎么啦?梅婶,您慢慢说。"

"哎,还有心思慢慢说呢,这天都要被捅破一窟窿了!你快跟我走吧!"

苏靛蓝来不及洗手就被梅婶拽了出去。梅婶气得一直念念叨叨:"真不知道你们父女俩这一根筋是怎么来的!老的这几十年没什么长进,一直在搞什么矿物颜料的传承研究。小的也没出息,好不容易考个名牌大学回来,放着好端端的老师不当,非要成天拿个铁榔头敲敲打打。"

"梅婶!"

梅婶一看苏靛蓝身上的深色围裙和脏衣服,顿时更来气:"你看看自己,水灵灵的一姑娘,整得跟煤炭矿工似的!这回可好了,老苏也要把自己送进牢里去了!"

"什么?我爸怎么了?"

梅婶拦了一辆车,将苏靛蓝往车里一塞:"丫头啊,你爸刚在华公馆看展览,把文物给毁了!"

苏靛蓝脑袋"嗡"的响了一声,顿时四晕八转!等她赶到华公馆时,看见警戒线已经围了起来,几个保安站成一圈在讲闲话。

"真是倒霉,今天才开展第一天,就出了这么大的事!"

"可不是!一幅国画突然就毁了!要说也难怪,人多就容易出岔子。这海外文物回归展多难得啊,第一天人能不挤吗?"

"要我说,还是要怪平常安检大意惯了,小东西也让带进来。咱们华公馆是私人博物馆,第一次办大展,没经验也正常,但他没事带什么锤子啊?"

"是啊,这工艺品小锤子也不是戒指、项链、十字架,带着还能护身啊?"

听到锤子,苏靛蓝心都慌了。

苏靛蓝的父亲苏庆云年轻时在颜料厂工作,厂里改制那一年,他被选为个人先进,奖品就是一把袖珍的工艺品小锤子。做矿物颜料的手艺人为了寻找成色好的矿石,需要进到山里去找矿。找到以后也不是所有石头都能用,得用锤子细细地将能用的地方敲下来,再带回去继续加工。所以锤子对于苏庆云来说,是仅次于筷子的吃饭家伙,他天天都带在身上。

苏靛蓝不敢再多想,连忙往人多的地方走,却被保安拦住了。

"你干什么呢?没看见里面在处理事故吗,不能往里闯!"

苏靛蓝赶紧露出个笑容:"不好意思,我找我爸。"

"现在里面在办案呢,出大事了,坏了一张价值连城的古画,所以闲杂人等都不能进。"

"您行行好,我爸就是弄坏古画的人!"

"啊?!"

趁着年轻保安在发愣,苏靛蓝找到个空档赶紧往里钻,像条鱼一样滑进去,一眼就看到了站在人群里无助的苏庆云。

苏靛蓝着急喊:"爸!"

苏庆云听到苏靛蓝的声音,一下子看了过来:"靛蓝!你怎么来了?"

"出了这么大的事,我怎么能不来?!"

"正好,你也来了,那我就一起说了!"李海良对苏靛蓝板起脸。

苏靛蓝低声喊:"李叔叔,又……给您添麻烦了。"

警察李海良和苏庆云在颜料厂时就是旧相识,从前私下关系非常好。后来李海良升了职,成了派出所副所长,对苏靛蓝家依旧好,但现在他严肃地说:"你自己先看看吧。"说着,他让了一步,苏靛蓝直接看见他身后的惨状——

红色的文物隔离带被扯坏,放展品的玻璃柜也缺了一角,那破裂的痕迹就像是被尖锐的东西顶到了,只有一个受力点。重压之下,裂痕扩散开来,直接碎了半边。展柜里头还有半卷残画,古画本来就破,这会儿更破了。

一旁,一位穿白衬衫的老学者正拿着放大镜,仔细地检查破损卷面。

苏靛蓝离得近,甚至可以听见老人说:"还不算很严重,在可以修复的范围内,但是情况也不乐观……"

"华老,您是华公馆的主人,也是文物收藏专家,这事儿您看怎么办?"有人问。

李海良上前沟通:"不瞒您说,破坏画的人是我老同学,我们认识好多年了。他就是个国画痴!平常就爱摆弄这些颜料、水彩,这次来也是要看《东江丘壑图》残卷上的色彩,好去研究古人的颜料。话说他今天要不是为了救那孩子……"

言语间,李海良已经把华老请到一旁去讲,隔得远了,苏靛蓝也听不见了。

苏靛蓝只好问道:"爸,这到底是怎么回事?"

苏庆云低着头:"今天人多,我看画一时没注意……"

旁边有人听了,朝苏靛蓝解释:"今天国画巡展第一天,人特别多,大家都往上凑,结果人挤人的,把一个孩子挤倒了,差点发生踩踏事件,非常危险。当时那孩子就在你爸旁边,所以他就扑上去护住那孩子,没想到俩人都没站稳,一老一小抱着就撞上了展柜。"

"所以,就压碎了?"

"不！玻璃那么厚，哪那么容易压碎啊！但巧就巧在老人家身上还有一把小锤子，那工艺品冒尖的地方往玻璃上一杵，几个人的重量就全顶在这一个点上了。哐当一声，玻璃就碎了！"

苏庆云愧疚地说："爸爸可真不是故意的。"

苏靛蓝真是无可奈何，只能佯装俏皮地说道："嗯，不是故意的，但是把画撕下来一块！"

苏庆云皱着眉头，急得想骂人。

那头，李海良和专家们沟通好了，朝这边走来，看到苏庆云便低声吼了一句："你过来。"

"海良，我……"

李海良说："华老看了监控，你确实不是故意损毁的。救人事大，法理讲情，暂时不追究你责任。但是馆里的专家也看过了，说这画是真毁了，接下来怎么处理，你们协商吧。"

怎么处理？这么大的事情，谁也不知道怎么处理。

陷入僵局时，华老终于出声："这展柜不够结实，确实是我们华公馆工作做得不到位。但这是文物，外面的装裱被剐坏了没事，可卷面下方的位置破了个洞，绸面破了这就严重了。"

华公馆平常负责维护文物的工作人员补充道："是啊，本来就是半卷残画，现在余下的画还多出了个洞！就算能补，珍品也成了修补的了啊！而且这个缺口根本补不了，不说我们华公馆没这种人才，即使有这样的人才，也没有这个原料啊！"

周围的人议论纷纷，有懂行的人应和："前阵子我去国家博物馆文保科技部参观，老师提到现在古画颜料千年不褪色的奥秘，原来古人作画用的全是矿物颜料，天然的矿石或彩土，总之都是珍稀资源。现在很多矿脉都枯竭了，矿区都不产矿了。退一步讲，就算现在还能在深山老林里找到品质那么好的颜料矿石，今人也没有能够做出传统国画颜料的技术。"

"是啊，仿古代人做出来的色系，要真能复原到一样的颜色，让整个卷面看不出来，那这人也真成神了。"

"哎！你们要提到这个啊，别说，咱们这儿还真有这样一尊神！"李海良突然说。

大家顺着李海良的目光看过去。

苏靛蓝抓住机会，赶紧自我介绍："大家好，我是苏靛蓝，这位是我父亲苏庆云。"

"苏庆云？哪个苏庆云？难不成是做颜料的那个庆云堂的苏庆云？"

"正是。"

苏庆云最近在本地小有名气，因为电视台做了个匠心专题，其中有一期就介绍的是他。节目内容是五旬手工艺人坚守传统国画颜料技艺，并入选"第一批非物质文化遗产项目代表性传承人"。节目收视率很高，在当地颇有影响。

苏靛蓝诚恳地说："我爸一直从事国画颜料研究工作，今天是因为太想亲眼见见海外回归文物上的色彩了，所以才来华公馆，结果惹出这么大的麻烦，我在这里替他向华老您道歉！向各位工作人员道歉！上次我们曾帮南海博物馆修复过一幅古画，这次也希望能给我们一个将功补过的机会，让我们尽力去修复这幅古画，让古画早日复原。真的很对不起！"苏靛蓝鞠躬，漂亮的脸上满是愧色。

苏靛蓝态度诚恳，大家一下子对她有了好感。

华老盯着苏靛蓝看，见她年轻漂亮，说话又有礼貌，最重要的是有手艺还不张扬，不禁颔首微笑。

苏靛蓝真诚地望着华老："虽然不敢承诺一定能成功复原古画，但目前全国也只有我爸最擅长制作传统矿物颜料，让他试试吧。我们一定尽量挽回您的损失，我有这个信心！"

华老说："我不缺钱，你们是手艺人，我佩服你们，但是现在这幅画不仅是颜料还原度的问题，看到上面那个洞了吗？这个绸面……"

颜料易制，绸面难补。

就在大家愁眉不展的时候，李海良看向四周，像是在寻找什么。突然，他一脸惊喜地说："巧了，你们说的让我想起了一个人来，正好他今天也在现场。"

李海良的目光定在了某一处："小陆！"

苏靛蓝循声看去，只见展厅的光影下，灯火阑珊处，一抹颀长笔挺的身影立于一幅绢面古画前，画上的梅花正傲然绽放。那男人穿着一件灰色的风衣，浑身透出的清冷气质，竟比那古画上的梅花还要更冷傲几分。

在众人注目中，那男人翩然转过身来。

只一眼，苏靛蓝便被卷入了回忆中……

两日前，青年美术馆。

"苏靛蓝，你再慢慢吞吞试试?！赶不上参展我要你好看！"

"好了，知道了啦！"

"知道还不赶紧跑起来！这可是我人生中最重要的时刻，三年一次的青年油画艺术成果展，难得我有一幅作品入选！"

苏靛蓝跑得上气不接下气，对闺蜜庄清清说："嗯嗯，清清，你好厉害！你最棒了！"

"什么人啊，夸我一下都这么敷衍！"

苏靛蓝和庄清清跑进美术馆，时间不早不晚，开幕式讲话刚结束，恰好不用受主持人长篇大论的折磨。人群四散分开，聚集在各幅画作前。

场馆最中央，一幅一米长、半米宽的油画最吸引人眼球，画作色彩明艳，泼墨挥毫间颇有不羁之风。

"瞧见了吗？我的画！"庄清清自豪地说。

"嗯，画得不错，很有气势！"

庄清清撞了苏靛蓝一下："苏靛蓝，你会夸人吗？"

苏靛蓝笑嘻嘻地答道："会啊！啊，不好意思。"

这一撞本来是打闹说笑的意味，却不小心撞到了身旁的人，庄清清赶紧看过去。身侧的男人身姿傲然，眉眼间携着冷淡，五官端正出色，在人群中鹤立鸡群般显眼。

庄清清一把抓住苏靛蓝的衣袖，兴奋地小声说道："哇，帅哥！"

"喂！你花痴啊！淡定点！"

庄清清心血来潮，一步走到男人面前，故作镇定地问："先生，您觉得这幅画怎么样？"

男人的神色依旧清冷："很一般。"

庄清清的笑容顿时僵凝，整个人也定住了。稍过了几秒钟后，她有些气急败坏："你凭什么这样说？开展才一分钟不到，你认真看了吗？"

不管有没有认真看，都不应该这样评价别人的心血之作！苏靛蓝不由得也皱起眉头，抬头看着眼前的男人。

男人一身灰色的衬衫，袖子挽起卷在手肘处，整个人看起来有些懒散，却携了一丝骄矜。庄清清这样当众质问他，他也并不恼火，依旧冷冷清清地站着，似乎是在思考。良久，他才说："一幅没有思想的模仿性画作，再加上错乱的颜色用法，不喜欢它不需要理由。"

没什么情绪起伏的声音，却让庄清清感觉到了蔑视。她立刻炸了："你凭什么说我的画没有思想性？我的颜色哪里用得错乱了？"

"一幅画，并不是尺幅越大越好。"

"画作大是因为它需要！内容需要。"庄清清辩解。

"累赘。"

简单两个字，把庄清清击溃。

苏靛蓝把庄清清拉到一侧，站到男人面前认真地说："俗话说一千个读者，就有一千个哈姆雷特，但是表达自己看法的时候，是否可以稍微顾及一下别人的情绪？我倒觉得这幅画画得不错。"

色彩斑斓的油画前，男人凝眸看向苏靛蓝。只是这么一眼，周遭仿佛都静了下来。

苏靛蓝接着说："解析画作要从几个要素上看：立意、构图、表现、观者感受。清清这幅画是典型的印象派油画，用错综复杂的手法，勾勒出流畅的线条。您如果仔细欣赏，可以看出作者用心地运用了居中突出的方式，将整幅作品的重心放在了正中央的风帆上，用白色、蓝色和灰色三种色彩塑造出强烈的明暗对比。我作为欣赏者觉得很震撼，我很喜欢，至少觉得并没有您说的那么差。"

男人颇感意外地看着苏靛蓝。

该怎么形容这双眼睛？认真，倔强，温和却不服输。

"不够细腻。"男人依旧淡淡地说道。

苏靛蓝意外于他独到的犀利，但还是替庄清清据理力争："至少空间感较好，透视关系也很准确。"

"如果画作不贪大，不刻意追求气势，整幅缩小二分之一，阴影区域用白、蓝、黄、褐、灰做明暗对比，将红、紫放在画面右侧，表现出建筑物在水中的倒映，增加画面的层次感，这幅画作会更有魄力和震撼感。"男人的声线极平，"看得出来作者很努力，甚至借鉴了达·芬奇的明暗对比法则，但也正因如此，借鉴过度则变成了没有思想的作品。"

苏靛蓝被堵得哑口无言。

人群中议论声嘈杂，这些声音像一把刀子扎进庄清清的心里。她有点想哭，越看这男人越生气。

"啊！"庄清清猛地抱住头，对苏靛蓝说，"我有点想打人！"

话音刚落，还不等苏靛蓝劝阻，下一瞬庄清清已经冲上去："喂，别以为自己长得好看就可以乱评价啊！吃我一拳！"

展厅一角顿时一阵混乱。

华公馆里，苏靛蓝吞了吞口水，看着此刻站在古绸画前的男人。

果然是冤家路窄，没想到在这又遇见了！

回想前两天的情景，苏靛蓝捂着脸，打算降低存在感，可偏偏李海良已经热情地迎了上去。

"小陆，来，来。"

李海良把此人请到人群前："我给你们介绍一下，这位就是我刚才说的那个人，大名鼎鼎的香云纱技艺传承人——陆非寻。国内有家专门替高端成衣商提供香云纱面料的企业叫德顺堂，他就是德顺堂的负责人。"

华老大吃一惊："你说的是真丝中的极品，专用来做高端旗袍的香云纱？被誉为布料界的软黄金，堪与黄金等价的那种莨绸？"

"对！就是那种面料！古时享誉中外，不过后来掌握香云纱织造技艺的人越来越少，手工制作耗时又长，所以逐渐没落了。但是现在许多著名设计师都很喜欢这种面料，香云纱就往高端的路子走了，听说每年高端成衣商们都在抢布料，因为产量少都成宝贝了。"

华老继续说道："德顺堂我听过，国内说到香云纱，就百年老作坊德顺堂出产的料子最正宗。"

在场的人听完，纷纷对陆非寻另眼相看。但他没有沾沾自喜，只是简简单单地说道："过誉。"

华老很是感慨："现在的年轻人啊，太浮躁，个个都沉不住气，导致传承非遗的人越来越少。没想到陆先生这般年轻有为，看来这门传统技艺仍然大有希望。"

"华老您不知，小陆之前在国外学绘画，在艺术界已经小有名气，但还是放弃了在外面的成就，回来接手父辈的家业，从头开始做起。年轻人有这样的责任心和耐心，很不容易啊！"李海良眼里有明显的赞许，"现在德顺堂是国内香云纱行业的标杆，技艺成熟，资产丰厚，未来可期啊，哈哈！"

所有人都很吃惊，只有苏靛蓝在出神。

没想到，他竟然真是美术界的大拿，难怪那天的点评如此专业。

苏靛蓝满脑子都是前两天和他结下的梁子，下意识地躲到了苏庆云的身后，结果又被李海良拎出来："靛蓝，还不过来和小陆打招呼？"

苏靛蓝只好尴尬地笑笑，慢慢走了出来。

两个人刚对上眼，苏靛蓝就看到陆非寻脖子上红色的抓痕，明显是那天留下的杰作……

苏靛蓝马上抬手捂住脸。

李海良问："你怎么不说话？平常和人打招呼不是挺热情嘛！虽然你和老苏配合修复过一幅晚清古画，但是这次情况更复杂，正好小陆在这里，你请他和你联手一起把问题解决了。"

华老点头："确实，这幅《东江丘壑图》恰好就是绢面做底。明朝嘉靖年间，宫廷画师最喜拿绢本作画，虽然如今许多宋明时期画作的仿冒品也喜欢用仿旧绢、矾绢或熟宣临摹,足以以假乱真,但这些年真正传承古纺织技艺的手工艺人越来越少,能系统地把这个技术传承下来的只有少数几家。加上这个绸面氧化了,呈现出泛黄的颜色,修复更是难上加难,不过,德顺堂是以植物面料染色技艺起家,或许真可以帮上忙。"

李海良旁敲侧击道:"丫头,你刚才也看到了,这画上有个洞。庆云堂的矿物颜料再厉害,色谱再接近古人用的颜色,那也解决不了卷面修补的关键问题啊!可是小陆家祖传技艺就是这个,你没看他刚才盯着馆里的丝绸画看?说明人家对这个有心得。"

在场相关工作人员纷纷点头。

苏庆云也出声:"靛蓝,既然要修复《东江丘壑图》,光凭我们肯定不行,要不然咱请人帮帮忙?"

苏靛蓝终于皱着眉头朝陆非寻开口:"陆、陆先生。"

一出声,陆非寻冷清的目光就看了过来,就好像在放冷箭,将她看成了个筛子。

陆非寻淡淡地说:"不敢当。"

李海良看看苏靛蓝,又看看陆非寻:"怎么,你们俩认识?"

苏靛蓝赶紧说:"不认识!"

陆非寻冷笑,也没有拆穿苏靛蓝,只是轻勾了一下嘴角,朝李海良点了点头:"不好意思,失陪。"说完,转身就走。

李海良长吁一声:"哎!你还不追上去请人家帮帮忙?老苏这事没那么容易解决!不把画补好,就等着这个篓子越捅越大吧!"

苏靛蓝什么都顾不上了,只好赶紧追上去:"陆先生!请你等一等。"

陆非寻转身:"怎么?"

"对……对不起!"苏靛蓝豁出去了,"咱们能不能借一步说话?"

华公馆偏僻角落里,苏靛蓝和陆非寻面对面站着。背后衬着一幅古画展板,陆非寻浑身冷意,苏靛蓝仰头看他,可以看到他微微不耐烦的表情。

苏靛蓝诚心诚意说:"陆先生,很抱歉,我知道你认出我了。两天前的事情是我们不对,真的很不好意思,你能不能……大人不记小人过?"

"抱歉,我没有时间浪费在不相关的人身上。"

"没有不相关!如果你愿意,我们俩很快就相关了!"

陆非寻一脸讶异。

苏靛蓝伸出手:"我们重新认识一下,我姓苏,叫苏靛蓝,是苏大的学生,今年刚毕业。之前是我不懂事,还分不清是非,不知道你是美术行家,我一时护友心切,冒犯了你。你怎么批评我都行,只求你能给我几分钟时间。"

陆非寻眉心搐动:"苏小姐,你对谁都这么能屈能伸?"

"没有,只对你!"

陆非寻转身就走。

苏靛蓝快步超过他,张开双手拦在他身前:"等一等……"

陆非寻冷眼看着苏靛蓝。

苏靛蓝一手拦住他,指尖摩擦过他灰色的风衣,带出一阵窸窣声响。陆非寻衣如其人,摸在手里有些微凉。

苏靛蓝紧张得好像等着老师批评的学生,双腿稳稳地站住原地,浅色牛仔裤将她笔直的腿修饰得越发修长。

陆非寻垂头看她:"你们大学,净教你们这些?"

苏靛蓝急忙解释:"不好意思,事急从权,还望原谅!给我一个机会,我们谈一谈好不好?就像他们说的那样,现在能帮我们的人只有你了,没想到你也是非遗的传承人……"

"我不是。"

"什么?"

陆非寻冷静地强调:"德顺堂之于我,是企业。我之于德顺堂,是商人。所以麻烦苏小姐另找他人,帮你并不在我的考虑范围内。"

陆非寻没再多说,越过苏靛蓝扬长而去。

苏靛蓝短暂一愣,回过神后赶紧追人:"陆先生,我知道你是这方面的专家，我也知道你有能力帮我们，要不然你提个要求行不行？！"

成人的世界讲利益，那么她就和他谈好处。

陆非寻终于停下脚步，反问苏靛蓝："提要求？苏小姐，不知道这幅画和我有什么关系？或者，你觉得我还需要什么？"

陆非寻摸了摸脖子上的抓痕："第一次见面，你朋友就送了我这份大礼，可想你也不是合适的合作对象。你父亲毁画理应承担责任，我只是一个局外人，硬拉上我，合适吗？"

"确实不合适，可你是草本染色的行家，我现在只能求你。所以请你再考虑一下可以吗？"

陆非寻看着突然示弱的苏靛蓝，这倒是和刚才的样子有些不同。

"你很在意你父亲？"陆非寻声线平和了些。

"哪个女儿不在意自己的父亲？何况我爸这么多年怎么过来的我全看在眼里呢！"苏靛蓝望着陆非寻说，"你大概不知道手工匠人有多难……每天起早贪黑敲打石头，同样的研磨动作要维持一整天。一斤原石研磨七天，最后只能得到七两左右，这七两粉末还要经过浸泡、分层、过滤、晾干各种工序。我们拿在手里的每一包矿物颜料，都需要手工匠人呕心沥血制作一个月。现在矿物原石也很难找到了。从前我爸天不亮就坐车到小县城，全国各地各个矿山地跑。他曾差点摔下山崖，也曾被毒蛇咬过，腿不好，手上全是伤疤，就为了延续这门手艺。他就是这样的普通人，因为想要挤进人群里看一幅画上的色彩，就闯下了这么大的祸，要面临承担这么重大的责任。如果你不愿意帮忙的话，他会……"

剩下的话苏靛蓝还没说出口，看见陆非寻似乎有些走神。他神情淡漠，眼底却像带了一丝嘲讽，不近人情，却又似透出一丝怜悯。

苏靛蓝突然打住了话头，怔怔看着陆非寻。

"说完了？给你的时间到了。"陆非寻说。

苏靛蓝这才回过神来，再仔细一看，陆非寻又变回客气而冷漠的样子了。

陆非寻抬腿就走："再见。"

"陆先生!"

苏靛蓝差点发作,可是看到远处的警察,还有一直担心地往这看的苏庆云,又拼命忍了下去。没想到,陆非寻最后只留下一句再见,竟真的绕过她无情地走了。

陆非寻路过那帮文物专家的时候,说了几句话。

苏靛蓝反应过来追回去的时候,便对上了李海良怒气腾腾的双眼:"苏靛蓝!"

苏靛蓝心虚地回应:"李叔叔。"

"我让你去请人帮忙,你怎么把人谈跑了?还让小陆说出那样的话!"

"他说什么了?"

"他说前两天看见你聚众斗殴了,所以记住了你,那叫一个印象深刻。还向我们公安机关实名举报,希望我们参考你的前科,对这次破坏文物的事情深入调查!建议我们调查你们是不是被犯罪分子收买了,所以故意弄坏文物!"

"陆!非!寻!"苏靛蓝气得都快喷火了。

既然有人提出质疑,为了深入调查,李海良先按程序将苏庆云带回警局做笔录了,并让他留在局里配合两天。

苏靛蓝回到工作室时天都黑了,街坊邻居围在院子里询问事情处理得怎么样。

"丫头,没事的,老苏很快就能回来。"

"实在不行,你就找那个什么专家……姓陆的专家再说说好话?"

喊,还专家呢!就是一个冷血大毒舌!

苏靛蓝坐在庭院里的树下发愁,忽然手机响了,看见屏幕上闪烁的"清清"二字,她有气无力地接起:"喂,清清。"

"靛蓝,哇!我和你说,有件事情气死我了!"

"怎么了?"

"你还记得前天我在美术馆打的那个混蛋吗?他竟然是××美院的客座教授!"

"什么？"苏靛蓝一下挺直腰，"怎么，你遇到他了？"

"可不是，气死我了！我们教授竟然对他毕恭毕敬，还请他来给我们做讲座！没想到我真的踢到铁板了！呜！！"庄清清嗷嗷叫，"他明天一大早就要走，所以今晚教授又给我们加了一堂他的讲座，嘉宾就是这个陆什么……"

"陆非寻！"苏靛蓝狠狠地念出这三个字。

真是踏破铁鞋无觅处，得来全不费工夫！

"清清！"苏靛蓝中气十足地叫道。

"啊？"庄清清被吓到。

"你介不介意多一个美貌如花的同学？"

"你说谁？"

"我！"苏靛蓝笃定地说，随即把在华公馆的事告诉了庄清清。

庄清清义愤填膺："他不帮忙就算了，竟然还落井下石！这种男人坚决不能放过，必须给他点颜色瞧瞧！靛蓝，你马上打车来学校，今晚来蹭课，我们要他好看！"

"好！"苏靛蓝对着电话吼了一声，气势如虹。

讲座定在苏大美术学院，晚八点半。

苏靛蓝换了一条连衣裙，再把头发打理一下，走在校园里引得大批的男生纷纷向她瞩目。苏靛蓝习惯了，专注地抱紧了手中的文件夹。

庄清清在苏大读研一，苏靛蓝赶到美术学院的时候，庄清清已经在树下呵着手等她好一会儿了。

"我的小祖宗，你终于来了。"庄清清说完愣了一下，"今天的打扮不错，早让你穿裙子了吧！"说完，又看了看苏靛蓝手里的文件夹，"连武器也带了啊，干得好！咱们就是要先用美色镇住他，然后再狠狠拍他一顿！"

苏靛蓝推她一把："讲座快开始了，进去吧。"

苏靛蓝走进教室的时候，里面已经乌泱泱坐满了人，大多数是女同学。苏靛蓝坐下不到一分钟，苏大的教授和陆非寻就一起进来了，全场顿时掌声雷动。

陆非寻穿着浅灰色的西装，笔挺的身形被完全勾勒出来，英俊利落。

场面一时热烈到有些混乱，教授只好出来稳住局面："这位是陆非寻老师，国内著名的香云纱生产商德顺堂的负责人，也是新锐画家，去年回国后被××美院聘为客座教授，今天我们有幸请到他来苏大与我们共谈艺术。"

"啊，教授好帅！"

"陆老师好！"

苏靛蓝则望着陆非寻出神，嘴角带着笑。远看是佳人，近看实则笑容狰狞。

庄清清看到苏靛蓝这个样子，反而有点害怕："靛蓝，你收敛一点。一会儿寻仇现场不会变凶杀现场吧？"

"不会。"苏靛蓝摆了摆手。

讲座开始，教授先从意大利的美术发展史开始讲起，从达·芬奇到莫迪再到波提切利，最后讲到了色彩的运用。陆非寻顺其自然地接过了话题，低沉的声音响起的时候，整个礼堂犹如被磁性的歌声围绕，实在让人心动。

很快到了互动环节。陆非寻在台上提问："在座都是美术生，谁能答出世上有多少种颜色？"

话音刚落，立刻有人答："无穷色。"

苏靛蓝不作声，庄清清先忍不住道："瞎显摆。"

台上，陆非寻说："回答得很好。"

陆非寻继续讲道："无穷色实际上是由颜色的十二种基本色混合而成的，其中这十二色又可归类为光谱三原色……"

庄清清见苏靛蓝毫无动静，忍不住道："靛蓝，再不出手就晚了！"

苏靛蓝看着台上英俊的男人，牢牢盯着讲台，深呼吸，再深呼吸。

陆非寻继续问道："以蓝色系为例，月白、靛青、湖蓝和深蓝各不相同，哪位同学能对这几个颜色做详细的分析？"

苏靛蓝突然噌的一下站起来，全场惊呆。之前两个问题，大家都是举手回答,虽然乱,但乱中有序,大家还没见到这么热情参与的。一旁偷看了苏靛蓝好久的男生们叹了口气,庄清清则在旁边拍手叫好!

好啊,好戏终于来了!

陆非寻皱眉遥望苏靛蓝——她化了妆,白天随意扎起的头发披了下来,少了邻家女孩的气息,多了几分惊艳。

陆非寻盯着苏靛蓝:"你要回答?"

苏靛蓝对上他眼,对视半晌,沉默良久。

就在大家以为她是来砸场子时,苏靛蓝突然绽出一个灿烂的笑容:"是啊,老师,我要回答。"

绀 碧

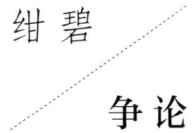

争 论

这一声老师,叫得陆非寻皱起了眉头。

苏靛蓝道:"首先,我认为您问的这个问题不够专业。"

讲台上坐镇的苏大教授赶忙拿起话筒:"你是哪个班的同学?快坐下。"

陆非寻摆了摆手,对苏靛蓝说:"你接着说。"

然后,整个礼堂只听得到苏靛蓝的声音:"蓝是三原色的一种,是一个非常庞大的色系。其中应粗略划分为蓝、靛青、靛蓝、碧蓝、蔚蓝、宝蓝、蓝灰、藏青、藏蓝、黛、黛螺、黛色、黛绿、黛蓝等。"

在场的美术生几乎全被震慑住了。

苏靛蓝继续不慌不忙地说道:"在传统矿物颜料中,以石青为例,一块蓝铜矿所研制出的粉末,可以通过匠人的技艺,在水中沉淀出十几种青色。而每一层颜色,都具有鲜明的特色。所谓月白、靛青、湖蓝、深蓝都只是一种约定俗成的叫法,在实际的应用中并没有可以量化的色值数据,所以它们相对于更加标准的头青、二青、三青、四青来说,不够有探讨的价值。同时,月白、靛青、湖蓝、深蓝这几种在蓝色系中也并不具代表性,而我们现在所处的,却是更为专业的美术生的课堂,所以我认为您刚才的说法不够专业,至少是不够严谨。以上,是我一些不成熟的看法。"

众美术生哗然,原来这是神仙打架呢?

陆非寻坐在台上,看着苏靛蓝讲到色系时眼里倏然冒出了光亮,他浅浅地笑了笑。

英俊倜傥的男人笑了，台下的人又呆了。

陆非寻说："回答得不错，看得出这位同学确实颇有钻研，有备而来。"

她何止是有备而来，简直是明火执仗来复仇的。

"我还想深入请教陆老师一些问题，只是不知道当着这么多人的面，老师敢不敢接下我的战书？"

"差不多就得了。"庄清清急得小声说，她真怕苏靛蓝玩脱了。

苏靛蓝却站定，一动不动。

陆非寻问："你想深入请教什么问题？"

"陆老师，接下战书你就知道了。不过如果我赢了，我希望你下课后可以留出半个小时给我。"

课堂上一片震惊，窃窃私语声起。

苏靛蓝坦坦荡荡地说："我想问的问题很简单，只要陆老师答出来就算你赢，如果答不出来，陆老师可以现在就认输。"

"你问。"陆非寻简言意赅。

哗——

四周抽气声响起。

"天哪！"庄清清惊呆了。

苏靛蓝捋了一下头发："那我就开始问了，还是刚才的蓝色系问题。陆老师您对颜色运用非常了解，当然也能感受到不同产地的原材料制作出来的颜料之间的差异。历史上还有一种更珍贵的蓝色矿物颜料——青金石，我想请问您对它了解吗？您能否举例国外有哪些画作也运用了这种颜料？能否解析一下它的成分，以及在中外美术史上的微妙区分？"

陆非寻看了苏靛蓝一眼，眼中浮现意外。

陆非寻不急不缓地答道："青金石这种颜料矿石，从青铜时代就开始加入洲际贸易，成为地中海古老帝国的珍宝。而在中世纪，用青金石制作的群青，则被广泛运用在描绘使徒和圣家族上，尤其多用于绘画圣母。在文艺复兴后，这种颜色因为鲜亮、波长短、色相好，频繁出现在画作中最显眼的位置。"

"例如呢？"

"例如公元 1665 年的《戴珍珠耳环的少女》，画作中蓝色头巾的部分。还有波提切利《圣母子与吟唱的天使》中的圣母衣袍，以及《祈祷的圣母》上占据整个视觉重点的蓝色袍子。"

"历史上这种颜料的情况呢？"

"价值千金，缺货严重。"

"陆老师可以举例一下吗？"

"这种颜料几乎只产于阿富汗的萨尔桑山区，其价值是同等重量黄金的五倍，价格高昂且产量少。绘画史上还有一个关于这种矿物颜料的典故，公元 1500 年，米开朗琪罗想创作一幅画，但因为其中一款颜料迟迟未能到货，所以他最后决定放弃整幅作品。被放弃的画作叫《埋葬》，而当时缺的颜料就是群青。"

"陆老师，请问它的成分是什么？"

"蓝色矿物质大多数来自铜离子的络合物，青金石含有自然界很少见的硫酸盐离子。"

苏靛蓝没想到陆非寻真的答出来了，愣了一下，接着问："据我所知，青金石和石青虽然看起来像，但目前中国国内还没有发现青金石的矿带，最好的青金石来自阿富汗地区，这种矿石在我国一直以进口为主，因为其色如天，是古代帝王的最爱，其中价值最高昂的为佛青蓝。陆老师您怎么看？"

"故宫博物院收藏的青金石基本都是佛青蓝，多用于做工艺品观赏。而在美术史上，中国多用石青做蓝颜料，西方则以群青为主，群青短缺时也有人用钴蓝、普蓝或酞菁蓝代替。以上，就是它在中外美术史上的微妙区分。不知道这些回答，这位同学满不满意？"

陆非寻冷静回答，苏靛蓝问得张弛有度，简直把这场"华山论剑"推向了高潮。

苏靛蓝的一颗心止不住狂跳，她认真地望着陆非寻。他真的太厉害了！

苏靛蓝眼中闪烁着小火焰，不服输地抛出最后一个问题："陆老师，您很了解西方绘画史，那么中国的呢？目前中国用作传统矿物颜料的蓝铜矿矿石,最好的料子出自哪条矿脉?这条矿脉的现状怎么样?"

这个问题问得有些刁钻了。

陆非寻嘴角沉抿,目光如炬。一个非遗传承人,混入美术生里占他便宜。

陆非寻沉思片刻:"抱歉,这一方面我确实不擅长。"

苏靛蓝松了一口气,微微弯了弯嘴角:"国内生产石青最好的矿脉在广东阳春,现在这条矿脉已无法开采。目前国内蓝铜矿的产地在湖北,新矿脉颜色发暗,矿石呈蓝黑色,杂质也比较多,品质大不如前了。这就是那条矿脉的现状。陆老师,买颜料的时候你可不要买错哦!"

同学们顿时发出惊叹声。

陆非寻微微颔首:"谢谢这位同学的提醒,我愿赌服输。"

苏靛蓝笑着坐下,咧嘴朝庄清清举了个"耶"。

庄清清回了苏靛蓝一个手势:"厉害!"

"我还以为你带文件夹是要砸死他,原来是打算智取啊!"庄清清觉得自己的智商真的有点跟不上了。

讲座结束,苏靛蓝提前到门口等陆非寻。艺术系的教授们将陆非寻送出来的时候,看着苏靛蓝的眼神都有些难以言喻。

苏靛蓝则笑容灿烂:"陆先生。"

陆非寻从这笑容中看出一丝狰狞。

陆非寻的表情依旧是淡淡的:"你又让我开了一次眼界。"

苏靛蓝故意装听不懂:"什么?"

"第一次见面打我,第二次见面堵我,第三次见面则拆我台,苏靛蓝,你还有什么事情做不出来?"

苏靛蓝摸摸鼻子,小声说:"你猜啊!"

"你说什么?!"

苏靛蓝改口笑着说:"我说欲成事,大丈夫不拘小节啊。"

陆非寻冷看她一眼,朝着僻静的地方走去,苏靛蓝也笑着快步跟上。走出礼堂后,苏靛蓝才看到陆非寻身边一直有人陪着,像是助理。

唉，同样是非遗传承人，两人的气场与待遇完全不同。苏靛蓝叹了一口气，看来只有把手艺做活了，才能谈尊严。

陆非寻突然转身，苏靛蓝一下子撞到了他身上。苏靛蓝猛地捂住脸，面前就是一堵胸膛。好闻的清冽香气立马扑鼻而来，苏靛蓝的心跳都漏了两拍。

夜风微凉，陆非寻冷冷地说道："说吧，你又出现在我面前，想做什么？"

苏靛蓝的大脑一片空白。

"苏靛蓝。"陆非寻声线低沉。

苏靛蓝慌忙道："我这次来是希望能说服你，让你改变主意的！"

陆非寻皱起眉头："改变主意？如果是指今天在华公馆的那件事，那么就不用了。"

"为什么？明明帮忙是好事，你为什么不愿意？"苏靛蓝很认真地说道，"我知道成功人士确实不需要靠帮助别人找到存在感，你也不愿意惹这个麻烦。但你帮我修复《东江丘壑图》，不也是在帮国家吗？这幅画是海外回归文物，是属于所有人的文化遗产，作为手工艺人，还有什么比修复它更有意义？"

陆非寻沉默片刻。

苏靛蓝以为他态度动摇了，深吸一口气，拿出撒手锏："你放心，我不会让你白帮忙。我今天回家找到了一本关于草本染料的古籍，这些年我爸研究矿物颜料时收藏了不少古书，旁的门类也跟着收藏了一些，《植物实名考》你有没有听过？"

陆非寻还是无动于衷。

"那《草本补遗》呢？我家里正好有一本1997年由上海中医药大学出版的版本。"

陆非寻顿时目光如炬。

《草本补遗》也叫《草本经典补遗》，源自宋朝，详细记录了丹砂、空青、绿青、云母、菖蒲、菟丝子等植物的品性，对从事草本染色相关行业的人有着难以言说的吸引力。而1997年上海中医药大学出版的版本承于宋本,已经很难寻得。

苏靛蓝心底燃出希望:"心动了吧?这个版本里还有重刻的《本草衍义》序。香云纱是植物染料做的,常见的草本植物古人多研究过药理,这本书里还介绍了辨识办法,比如枫香和乳香的区别。陆非寻,如果你帮我,我就把书给你,好不好?"

"你的话能信吗?"

"当然能信!我向你保证,君子一言,驷马难追!"

"呵。"陆非寻突然一笑,转身就走。

苏靛蓝着急了:"陆非寻!"

陆非寻停下脚步:"君子一言确实驷马难追,可惜你不是。"

"因为我们第一次见面不太愉快,所以你不愿意帮我?"

陆非寻沉默。

"难道你觉得我是一个不择手段的骗子?"

陆非寻依旧沉默。

苏靛蓝急了:"你这人怎么……这么油盐不进啊!"

苏靛蓝脑中突然浮现庄清清说的话。庄清清说,今晚苏大的讲座是陆非寻在苏州最后的行程,明天他就离开了。两个陌生人再次见面有多难?苏靛蓝突然心底生出一阵绝望。

陆非寻转身就走,苏靛蓝急忙追上去:"陆非寻,你真的不愿意帮忙吗?"

陆非寻连一声哼都懒得给她。

苏靛蓝满脑子都是陆非寻冷冷淡淡的样子,知道今晚如果真的搞不定他,就再也没希望了。

"你是做这行的,帮帮我们可以吗?我爸真的不是有意损毁文物的,他是为了救人!没有人可以帮我们了……只要有一点机会,我就会尽力试试!我不希望他坐牢!你再不理我,我就缠你,缠到你答应为止!"

陆非寻感觉异样时,已经被人抱住了。陆非寻黑眸凌睁,眉宇拧成川字,仿佛有一股电流,倏地穿过他的四肢百骸。

苏靛蓝埋头在他胸膛前:"你答不答应?"

"松开!"

"我不!"

"你要不要脸?"

"我爸都要坐牢了,我还要什么脸!你帮不帮?"

陆非寻出离愤怒,突然伸出手将苏靛蓝狠狠推开:"你是无赖吗?"

苏靛蓝被吓了一跳,但还是忍住心头的委屈说道:"只要你肯改变主意,我不介意变成无赖。"

"你的脸皮呢?"

"被狗吃了。"

陆非寻在崩溃边缘:"我再说一遍,放手!"

"你帮不帮?"

"很好!"陆非寻突然俯下身,几乎吻到苏靛蓝的唇。一个耍流氓的行为,变得满是互相攻击的意味!

"混蛋!"苏靛蓝怎么也没想到,她"浑",对方比她更"浑"!

"还来吗?"

"你这人,简直……简直!"她词穷了。

看着苏靛蓝偷鸡不成蚀把米,陆非寻竟有种爽快的感觉。

商场如战场,他回来继承德顺堂这个徒剩其表的烂摊子,已经几个月没有好好休息了。国内非遗文化不好做,陆家的香云纱制作也遇到了困境,他的哥哥陆时庭接手德顺堂不过两年时间,就把这块招牌砸得面目全非。

德顺堂的香云纱质量出现问题,上千匹昂贵的香云纱毁于一旦,他们只得被迫召回,合作商纷纷提出质疑,大批国际成衣订单工期被误,要求巨额赔偿,德顺堂陷入有史以来最严重的信誉危机。父亲不得不紧急让他回国,他放弃了一切,独自力挽狂澜。所以这阵子他很烦,真的很烦。

"你你人简直……"苏靛蓝还在绞尽脑汁想形容词,想了半天败下阵来,生气地说,"你这人不讲究!"

"绅士之道。"陆非寻一手插兜,"你都主动了,我岂有不回之理?"

"我是女孩子!"

"你也知道自己是女孩?"

月华如水,陆非寻英俊的五官在月光的照耀下更显冷色,很难让人不心动。

"如果不是为了我爸……"苏靛蓝突然心里一阵委屈,"他这些年不容易,一个人把我拉扯大,你知道吗,他……有一年甚至偷偷跑去煤窑里打工。"

苏靛蓝不禁哽咽,再也说不下去了。

传统颜料厂出来的苏庆云空有一身技术,但是没有发挥的余地。后来工厂没了,他就一个人做矿物颜料,再后来连买颜料的人也少了,他挣的钱就更少了。

人到中年,又是苏靛蓝上学最用钱的时候,为了让苏靛蓝上英语辅导班,也为了多些收入,苏庆云想着自己这些年敲打石头也算有些经验,于是就决定去挖矿。在他看来,颜料矿也是矿,煤矿也是矿,挖煤还能多挣点钱,何乐不为呢!于是他借口出门找颜料矿石,到山西那边的矿场做了几个月的工。

然而事与愿违,一次抽风机事故,苏庆云差点死在矿下。苏靛蓝知道消息后,坐了两天的车,哭着赶到那边,见到了浑身黑漆漆的苏庆云。她一下子就跪倒在父亲的病床前,哭着说自己再也不上学了,只求苏庆云能好好的,不想他再那么辛苦,希望他能够做自己喜欢的事。

苏庆云那一双手是用来研磨颜料的,不是用来挖矿的。她喜欢父亲手下做出来的那些带着灵魂的、五彩斑斓的颜色。她不喜欢炭,也不想看到别人为她牺牲那么多。

她知道颜料是父亲的命,也是她的命。所以大学毕业以后,再好的工作她也不去,就想待在苏州,帮父亲把他这条命做得活起来。可是真的好难,矿物颜料价格高,不好用,再加上化工颜料的冲击,用的人越来越少。这回父亲一心钻研,好处没捞得,还在私人博物馆惹了这么大的麻烦。

她愧疚,觉得自己无能,她是真的不能让父亲去坐牢。

"所以但凡有一点机会,我就不会放弃。陆非寻,如果全世界只有你能救我爸的话,我就会缠着你,一直缠到你答应帮忙为止。"

苏靛蓝的目光湿漉漉的,就好像一根针,直接扎在陆非寻内心最柔软的地方。

"很感人,可惜这个忙,我还是不会帮。"

"陆非寻,你!"

陆非寻低头看着手表:"半小时到了。"

苏靛蓝回过神来,只看到他那月光下挺拔的背影。她眼见着那个银灰色的身影渐行渐远,最后变成一个刺目的光点。

远处竹丛下,楚译正默立着等陆非寻,见到他以后便打趣道:"非寻哥,好福气!我刚刚可是看到了,那女孩主动抱你!怎么样,单身这么多年,头一次被人吃豆腐的感觉好不好啊?"

陆非寻一个眼刀看过去,楚译不敢再乱说话了:"哎!我不说了,我这就去开车。我刚刚什么都没看到,看到也马上就忘掉!"

此处离市区还有段距离,楚译作为陆非寻的助理,自然肩负起在外当司机的责任。在车上,楚译见陆非寻出神,忍不住说:"非寻哥,其实你在华公馆被堵了以后,我打听了苏靛蓝这个人。"

"怎么?"

"你看看,听到这三个字你就看我了,非寻哥,你对她真有意思啊?"

"呵。"陆非寻露出了意味不明的笑。

楚译被威慑到,声音也小了一点:"非寻哥,你也别对她太有偏见了,画展上打人是她朋友不对,我记得她没动手。今天我还听说了一件事,她父亲不是她的亲生父亲,是她养父。"

陆非寻终于再朝楚译看去。

楚译接着说:"苏庆云三十岁那年去到山里找矿,结果在一处蓝铜矿脉旁边捡到了她,那时候她才几个月大。问遍了附近村子里的人都没人认领,结果苏庆云就领养了她,还取了个名字叫靛蓝。一个大男人没有钱,还养着一孩子,更没女人敢嫁了。苏庆云这人心眼实,一心扑在矿物颜料上,成天琢磨着怎么把手艺传下去,这一来二去误了自己的终身大事。苏靛蓝心疼她爸,想帮忙把这门手艺发扬光大,结果也入了这条道。她才二十二岁,就她爸一个亲人。你倒好,就这么眼睁睁地看着她爸进去了。"

说到这,楚译愈发地于心不忍:"她大概真的很希望你能帮她。非寻哥,她老父亲救了人还要坐牢,你就真的完全无动于衷啊?"

陆非寻语气低沉:"停车。"

"怎么了?"

"先停车。"

"行行,我不说了还不行吗?我知道,我们现在的处境也困难,德顺堂的情况一团糟,好不容易救回来一些,还有一大摊子杂事,你也分不了神。再说修复古画的绢面不是简单的事情,那画几百年了,颜色已经变了不少,要仿出一模一样的草本色,要经过千百次配色尝试才行,不是一件简单的事。这个忙怎么看都不划算。"

"嗯。"

"但你也太冷血了些,你就不能对人家稍微客气一点……"

"停车。"

"非寻哥,怎么又要停车啊?!"楚译很是绝望。

"你去接她。"

"什么情况?怎么又让我去接她?"楚译想不通,这都几点了?再等他把车开回去,人估计早走了。

"姓陆的!你个死变态!"

夜晚风凉,大学城偏僻,出租车懒得往这边跑。苏靛蓝的手机又恰好没电,打车软件用不了,只好认命地边走边拦车。这个过程中,她将陆非寻骂了个千百遍。

正骂得欢,一辆车子突然停在身侧,车窗降下来,露出一张笑脸。

楚译长得虽没陆非寻那样出众,但也算端正清秀,这么一笑,显得十分亲切可人。

"苏小姐。"

"你是……陆非寻的助理?"

"对对,就是我。"

苏靛蓝没好气地大步往前走,楚译只好赶紧加油门,慢慢开在苏靛蓝身边:"苏小姐,我们领导改变主意了,他说可以帮你。"

"什么?"苏靛蓝猛地停下。

"他说,他可以帮你。"楚译一字一句地说。

苏靛蓝突然笑了,开心地敲敲车门:"快开门哦!"

楚译看着苏靛蓝明媚又灿烂的笑容有些发怔:"啊?"

"助理先生,请你开一下门!"苏靛蓝俏皮地说。

一路上楚译都在替陆非寻解围:"他只是性格冷淡,他小的时候很热情的,只是后来遇到一些事才变了性格。"

"你不用替他解释,他这人就是冷血,变……"话到嘴边又咽了回去,毕竟有求于人啊。

突然,楚译的手机响起,他拿起看了一眼,整个人松了一口气:"苏小姐,非寻哥安排我送你回去。我们明天一大早的飞机回广州,行程实在更改不了,但约你一周后见面,届时再详细讨论《东江丘壑图》修复的事情。"

"真的?他同意了!"

楚译点点头。

苏靛蓝如释重负,但却仍旧心怀忐忑,她暗自想:这一周肯定会特别煎熬!

一周后,广州。

相较于江苏的湿冷,广东暖和了许多,苏靛蓝拎着小巧的行李箱站在机场到达厅大门前,等着人来接。

一辆黑色商务车停在苏靛蓝面前,车窗降下,楚译的笑脸又露了出来:"苏小姐。"

"楚助理。"

再次见面,两个人熟络了许多。楚译主动问起苏靛蓝那边的状况:

"听说你父亲从派出所出来了,但又生病了?"

"嗯,他这些年劳累过度,身体底子不是很好。加上在派出所里待的那几天受了些凉,出来后就病了,正在医院里吊点滴。"

"华公馆那边呢?"

"华公馆那边的情况也不太好,省博文保科技部的专家过来查看过,织物组的组长建议我们找专门的手工艺人配合修复。如果在一个月内不能解决,就考虑要依法起诉我爸的过失损毁文物罪。"苏靛蓝的声音越来越小,她深吸了一口气,努力调整好情绪,"陆非寻在哪里?"

"非寻哥在德顺堂等我们。"

苏靛蓝微微一笑:"那就麻烦你了。"

苏靛蓝是苏州人,轻声细语讲话的时候,音调带了一股子江南的温软。楚译听得心都酥了,连忙道:"不客气。"

紧接着一路无话,直到车子行驶到一个山水秀美的地方。

楚译兼当向导,对苏靛蓝道:"这个是伦教镇,香云纱的产地,德顺堂就在这个地方。"

"好美啊!"

"那当然了。"楚译是土生土长的伦教人,自豪地说道:"香云纱是世界纺织品中唯一用纯植物染料染色的丝绸面料,国家非物质文化遗产,只有我们这有。"他指着右侧一条河,"看到那边那条伦教河了吗?大河从云贵高原流下来,途经我们这里,散开成数百条河流,这是其中一条支流。它的河泥中含有大量的铁元素,而香云纱就是用河泥与薯莨染成的。"

苏靛蓝不时地点头,心里涌起一阵敬佩。

车子路过一大片草坪,远看像是一个小型的呼伦贝尔草原,一眼望不到边。草地上还晒了许多布匹,花花绿绿的绸布平铺在地上,有种震撼人心的美。

楚译不再介绍,转而安静地开车,心里则想着陆非寻交给他的任务。身旁的苏靛蓝突然发出了一声惊叹,他的注意力随即被吸引过去,看到德顺堂那连片的古宅。

几座古香古色的大宅,在青山绿水的映衬下颇有气势。

"苏小姐,这就是我们德顺堂,百年的老作坊了。祖上传下来的东西,所以看起来旧了点。"

苏靛蓝双眼发亮:"一点也不旧啊,很好看!我只知道北京一座四合院能卖几个亿,这一大片得……"

楚译笑着说:"打住!陆家这老宅已经被列为省级文化遗产了,你可别打这主意,文物是无价的!"楚译生怕苏靛蓝误入歧途。不过他也忍不住感慨,"至于非寻哥,嗯,确实不差钱。"

提到陆非寻,苏靛蓝脑海中顿时浮现一道气质倨傲的身影。想象中,陆非寻穿着灰色西装,腰部以下全是金的,嗯,一双金色的大长腿!

陆宅。

陆非寻坐在古宅三楼的待客室喝茶,因为等得久了,起身走到了露台上。

从这个角度望出去,可以看到远处的草场上晒满了香云纱。而近处,德顺堂的前庭上,老师傅们正在煮布、浸莨水。

德顺堂大门前,楚译的车子刚停下,陆非寻在高处一下就看见了。苏靛蓝一下车,便撞入他的眼帘。

苏靛蓝远道而来,身穿一件奶白色上衣,搭配浅色的裙子,没有特意打扮过的模样,倒有几分清爽的灵气。她在与楚译讲话,笑得眉眼弯弯的。

陆非寻手放在栏杆上,不由自主地有一下没一下地轻敲。

古宅大门前。

楚译把车停下,说道:"下车吧,非寻哥在里面最高的那座阁楼等我们。"

苏靛蓝看着不远处车辆进出的侧门,疑惑地问:"旁边不是特意开了个门让车子开进去吗?"

楚译目光闪烁了一下:"啊,这个嘛,非寻哥说来者即客,让我先带你参观参观。"

"好吧。"

苏靛蓝跟着楚译参观，随着时间的流逝，心里越来越觉得不对劲。

楚译将苏靛蓝带到了工人制染布料的坊内，上百名工人分成六七组，正在协力将一批坯绸平整铺开。忙碌的声音不绝于耳，空气中也溢满草木的芳香。作坊内有几个大池子，几个老师傅正光着膀子搅池水，水色赤红，散发着热气。

"这几口池子装着的是薯莨汁，薯莨是我们这边常见的一种作物，古代叫作赭魁，《本草纲目》里就有记载，说闽人用赭魁入染青缸中，云易上色。薯莨还是一种药，有活血补血止痛的功效。用它做染料染成的香云纱，绿色原生态，还有益健康。"

楚译指着坊内最远一个池子："这里一共四口池，从这里到那边，分别是头过水、二过水、三过水、四过水。每一池水都有不同的用处，在后面香云纱的整染过程中都有重要的作用。

"这些薯莨汁都是煮过的，老师傅要把温度把控好，要不然生产出来的香云纱就有质量问题。德顺堂是香云纱产业中的翘楚，拥有最传统、最完整的整染技艺，还有经验最丰富的染整师傅，但即便如此，因为香云纱是纯手工染制的，质量和成色都很难把控。"

说完，楚译意有所指地说道："所以香云纱太难做了！费工费时不说，成品的质量还难保证。万一汁液浓稠度不对了，温度错了，整批布料就要重新来过。有时候即使在所有细节上都没出错，成败还要看老天爷的脸色。同一批布料，日晒程度不同，薯莨汁蒸发干透的速度不同，最后香云纱呈现出来的天然色彩也不一样。"

苏靛蓝听得震撼——这就是中国传统手工艺之美。景泰蓝的瓷器有它的美丽之处，经过千次研磨的矿物颜料也有它的美丽之处，就连看似简单的香云纱，背后也有难以用词汇形容的精耕细作之美。这些技艺经由一代又一代匠人的口传心授流传至今，承载着中华传统技艺血脉的传承。

苏靛蓝也是手艺人，知道在传统手工制作中一件事物最终成型有多难。而此刻，制造香云纱的难直观呈现在她面前。

楚译说完，一直看着苏靛蓝。苏靛蓝也不避讳，直接对上楚译的视线："陆非寻是想让我知难而退？"

"这……"

苏靛蓝撇了撇嘴："好吧，我要见陆非寻。"

楚译只好把人往待客室里带。

进入待客室，苏靛蓝一抬头，就看见陆非寻顾长的身影。

古香古色的楠木茶桌前，陆非寻正面无表情地低头品茶。他穿着一件素白色的衬衫，明明只是一件款式简单的衣服，却被他穿出挺括性感的感觉。抿唇喝茶的模样，也透出一种迷人的淡漠。

苏靛蓝心里喊了一声，想到上次的不欢而散，主动打招呼："陆非寻，好久不见。"

对面的人并没有任何反应。

苏靛蓝压住火气，刻意把声音放柔，又再喊："陆先生，近来可好？"

陆非寻终于抬头，目光相对的一瞬，苏靛蓝气得头顶冒火，而陆非寻则嘴角上翘。

苏靛蓝说："一周之约，我来了。"

"嗯。"

两人打完招呼，便是一阵沉默。楚译看气氛不对，赶紧先走掉。

苏靛蓝突然低头找东西："我来时候的机票，你报销吗？"

陆非寻眉毛轻挑："苏靛蓝，这就是你新的求人态度？"

"我这不是求人态度，可你刚才的行为，难道又是帮人的态度吗？"

"哦？"陆非寻竟然笑了。

苏靛蓝被他的下马威给气到，安静不说话。

陆非寻突然问："东西带来了吗？"

"什么东西？"

陆非寻又低下头慢悠悠斟茶。

"1997年出版的《本草补遗》？"苏靛蓝赶紧笑起来，"带了，带了！"

陆非寻没想到苏靛蓝真的把那本书带来了，紧接着看到苏靛蓝拿出的那两张纸，不由得皱起眉头："这就是你带来的东西？"

"对呀，证明我的诚意！"

"复印件？求人帮忙，就带了个复印件？"

"印得很清晰对不对？怎么样，是不是很惊喜？"

"更准确地说是惊诧。"

自古伸手不打笑脸人，陆非寻看着苏靛蓝的笑容，只得绷着脸接下了复印件，然后摇了摇手里的纸："一本书只印了两页，还只有序言，你的诚意就是这些？"

苏靛蓝看着陆非寻吃瘪的样子，忍不住笑道："拿出来只是为了证明我有，又不代表要给你，何况……你也没答应帮忙修复《东江丘壑图》啊！"

"苏靛蓝！"

"怎么？生气了？"

陆非寻抿唇，一周未见，没想到这感觉还是这么熟悉。苏靛蓝如果真的老实给他，他反倒觉得奇怪。

陆非寻突然站起身，表情深沉地走到苏靛蓝面前，然后伸出手，一下子将苏靛蓝圈住，堵到墙上，居高临下地看着她。

咚——

陆非寻神色倨傲，故意低头在她耳边说："苏靛蓝。"

"陆非寻，你要干什么?！"

陆非寻沉默不语。

苏靛蓝慌忙说："你别……"

这一瞬感觉就像回到苏大那一夜，只不过角色反了。

苏靛蓝赶紧求饶："对不起，我错了，我认错还不行吗？"

苏靛蓝哇哇大叫："求你别再靠近了！上次的事情是我不对！我不应该豁出去，更不应该突然抱你！我认错！"

陆非寻无动于衷接着低头。

苏靛蓝耳朵都红了，马上掏出更多复印件："我把《本草补遗》全给你！"

陆非寻板不住笑了。

低笑声回荡在耳边，苏靛蓝怔神片刻。

陆非寻扳着一本正经的脸，起了捉弄的心思："哦？"

苏靛蓝更急了："陆非寻！陆老师！您放开我吧！"

"哦？"

"那……陆哥哥？陆大恩人总行了吧?！"

陆非寻看着苏靛蓝发红的耳间有些出神，唇就停在苏靛蓝脸颊边。

时间仿佛过了很久，待客室里一片寂静，只有茶香味飘满了整个空间。

终于，陆非寻站直身，收回了手。

苏靛蓝松口气，迫不及待骂了起来："陆大流氓！登徒子！果然是狗……"

"《东江丘壑图》。"说着，陆非寻又猛地俯下身来。

砰——

门外传来瓷盘碎掉的声音，从外头滚进一地橘子。

楚译急忙弯腰捡水果，尴尬地说："你们继续，就当我没来过！"

苏靛蓝心想，完了，解释不清了。

楚译跑了以后，陆非寻皱着眉头沉默了片刻，然后转身就走。

"哎！"苏靛蓝看着陆非寻离开的背影，阻止也来不及了。

苏靛蓝拍拍头，她刚才说的都是什么啊！

最后是楚译把苏靛蓝送出德顺堂的，还贴心地安慰道："你别放在心上，我们非寻哥就是这样的人，他不是故意给你摆冷脸的。"

苏靛蓝在心里骂陆非寻，但还是红着脸解释："楚译，今天这事，真不是你看到的这样！"

"没事……"楚译有些失落。

苏靛蓝好奇地问："你说他气成这样，还会帮我修画吗？"

"其实依我的了解，苏大那晚非寻哥让我回去接你时就已经松口了，否则你也没机会出现在这里。"楚译犹豫片刻，"明天早上非寻哥会到晒场去验一批新货，要不然……你再去试试看？"

苏靛蓝听完，顿时重燃希望。

赭黄

心动

第二天,德顺堂的晒场上。

成批昂贵的莨绸半成品平铺在绿茵上,陆非寻半蹲在地,仔细地一张张查看坯绸,空旷的晒场上,他动作缓慢却优雅。

苏靛蓝伪装成除草工人,偷偷望着陆非寻。

阳光下的陆非寻一丝不苟,修长的手反复摩挲着纱绸,暗褐色的料子在他的翻弄下变幻出时深时浅的颜色。随着查看的进行,他原本松缓的眉间蓦地蹙起,再翻又稍稍松了些。苏靛蓝突然就生出了几分惺惺相惜的感觉。

他口口声声说自己是商人,可是蹲在地上查看香云纱晒变程度时却又极度认真,甚至连他自己都没发现他此刻眼里盛着虔诚的热爱。

苏靛蓝看得入迷,不小心撞到了身边的一位除草阿姨,脚下一绊!结果,正在察验新货的陆非寻冷不丁地看了过来。视线交错的一刹那,苏靛蓝立刻低下头。

陆非寻已经板着脸走了过来,说:"你把头抬起来。"

苏靛蓝反其道行之,把头压得更低。

"你怎么在这里?"

眼看着躲不过,苏靛蓝抬起头明媚地笑了,干脆站起来说:"早上好!"

陆非寻冷睇苏靛蓝一眼,转身就走。

苏靛蓝急忙追上去:"陆非寻,你怎么总是看到我就走?!"

陆非寻脚步未停。

苏靛蓝接着说:"你看今天天气真好,你真的不和我打个招呼吗?"

陆非寻终于回头,冷着一张脸看她:"你还想做什么?"

苏靛蓝笑着迎难而上:"楚译告诉我,你让我来这里就已经是打算帮我了。所以,其实那件事……还有商量的余地对不对?既然这样,我为我昨天的鲁莽道歉!"

前面的人又不理人了,苏靛蓝赶紧再大声喊:"我不应该故意挑衅你,我错了!还有,昨天在客厅里,你想亲我就让你亲呗!"

草场上拔杂草的工人顿时停下来,全部往苏靛蓝这儿看。

陆非寻周身的温度也像突然掉入冰窟一样,骤降到了极点!

陆非寻立马转身,冷着一张脸走到她身前!居高临下看着苏靛蓝!

苏靛蓝小声问:"我是不是应该小声一点?"

陆非寻竭力自控:"我没见过你这样的女人!"

苏靛蓝也不恼:"陆非寻,我不会轻易放弃的!我会缠到你答应帮我为止!"

陆非寻看见她眼里的坚韧,突然想起了从前。

曾经在他最爱的德顺堂里,有个人曾拿着一本书坐在染池边上。光线从老宅的天井上落下来,正好落在她温柔的眉眼上。

记忆里温婉的女人说:"小寻,老祖宗的东西很有内涵,就拿三十六计来说,计计皆有章法,一计压一计,环环相扣。就以无中生有为例子,可以先隔岸观火,再声东击西。遇到美人计的话,不如唱个空城计和苦肉计。如果还是对付不了,那多半栽了。到时,你不如带回来给妈妈看看。"

陆非寻面色愈加清冷,撂下狠话:"苏小姐,如果你再乱来,我就让楚译把你送回机场。"

"好吧。"苏靛蓝望着他,"我昨天被你那样欺负都还没生气,你这倒先生气上了?"

"苏,靛,蓝!"

苏靛蓝赶紧做了个闭嘴的动作。

陆非寻转身就走,苏靛蓝默默跟上,他走一步,她就跟着走一步。

"那我特别想的那件事……"

陆非寻冷声:"你跟我来。"

苏靛蓝立马喜出望外:"好!"

德顺堂的晒场很大,每隔五百米就会设置一个活动板房,作为工人们的临时休息室。陆非寻走进去时,里面正有两三个工人,见到陆非寻过来,大家问好后便出去干活了。一下子,整个休息室空了下来。

陆非寻喊:"苏靛蓝。"

"在!"

"你很希望我帮你修复那幅画?"

"嗯,特别想。"

"今天可以给你一个机会。"

"真的?"

陆非寻环视了板房一周,恰好有一张用剩的坯绸,白色的绸面白净如雪,他抽出轻轻一掸:"既然苏小姐是传统国画颜料技艺传承人的女儿,对颜色想必有自己的见解,那就靠自己的本事打败我,让我心悦诚服。否则我凭什么给自己揽下这么大一个麻烦?楚译应该带你看了,传统手工艺品并不是什么容易制作的东西。那幅《东江丘壑图》也不是用薯莨染出来的,想要修补卷面上的破损,还得试验千百遍,这些人力物力都谁来出?"

陆非寻沉下声,低下头凝视苏靛蓝:"除非你使出本事,让我觉得值得一帮,要不然还是免谈。"

言语间陆非寻的语气更加冷漠:"如果人人做错事惹了麻烦,都能轻而易举委托别人来解决,犯罪变得没有成本,那么整个社会就要乱套了。"

苏靛蓝笑容消失,向他更正:"我爸确实有过失,但是犯错和故意犯罪有根本上的区别。陆非寻,画卷上的颜料我会补齐,只要卷面修复完成,我会让整幅画重现它的光彩,我有这个信心。"

"好。苏靛蓝,我等着看。"

苏靛蓝被激起斗志,不服输道:"你尽管出招!"

"整个自然界,色系庞大,不同的材质也能呈现出相似的效果,如果一个颜料手艺人真的有本事,那么完全可以在原色极其缺乏的情况下,通过自身的经验与造色的技巧,让空白载体呈现出不同层次的色彩。"陆非寻抬手看表,"苏靛蓝,我给你半小时,用你脑海里面的知识,在附近用可以寻找到的一切天然的原料,还原出名画《唐宫仕女图》中的任意一节。"

"什么,《唐宫仕女图》?"

"怎么,怕了?"

苏靛蓝咬了咬唇,不回答。陆非寻这一道题,可谓是为难人,可是看他的样子,说他心狠,却又暗藏宽容。明明是在给她机会,却又装得那么不近人情。

苏靛蓝想了一会儿:"好,我答应你!"

她在大学时曾修过古代史,其中有一节叫作古代璀璨文化,书里讲到唐代代表画作时,特意提到过《唐宫仕女图》。后来她想了解古画色彩,以便在研磨、分层、过滤、晾干矿物颜料时更好地把握制作的度,就更是仔细研究过这些画作。不说特别了解,但总有点心得。

"你等着瞧,大自然的宝藏无穷尽,哪怕没有矿物颜料在手,我也能用你最擅长的东西打败你。"

"勇气可嘉。"

"哼。"苏靛蓝夺过陆非寻手里的绸布,斗志昂扬地出门了。

不过当她走出门,看到辽阔的草场,以及晒了一地的布料,除此之外什么都没有后,整个人顿时一颓。

撂狠话一时爽,解决比登天还难。

板房里,陆非寻倒了一杯茶,静立在窗前,看到苏靛蓝站在外头发蒙的样子,紧绷的嘴角扯了几下,气笑了。

苏靛蓝走了百来米,晒场上都是忙碌工作的师傅。

香云纱制作过程烦琐,晒莨是其中一道程序,此刻工人们正完成这批香云纱的第三次起货,准备晒干以后再进行过泥和染色。

苏靛蓝看着晒得半干的香云纱发呆,突然想到了什么。

"师傅!"苏靛蓝拦住一个面善的师傅,对着他笑。

老师傅差点被吓一跳:"姑娘!"

"我看您这香云纱的颜色挺好看的,好像是刚过了水,那水还有剩吗?"

"还有,怎么了?"

"师傅您借我一些好吗?"

苏靛蓝笑得甜,模样也长得好,操着软软的语气说话,特别容易让人放下戒心。

老师傅热情道:"还以为什么大事,这东西不值钱,跟我来,我带你去拿。"

苏靛蓝捏着绸布开开心心去了。

拿到了用过的薯莨汁以后,苏靛蓝先用自己的衣服试了一下颜色。第三次薯莨水的浓度还是浓了一些,她小心翼翼将手中的薯莨汁兑水,将颜色兑浅。用手机搜出《唐宫仕女图》比对,把控精准度,最后确认之后,长松了一口气,这才把那半截胚绸浸了进去。

掐好时间,苏靛蓝将染了色的坯绸取出来。她带着变成赭黄色的绸布往阳光下走,自然晾晒干。过程中也没敢浪费时间,找人借了笔,蹲在草场上临摹出画中仕女的模样。画卷底色有了,还缺主色:朱红、暗红、土黄。

唐朝繁华昌盛,这个时期的画卷也有它独特的风格,在用色上极尽鲜艳,画家善于用明艳的色彩勾勒出当时的盛况。《唐宫仕女图》里的贵族女子样貌丰盈,身上的衣饰也艳丽柔和,带有浓浓的时代色彩。

苏靛蓝根据自己的理解,在脑海里寻找可以用作颜料的东西。望一望四周,这晒场物资匮乏,就连植被都单调。时间剩下不多了,苏靛蓝看着手里的东西发呆。

"小陆。"活动板房里,六十岁的刘师傅穿着防晒衣从外头进来。

陆非寻在悠然喝茶:"嗯,刘叔。"

"外头有个女娃到处乱窜,又是爬树又是挖土,还翻隔壁园子的石头,不管管啊?"刘叔是跟着陆父干了一辈子的人,把德顺堂当成了自己的家，生怕它出一点岔子，今天忽然来了这么一个女孩，上蹿下跳却没人管，他见势不对进来询问。

陆非寻眯了眯眼，反倒笑了："随她去吧。"

半小时后。

苏靛蓝气喘吁吁地回到活动板房，小小的房间里茶香四溢。

她看着陆非寻悠哉喝茶的样子，恭恭敬敬、客客气气地说："陆老师……"

"怎么？"

一瞧见陆非寻这张冷厉的脸，苏靛蓝就晃神。她伸出手，将手里的东西递给他："给你。"

陆非寻面色无波地低头看画，打开的一瞬间沉声问："你画的？"

"是我画的，我比对过了，虽然没办法做到百分百相似，但颜色偏差度控制在百分之十内。这晒场里什么都没有，我尽力了。"苏靛蓝心虚地说。

陆非寻视线再落到苏靛蓝身上的时候，眼里多了几分道不明的东西。

陆非寻仔细看着画，素白的绢布乍一看已经完全是一幅《唐宫仕女图》的仿作。短时间内她做到这个程度，天赋高得惊人。

他低头仔细摸着布料："这是，第三次薯茛汁兑水调出的底色。"

苏靛蓝抿唇。

陆非寻继续点评："仕女的脸留了白，身上的大袖衫用扶桑花汁染的。不错，挺有创意。"

陆非寻指背摩挲着卷面，停留在仕女的胸前，这里一小片悦目的红色极是惊艳："这里是……"

苏靛蓝有些得意地笑了："你猜不出来了吧？"

"红枸杞？"

苏靛蓝吐了吐舌头。

她刚才在烈日下找除草女工借了一杯养生茶，她把里面的水倒掉，将杯中的枸杞掏出来……

陆非寻指节往下移,停留在整幅画右侧的侍女身上,画中人穿着黄色的纱衣。他又皱起了眉头:"野生地根的汁?"

苏靛蓝很是吃惊:"这你也猜出来了?"

苏靛蓝一惊一乍的,陆非寻冰冷的视线停留在她身上,像是在看傻子。

这二人一冷一热,形成鲜明对比。

陆非寻口是心非:"投机取巧!"

"不管黑猫白猫,抓到老鼠就是好猫!怎么样,这个赌算我赢了吗?"

陆非寻意味深长地看着她:"从明天开始到德顺堂里帮忙,凭你的劳动换取我的帮助,否则一切口头协议随时作废。乖乖听话。"

"行,只要你肯帮忙就行!"

"我会让德顺堂里最有经验的老师傅帮你。"

"成交!"

"除此之外,还有约法三章。从今天起,我让你做什么你就得做什么。"

苏靛蓝光顾着高兴,也没听清后半句,在那瞎开心:"都行!陆非寻,你明天就开始帮我了吗?"

陆非寻嘴角意味深长地一扬,再次旋身而去。

第二天一早,天刚亮起没多久,苏靛蓝就到德顺堂天井里候着了,一旁早有来煮薯莨汁的工人。苏靛蓝一边看着老师傅将薯莨块搅碎,压汁,再将那一桶桶赭红色的汁倒入大铁锅里煮沸,整个过程熟练又不失严谨。

老师傅们见她全神贯注盯着看,问她要不要来试试。苏靛蓝笑着摇头,等候间出神,思绪飘回了苏州。

来广东前,苏庆云的肺炎还没好,房间里时时响起沙哑而克制的咳嗽声。古画修复之事一天没解决,她和苏庆云心上就像悬了一块石头,总喘不过气来。她想尽快把画修复好。

作坊内响起师傅们问早的声音,苏靛蓝循着热闹处看去,一眼就望见陆非寻。他似对灰色情有独钟,一身雾霾灰衬衫,显得利落帅气。

苏靛蓝有些紧张，对他笑："陆先生。"

"你跟我来。"

苏靛蓝小心翼翼跟着陆非寻往德顺堂外走去，走了好一会儿，甚至绕过了晒场，陆非寻依然没有说话。苏靛蓝终于忍不住道："陆非寻，你要带我去哪里？不是说今天开始帮我修复纱绸吗？我们现在去找老师傅吗？"

陆非寻停下脚步回头看她，并不回答。

苏靛蓝被陆非寻饱含深意的目光看得一怔："那我们这是去？"

"薯莨种植基地。"

"啊？"

陆非寻继续朝前走。

苏靛蓝急忙追："要去那边帮忙？"

"去了你就知道了。"

陆非寻停下脚步时，苏靛蓝环视一周，只见干净的大棚和成片的碧绿。这还是她第一次见到种植规模这么大的农业基地。

城市工业化发达，种植业相对落后，苏靛蓝平常去山野间寻找矿物颜料矿石的时候，也会特意避开农田，所以并没有多少机会接触到这么大片的种植基地。

"好厉害！"苏靛蓝感慨。

"是吗？"陆非寻难得地笑了一下。

苏靛蓝总觉得陆非寻这笑里不怀好意。

果然，下一秒……

"从今天开始，你就在种植基地里给薯莨苗除草抓虫，直到我觉得满意为止。"

"为什么？"

"忘记我昨天说的话了？"

苏靛蓝睁大了眼睛望着陆非寻，脑海里隐约回旋着他清冷的声音。他说，凭她的劳动换取他的帮助，否则一切作废。

苏靛蓝顿时感觉有一股火从脑门往上冲，最后还是拼命压了下来，面目狰狞道:"好,只要你肯帮我,让我做什么都没问题!"

苏靛蓝三步并作两步走到了地里:"不就是抓虫除草嘛,没问题!"说着,便赤手在茂密的薯莨叶丛里翻找,边找边说,"薯莨是温热带作物,分布在岭南地区,藤本植物,叶片形状椭圆形,叶片尾处渐尖和野草差别很大,很容易认。"

"特意做过功课?"

"我是带着诚意来的!"

来广东前,苏靛蓝怀着忐忑的心情做了两手准备,想着如果陆非寻还是不愿意帮忙,她就要考虑自己动手做了,毕竟办法总比困难多。

苏靛蓝有点心虚,陆非寻眉心微敛,笑道:"既然这样,这一片和3号大棚里那一片,从今天开始都交给你了。"

"什么?!"苏靛蓝惊叫一声。

"怎么,不愿意?"

苏靛蓝瞪着他。

"不愿意也可以,我现在让楚译给你订一张回苏州的机票,看来《东江丘壑图》也不用修复了。"

"不要!我现在就去!"苏靛蓝立刻蹲了下来,老老实实地拔草,但在心里却将陆非寻又骂了一百遍。

初春微凉的天气,不是薯莨根茎的快速成长期,工人维护不勤。地里湿润,杂草也长得快,一会儿就拔了一小把。

苏靛蓝故意往陆非寻脚边丢,陆非寻抿着的嘴角又紧了紧,眼里却是舒爽的笑意。

突然,苏靛蓝的手碰到一个软绵的东西,这种乳白色长条棉絮状的东西还会动。苏靛蓝被吓到,猛地尖叫起来:"啊!!虫!虫!"

"大惊小怪。"陆非寻的嘴角显而易见地翘了起来。他的声音冷淡,与苏靛蓝撕扯着嗓子哀号的声音明显成了对比。

苏靛蓝哭丧着脸,看陆非寻的目光也变了,在心里臭骂陆非寻!他明明就是在整她!

苏靛蓝收拾情绪,倔强地把虫捏起,不想让陆非寻看笑话,故意说:"陆非寻,你看这虫真可爱,它还会动耶。"说着就把虫放到陆非寻的鞋上,然后双手还往陆非寻裤腿上蹭。

陆非寻的脸一下子黑了!

苏靛蓝嘴角一弯,不甘示弱地迎上他的视线。

陆非寻被恶心得转身就走:"疯子!"

接下来,苏靛蓝践行诺言,兢兢业业在地里待了三天,每天早出晚归,在薯茛种植基地里除草抓虫。

薯茛是一种易栽植的植物,在广东随处可见。它药用、物用的历史悠久,因为拥有艳丽的色彩,也常被当地人拿来做天然染料。被薯茛汁染过的丝绸纤维韧性更强,布料的使用寿命也被增强,所以这片土地上孕育出了香云纱这样独特的美物。

苏靛蓝抓了三天的虫,还增加了其他的见识,比如认识了一种新动物——蛴螬。

蛴螬是薯茛植株身上最常见的害虫。苏靛蓝一开始还觉得可怕,到最后竟然觉得这种白色的毛毛虫似乎还挺可爱的。

当然,这些都拜陆非寻所赐。

苏靛蓝蹲在地上一边扯草,一边怨念:"陆非寻,你这个说话不算话的小人!"

忽然,她感觉身后有一阵凉风袭来。回头一看,就对上了陆非寻深沉的双眼。

"你!你站在这里多久了?"

陆非寻的目光落到苏靛蓝手上,看见苏靛蓝手里不止有杂草,还有两枝新发的嫩芽。

"苏靛蓝,这就是你的工作态度?"

苏靛蓝低头一看,赶紧道歉:"对不起,我不小心……"

"这就是你的职业精神?!都说手艺人有匠心,我看不过如此。"

苏靛蓝被堵得哑口无言。她刚才想他想得入神,下手没轻重,没看见确实是她的错,不过他指责她没有匠心精神?这让她觉得委屈极了,一时间把气话脱口而出:"陆非寻,难道你有?"到底是谁第一次见面就严词向她更正,他只是个商人,而不是个非遗传承人?

"苏靛蓝,你不要把问题抛回到我身上。我让你到这里帮忙,不是让你来误事的。一个只知道拔苗泄愤的人,不配请别人帮你排除万难修复文物。"

"陆非寻,我……"苏靛蓝也恼了,噌地站起身来,"那你呢?难道你有资格和我谈情怀?我为什么站在这里?是因为我敬畏手工的精耕细作之美,我深知一门手艺传承的难度!我敬仰手作,知道即便进入了机器时代也并不能用高科技解决一切问题!我需要请你帮忙修复《东江丘壑图》,所以我才来到了这里!而你呢?答应了帮忙,却把我扔在这里三天,你知道修复那幅画有多着急吗?"苏靛蓝被气得眼睛通红,看着陆非寻却一点也不示弱,"没有职业操守的人是你!"

"真正的手艺人从不看轻每一个细节。他们敬畏每一个细节,哪怕只是制作过程中很小的细节也绝不疏忽,这点你做到了吗?"陆非寻问苏靛蓝,"你以为匠心精神是什么?"

苏靛蓝双拳紧握,就这样看着陆非寻。看见他认真的眼,认真的眉,还有眉心之间紧蹙的峰峦与瞳仁中隐约的怒气。

苏靛蓝掷地有声地回答:"匠心精神就是专注于心,专注于物!对于国家来说,匠心之士是重器;对于家庭来说,匠心之士是顶梁;对于个人来说,匠心之士是楷模!匠心是这个浮躁的社会里,为国、为家、为濒临失传的手艺留住的最后一方初心!"

陆非寻语气里带着冷嘲:"说得倒挺好听,你做到了吗?"

苏靛蓝捏紧了手中的两枝嫩苗:"我怎么没做到?比起不小心折下来的薯莨苗,我这些天拔的草,除的虫,一声不吭的劳作,哪里对不起这两个字?倒是你,就知道指责我,你自己在做什么?逃避承诺,说好了要帮我,却记着私仇!现在你说的这些,也不过是托词!一口一个初心,指责我做事马虎不用心,不过就是敷衍别人的借口。说到底你根本就不想帮我。"

陆非寻目光晦沉,许久,低沉的声音从牙缝挤出:"最开始,我确实不想帮你。但我既然决定帮你,就不会敷衍。"

苏靛蓝愣愣地看着陆非寻。

"苏靛蓝,你想得到我的帮助,就要拿出真本事,不然就算我帮你一次,你这辈子又能做成什么?就凭你那点天赋?世上无易事,没有精心的钻研,你终将一事无成。"陆非寻说完转身离开。

苏靛蓝看着他的背影,后知后觉地感到害怕。

她竟然和陆非寻吵起来了?

惨了!要命!

苏靛蓝急忙追:"陆非寻?陆老师!"

她好不容易才让他答应帮忙修复那幅画,这回又捅娄子了!

晚上,苏靛蓝穿着睡衣坐在西厢客房的门槛上,抬头看着满天的星斗,一脸忧愁。她看得入神,连楚译什么时候到的都不知道。

"苏小姐。"楚译只得自行开口。

"楚译……"苏靛蓝一脸愁容打招呼。

"其实这三天,非寻哥一直在帮你准备修复古画的东西。他找了博物馆织物文保科技部的沈主任,发来了六十倍放大镜下的《东江丘壑图》丝织经纬线脉络,还有被氧化后的绸面准确色卡。你也知道修复一件文物不是那么容易的事情,虽然德顺堂百年来都与植物染料打交道,但这门手艺更多的是用在制作成衣布料上,让非寻哥帮忙修复珍贵文物,这还真有点为难他。"

苏靛蓝看着楚译,心情复杂。

楚译被苏靛蓝看得不好意思,紧张之下,又笑出一对小虎牙。

苏靛蓝看着楚译这反差萌,也忍不住笑了。

苏靛蓝一笑,楚译变得更紧张了,简直是"恶性循环"。

为了分散注意力,楚译接着说道:"再说非寻哥确实已经很多年不碰薯莨水这种东西了,听坊里的老师傅说,非寻哥三岁能辨百种色,七岁能染布,十三岁时就已经能把香云纱做得很好了。那时大家都说,今后德顺堂的正统要由他来继承,香云纱传承人的金字招牌也要落到他身上。可自从十年前……哦！没什么！"楚译急忙打住。

他随后又赶紧避开这个话题："总之非寻哥已经很多年没染过绸纱了，他甚至一看到染缸水就会做噩梦。早些年也去国外留学，专攻美术去了，这次要不是去年那批香云纱出了大事，他也不会回来。时庭大哥管理德顺堂不力，差点砸了德顺堂的招牌，赔得血本无归。"

"你这么说，让我更内疚了。"

"非寻哥人没那么差，你误会他了。"

是啊，陆非寻在这么忙的状态下还要帮她忙，暗地里做那么多事，居然一件也不说。他虽然故意折磨了她几天，但也没忘了答应她的事，她却那样指责他。

"我去找他道歉。"苏靛蓝趿着拖鞋，穿着居家服去找陆非寻。

听坊内的工人讲，去年德顺堂出了一件大事。一批香云纱从制作到出库，历经"三洗九整十八晒"，共需几十道手工工序才能完成。而当时德顺堂负责人陆时庭，盲目改良传统染整工序，擅自缩短日晒时间，自作主张加大量产，导致整季全批次香云纱都作废了。

更甚的是，陆时庭缺乏对"匠心制作"这四个字的最基本敬畏之心，为了逃避交不上货的商业责任，将劣质的香云纱交付给了国内外的各大高端成衣商。后面的事情可想而知，德顺堂的口碑全线溃败，媒体上甚至打出了"德顺堂制假，世间再无香云纱"的口号。

连最古老的、传承了最正统的香云纱制作技术的德顺堂都做不出真正的香云纱了，那世间还有香云纱吗？

为了挽回这件事的恶劣影响，陆非寻专程从国外赶回来，在德顺堂古宅里连轴转地工作了几个月。

此刻，陆非寻正在房间里核对财务报表，突然听见敲门声。

他打开门，目光触及地面，第一眼看见的便是一双带着兔耳朵的可爱拖鞋。视线往上移，看见了苏靛蓝忐忑不安的脸。

苏靛蓝故作镇定地露出标准八颗牙齿的微笑，两只眼睛弯得像月牙。

陆非寻沉静片刻，直接往后退了一步，准备把门关上。

"陆非寻！"苏靛蓝眼明手快，直接一步向前，半个身子都挤进了陆非寻的房间里。

陆非寻深邃的瞳仁凝了一下,很快就平静下来,带着点威慑的意味:"你想干什么?"

"聊聊,我们聊聊!"

"苏靛蓝,我不知道我们有什么好聊的?"

苏靛蓝低下头,从口袋里小心翼翼地拿出一张布料,认真地递给他:"对不起嘛,我今天又和你吵架,惹你生气了。"

"你这是什么语气?"软糯甜美的声音就像一只蚂蚁,在陆非寻心尖啃噬。

苏靛蓝毫无察觉:"和你道歉的语气。"说着微微弯腰,"对不起!是我不懂事,不明就里,误解你了,也错怪你了。为了表达我的诚意,我还拿来了这个。"苏靛蓝说着眨了眨水汪汪的眼睛。

"这是什么?"

"这是……"这是她刚才急中生智,在来的路上特意到德顺堂库房找出来的——丝绸面料。

现代的纺织技术与古代不同,沿袭度再高的古法织作技术织出来的面料,也会与百年前纺织出来的织物有极大差异。况且中国丝绸分类极细,在大类上就有绫、罗、绸、缎、纱、绉、绢、绒等,其中又细分为花软缎、素软缎、古香缎、双绉、留香绉等,更别说广绫、交织绫、横罗、直罗了,光是电力纺、乔其纱、洋纺、重绉几个不大不小的分类就让人吃不消。

因为平常专注于研究矿物颜料,为了帮苏庆云扩大矿物颜料的社会影响力,进而把这门手艺传承下去,苏靛蓝还写过几篇相关论文发表在杂志上。影响力最大的一篇就是浅谈颜料与画作载体的奇妙化学反应。当时为了做好这个选题,她细致研究了古画的绸缎分类。

在古时,矿物颜料是奢侈品,贵族子弟使用居多,这些士族文人有别于寒门弟子,作画的载体也不仅限于纸,绢、绸也常有使用。尤其是工笔画这一种类,大多数工笔画名家都喜欢在绢布上作画,也就是后世常称的"绢本"。苏靛蓝在那时积累下来的知识点,竟然在今天用上了。

"因为来得急,所以没经你同意就找老师傅拿了钥匙进库房。这是我从几十种真丝面料里找出来的与《东江丘壑图》最相似的绢丝面料,最适合拿来做破损处的色度染整工艺试验。"

苏靛蓝深呼吸:"你说得对,真正的手艺人从不看轻每一个细节,他们敬畏每一个细节,哪怕只是制作过程中很小的一个环节,也绝不疏忽。所以在你努力的同时,我也要做到我最应该做的事情。从明天起,你让我除草我就除草,让我抓虫我就抓虫,绝无怨言。上刀山,下火海,在所不辞!"她弯着眼笑,"不仅如此,我还会尽最大的努力让你看见我的诚意。"

陆非寻非常绅士地听完,整个人还是清清冷冷的样子:"说完了?"

苏靛蓝用力点头:"嗯。"

说完,又把打版的面料递给陆非寻:"我先回去睡了,明早天一亮我就到薯莨种植基地里去,我抓虫,我拔草,绝对不再念念有词骂你,也绝不掰嫩枝了,一定千般小心,万般注意,把你的薯莨苗保护好!"

陆非寻心中动容,面上却不显。

苏靛蓝望见他紧抿的嘴角动了动,是被打动的样子,下意识笑得更甜了。

她也不知道自己怎么了,心情跟又初恋了似的,激动道:"那……那我先走了?"

陆非寻没有反应,她便想拔腿就跑,一个转身,哎哟!!

苏靛蓝没注意到脚下的门槛,直接踩了上去,今晚穿的又是拖鞋,脚下一绊,活生生把自己绊摔了。

千钧一发之际,陆非寻伸手揽住了她。

嘶……

一刹那间,空气仿佛都凝固了。

苏靛蓝呆了,陆非寻也怔了。

两人同时往接触的地方看去。苏靛蓝看见自己腰部上方,正牢牢箍着一双手,让她免于摔倒在地。男人的手温热、修长,因为用力而指尖泛白,挽出一个好看的弧度,可姿势却糗得不堪入目。

陆非寻也顺着自己的手往下看，苏靛蓝背对着他，所以他看不见她现在满脸通红的赧色。但手心软绵的触感却无时无刻不在告诉他，他现在正挽着她。

"啊！"苏靛蓝脑中一片空白，惊慌尖叫。

陆非寻也急忙撒手。

砰！

地面传来沉闷的撞击声，声音之大，砸下去的力道之重，让人难以忘记。

"唔……"地上传来苏靛蓝痛苦的闷哼声。

一切发生之快，让人来不及反应。

苏靛蓝再回神时，整个人已经以极难看的姿势趴在了地上。膝盖与额头上的疼痛让她倒抽了一口冷气："陆……非……寻。"

陆非寻收回了仍僵着的手，五指紧攥在一起，脸上看不出情绪，但眼底的波澜，仿佛黄河里翻滚的波浪，惊心动魄。

苏靛蓝趴在地上缓了一两分钟，才慢慢爬起来，满心郁闷，带着疼意的声音从牙尖缝里挤出："你、你真不讲究！为什么松手？难道就不能……不能等我站直吗？"

陆非寻别过头，看向他处。

"而且你还不扶我！！"苏靛蓝低头看见了膝盖处磕碰出的血迹，越想越气，最后干脆一言不发转身就走。

陆非寻看着苏靛蓝一瘸一拐艰难移动的背影，眼里又弥漫起了一阵雾气。他低头看了看自己的手，陌生触感的余韵还在，他竭力平复呼吸，清空脑中杂绪，关上门独自静坐。

但当他重新拿起财务报表时，却怎么也看不下去了。

墨 黑

复 染

　　晨光熹微,一大早苏靛蓝就全副武装,扎起小马尾到种植基地里去了。昨天她已经把露天部分的薯莨苗处理好了,今天打算专攻大棚里的部分。

　　因为薯莨生长习性的缘故,德顺堂的种植基地分为两部分,露天的薯莨苗还在拔苗期,最喜冷热相宜的气候,广东这个季节平均温度在20℃-25℃之间,正是最适合薯莨苗成长的温度,所以露天种植。而大棚里那一片,已经在苗高30厘米的时候架起了支架,正等着它快速攀爬,进入块茎生长期。

　　薯莨的茎叶喜欢高温和干燥,薯莨块最适合成长的温度也在26℃-30℃之间,所以陆非寻打造这片种植基地的初期便直接实行差异化管理。现在大棚里的薯莨相对茁壮一些,杂草与蛴螬也没那么多。

　　苏靛蓝一边护着膝盖,一边弯腰扎在茂密的薯莨丛中忙活着。

　　陆非寻走进大棚时,只看见满目的绿,就是不见人影。他伫立片刻,终于看到一撮轻微晃动的颜色。

　　陆非寻走到苏靛蓝身后,来得悄无声息,苏靛蓝正认真地找虫,突然发现身后有人,被狠狠吓了一跳:"啊!!"

　　苏靛蓝捂着心口的位置,看着堵在自己身前的人墙问:"你要干什么?"

　　陆非寻也不出声,一点都不急躁。

　　苏靛蓝不想和他说话,只用目光与他交流,两个人谁也不主动开口。最后还是苏靛蓝先败下阵来,开口说:"让开!"

　　陆非寻拿出一件东西。

苏靛蓝看了一眼,满心的气都散了,故意问:"这是什么?"

"云南白药。"

"我知道。"

"治跌打损伤,你的膝盖……"

"给我的?"

"嗯。"陆非寻声音沉了沉,"昨晚的事情,我很抱歉。"

苏靛蓝意外地看着他:"陆非寻,还算你有良心。"她拿过药,眼睛里的笑意盎然,"那我收下了?"

"嗯。"

"送药赔罪不够,你再帮我一起抓抓虫?"

虽然大棚里的薯莨不在病虫害多发期,但因为延长了除草的间隔,还是会有一些病株。这几天,苏靛蓝照顾薯莨也积累出一些心得。

"这里还是会有些虫,为了避免它们就地繁殖,得尽早抓出来。我查了一下,薯莨生长的中后期适当供给氮肥,可以保持茎叶不衰老,施氨水则有效追肥,又杀病虫害。"

陆非寻凝视苏靛蓝,苏靛蓝浑然不知,仍在继续说道:"而且不知道昨晚谁最后走,竟然忘了关大棚里的控温灯,棚膜也没盖好,有些小飞虫跑进来了,还得想办法赶出去。"

苏靛蓝话音刚落,就有一只小飞蛾停在她头上。她蹲下找虫,那只飞蛾也不动,就这样随着她,牢牢黏在她的头顶上。

陆非寻眼皮跳了跳,眼里容不得沙子。

陆非寻正想替苏靛蓝赶飞蛾,苏靛蓝却同时猛地站起来,一下子磕在陆非寻身上!

"你怎么不说话?我……"苏靛蓝的声音断了半截在嘴里。

时间仿佛又定格住,俩人之间只剩下经久不平的心跳声!

苏靛蓝的脑袋又死机了!

她她她……撞到陆非寻的怀里了!

陆非寻低下头,看到苏靛蓝捂着头往后一退,没站稳,眼看又要摔。陆非寻想起昨晚的事,赶紧伸手揽住她,苏靛蓝顺着力道往前一冲，把陆非寻撞矮了半截，他半蹲下身子扶着棚架，而她的唇则磕到了陆非寻的脸上！

柔嫩的触感同时传递到陆非寻脑里，一股冲动往脑里蹿，谁也不知道发生了什么！

陆非寻一动不动，苏靛蓝急红眼，直到此刻她的心也跟着狂跳起来！

呼吸，剧烈呼吸！

苏靛蓝终于回神，从陆非寻怀里挣脱出来："我……对不起！"

"对不起。"陆非寻也道歉，嗓音喑哑。

他反应不过来，感觉自己从未这样失控过！

砰！

激烈的碰撞声又不合宜地响了起来，紧接着是楚译踢到了钢板的惨叫声："非寻哥，苏靛蓝……"

楚译撞见了这一幕，又开始欲哭无泪了。他有些喜欢苏靛蓝，刚萌芽起的那一点小心思，被生生掐死在摇篮中。此刻他除了惨叫，也不知该做什么反应了。

苏靛蓝低着头，猛地退后了两步，扯了扯一旁的薯莨叶，恨不得就地失忆。

疯了，大家都要疯了。

"非……非寻哥，作坊里出事了。"最后还是楚译艰难地打破了尴尬的沉默。

"出什么事了？"陆非寻冷着声，哑着嗓子。

"经过四次封莨水'复乌'的香云纱摊雾了，刘师傅从晒场收回来一看，出大问题了，这一次搬回来的几百匹香云纱颜色全部不对，裂纹也没形成，和去年那批被退回来的香云纱一模一样，全都作废了！"

"什么?！"

周遭空气似瞬间凝固，连苏靛蓝都感受到了事情的严重性。

德顺堂香云纱作坊内。

气氛压抑，几十个工人坐在地上，看着摞成一排的香云纱匹。这一地的软黄金,即使摆放整齐也藏不住寥落之感,每个人都神情肃穆,不敢多吭一声。

陆非寻走进来时,所有人下意识地站起来,紧张地望着他。

"怎么回事?"

没人敢回答。

陆非寻直接走到了中庭,看着眼前半人高的香云纱匹,二十米长的香云纱被收捆成一匹,每匹虽是叠着的状态,却仍可以清晰看到过了河泥的那一面,原本该产生的龟裂纹浅纹几乎全无。

香云纱的特别之处在于它的纹理与色相。香云纱的制作原料全部来自于自然界,它所有的染整工序也都由传统的手工技艺完成,完全依靠阳光、草地、河泥、晨雾,还有薯莨这种天然的植物染料在一起所产生的奇妙化学反应,就像一株在大自然里自然生长的工艺品一样,每一匹都具有难以复制的独特性。

而现在眼前这一匹匹连涂层肌理纹路也显现不出来的香云纱,完全变成了一潭没有灵魂的死水!

苏靛蓝与楚译一到场就看见陆非寻皱着眉头,一副山雨欲来的样子。

陆非寻沉声问道:"这批香云纱谁在负责?"

人群中走出来两个人,一位是在德顺堂干了几十年的刘叔,另一位是这几年负责染整技艺把控的工头张根同。两位都是经验非常丰富的老师傅。

陆非寻皱了皱眉。

刘师傅痛心道:"是我没看好,才出了这种事情。"

张根同起先不出声,最后迫于压力说道:"都是我的错,这批香云纱是我在负责,我一时心急,才会……我……"后面的话没说下去,陆非寻却已明白个七七八八。

张根同原是一家晒莨场的负责人,这些年香云纱受到外来时尚成衣商品的冲击,市场越来越小,销量越来越差,许多小作坊纷纷倒闭。大作坊虽然凭借过硬的染整技术仍能做出最正宗的香云纱,并依靠高端面料定制的订单维持生计,但也因利润微薄,生存困难。像德顺堂这样活下来，还能把香云纱做大的，已是业界翘楚，但也早已不复当年荣光。

张根同的作坊就是在当时那个大时代下被淘汰的。十几年前，陆父将他招进德顺堂，给了他一份工作，也给了他一条养家糊口的活路。为此，他一直很感激。

"张师傅，你向来技艺成熟，这十几年来从没有出过错，所以这一批面料我也放心交给了你，可是现在竟出现了这种情况，你是不是该给我一个交代？"陆非寻强忍怒意，客气地问。

张根同羞愧地低下了头："我……我听陆总说……"他着急止住后面的话，硬生生换了口气，"我是听老刘说，去年我们欠着的那批香云纱，对方工厂又打电话来催了。而且还说如果再交不上货，就要到法院去起诉我们，让我们十倍赔偿……我，我心里急……"

陆非寻一言不发地听着。

"眼看着去年欠下的那几批货还没还，现在进度还那么慢，十天半个月才出一批，我们欠下的单子什么时候才还得上？香云纱这玩意儿还和其他布料不同，不是搭个染坊就能开工的。我们这料子没有太阳什么都做不了啊！每匹布料都得晒！"张根同越说越难过，"往年咱们都是清明节前后才开工，那时少雨阳光足，晒出来的莨绸质量也好。今年因为急，三月就已经开工了，但因为阳光没那么足，紧赶慢赶也才赶出了前两天那一批……"

"所以你就？"

"我……我少过了两遍薯莨水。"

刘叔又急又气，整个人直在那边跺脚："老张，糊涂！糊涂啊！"

一片寂静。

陆非寻抑着怒气，环视在场所有人："香云纱的染整技术在场还有谁不懂？需要我再重复一遍？三洗九整十八晒！六百多年历史的香云纱，经过这些程序才让雪白的坯绸变成如今具有特殊肌理、两面色彩不同的香云纱！少了其中任何一道工序都达不到最好的效果，那根本不是老祖宗留下来的东西！偷工减料做出来的东西，你要卖给谁?！想要把这种技术传承给谁?！"

楚译从来没见过陆非寻发这么大的火,听得眼皮一跳一跳的。他想起上次险些将德顺堂推入万劫不复境地的那句话——德顺堂制假,世间再无香云纱。

倘若一个传承百年传统技艺的老作坊都放弃了对传承的坚守,那么这门手艺就真的没救了!

"非寻哥……"楚译在一旁喃喃低语。

苏靛蓝听着也心惊胆战。

非遗传承过程中的难,她感同身受。身为传承人的她更是深知,有些传承了千百年的东西,一旦失去,就会变成整个民族永远的遗憾。

她形容不出此时他脸上是怎样的神情,锋利的,痛心的,焦急的?语气携着愤怒,却唯独少了往日那席卷周身挥之不去的冷漠。这样的陆非寻热血得令人惊讶。

他说自己只是商人,不是匠人,可这一刻,她却觉得他身上那份对于技艺传承的坚守,心里的那条底线,让人动容!

短暂的沉默后,陆非寻又蹲下身来仔细检查那批香云纱。

他将整二十米长的香云纱平摊在地面,这次除了仔细检查颜色、肌理纹样之外,还仔细看了经纬线间的纱眼,看是否有堵住的情况,以免影响了香云纱的透气性。

很快,陆非寻又皱起眉头。

"过泥太多,布料铺开太少,垫得太高,制作的时候河泥抹得不均匀,泥水就容易堆积在一块儿,染色就不均匀。"陆非寻沉住气做示范,"收坯绸时,叠得太窄会导致褶皱过多,过泥的时候肯定会出现问题。"

陆非寻亲自演示,工人们都围到了一起。

苏靛蓝看着泥池边上的男人,动作利落,神情认真,让人无法挪目。

苏靛蓝听到有人问:"现在这批布料变成这样,后天就要交货了,根本来不及重新染一批,这可怎么办?"

"是啊!这批布料比较特殊,商家特意送来的印花面料,都是定制的,现在弄坏了,我们上哪找一模一样的赔给人家?"

一时间,整个作坊愁云笼罩。就连陆非寻那素来没什么表情的脸,都出现了一丝烦躁。

"那个……"苏靛蓝突然说。

大家猛地看向苏靛蓝。

"关于这个,我倒有个主意。"

陆非寻凝视苏靛蓝。

苏靛蓝避开陆非寻的目光,想到刚才发生的事,连看都不敢看他。

楚译发现了这点小秘密,内心又一阵心塞。

"我刚到伦教镇的时候,楚译就给我介绍过,香云纱是用伦教河的河泥与薯莨汁一起染出来的。薯莨是天然植物染料,河泥则是矿物染料,我不太了解植物染料,但我熟悉矿物染料。有时候颜料在一般人眼中是平面色彩,可在我们颜料手艺人眼里却是一种三维图层。在矿物颜料制作工艺中,可以通过研磨、分层、过滤、晾干的方式得到多种颜色,那么以植物颜料作为主要染色手段的香云纱,为什么不可以通过技术手段改变目前的色相呢?"

苏靛蓝终于看向陆非寻,接着说:"你们可以结合原有的工艺技巧,对薯莨汁进行更细致的分层,得到除了四过水之外,其他浓度的薯莨汁,再对香云纱进行复染。这样或许可以增加坯绸上的颜色层次,增加染色的牢固性,还能提升美观性。"

苏靛蓝说完,忐忑地环视着大家。

作坊里的老师傅都愣了,没想到她一个外行小姑娘,竟然说出这么专业的东西,还给这批布料提供了拯救性的建议。

"这么说虽然听起来挺有道理的,但是……"资历最深的工人率先出声,"现在这批香云纱不仅是颜色有问题,即使再重新回锅染一遍,能改回原来的颜色,这龟裂纹也没办法再形成。总不能用薯莨水再泡一遍,再过个泥吧?这么翻来覆去地搞,布料都该糟朽了。"

"是啊,太冒险了,不成不成。"

"现在的这批货还算是个布料,万一来回折腾坏了,连交差都交不上。而且香云纱本来就轻脆不贴身,再过一次泥,直接硬成铁片了,这还怎么穿?!"

苏靛蓝有些气馁:"这只是我作为一个外行的建议,是我欠考虑。"

一周后。
德顺堂西厢的院子,苏靛蓝在树下坐着,楚译走过来。
"苏小姐。"
"楚译?"苏靛蓝一脸惊喜。
楚译扭扭捏捏,躲开了苏靛蓝的目光。
"你怎么了?"
"谢谢。"
"什么谢谢?"苏靛蓝一头雾水,"你们忙着弄染布的事,我们已经一周没见了,你怎么突然来找我说谢谢?难道我做了什么好事吗?"
苏靛蓝觉得莫名其妙,她最近一直很安静。因为担心陆非寻改变主意,她还开始自学了染整工艺。
"还不是非寻哥……"
"陆非寻?"
楚译黑着脸说道:"总之,他让我传的话我带到了,有什么不明白的地方苏小姐再去问他吧!"随后又低声叨叨,"非寻哥装什么高冷,有话自己不说,还非要让我来传话。什么事都喊我,当初接吻的时候怎么不先问过我?"
苏靛蓝的脸一下就红了。
他们哪有接吻,当时的姿势只是看起来像!
楚译不等苏靛蓝说话,自顾自地说:"对了,非寻哥还让我约你下午三点在作坊里见面,不见不散。"
楚译说完转身就走,剩下苏靛蓝留在原地发蒙。
"那个……楚助理。"苏靛蓝头都要炸了。
陆非寻还说不见不散?
苏靛蓝心情更复杂了!!
好不容易熬到下午三点,苏靛蓝才迟迟动身。
出门之前,苏靛蓝还忍不住从镜子里多看了自己两眼。可到了作坊前，苏靛蓝恨不得把自己拍醒——她竟然以为陆非寻是单独约她。

"小苏！这里！"有人喊。

"刘师傅、李师傅好。"苏靛蓝笑着与大家打招呼，"你们今天在这里要做什么？"

"干大事。"师傅们指了指陆非寻。

苏靛蓝朝着师傅们所指的方向看去，只见陆非寻穿着一件灰色衬衫站在人群中，看起来像是在北上广高档写字楼里上班的商务精英。而此刻，精英正站在泥池边，手里拿着一支拖把，在人群中如同鹤立鸡群。

陆非寻发觉了苏靛蓝的目光，也往苏靛蓝这里看过来，苏靛蓝急忙将视线移开。

"人都到齐了吗？"陆非寻问。

"到齐了！"

"好，那就开始吧。"

苏靛蓝看得一头雾水。

楚译走到苏靛蓝身边解释："非寻哥听了你上次的建议，把香云纱的染整工艺拆成几十个步骤，其中过水这一环节，分成了更细致的层次。之前都是四过水，现在非寻哥让人增加了比四过水更稀释的浓稠度，再用这池薯莨水重新把这批不合格的香云纱染了一遍。"

"重新染一遍？那过泥呢？"上周她提出复染的方法，但被老师傅们纷纷否定，因为存在巨大的风险。

"不知道，我也不知道非寻哥想干什么。"

"刘叔，你带着十个人出去，先把草场上晒干的香云纱搬进来。"陆非寻说道。

刘师傅带人搬了几十匹香云纱进作坊后，陆非寻接着说："刘叔，你另外安排十二个人，分为两组。一组人给这批香云纱过泥，另一组人把走完工序的料子抬去棚下晾着。"

"什么?!"作坊里的师傅们听完，全都不淡定了，"要重新对这批布料进行染整？"

陆非寻对楚译说："你帮我把桌子上的东西拿过来。"

楚译马上去拿回一袋东西，其他人则全围在一起。

"这不是胡闹吗？真要再过一次泥？"

"是啊，再过一次薯莨水把颜色补齐就得了，也能勉强交差，再弄一遍还得了？浪费人力物力不说，还让布料遭罪，万一彻底弄坏了，我们拿什么交给订货商？"

"再过一次泥，会将纱眼堵住，绝对会影响绸料的透气性。"

"小陆，你对香云纱根本不熟悉，光是纸上谈兵怎么能行？"

"还不如让时庭回来得了！"不知道谁起了个头。

"是啊！是啊！"立刻有人附和。

陆非寻听着这不绝于耳的质疑声，面色冰冷："你们的意思是，这批料子就这么交给订货商？"

所有反对的人心里都咯噔了一下。

陆非寻环顾一周："香云纱在市场上的价格你们都清楚。这种价位的高端面料，你们要让一批残次品流通入市场，败坏香云纱的名声？香云纱这么多年来，从没落到意图复兴，每一步都走得那么艰辛，有多少人在为此付出？做香云纱的老师傅们付出了多少心血，耗费了多少年，才让香云纱拥有一套固定的'官方'工艺。难道你们要香云纱这门手艺毁在德顺堂手里？"陆非寻眉眼间全是冷厉，"还是想像去年一样，再闹上社会新闻？！"

"去年那次……"张师傅试图解释。

"非遗技艺传承最大的问题，不是外界的漠视，而是自身无法坚守传承！"

苏靛蓝瞪大眼睛，看着陆非寻。

"可是……"人群中依然有异议。

"今天这批布料照我说的做，出了什么事情我负责！"

"你们就听非寻哥的吧。交货期早就过了，是非寻哥用诚意打动订货商，订货商才宽限了十天的时间，现在非寻哥一定是有办法了。再说了，这次事故是谁惹出来的？张师傅，减少工序，偷工减料，你乱来的时候怎么不问问自己？"楚译此刻站出来力挺陆非寻。

张师傅被点名道姓骂,一下子黑了脸。

楚译又道:"为了咱们这批布料,订货商那边甚至更改了成衣生产的开工日子,你们以为这批布料出了问题,就只有咱们德顺堂付出代价?"

"楚译说得对,这件事牵连很广,一定要尽快解决,我信小陆。"刘师傅说。

"从国家开始非遗摸底工作,到香云纱成功入选非物质文化遗产名录,这都是你们的功劳。可是这一次,如果不守住根本,香云纱就会毁在你们手里。"陆非寻说。

老师傅们纷纷拿起工具:"我们动起来!"

接下来热火朝天的一幕,让苏靛蓝为之动容。

陆非寻把楚译拿来的东西撕开,将里面粉末状的东西倒入泥池里,紧接着亲自拿拖把搅拌河泥。

苏靛蓝留意到今天的泥池与上一次见到的不一样,上一次的泥浆色浓且黑,今天的河泥明显稀释过,呈现为水状。

"需要我帮忙吗?"苏靛蓝问。

陆非寻抬眼看苏靛蓝,唇角动了动,想说点什么,最后却还是看起来很冷淡的样子:"不用。"

苏靛蓝忍不住说:"不用就不用,干吗冷着一张脸。"

陆非寻别过头,专心致志干活。

楚译恰好看到这一幕,忍不住幸灾乐祸笑了笑。

苏靛蓝偷看陆非寻,发现他看起来一本正经,耳根却有点红。

整个作坊忙得如火如荼。很快,再一次经过莨水处理过的香云纱重新过泥完毕,大家满头是汗。

楚译问:"香云纱的变色原理是河泥里的大量高价铁离子充分与薯莨汁里的单宁酸起反应。这批河泥太稀了,怎么起反应?"

没人回答,气喘吁吁的老师傅们都在屏息静待,虽然他们不全信陆非寻的,但也不希望看到失败。

随着时间一分一秒过去,楚译忍不住掐点提示:"半小时到了,非寻哥。"

"谁帮我提一桶水过来?"陆非寻问。

大家赶紧把水送到陆非寻手里,陆非寻拎着水桶走到其中一张过了泥的香云纱前。

哗啦——

一桶水直接倒在香云纱上,薄薄的河泥被冲开,露出深色的那一面。

在场都是接触香云纱几十年的老师傅,对香云纱再熟悉不过了。院子里响起一片倒吸凉气的声音,大家都不可思议地叫道:"成了,竟然成了?!"

"怎么可能呢?这没道理啊!老张,老张你来看看!"

张根同紧张地蹲下身抹开河泥:"怎么会?!这么薄的一层泥,怎么能染出这种效果来?"

陆非寻不答,仿佛早料到似的:"楚译,你带着大家检查后面的布料,安排师傅们走后面的工序。"

"没问题!"楚译连忙应下。

很快作坊里只剩下苏靛蓝和陆非寻。

"这次的河泥和上次的不同,对吗?"苏靛蓝一脸笑意,满是好奇。

陆非寻回头看苏靛蓝:"我往河泥里添加了铁还原菌。"

"铁还原菌?"

"薯莨汁里同时存在儿茶素类缩合单宁酚和醌两种成分,这两种成分通过多点位氢键和丝蛋白肽键的结合,在经过太阳暴晒后,向阳那一面上的拷丝胶质进一步与河泥中的二价铁反应,会形成一种溶解态缩合单宁络合物。这种缩合单宁络合物,在阳光下会被快速氧化成含三价铁的黑色沉淀。"

"然后香云纱才会产生两种截然不同的颜色?"

"嗯。"

"那铁还原菌在这里的作用是什么?"

"铁还原菌对香云纱的过乌用泥有强化作用。"陆非寻认真解释,

"在香云纱过泥时,如果往河泥中添加希瓦氏菌S12,就能大大提高河泥中铁还原菌微生物的丰度和活度,影响河泥中二价铁的含量。"

"我明白了!河泥中二价铁的含量增多,就能有效提高河泥的染色性能,就能够形成更多含三价铁的黑色沉淀!"

苏靛蓝也认真讨论起来:"这批香云纱已经用河泥染过一次了,为了不堵住纱眼,只能选择稀释的河泥水复染,可河泥水中含泥量不够就会存在二价铁不足的问题,所以为了保证香云纱的透气性和染色效果,就只能在河泥水中想办法,铁还原菌在这次复染中起到了决定性的作用!"

"聪明。"

"你才是最聪明的人。陆非寻,你怎么想到的?"

"是你提出的传统工艺三维概念带来的灵感。"

"真的?"苏靛蓝认真望着陆非寻,"这么说,我是最大的功臣?"

"可以这么说。"

"难怪你冷不丁让楚译过来和我说谢谢。"苏靛蓝不怀好意地靠近,"既然这样,那你是不是该给点报答?"

陆非寻看着苏靛蓝开玩笑要报答的样子,突然伸手进泥池,掏出一抹泥涂到苏靛蓝脸上,淡淡地说:"报答。"

苏靛蓝哇哇大叫:"陆非寻,你就是这样对待恩人的?"

"谁是恩人?"

"当然是我!"

"那我再给你送点活性因子。"陆非寻趁苏靛蓝不注意,又抹了一次。

苏靛蓝摸自己的脸,糊了一脸泥,顿时和他闹起来:"陆非寻,你这人真是不讲究!"

"讲究是什么?"

最后,两个人在泥池边打起了泥仗。

因为解决了一桩大难题,陆非寻心情很好,明显比寻常平易近人多了,嬉闹中无意握住苏靛蓝的手,又迅速放开。苏靛蓝顿时心跳加速,被自己的反应吓了一跳。

"我……我突然想起还有事，我先回去了！"苏靛蓝赶紧落荒而逃。

"明天来我书房一趟！"陆非寻喊住她。

"我……我想想。"苏靛蓝脸上发烫，却听见陆非寻的声音继续从身后传来："不想修画了？后天这批香云纱交货，不出意外，我能空出一段时间。"

苏靛蓝立马说："好！"

回到自己的房间，苏靛蓝好久都处在飘飘然的状态里。喜的是《东江丘壑图》的修复终于提上日程，愁的是她明天要怎么面对陆非寻。

突然，一通电话打进来，显示屏上跳动着庄清清的名字，苏靛蓝接起，里面马上传来庄清清吊儿郎当的声音。

"喂，小靛蓝，好多天没通电话了，你想不想我呀？"

"清清……"

"怎么啦？有气无力的，在广东进展得不顺利吗？哼，我就说这个陆非寻一定不会轻易答应你，是不是又折磨你了？"

"没有，陆非寻答应帮我修复了！"

"那你还有啥不开心的？"

"这个问题吧……"让她怎么好意思回答。

"你该不会被他的美色吸引了吧?！"

苏靛蓝："……"

"真发展出感情了？好事呀！你一定要抱住陆老师的金大腿，先把他骗回来再狠狠地踩躏他！"

"你还记着仇呢？"

"哪儿啊，我是那种人吗？"

"是！"苏靛蓝斩钉截铁地回答。

电话里传来庄清清一连串笑声："你胡说，我庄清清行得正、坐得端。好吧，我承认我是有点不想他好过来着。"

"我和他成不了，我们只是非遗战友。"

"什么战友，这世上有百分百单纯的男女关系吗？不过我跟你说，这个陆非寻冷血又毒舌，不食人间烟火，如果真的谈恋爱，你可千万不能动真心！"

"清清，你越扯越远！"

"我这不是怕你天天和他研究什么古画修复，美其名曰学术研究，然后眉来眼去，最后心动嘛，那就完蛋了！"

苏靛蓝心想，早就完蛋了。

庄清清问："要不然，你先把他追到手，然后再狠狠甩了他？想想就解气！"

"清清。"苏靛蓝认真说，"我终于知道你为什么和陆非寻结下梁子了。"

电话那头，轮到庄清清沉默了。

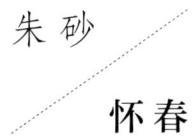

朱砂

怀春

第二天一早,苏靛蓝如约来到陆非寻的书房。

这间书房是个大开间,正对着庭院的景致。偌大的房间被苏绣屏风隔成两个部分,一边是工作区,一边则是数十排大书架。书架顶天立地,上面满满的都是书,或新或旧,全是与植物颜料相关的书籍。

"陆非寻。"苏靛蓝轻声喊。

陆非寻拿着一本书,从绣竹屏风后缓缓走出来。

那一瞬间,苏靛蓝又想起了在华公馆见到他的那一幕——他站在古画前,君子世无双。

"在看什么?"陆非寻沉声问道。

"在看你。"

陆非寻不习惯这种突然地被"调戏",转身就走:"不务正业。"

苏靛蓝赶紧跟上他的脚步,笑道:"今天需要我做什么?要帮忙查找资料吗?"

陆非寻停在一张书桌前,苏靛蓝瞥见传统的中式长桌上堆了几摞书,仔细一看,每本书上都夹了标签,密密麻麻的。

"这些是?"

"中国传统古画的研究资料。"

苏靛蓝突然问:"陆非寻,你做什么事情都这么认真吗?"

陆非寻音色沉稳:"世界美术史分类复杂,而中国画是其中非常重要的分支,这是我个人兴趣爱好所在。你想要帮助华公馆修复古画,就必须先了解传统画的构成,否则再努力也无济于事。"

"我愿意学！"

陆非寻随手拿起一本线装书，似不经意地问："传统国画的基础知识，你知道多少？"

"山水画、人物画、仕女画、道释画、工笔画、写意画……"

"中国传统画的门类不止这些。"

苏靛蓝掰着手指算："关于矿物颜料的国画知识，我倒是知道一些。传统中国画里还分为青山绿水和金碧山水这两种。在中国的山水画里，其实先有重彩的山水画，才有水墨山水画。"

"说说你知道的青绿山水名画。"

"例如王希孟的《千里江山图》。还有距今一千四百年，展子虔所作的《游春图》，都是青绿山水里的代表作。"

陆非寻点点头，苏靛蓝一看来劲了，接着说："至于金碧山水，这个分类大众知道得少一些，它是青绿山水中最辉煌的一种。在传统矿物颜料里有泥金、石绿、石青这三色，用它们作为主色的山水画，都统称为金碧山水画。就刚才说到的《游春图》，它算青绿山水，但若再细分，更应该归类为金碧山水。"

陆非寻注视着苏靛蓝，把她认真的样子装进眼里。

苏靛蓝发觉自己刚才的表现有些急切，被看得脸发烫，连忙转移话题："除了这些，剩下的我就不知道了。我喜欢缠着我爸学做传统颜料，但我爸并不愿意教我这门手艺。"

"为什么呢？"

"他觉得在这个时代做这个没前途。这门手艺年轻人觉得辛苦，也赚不到大钱，都不肯学。而已经学成的人，但凡有别的出路的也都转行了，早就把这门技艺丢了。只剩下一些高不成低不就的，这些人实在没有什么能力去谋生，只好勉强维持现状。"

"所以你父亲不想你走这条路。"

"他说过一句话：'只要活一天，就做一天'，他不想让这门手艺断送在他手里。但是如果让我来继承衣钵，他又实在不愿意。他总觉得自己穷困潦倒一辈子，不想再让我跟着受穷了。"苏靛蓝笑着说，"以前我读高中的时候,有一次偷偷在房间里看《国画鉴赏》,结果被他发现了。他特别生气,直接进来掀了我的书。那时我为了买这本书,偷偷攒了一个月的钱。"

"后来呢?"陆非寻的嘴角浮现起一丝若有似无的笑意。

"后来我特别难过,不是因为心疼书,而是觉得对不起他。他省吃俭用攒钱想供我上大学,我却偷偷存钱买这种书。"苏靛蓝望着陆非寻,"后来我才发现他气的不是这个,他是怕我大学报冷门专业,毕业后回来跟他一起当手艺人。怕我像他一样苦一辈子,穷一辈子。"

说到这,苏靛蓝环视着陆非寻书房里这些书,眼里全是光:"陆非寻,我特别羡慕你,能够拥有这么多喜欢的书。"

"那这些书你喜欢吗?"陆非寻一如往常地沉稳。

"喜欢啊。都是珍藏版,谁不喜欢?"

陆非寻敲敲桌子,接着说:"中国画里,除了你刚才说的那几个分类,还有折枝、界画、没骨、粉本、小品等。折枝是花卉画法的一种,界画则大多用来表现宫廷建筑。没骨则是一种绘画技巧,不用墨线为骨,直接运用颜料去表现事物。粉本类似于西方油画上色之前的素描稿,是中国古代绘画施粉上样前的稿本。小品则是古代文人的随性之作,尺幅一般都不大,有以小见大、隽永精辟的特色。"

"原来传统国画里有这么多讲究……"

"中华文化,博大精深。"说着,陆非寻拿起遥控摁下按键,一张银幕缓缓降下来,幕布上投射出《东江丘壑图》。

"《东江丘壑图》是明代中后期的绢本设色画,想要修缮破损的绢面处,就要了解中国的绢帛发展史。"

苏靛蓝注意力被幕布上的《东江丘壑图》吸引了。她愣愣地看了一会儿,目光复杂,然后默默拿出一个本子开始记下陆非寻说的要点。

"一幅古画一般分为画心、命纸、背纸、装饰等几部分。画心是书画家最初作画用的纸与绢,命纸则是装裱在画心后紧贴绢背的那层纸。因为对古画有很重要的保护作用,就如同画的性命一样,所以叫命纸。背纸则是覆背,指的是一幅画背后的整个裱纸。书画文物修复中,最重要的就是这层画心。

"《东江丘壑图》的画心是绢帛,但是用于绘画的绢帛却不一定是明代生产的绢帛。明代中国画已经发展到鼎盛时期,现存最早的矿物颜料山水画出自隋朝。而到了明朝的时候,无论古人的绘画习惯、绘画技艺还是绘画用品的制作,已经到了很成熟的阶段。绢帛作为中国画的创作载体,也经历了无数次的改良。

"五代到南宋时期,除了单丝绢,还出现了双丝绢,如宋徽宗赵佶的《祥龙石图》,作画用的绢帛经线是双丝四十八根,纬线则是单线。这种独特的双丝绢,质地细密,灰尘不易沾污,品质特别好,因此宋代的院绢在历史上名气特别大。"

苏靛蓝在认真消化这些知识,而陆非寻则接着说:"有时候明朝人会用宋朝的院绢作画,所以我们在修复书画的时候,不能单纯以朝代作为依据。"

陆非寻从摞着的资料里抽出一本图集:"这幅画现藏于故宫博物院,院内书画组的师傅们修复它时,发现它虽然是清朝的画作,用的却是宋代的院绢。"陆非寻突然低下身,靠近苏靛蓝,"这幅画还闹过一个笑话。"

苏靛蓝沉浸在知识的海洋里,没觉得这姿势有什么不对,只是问:"什么笑话?"

陆非寻指着图片上古画的一角,低声说:"这里有一处破损。"

温热的气息在苏靛蓝的耳畔溢开,苏靛蓝愣了一下,终于发现这个姿势让两个人挨得很近,苏靛蓝的心顿时砰砰狂跳。

陆非寻依旧淡淡地说:"中国每一个朝代都很重视书画的保存,宫中一直养着专门修画的匠人,有一个匠人在修缮这幅画的时候,竟然冒着被砍头的危险,拆旧补新。"

"拆旧补新?"

"匠人修复这处破损画心的时候,补上的绢不是自己染的,而是从他人的旧画上拆下来的,生拉硬拽粘到这个缺口里,后来这件事被故宫的修补技师们发现了。"

陆非寻讲话时温热的气息一直在苏靛蓝脸颊边萦绕。苏靛蓝觉得心发痒，声音也有些发软："所以呢？"

"所以补绢一直都是绢本画修复里的大难题。"陆非寻说完，一本正经地站直。

可是苏靛蓝的脑子死机了，只能胡乱应答："嗯，你说得对。"她……快不行了！

两个人讨论完，苏靛蓝从陆非寻书房里出来时，整个人都是飘的。如果不是笔记本上写满了字，她都要怀疑自己到底干什么来了！

回去的路上，苏靛蓝不断地拍拍脸，让自己清醒清醒。

"陆总！你怎么能这样?!"经过一条长廊时，苏靛蓝突然听见前方传来争执声。仔细一听，原来是张根同的声音。

张根同说："你为什么骗我?！我是个老实人啊，你怎么说我就怎么做，可你怎么能利用我打击德顺堂呢？我只会香云纱这门手艺，自己的作坊也倒闭了，这些年多亏德顺堂收留了我。现如今这批香云纱出了事故，要不是老刘替我说话，我早被辞退了！我要是丢了这碗饭，我去哪儿赚钱养我那一家子?!"

一道过分冷静的声音传来："张师傅，你是不是糊涂了，这事也能怪到我头上？"

"怎么不怪你？如果不是小陆学问大，德顺堂就毁了！我也毁了！"

"陆非寻学问大？"被诘问的男人明显不悦，"他一个学画画的烧钱浪子，回来继承家业就镀一层金了？从十八岁那年开始，他就再没碰过香云纱！出了事歪打正着解决了，整个作坊里的人就都开始崇拜他了？"

"陆总，你别这样说小陆总。"

"我爸还没死呢！只要他老人家还在疗养院住一天，陆非寻就算不上德顺堂管事的！张师傅，你记着，即使以后香云纱要选传承人，也是我陆时庭排在他前头。"男人轻蔑一笑，"你如果还想在作坊里养老，最好懂事一点。"

张根同已经出离愤怒了："陆时庭！"

"叫我陆总。虽然我现在不管德顺堂的生产了，但德顺堂实体销售权依旧在我手里，德顺堂的法人代表还是我。"

"你给我多开的那几个月的工钱，我退给你……"

"喵——"一声猫叫打断了所有的争执。

有只路过的橘猫蹿向苏靛蓝，苏靛蓝连退了两步。

"谁？"男人问。

被发现了，苏靛蓝转身想走，却看见一位和陆非寻长相相似的男人从角落里走出来。他的年纪稍长，气质温文尔雅，眼里却藏着狠戾，他看见苏靛蓝时也有些意外。

苏靛蓝马上绽开笑容："不好意思，我路过。"

陆时庭马上变了表情，盯着苏靛蓝看："你是？哦，是从苏州远道而来，找非寻帮忙的那个女孩吧？"

陆时庭突然一改刚才的冷意，热情道："不错，非寻这些年在外留学，也没做什么正经事，如果能帮到你最好不过。我是他哥，你可以叫我时庭哥，有什么需要帮忙的也可以和我说。或许，他办不到的事，我能办到。"

"好的，谢谢您。"

"不客气，都是做传统手艺行业的人，应该互相帮忙。"陆时庭爽朗地笑了笑。

随即，他回过头深深地看了张根同一眼，笑着问："张师傅，你不是要回作坊里工作吗？"

张根同不知道苏靛蓝听见了多少，脸都吓白了，连忙说："哦，对，我手里确实有点活还没做，我先去忙了。"他一边说一边慌张地擦了擦身上的衣服，一双多年劳作的手早已被薯莨汁泡得开裂，苏靛蓝看见了有些心疼。

陆时庭貌似无意地对苏靛蓝问："你什么时候来的？"

"我跟猫一起过来的，所以没来得及向您打招呼。"

"是吗？"

苏靛蓝腰杆站得笔直，笑着点头。

陆时庭脸上的笑容更和气了一些："最近这一年弟弟主内，我主外，所以我很少到老宅这边来,抱歉招待不周。"

"没有,是我冒昧打扰了,时庭哥您太客气了。"苏靛蓝连忙说道。然后她目送着这位阴晴难测的大少爷离开,心里总觉得有些不自在……

第二天苏靛蓝去书房找陆非寻,结果看到楚译在里面整理报表:"楚译,陆非寻呢?"

"非寻哥今天去广州市区见客户了,上次那一批香云纱正好今天交货,怎么了?"

"哦……"

"有事?"

苏靛蓝轻轻摇头,欲言又止。

"苏小姐?"

"你叫我靛蓝就好,大家都这么熟啦。"

"好吧,靛蓝,什么事?"楚译耳根泛红,都不敢看苏靛蓝,他缓了一会儿才问,"你来找非寻哥做什么?是急事吗?"

"也算是吧。"苏靛蓝皱起眉头,犹豫道,"楚译,我想问一个问题。"

"什么问题?"

"陆非寻和他哥的关系好吗?"

"怎么突然问这个?"楚译打量着苏靛蓝,想了想说,"非寻哥和时庭哥关系一般吧,主要是时庭哥不爱搭理非寻哥。"

"为什么?"

"因为时庭哥比非寻哥大六岁,两个人有代沟,玩不到一起。怎么了?你对他们感兴趣?"

苏靛蓝摇摇头,想了一下又点点头:"你可以和我说说吗?"

楚译心塞,都关心到家人层面了?看来苏靛蓝真对非寻哥有意思了。

楚译觉得自己得大度一点,于是热心地说:"非寻哥刚上小学的时候,时庭哥已经念初中了,两个人的共同话题就只有香云纱。二十年前香云纱的市场还没这么差,那时候的德顺堂也比现在热闹多了,一到开工季节,整个伦教镇都是薯莨水的味道。时庭哥和非寻哥从小就学做香云纱，但是论天赋，时庭哥水平一般，非寻哥跟开挂似的，一学就会。

"我和我妹从小就和非寻哥一起玩，记忆里最深刻的一件事是，有一次陆伯父让时庭哥和非寻哥比赛，看谁能在同样的时间内把香云纱染得最正宗、最漂亮，赢了的人就可以跟陆伯父一起去香港出差。那时非寻哥和时庭哥都想赢，可时庭哥毕竟先学了六年香云纱的制作技术，我们都以为时庭哥赢定了，可结果却是非寻哥胜了。"

"陆非寻这么厉害？"

"那当然了，非寻哥从小学什么都快，典型的学霸。尤其是做香云纱需要掌握薯莨汁的浓度和温度，要看晒莨时坯绸的着色度，这些都需要靠天赋。"

"后来呢？"

"后来当然是非寻哥跟着伯父一起去香港了。非寻哥上初中的时候就做得比坊内的师傅们还好了，有时雨季赶工期，非寻哥还会从学校赶回来帮忙。"楚译叹气道，"等到非寻哥上高中的时候，他知道时庭哥心里不舒服，就故意装笨了。再后来，非寻哥高三那一年，德顺堂发生了一件大事，他就再也不碰香云纱了。高考完后，非寻哥执意出国留学，直到去年才回来。"

苏靛蓝听完有些犹豫："我昨天……"

楚译立马看向苏靛蓝："昨天怎么了？"

"也没什么，就是昨天看到张师傅和陆时庭大哥在一块儿说话。"

楚译的表情立马变得不太好看："所以你问非寻哥和他哥的情况，原来是为这事？"

"嗯。楚译，你说这一次香云纱染整出错，是不是……是不是和陆时庭大哥有关系？"

楚译莫名松了一口气，表情又马上变得讳莫如深，最后才说道："唉，本来都是私事，不想细说。其实吧，非寻哥都知道。"

苏靛蓝感到很意外。

楚译接着说："去年出那件事以后，伯父都气病了，医院下了几次病危通知书，非寻哥只好回德顺堂来收拾这个烂摊子。也因为这件事，陆伯父和时庭哥产生了隔阂,不许时庭哥再碰香云纱。"

"去年的事故搞得作坊内人心惶惶,谁也不敢再乱改变香云纱的工序。按理说,张师傅就算再怎么急得跳脚,也不至于重蹈覆辙。我私下问过刘师傅,刘师傅说他没对张师傅说过那些话,那么就只有一个可能——张师傅被人当枪使了。"

"可是德顺堂出事,对陆时庭有什么好处?"

"人争一口气嘛!时庭哥也不是故意搞出去年的事情,他只是觉得香云纱就是一个赚钱的工具,既然现在卖得好,国家也支持非遗产品市场化,那就最大限度地加大量产。他也不是故意要砸德顺堂这块招牌的。"楚译停顿一下,接着说,"去年非寻哥接手德顺堂以后,合作商又回来了,今年订单量比去年还多了百分之十。假如这是一场比拼的话,那么时庭哥又输了。所以时庭哥大概……不想让非寻哥这么顺利吧。"说着,他无奈地笑了笑。

"可是……"苏靛蓝不知该说什么。

假如这真的是一场比拼,那么输的应该不仅是香云纱染整工艺这个非遗技艺种类,而是整个国家吧?尤其是在这个非遗传承困境已经很凸显的时代。

苏靛蓝感慨道:"幸好我家只有我一个人。"

说完,苏靛蓝又觉得不对,于是跟着楚译一起发愁:"但是矿物颜料的手艺传承好像比香云纱染整技艺的传承更难,至少你们是抢着做,而我们家,我爸压根不希望我碰这门手艺。"

"难啊,都难。"楚译道,"非寻哥私底下夸过你,他说香云纱染整工艺里有依靠自然资源的地方,例如薯莨和河泥。薯莨我们可以种植,河泥资源虽然这些年越来越匮乏,但还是有的用。尤其是非寻哥刚掌握的铁还原菌技巧,也可以有效预防未来河泥资源匮乏的局面。但是你们矿物颜料制作技艺的传承可就比我们难多了,非寻哥说,现在国内很多好的矿物颜料矿脉已经枯竭,挖不出制作颜料的矿石了。"

苏靛蓝点头,有种遇到知音的感觉:"确实是这样。那……他夸我什么?"

"非寻哥夸你一根筋,爱钻研,有毅力。他说现在像你这么又傻又认真的女孩不多了。"

"……我的妈呀!你真的确定他是在夸我吗?你们是不是对夸人有什么误解?!"

"嘿嘿嘿。"楚译一直笑到直不起腰,苏靛蓝真觉得这个天聊不下去了。

之后的两天,苏靛蓝看陆非寻的眼神都有些幽怨,尤其是与陆非寻一起整理《东江丘壑图》的修复资料的时候。

咚咚——

陆非寻修长的手指叩击楠木桌面,发出沉闷的响声。

"我刚才说的要点,你记住了吗?"陆非寻低沉的声音在书房中回荡。

"啊?"

"走神了?"

苏靛蓝用手懊恼地撑住额头。看来人真的不能高估自己,越想找回场子,就越容易丢面子。

"我……我在思考比较深奥的高层次问题。"苏靛蓝一本正经地胡说八道。

陆非寻故意问:"既然不是走神,那么把我刚才说的内容重复一遍。《东江丘壑图》的画心用的是宋朝的院绢,这幅画在乾隆年间经宫中匠人修复过一次,当时重新装裱用的是什么纸?"

"乾隆时期的高丽纸?对!前人把高丽纸揭得很匀很薄,用来当锯条。"

陆非寻深深地看了苏靛蓝一眼,不再勉强:"既然累了就休息一会儿,你这两天也记了不少资料。"

苏靛蓝松了一口气:"好!"

"今天我这里有两个关于《东江丘壑图》的消息,一个坏消息,一个好消息,你要先听哪个?"

"先听好消息。"

"好，华公馆请省博物馆的文保科技部为《东江丘壑图》的画心做体检工作，并已于昨天完成了。好消息是原本华公馆认为它只有一处破损，这次却发现整幅画出了新的问题。画上固色用的胶质变性了，颜料从绢上游离而出，渗入绢中，整幅画在经过高倍数放大镜检测后，发现有些地方都变黑了，所以将对它进行整体修复，包括洗、揭、补、托、全。"

什么！大洞没填好，又查出旧疾？

苏靛蓝欲哭无泪："这算什么好消息?！"

陆非寻不动声色："《东江丘壑图》属于华公馆现存藏品里保存得较完好的文物，级别虽高，却一直不在待修复的名单中。这次扫描出许多新问题，就意味着华老会投入更多人力与物力去修复它。这些新发现的问题并不是你父亲造成的，所以修复费用不需要你们承担。在整体修复的工程难度下，那个破损倒不是大问题了。毕竟只要补了绢面，再请修复专家补色，整幅作品就能完好如初了。"

苏靛蓝依旧觉得头大："就算是搭了华老修复画作的便车，也不代表那个绢面就能补好啊！我们惹出来的麻烦还是得想办法解决啊！"

现实困难摆在眼前，苏靛蓝陷入了沉思。

陆非寻依旧冷静地说："在文物修复里有一条原则叫修旧如旧，指的是修完的文物应像从没损坏过一样。"

"这个我知道，这对修复古画的人要求很高，对修复的资源要求也很高。例如，宋代的绢本画，它的画心破了，最好的修复方式是寻找到相同质地的宋代绢帛，用文物修复文物。

"以前的人修复文物的质量特别好，就是因为他们能用到很多特殊的修复材料。像宋代的绢、明代的锦、清朝的纸，那个时候这些东西还没有那么珍贵，可在今天，这些东西本身都已经是文物了。"

陆非寻点点头："的确，补绢时只有找到与画心质地、颜色都相近的绢帛或经纬线，才能做到修旧如旧。"

苏靛蓝突然兴奋地说道："如果我们能找到宋代的院绢用在《东江

丘壑图》的修复上,这样是不是就可以不用染了?"

"是的,但坏消息是没有质地和颜色都与之相近的宋绢。"

"几个博物馆里都没有?"

"都没有。"

"所以还是要染?"

陆非寻似笑非笑不回答。

"啊……"苏靛蓝苦着脸,陷入崩溃中,"你这不是好消息和坏消息,你这全是坏消息。"

之后的几天,苏靛蓝忙进忙出,总是不见人影。其间有一次到陆非寻书房去,也只简短逗留了几分钟。楚译偶尔见到苏靛蓝,她几乎都是围在老师傅身边,学习怎么样染绢料。

随着距离华老给出的修复期限越来越近,苏靛蓝也越来越焦躁。就连苏庆云也开始逐渐坐不住了,时不时地给苏靛蓝打电话,旁敲侧击问进度。

"靛蓝,爸身体好些了,你在那边怎么样?如果补不了那个洞,我就先把颜料做好送到华公馆去。实在不行就把咱这套房子卖了,把钱赔给人家……"

苏靛蓝拿着电话,不敢告诉苏庆云自己在广州的状况:"爸,我这边快研究出来了,咱们乐观点!"

哄好了苏庆云,苏靛蓝又一个人坐在门槛上叹气:"加油!没什么能够难得倒你!滴水能穿石,精卫努力一下还能填海呢,不就是一个洞嘛!肯定可以的!"她扎起个小马尾,悄悄给自己鼓劲。

一日不见,如隔三秋。楚译十分想念苏靛蓝。

夕阳西下,陆非寻和楚译在草场上例行公事查看莨绸时,楚译忍不住问:"非寻哥,你是不是又做了什么事,吓到人家了?"

陆非寻看了楚译一眼。

"我是说……"楚译被陆非寻的目光吓得把剩下的话噎了回去,改口道,"如果那幅画真修不好,她爸可能会赔很多钱。还有个过失破坏文物罪，要判刑的，你干脆再多帮帮她……"

陆非寻身形挺拔，腿格外长，随便迈几个大步，就把楚译甩在后头了。

"非寻哥！"楚译只好小跑着跟在后面。

但在看清陆非寻是往西厢走的时候，楚译突然就泄气了。

西厢房里有三间客房，都是平时接待客人用的，最近常住在这儿的只有苏靛蓝一个人。因为怕苏靛蓝生活不方便，陆非寻安排刘叔的媳妇时不时过来照看一下，而他自己几乎从来不过来。

今天，陆非寻踏着霞光走进小院子，第一眼就看到了正在忙碌的苏靛蓝。她穿着背带裤，扎着高高的马尾，一米六五的身高，却搬着垒得比她半个人都高的箱子，显得十分吃力。陆非寻愣了一下，伸手接过。

苏靛蓝回头看，发现来人是陆非寻的时候，笑得眼睛都闪闪发亮："怎么是你？"

"路过。"

怎么可能是路过？他这个点都会去草场上逛一圈，结束之后还会回到作坊里去看一看，作坊和西厢是两个方向。苏靛蓝看破却不说破。

陆非寻低声问："怎么穿成这样？"

苏靛蓝低头看了看自己的衣服，语气里洋溢着一丝兴奋："最近忙着做实验，总是搬上搬下，穿裙子不方便，还是这样好一些。"

"做什么实验？"

"秘密。"

苏靛蓝的笑声，就好像在陆非寻心上挠痒似的。

陆非寻跟着她走进院子，看到树与树之间被拉上了一条细绳，绳上挂了不少小片的绢布料子，每一种料子看似一样，其实都不尽相同。虽然天色已经慢慢暗下来，陆非寻却还是能敏锐地发现，这些绢布颜色不一。

苏靛蓝说："你来得正好，帮我看看？"

"你最近关在这里，就是在做这些实验？"

"对呀。"苏靛蓝点头，期待地看陆非寻。

"你晾起来的十五块绢布，分别是十五种浓稠度不同的薯莨汁染出来的丝布，这里一共有十三种颜色，其中有两组布料的颜色重复了。"

"连这个你都能看出来？"苏靛蓝激动地问，"你知道这是为什么吗？"

"植物染料在染布的过程中一定要加入媒染剂，媒染剂运用的过程中，种类和剂量的不同会影响到布料的效果，例如上色程度、固色程度。同时，染制过程中的温度不同，也会造成最终的颜色出现差异。"

苏靛蓝恍然大悟："原来是这样？"

陆非寻脚步顿了顿，主动说："下次有什么不懂的地方，可以直接来问我。"

苏靛蓝意外地看着陆非寻，红了耳根。

接下来，陆非寻并没有走。苏靛蓝以为陆非寻是心血来潮看看她，没想到他帮她搬完快递箱子以后，他反而在旁边停下了。

苏靛蓝的心思都挂念在箱子上，实在忍不住先干起了正事。她拆开箱子，里面出现了各种奇奇怪怪的东西。

"茜草？葎草？飞机草？槐米、栀子、黄檗和核桃皮？"陆非寻眼底浮现淡淡的笑意。

"你为什么笑？"

"这个年纪的女孩只有网购核桃，少有网购核桃皮的。你真是个特例。"

苏靛蓝笑着整理，把这些植物染料的原料清洗、归类、然后剁碎。

"这几天你都在弄这个？"

"是啊，研究如何染整绸布，还请人帮忙在院子里架起了一个小锅呢。"

陆非寻陪着苏靛蓝弄这些东西，苏靛蓝要烧火时，陆非寻自然而然地接过她手里的干柴，帮她把控火候。

"哎？你也会烧火吗？"

"香云纱也是这样染出来的，这门手艺之所以需要经验丰富的师傅来把控火候，就是因为植物染料在染整过程中对温度的要求极严格，凉一些不行，太烫也不行。"

微弱的火光倒映在苏靛蓝的眼里。

陆非寻看见了，低声说："小时候常做。"

苏靛蓝默默笑了，心动如擂鼓。

一整个晚上，陆非寻都在为苏靛蓝打下手，说是帮忙，不如说是在指导，指出苏靛蓝染绸过程中不规范的地方，解了她不少疑惑。

"为什么天然植物染料在染色的过程中，要不断地煮、浸、晒？如果在染布的过程中，不加入媒染剂会怎么样？"

"不加入媒染剂固色效果就会差一些，现在市面上的纯天然植物染料，主要用明矾、硫酸铜和硫酸亚铁做媒染剂。像茜草，用明矾固色效果最好。"

苏靛蓝在心里做小笔记，又问："如果我想要用纯天然的植物，染出像《东江丘壑图》绢面那样的颜色，你推荐用什么植物来染？"

"荩草、槐米、栀子和黄檗都是黄色类的植物染料。"

苏靛蓝笑了笑，从身后拿出了一摞树叶："还有这个。"

"杨梅叶？"

"没错，前头院子里摘的。"苏靛蓝指了指外面，"我试了二十几种黄色系的染料，努力染出和绢面一样的颜色。为了试验成功，我连外头的杨梅叶都摘出来做试验了。"

陆非寻淡漠的目光都变得柔和了："好。"

"我看书上有写到，杨梅叶可以染出茶黄色，可我无论怎么试验，只能染出淡琥珀色。"

"杨梅叶在染色的过程中也需要媒染剂助染，这个很少有人知道。如果想要染出茶黄色，加铜盐媒染剂，如果想要染出鲜米黄色，加铬盐媒染剂。"

"原来是这样。"苏靛蓝恍然大悟。

陆非寻突然很想伸出手，揉一揉苏靛蓝的脑袋。他似乎是用尽了全力才忍住了这个念头，只是淡淡地说道："关于天然植物染料的染色，可以参考香云纱的染整技艺，有什么不懂的给我打电话。"

"我……没有你的号码。"

陆非寻伸出手，苏靛蓝拿出手机递给了他。陆非寻把自己的号码存进去之后，没说太多便离开了。

等陆非寻走出院子，苏靛蓝赶紧打开手机看——陆非寻给自己备注的姓名竟然是：非寻。

苏靛蓝忍不住翘起嘴角笑，一丝丝甜意从心里往外冒。

确定陆非寻走远了后，苏靛蓝再次打开自己的手机通讯录，偷偷把另一个名为"陆大变态"的联系人名片删掉。

哪个少女不怀春，完了……她是彻底沦陷了。

藤黄

修复

网购的植物染料原料到货了后,苏靛蓝开始忙了起来,每天都在仿染绢面色彩。后来陆非寻也让人送来二十几种植物染料,小小的西厢一下子堆满了各种草木,苏靛蓝天天煮染,身上也沾了淡淡的青草香。

从传统的天然植物染料试色,到非常规的植物蒸煮试色,姜黄、郁金、金樱子、橡椀、木麻黄、冷杉,这些苏靛蓝都试了一遍。

陆非寻虽然没亲自来帮忙,但是说到做到,特意让作坊里两位最有经验的师傅来帮忙。

小小的西厢里,经常响起两位师傅带着地方口音的争执声:

"都说这样不行的喽!哎呀,不能这么煮,这个布料这样放进去咋个能煮好的哦!瞎吹水!"

"你这个甘狗蠢,你会你来!我是染香云纱的,你让我来煮姜黄?你怎么不让我放只鸡进去炖哦?"

"吃吃吃,满脑子就是吃,还想着炖鸡?!再染不出对的颜色,饭都没的吃!"

苏靛蓝从满心期待到不断被现实打败,她终于理解了陆非寻最初的态度。一个手艺人想要在偌大的自然界中找到合适的材料,进而染出相同的颜色,实在是太难了!

离华公馆宽限的时间只剩五天了。

德顺堂的古宅,一到晚上就安静得只有夏蝉鸣叫的声音。深夜十一点,小院里架起数座打光灯,聚拢的灯光落在苏靛蓝所在的地方,四周亮如白昼。

苏靛蓝还在试染绸布，穿着围兜站在煮布的灶台前。

灶台一旁架起了一张桌子，桌上堆着许多废弃的面料，另一侧空出的地方则放了一个平板电脑，屏幕上正是放大百倍的《东江丘壑图》局部，远远看去像是一块立起的色卡。

苏靛蓝站在灶前，拿着一双木筷子，不断搅动锅里的汤汁，灶台烘出的热气让周围的空气都折射变形了，热气蒸得她的额头上全是汗。

陆非寻走到院子口，看到苏靛蓝专注的模样。发现了她一个人独自在黑夜里的坚持和努力，他的视线竟然无法从她身上移开。

"啊！"

突然，苏靛蓝被一块刚染好没多久的绢布烫到。然而她只蹲下来看了一眼，便起身继续试染。

陆非寻看得眉头紧皱，走上前接过她手里的镊子。

苏靛蓝很意外："陆非寻？"

陆非寻默不作声，接下了她手里的工作。

苏靛蓝有些不好意思："我没事，我来吧。"

陆非寻沉着脸："你刚才染了几次，颜色全错。"

"我知道，所以才要继续啊！"

"染布讲究一看、二闻、三感，浓稠度不一样的汁液，随着火候的收汁，每时都在变化。比起等，更重要的是看。"陆非寻把绸布从锅中提出来，淡黄色的绸布放在洁白的瓷盘里，竟比苏靛蓝染出来的更接近原图。

苏靛蓝想帮忙却被拦住，抬头便对上陆非寻愠怒的眼睛："整锅染料的颜色都不对。"陆非寻声线低沉，"每种植物的汁液染出来的颜色都不一样，草本植物的魅力在于色彩自然纯正，如果这一种植物无论怎么把握时间，出来的颜色都不是所要的，那么适时替换掉它就是最好的选择。苏靛蓝，坚持虽然重要，但长脑子更重要。"

"你，你怎么还骂起人来了？"苏靛蓝很委屈。

陆非寻垂下眼问："还有几种植物染料要试？"

苏靛蓝看了看桌上的原料："还有苏木、陈茶、栀子。"

"接下的我来做。"

"不用，太晚了，还是我来吧……"

陆非寻打断她："苏靛蓝，去擦药。"

苏靛蓝愣愣地看着陆非寻，心怦怦跳。

现在时间那么赶，她几乎连觉都不怎么睡，连夜进行试验。然而此刻，看着陆非寻严肃的样子，她也只能好声好气地答："好，我去上药。我晚上多做一些，白天两位师傅就能少陪我耗一些……"

陆非寻淡淡看了她一眼——都烫成这样了，考虑的还是别人？

苏靛蓝处理烫伤回来，看见陆非寻在帮忙添火，心里很动容。

陆非寻看见苏靛蓝擦了药，说道："植物染料一定要柴火煮汁液，包括香云纱在内的染整过程中，所有的薯莨汁加热工序都只能通过柴火燃烧加热来完成。"

"为什么？"

"因为只有慢慢升高的温度，才利于经验丰富的师傅们随时掌握汁液的浓稠度。"陆非寻一边搅弄染汁，一边看着苏靛蓝，无意中瞥见苏靛蓝手上有许多细小的伤口，又陷入了沉默。

陆非寻寂然地染着布，四周显得更安静了，静到只有他偶尔喊"添火""减火"的声音。

不过很快，苏靛蓝察觉到不对劲——陆非寻染布时，手竟然是抖的。

苏靛蓝紧张地问："陆非寻，你怎么了？"

"没事。"

苏靛蓝看见陆非寻眉头深拧，冷薄的唇也颜色泛白，声音虽然竭力平静，但情绪明显不稳定。苏靛蓝整颗心都悬了起来——他这个状态，一点也不正常！

"你害怕染布？"

"有阴影。"

眼前是简易的小灶台，一个普通的锅，锅中熬煮着栀子叶，空气中泛着好闻的香气。一切都很好，除了时间已临近深夜，人有些疲惫。本来是很寻常的画面，却因陆非寻的坚持与隐忍而变得不寻常。

"以前……发生了一些事……"陆非寻皱着眉头,语气平淡地解释。

紧接着,夜色中是长久的静寂。陆非寻明显不想细说,苏靛蓝也不再追问。

陆非寻又继续往锅里添了一些陈茶,等锅中的颜色变得更加鲜艳之后,将新的绢布放了进去。染完最后一条坯绸后,陆非寻立马转身就走。

苏靛蓝急忙跟上去,结果看见陆非寻抬手撑着树干,一副竭力平缓呼吸的样子,看着就很可怜。

"你是不是很不舒服?"

陆非寻不回答,苏靛蓝赶紧跑去拿风油精。

"试试这个吧,难受时擦一擦,用完会好一些。"

陆非寻看了一眼,皱着眉头,竟然滑坐到了地上。苏靛蓝吓呆了,赶紧帮他拍背。这时她突然想起楚译说过的一句话:非寻哥高三那一年,德顺堂发生了一件大事,他就再也不碰香云纱了。

陆非寻在她心里一直都是坚不可摧的,苏靛蓝从没见过他这个样子,此刻她手足无措,显得十分慌乱。

陆非寻努力整理好自己,但脸色依然很苍白。

苏靛蓝朝他道歉:"对不起……"

"是我自己的问题。"

"你是为了帮我,才会变成这样。"

"接着做吧。"陆非寻又换上了惯常的拒人于千里之外的样子。

苏靛蓝想了想,说:"我知道每个人心里都有不想说的秘密。我是被爸爸收养的孩子,所以从小就害怕别人问我的身世。每个人都有难言之隐,有害怕、不想记起、不想再经历的事情。我大概明白你为什么不愿意帮我修复古绢了。"

陆非寻意外地抬头看苏靛蓝,却对上她满是愧疚的双眼:"谢谢你,真的。"

陆非寻心间一沉,解释道:"十年前,这里发生了一件让我不能原谅自己的事情。也是在这样的夜晚,我在作坊里染布,我的母亲落入河滩溺亡。当时隔得很近,如果我没有那么专心,或许能听见呼救声,那样也许她就不会死。"

"你……"

陆非寻故意说得轻描淡写:"所以,我现在只要亲手染布,身体上就会出现排斥反应。"他慢慢站直身子,"不是什么大事。"

月光下,苏靛蓝第一次勇敢地正视陆非寻,觉得他不再那么遥远,就像身边的一个人,会痛会难受。她突然觉得,他此刻的身影是这样的孤独。

陆非寻继续回到工作台,慢慢把染好的绢布放进桶中浸泡。

苏靛蓝以为他要毁掉这些绢布,着急地问:"你这是要做什么?这是你好不容易染出来的!"

"三洗九整十八晒,香云纱的染整工艺里,最关键的一步在于洗。"陆非寻皱着眉说,"薯茛汁与丝绸充分接触后,已经附着在每一根经纬线上,成为它们的一部分。香云纱在制作中需要不断地染、不断地洗、不断地晒。因为工序繁杂,所以才呈现出难以复制的色相。"

"所以你现在要……"

"我们不断试染,是为了找出最合适染整工艺处理的颜色。"

"我明白了!《东江丘壑图》的绢面经历了千百年的氧化,颜色独特。在没有宋绢可供修补的前提下,我们只能靠技艺染出无限接近的颜色。想要修旧如旧,就只能在技巧上胜出!"

陆非寻看苏靛蓝的眼神中带着赞赏,仿佛注意力都被她吸引过去了。他定了定心神,一边染一边说:"香云纱的工艺已经传承六百多年,经过三洗九整十八晒的染整工艺,是目前能最好兼顾生产时间与生产质量的技艺,但这并非香云纱最好的染整工艺。在德顺堂里,还有一个独门技巧,叫作浸一洒六封六煮一封十二,用这个口诀做出来的香云纱,工艺上多了几十道工序,出来的香云纱光泽发亮,颜色正,固色度也更强。

"苏靛蓝,手艺人做艺,从来没有真正的技艺好坏之分,输在经验只是一时,更多时候是因为不够用心,不肯耗时。老祖宗传下来的东西,只要肯用心研究,就一定能做好。这才是非遗传承的真意。"

苏靛蓝沉浸在他这番话中,慢慢地说:"我知道这世间最好的东西都需要付出时间和劳作,这是传承工艺的精髓。"

陆非寻重新忙碌起来,捞出桶中的绢面,继续放进汤锅里煮,熬煮间用镊子提起几次,料子颜色不断变黄,经过重复浸泡、煮、晾、染,最后出来的布料竟真有些古香古色的味道。

"我明白了!"苏靛蓝恍然大悟。

"你明天用陈茶试试,茶叶自古以来也是一种天然的植物染料。"陆非寻满意地看着自己的这个学生。

"茶叶?绿茶?红茶?乌龙茶也可以吗?"

"中国书画贸易市场里,有人用隔夜的茶水对书画进行做旧处理。作假的人用排笔将隔夜的茶水反复涂抹到赝品书画上,让绢面泛黄,再把做旧的书画放进有米虫的米缸里,任由米虫啃咬书画,以达到仿古的目的。如果心术不正,文物修复的技术就是造假的捷径,既然二者有共通之处,也就有参考的价值。"

"好!懂了!"苏靛蓝猛点头。

"剩下的你自己体会体会。"陆非寻把镊子放下,去洗手。

苏靛蓝忍不住说:"谢谢你!"

陆非寻看她感动的样子,故意板着脸,看一会儿后便走了。

距离华公馆宽限的时间只剩三天的时候,西厢里突然传出阵阵尖叫声。

苏靛蓝兴奋地大喊:"陆非寻!陆非寻,我成功了!!"

苏靛蓝冲到陆非寻的书房里,一手里拿着一张绢布摇啊摇,另一手还举着一个平板电脑。

陆非寻正在看书,一抬头就看见苏靛蓝激动疯了。

"陆非寻!你看这个颜色对不对!!"

陆非寻被她的喜悦感染,目光落到暗黄色的绢布上。

明明是新染的绢布,却呈现出历经风霜的年代感。颜色与平板电脑上所显示的《东江丘壑图》局部完全一致,就连纹路也十分相似。

"不错。"陆非寻极少言表于色,但这会儿脸上也写着惊喜。

"这是我用德顺堂库房里的一块明代古绢试染的,管库房的老师傅都心痛死了,可是真的成功了!陆非寻,我用你教我的方法,成功染出一样的颜色了!"苏靛蓝喜极而泣,"虽然我不知道真的《东江丘壑图》是不是这个颜色,因为每台显示器都会有差异,但是我可以仿出这种老旧的效果了!你说这是不是意味着画有救了?!"

"让我看看。"

苏靛蓝赶忙把绢布塞到陆非寻手里:"给你!快帮我看看!"

陆非寻接过反复摩挲,眼中浮现出惊艳,但仍故意装得一本正经:"确实是成功了。"

苏靛蓝拽着陆非寻身上的灰色衬衫,激动地说:"如果没有你,我绝不可能染出来!"

陆非寻低头看苏靛蓝扯着他衣服的手。

苏靛蓝情绪上头,竟然还激动地抱上去:"你说得对,老祖宗传下来的东西,只要肯用心研究,一定能做好!这就是非遗传承的真意……"

她在说什么,陆非寻已经无心倾听,满脑子都是苏靛蓝在他的衬衫上来回摩挲的手。她身上的温度很热,整个人又带着淡淡草本植物的香味。陆非寻动了动唇,最后还是没制止她。

苏靛蓝还在激动地说:"就是因为你提醒我,我才会恍然大悟、醍醐灌顶!这次我用陈茶加上栀子再加上媒染剂,借鉴香云纱的染整工艺,不断洗、晒、晾,终于仿出这种颜色!为了固色,还用排刷沾隔夜茶反复刷洗、做旧,终于成功了!"

苏靛蓝高兴到鼻子发酸:"你说得对,真正的手艺人从来没有技术高低之分,只有肯不肯花心思。有天赋很重要,但天赋只是助力,有没有用心,才是做成这件事情的根本。陆非寻,你总说自己是商人,但其实你比谁都厉害。"

苏靛蓝激动地抱着他,还这样直白夸他,陆非寻僵了一下。

"陆非寻,遇见你是我这辈子最幸运的事情!"

陆非寻怔了半天才憋出一句话:"恭喜。"

苏靛蓝这才发现了不对劲，赶紧松开手……又丢人了，惨了。

苏靛蓝染整成功的消息，很快传遍了作坊，大家都为她高兴。连日来的朝夕相处，大家都有了感情。

几个师傅们高兴的同时，也忍不住问道："小苏啊，这布染好了，你是不是就要回去了？回去了以后，你还过来吗？"

楚译在场，忍不住说道："靛蓝回苏州有正事要做，画还没完全修好，她还有的忙。"楚译不知怎么了，语气有点发酸，"而且咱们这是在广东，过来一趟不容易。靛蓝，你以后肯定很少过来了吧？你千万不要忘记我。"

苏靛蓝笑着说："我会争取多多赚钱，以后常来看你们的。"

女工阿姨问苏靛蓝："小苏啊，我看你还没有男朋友，我侄子人挺不错，你要不要考虑一下，嫁到我们伦教来？"

苏靛蓝顿时害羞，大家聊得热热闹闹，就喜欢看苏靛蓝脸红不说话的样子。

陆非寻突然到作坊来，整个空间蓦地变安静了。

苏靛蓝转身，一眼就看到陆非寻。她想到抱住他的事，红着脸打招呼："陆……"

"嗯。"陆非寻朝苏靛蓝招了招手，"过来一下。"

苏靛蓝只好腼腆地往陆非寻那儿跑，省得留在这里又被捉弄。

等走近陆非寻时，她才看清他手里拿着的东西——是一只檀木老漆盒，不算大，却也有五十厘米见方，盒面上雕刻着精巧的花纹，一看就是老物件。

陆非寻问："你订了什么时候的机票？"

苏靛蓝心里突然有点感伤："后天离开，我已经和华老联系上了。他们后天一行坐飞机去北京，我从广州直接出发，带着染好的布料与他们会合。"

陆非寻深深地看了苏靛蓝一眼，说："走吧，去西厢。"

苏靛蓝跟着陆非寻移步西厢，看着满院子的乱景和还没来得及撤掉的灶台,苏靛蓝有些不好意思。

陆非寻把盒子递给苏靛蓝:"打开看看。"

苏靛蓝以为是礼物,紧张地说:"不不,这么贵重的礼物我不能收!你已经帮了我大忙了。"只是一个简单的告别,送这么大的礼不至于吧?

陆非寻看着苏靛蓝自作多情的样子,忍不住笑了:"不是送给你,只能算是暂借。"

"借给我?"

苏靛蓝将老檀木盒打开,里面是一柄扇子——精致的古扇,绢面泛黄,呈八角花瓣形,由草绿色的锦缎包边。扇面上则绣着竹枝与海棠,竹枝铁骨铮铮,海棠美得娇艳,两只蓝灰色的彩雀停在扇面上,鲜活艳丽,栩栩如生……仿佛从千年前来。

"这是一柄宋朝刺绣团扇,是从我外祖母辈就传下来的嫁妆。"

"这是你的传家之宝,你借我……"

"你仿染的《东江丘壑图》局部绢面是以显示器上的色卡作为参考,严格来说并不准确。修复古画事关重大,临走之前需要用真正的宋朝文物再做一次染色对比。"

"可是……"

"文物如果仅待在库房里,那就是死的,只有派上用场的时候,它才能算是活着的东西。"

知道这是陆家祖传的老物件,苏靛蓝心情复杂,很感动。她一边望着扇子,一边思考到底用什么植物仿染。思考的过程中,苏靛蓝忍不住朝陆非寻问:"你一直都这样吗?"

"什么?"

"表面看起来像对谁都不好,但其实面冷心热,对谁都那么细心。"苏靛蓝望着他,"总是将原则留给自己,宽容却给了别人。"

"时间不多,赶紧染吧。"陆非寻看了苏靛蓝一眼,把这个话题跳过。

苏靛蓝想到两个人距离那么远,以后估计连联系都很少,心里有点发酸,低下头忍不住说:"你这样好的人,一定要很幸福才行。"

陆非寻故意板起脸:"你很闲?"

"好，我知道了！我马上就开工！"

苏靛蓝忙碌一下午，最后真的染出了一模一样的颜色，也确定了自己确实学会了染整技艺。陆非寻答应帮她，果真一点儿都没食言。

离开的日子到了，苏靛蓝拖着行李箱走出来，一眼就看到楚译站在黑色的商务车前，手里还提着一个袋子。

"楚译！"苏靛蓝朝他挥手。

这一次的待遇终于与来时不一样了，上一次车子停在德顺堂的大门便让她下来参观，而这次车子直接开到了西厢门口。

"我开车送你去机场。"楚译把手里的东西给苏靛蓝。

"这是什么？"

"非寻哥让我给你准备的小特产，你带着路上吃。"

"噗。"苏靛蓝忍不住笑出声来，心里甜滋滋的。

楚译忍不住抱怨："我还真没见过这样的，别人追女孩子送什么口红、香水、手提包，非寻哥早上七点非让我去买什么土特产？追得到才见鬼呢！"

"嗯？楚译，你在说什么？"苏靛蓝没听清。

"没说什么！"楚译帮苏靛蓝将行李箱放好，然后"啪"的一下，重重将车子后备厢关上。

苏靛蓝坐进车里才看见一道英俊的身影——陆非寻穿着灰色的衬衫、黑色的西裤，文雅地坐在后座上，慢条斯理地看着杂志。

苏靛蓝激动地问："你！你怎么在这里？"

"送你去机场。"陆非寻的语气还是惯常的样子，甚至听不出太多情绪，苏靛蓝却忍不住笑出声。

完了，太甜了！这待遇太好了，她要膨胀了！

陆非寻和楚译一直把苏靛蓝送到安检处才止步，苏靛蓝一手拿着机票，一手提着特产和他们告别。

楚译眼里的不舍特别明显："靛蓝，有机会过来找我们玩，要不然我去找你玩怎么样？"

"好啊！"苏靛蓝笑着答应，"你来苏州玩，我带你去逛园林，我也给你买特产。"

陆非寻没好气地说："他没空。"

"我怎么没空了？非寻哥，我有空，你的工作比较忙，但是我不忙啊。"

"我比较忙，所以你也没空。"陆非寻很是冷淡。

"……"楚译像一只战败的斗鸡，幽怨地看着陆非寻。

苏靛蓝看着陆非寻，欲言又止。她心里有很多话想说，却又不知道说什么好。

随着时间一分一秒过去，苏靛蓝终于踌躇道："陆非寻，我走了。"

"嗯。"

"你说，我们近期还会见面吗？"

陆非寻不回答。

"我明白了，谢谢啦！"苏靛蓝心里有一种失落的心情无处遣散，只好转身走进安检处，站在隔离门后笑着对陆非寻挥挥手，"再见啦！"

坐在飞机上后，苏靛蓝想，如果离别时能有一个拥抱，一个小小的拥抱就好了。

或许，人生就没有遗憾了。

唉，两个人本来就是陌生人，如果不是因为修复《东江丘壑图》，也许此生不会有任何交集。那么等画修好了以后，可能也不会再有交集了吧……

北京。

几百平方米的古画修复室里，七八位古画修复专家正在联合制定修复方案。《东江丘壑图》的前期除尘工作已经做完，下一步就要开始最关键的揭命纸工作了。

华老把苏靛蓝带进修复室时，大家齐齐看向苏靛蓝。

苏靛蓝对他们鞠躬问好："老师们好。"

老前辈们笑容满面："你就是苏靛蓝吧？华老已经把你所做的努力

和我们说了，正好今天《东江丘壑图》真迹在这里，你过来看一看颜色。修复书画我们是专业人士，但研究颜色，还是你们国画颜料传承人专业。"

此次科技文保部几个小组联合修复，书画组、织绣组的人都来了，苏靛蓝仔细研究文物真卷的时候，纺织品修复组里的一位年轻工作人员跑过来说："库房里翻个底朝天了，质地相似的宋代院绢确实没有，但是有这个。"

大家仔细一看，竟然是一团粗细与《东江丘壑图》一致的绢丝经纬线。

修复室里传出喜悦的笑声："这个也行啊！正好咱们的帮手来了，有了这个可比咱原定的修复方案好多了，这可是真文物，只是麻烦织绣组的老师们了。"

"我们织绣组也没问题，这是普通的补绢，操作起来简单多了。只要这捆绢丝能染好，我们织绣组马上就能开工！"

所有人看向华老，华老点了点头。

之后几天，苏靛蓝陪着华老一起扎根在书画修复室里，配合织绣组的老师们工作。因为之前经历了无数次试验，所以到了染绢丝时，苏靛蓝稳定发挥，一举成功。现场修复组的老师们看着都忍不住夸了她几句。

绢面破损的难题解决了，修复工作却还在继续着。

苏靛蓝离开北京前，华老叮嘱苏靛蓝："半个月后，《东江丘壑图》的绢面修补工作会全部做完，到时就需要做书画的全色工作了。这次修复负责接笔、全色的柳老师身体不好，马上就要退休了，所以你准备补色颜料的事情拖延不得，大家这次能不能早点完成修复工作就看你了。"

苏靛蓝点头："最多半个月，我一定会把研磨好的矿物颜料送来。"说完，她朝华老鞠了个躬，"谢谢您，华老。"

苏靛蓝离开北京时，一个人在机场候机，突然手机铃声响起。她看着手机屏幕上跳动的"非寻"两个字时，心都紧张了起来。

"修复得怎么样？"电话那头，陆非寻风轻云淡地问。

"一切顺利,现在织绣组的专家们已经开始补绢工作了。"

"那就好。"陆非寻说完,话题戛然而止。

于是苏靛蓝主动问道:"你打电话过来,只是为了问这个吗?"

电话那头安静了许久。最后,陆非寻的声音才遥遥地传过来:"嗯。"

嘟嘟嘟……

电话突然被挂断,苏靛蓝收起手机后才缓过神来。

苏靛蓝忍不住抱怨:"什么情况?!"

广东,德顺堂。

陆非寻的书房里,投影仪打开着,桌上还放着几份合约,他手里拿着笔,人却盯着手机看。

楚译坐在一边玩手机,伸长了脖子明知故问:"非寻哥,给谁打电话呢?"

陆非寻放下手机,继续看合约。

楚译故意说:"怎么感觉说话的语气和给我打电话时明显不一样哟?"

"你很闲?"

楚译马上站起来:"一点都不闲!我突然想起来我也有电话要打。"说着,他露出一脸笑容,当着陆非寻的面拨了一个电话。

"喂,靛蓝。是我,楚译啊!你在那边忙得怎么样……"

"啊?"苏靛蓝的声音从北京传到了广东。

此刻她正坐在候机室里,五分钟内连续接了两个电话,被弄得一头雾水。

北京离苏州一千一百多公里,苏靛蓝到达苏州时,庄清清特意盛装打扮来迎接。

庄清清笑道:"欢迎功臣回来!"

苏靛蓝叹了一口气:"什么功臣,面前还有一座大山呢!"

"什么叫还有一座大山?"

"就是《东江丘壑图》啊!后面还有书画全色的工作……"

苏靛蓝把华老叮嘱的话与庄清清说了,庄清清顿时也面露难色:"那怎么办?"

苏靛蓝愁眉不展:"《东江丘壑图》是珍贵文物,我仔细看过了真品,是一幅典型的青山绿水图。整幅画用石青、石绿填色,山脚则用泥金晕染,全卷长3.12米,幅宽0.59米,共分为六个部分,破损的地方正好是最后一部分的卷尾处,而这一部分又恰好是全卷最重彩的地方。山峦层叠,远近交错,运用了三种石青颜色,四种石绿颜色,不管是头青、二青、三青,还是头绿、二绿、三绿、四绿,全都是特级品。"

"这是国宝级的画,听说当年是呈给皇上的贡品,用料肯定不会差。"

苏靛蓝欲哭无泪:"这就是问题所在!我要去哪弄那么多宝贝啊?"

如今许多出产矿物颜料矿石的矿脉早已枯竭,仅存的矿石也因为成色好、品质好,被不少私人藏家作为藏品收购。就拿石青的原料蓝铜矿来说,现在一般都出现在博物馆或者较大的奇石珠宝商场中,被安置在精致雕木座上或玻璃罩里作为宝石观赏。

"要知道这些原料矿石近几十年来价格飙升,贵得已经可以用价值连城来形容了。它们已经不再是原料,而是宝石了!"

"唉!"庄清清也跟着叹了一口气。

苏靛蓝身心憔悴,庄清清抬手拍了拍苏靛蓝的肩膀,怪声怪气地说了句:"姐妹,我还是看好你!"

"巧妇也难为无米之炊啊!"苏靛蓝更加发愁。

时隔一个月,苏靛蓝终于回到家里。

苏庆云和苏靛蓝住在三十多年前颜料厂分的宿舍里,五十平方米的小两居,一个大院里就两栋六层楼高的宿舍楼,只有几十户人家,楼里连电梯都没有,更别说现代的小区配套设施了。整个大院唯一有些赏心悦目的,就是楼前那几棵香樟树了。

苏靛蓝吃力地把行李箱搬上三楼,一打开门便听到苏庆云的咳嗽声。

"爸,你不是说身体好些了吗?怎么咳嗽还没好?"苏靛蓝急忙走上前去。

苏庆云回过头："你回来了？"

"嗯，回来了。"苏靛蓝看了一眼家里，苏庆云这些天应该是忙着做矿物颜料，所以家里脏得不像话，到处都是粉尘。

"爸，你的病还没好，就不要这么辛苦了。"

"我没事，我是刚才喝水不小心呛到了。"苏庆云有些遮遮掩掩地说，同时还把什么东西偷偷往身后藏。

苏靛蓝看见了，眼明手快地把东西从他身后抽出来，是一张纸。

她展开照着念："订单，二青三克、漂净朱砂三克、蛤粉三克、雄黄六克、花青膏三克、霜青膏三克……爸，你一次做这么多颜料？哪来那么大的订单？"

"这……"苏庆云欲言又止。

矿物颜料这么多年来市场一直不好，价格昂贵，使用难度也高。刚入行的人不懂怎么用，而美术生又用不起，毕竟它的成本高，消耗大，家财万贯也经不起这么耗，极少有人一次性下这么大的订单。所以手中的这一笔订单，可能是苏庆云一个月卖掉的量。

"爸，你如果不说实话，我可就挨个去问了。和你买颜料的人，来来去去就那么几个，不是刘老师，就是吴老师，到底有什么秘密，我一问就知道了。"

"哎，你别问！我说。"苏庆云服软，"这不是把古画压坏了嘛，不管能不能修好，咱都要赔钱……我们不能做了错事让别人承担，可是家里的情况你也明白。"

苏庆云卖矿物颜料维持生计都困难，更别说存款了。每个月的退休工资倒贴不说，家里的余钱也都拿去收购矿石原料了，实在是拿不出这么一大笔钱。

苏庆云面露难色："我左思右想，也只想到这么一个快速筹钱的办法，就是把我做的这些矿物颜料优惠卖。例如这些单独买，全部要一千多块钱，他们一次性买，我就收他们八九百就行了。"

"可是这样卖，原料钱都不一定够，更别提人工费了！"

"人工费不要了！还要什么人工费，有人喜欢我就高兴。"

"胡说！"苏靛蓝委屈得眼泪都下来了。

别人不知道矿物颜料有多难做，她却最清楚。别人不知道做一包颜料要耗费多久，她却了如指掌。有时候为了研磨一块矿石，一坐就是一整天。别人拿到手里的一包颜料，苏庆云要做一个多月。而这么多订单一起来，苏庆云要不眠不休地做很久。

制作矿物颜料是手艺活，急不得也疏忽不得，光是把石头磨成粉，再去除杂质和分层，都要耗费好大的工夫。分出头青、二青、三青、四青后还要隔水烘干、分散、过筛。所以苏庆云这便宜卖的不是颜料，而是时间和心血。

"爸，你挣这辛苦钱都不够付医药费的，你这咳嗽是最近又累出来的病！"

"我没事。"苏庆云犟起来，脾气也硬得很，"我又没什么本事，就这一门手艺。咱们辛苦点没什么，得赶紧把钱攒够了还给人家。"

苏靛蓝拉开小板凳，挽起了袖子说道："爸，你去休息。你既然已经决定了，那我帮你研磨！"

矿物颜料原石敲打成小碎块以后，还需要不断地研磨成粉末，这一道工序快则半个月，慢则需要一个多月，是整个制作过程中最没技术含量却最需要耐心的一环。

其他工序苏庆云不愿苏靛蓝接手，但这个她可以帮。

谁知苏庆云一脸怒气，不等苏靛蓝动手便推开了她："以后不许你碰这种东西！"

"为什么，爸？"

"碰这种东西有什么好？"苏庆云想到了这次惹的麻烦，"你听爸的话，年轻人做这个没出息！我听你梅婶说最近市里要招一批特岗教师，已经出公告了，你看看要是招美术老师的话，你就去报个名！"

"爸，我不想当老师。"

苏庆云冷了脸："做颜料的事，你想都不用想！你明天就去教育局报名！"

苏庆云与苏靛蓝置气，一个晚上都没和苏靛蓝说话，搬着家里的工具就到楼下去了。

颜料厂的宿舍楼前有一排小平房，隔出了几十个小隔间做杂物房，每户一间。当时苏庆云在颜料厂是技术尖子和先进生产者，于是分了最大的一间，大概有十几平方米。颜料厂倒闭后，苏庆云还坚持做颜料，当时是苏靛蓝学习的关键时期，做矿物颜料敲敲打打的，为了不影响她学习，苏庆云就把杂物间清理出来，做了个矿物颜料工作室。

苏庆云抱着半成品到工作室继续做，直到夜里十二点才上楼。

苏庆云上楼时，苏靛蓝正在看从华公馆带回来的《东江丘壑图》的局部高清图片。其中包括了资料库中留存的未损坏前的《东江丘壑图》局部，为了半个月后的全色修复工序，她需要制作出可以用来修补画卷破损处的矿物颜料。

苏靛蓝看得专心，忘了关门。苏庆云回房间时，一眼就看到苏靛蓝专心研究矿物色的样子，顿时一股气往上冲。

他冲进房间，劈手抢走了苏靛蓝的图片，喝道："我让你不要再碰这种东西！你怎么就是不肯听！"

钛 白

手 艺

苏庆云把照片狠狠撕掉。

苏靛蓝瞪大了眼:"爸?!"

"让你不要碰!不要碰!"

"爸!这是《东江丘壑图》!"

"不管什么图,你现在应该做的是报考教师资格!"

"爸,古画还没有修复好,考什么老师?!这个图是我从北京带回来的,半个月后那边就要补色了,你撕坏了我怎么研究?我还要做出这些颜色给他们……"苏靛蓝红着眼,看着被撕成碎片的资料图,心里全是委屈,"如果补不上这些颜色,就意味着这幅画严重损坏,你知道会有什么后果吗?赔钱不说,万一华老起诉呢?爸,你要坐牢的啊!"

苏庆云哽咽道:"我怎么不知道?坐牢就坐牢!我做了错事就应该坐牢!一人做事一人担!我宁愿坐牢也不让你碰这些东西!"

"为什么?就因为不想让我继承这门手艺?怕我以后跟你一样做这个?!"

"你一个小丫头片子,放着大好的前途不选,偏偏要做这个干什么?"

"爸,你知道我有天赋!"

"天赋,又是天赋!天赋有什么用?能当饭吃吗?!"

苏庆云怎么会不知道苏靛蓝有天赋,这要是放在几十年前,他一定让苏靛蓝继承这门手艺。可现在是什么时代?科技时代!颜料市场都是化工颜料的天下,年轻人还学做矿物颜料干什么?做非遗传承有什么盼头?!

"天赋能养活自己吗？这世上有天赋的人多了，每一个都要来钻研这个？听爸的话，你这辈子就安稳当个老师，嫁人生孩子，不要谈那么空的东西！"苏庆云不敢看苏靛蓝，声音也软下来，"你说要补绢，我让你去了，爸知道你的心意，但是剩下的矿物颜料这个事，你就别管了。这门手艺除了给你添堵，没别的好处。"

苏靛蓝蹲下身，沉默地把撕碎的照片一点点捡起来。

"你看爸活了这半辈子，活出息了吗？当年下岗改业的人，都已经挣钱住进了新房子，可我还让你住在这种老单位房里。现在爸评上非遗传承人了，处境改变了吗？还不是一个徒弟都找不到，稀里糊涂过一辈子。"

"我愿意！我愿意学！"苏靛蓝无声啜泣，"我愿意……可你不肯教！"

"我不肯教，是因为我是你爸……"说完，苏庆云陷入深深的沉默中。

第二天，庄清清到颜料工作室找苏靛蓝，看见苏靛蓝眼睛发红，猛地被吓了一跳。

"哎妈呀，我的小乖乖！你昨晚是偷鸡摸狗去了吗？"

苏靛蓝不说话。

庄清清问："又和叔叔吵架了？"

"嗯。"

"还是因为老原因？"

"嗯。"

"这都老生常谈了，至于吵得那么凶吗？"

"这次和以前不一样。"

"哪不一样了？不就是让你少碰矿物颜料吗？你接着缓兵之计呗，先答应再说。叔叔不一直是这样？等过了这阵子就好啦。"

苏靛蓝拿起抹布，仔细帮苏庆云整理工作台，把那些研磨矿石的器皿挨个擦一遍。

"坚持做一门老手艺太难了，他受了太多苦，所以现在连碰都不想让我碰。"苏靛蓝话里藏不住心底的失落。

庄清清叹了一口气："那《东江丘壑图》怎么办？这才修复到了一半，你可是答应了华公馆的人，半个月后把颜料准时送到。"

苏靛蓝突然抬头，目光狡黠："嗯，偷偷做呗。"

庄清清被她的变脸吓了一跳："我就说嘛，你可是苏靛蓝，哪有这么容易放弃的！可是……叔叔发现了，会不会更生气啊？"

"华公馆需要的颜料量小，但品质高、时间紧，我爸一个人做不来的。他如果愿意让我帮忙，我就光明正大地帮。他如果不愿意我帮忙，我就偷偷摸摸地干呗。"

"果然……"庄清清忍不住笑出了声。

之后几天，苏靛蓝白天学习，但凡苏庆云在，她就拿出一本教育学来看。要不然就装作若无其事，坐到电脑前打开软件，做一些宣传视频。

这些年为了推广矿物颜料，她常常做一些古画与矿物颜料的科普小视频，例如最著名的《千里江山图》和《清明上河图》，她会单独截取出画的一部分，做动态的文创图。借这些千年前的彩色画作，让现代的年轻人感受古时艺术瑰丽的风貌。在她心里，一千多年前的色彩一直到今天还艳丽如新，这本身就是一种传奇。

慢慢地，苏靛蓝做得多了，在网上也混成了小有名气的博主。前两年，她借着故宫博物院文创品牌红遍网络的热潮，替苏庆云开了家经营矿物颜料的网店。只可惜这种颜料毕竟小众，两年过去了，订单还是寥寥无几。这不由得让人感慨，这几年书画类文物红了，而作为传世功臣的矿物颜料却依旧在困境中。

苏靛蓝思绪纷飞，手中拿着笔写写画画。

苏庆云突然说："靛蓝，爸要出去一趟，你想吃什么？我给你买回来。"他一看到苏靛蓝在发奋学习，顿时心情大好。

苏靛蓝假装做题，一边笑着说："爸，不用了，一会儿我随便吃一点就行。"

"那你好好看书！"苏庆云叮嘱。

苏靛蓝乖乖点头。

苏庆云一走,苏靛蓝立刻跑下楼,钻进工作室里偷摸研磨颜料。

这一忙,就忙到了傍晚。

照明灯下,苏靛蓝一手握着研钵,一手拿着研柱,不断捣碎钵中的孔雀石。孔雀石是矿物颜料中石绿色的原料,这种石头在古代是玉料的一种,常被拿来雕山水人物、花鸟走兽,因为色泽艳丽且稀缺难得,所以价格昂贵。

为了做出华公馆补色需要的颜料,苏庆云将早年收到的一块石绿珍品拿了出来。苏靛蓝拿着苏庆云做好的半成品,悄悄助攻。

石绿好看,但是难做。这种矿石质地坚硬,第一道敲小、锤细的工序就格外困难,光早期粉碎工作就要做一个多月,她要不断用筛子选出颗粒较大的碎石,又重新反复研磨,再上筛、分拣、入钵、再次研磨。

半天做下来,苏靛蓝觉得胳膊都不是自己的了。这其实是这行的职业病,苏庆云这些年做矿物颜料,早就落下了病根,天气一变就胳膊疼,不能长时间握锤。

苏靛蓝穿着工作服,戴着口罩,拿着石头研钵重重敲打,因为太专心了,手肘碰到手机,连误拨了电话都不知道。

广东,德顺堂。

陆非寻正在晒场巡查,晚霞将他的身影染得很温柔。

楚译跟在后头,帮陆非寻拿手机,突然看到屏幕亮起,楚译急忙大喊:"非寻哥,有电话!"

见陆非寻没动静,楚译又赶紧补充:"靛蓝打来的!"

陆非寻走回来接电话,一摁接听键,手机里顿时传来一阵诡异声:咚!咚!咚!

接连不断的敲打声,像是惨案的案发现场!

陆非寻眉头紧拧,仔细听了一会儿,突然笑起来。

"非寻哥你笑什么?靛蓝找你有事?"

"没事。"

"没事那你在听什么呢?表情还那么认真。"

陆非寻看了楚译一眼，问："你想听？"

"想啊。"

陆非寻把电话给楚译，楚译兴奋接过电话，紧贴耳朵。

咚！咚！咚！

"我的妈呀！"楚译被电话里的声音吓到。

"这什么？"楚译表情十分困惑，"非寻哥，难道你刚才一直在听这个声音？"

陆非寻冷着脸，一脸高深莫测。

楚译拿着手机，里头还一直传来接连不断的"咚咚"声，他左右为难，挂也不是，听也不算，只好自言自语："难不成是在敲石头……误拨了？"

楚译实在没办法把这种残暴的声音和心中人美心善的苏靛蓝联系到一起。

"这也太可怕了……"楚译最后还是选择替陆非寻把电话挂了。

苏靛蓝一直在忙，过了好久才发现手机有未读短信，发件人是陆非寻。

苏靛蓝的心里立刻小鹿乱撞，忍不住开始胡思乱想。

她赶紧把手洗干净打开看，却发现是空白短信。

他为什么发一条空白短信过来，难不成是……想她了？

苏靛蓝正想把电话回过去，却发现自己曾经拨出去一个电话，号码正是陆非寻，通话时间十分钟。

苏靛蓝红着脸，捂住胸口，心情无比复杂。

突然，门口传来苏庆云的声音："你怎么在这里?!"

苏靛蓝急忙看向门口："爸……"

苏庆云被怒火点燃，三步并作两步冲进来，黑着一张脸，直接打落了苏靛蓝身前的工具！整个研钵砸到地上，苏靛蓝磨了两个小时才磨好的那丁点石绿粉末，全部撒到了地上！

苏靛蓝一蒙："爸，你做什么?!"

苏庆云沉默不语，仿佛从苏靛蓝眼里看见当年的自己。看见苏靛蓝从吃惊到落泪,他心中一疼,也红了眼眶:"你怎么就不明白爸的心呢?"

"爸……"

"以前我也像你一样,觉得做什么事就要做好它!选择了一门手艺,就要一辈子坚持!可这么多年过去了,你看爸得到了什么?这条路太苦,爸不想让你再跟着走了,你怎么就不明白?!"

苏庆云红着眼睛把手里的东西往工作台上放,苏靛蓝这才看清里面是一碗红烧肉,此时香气四溢,正在见证着这场可笑的争吵。

苏靛蓝鼻尖一酸:"我只是想帮你。"

"我不要你帮,我就想你有前途,能够像别人一样,朝九晚五,有份稳定的工作!"

"可那不是我想要的生活……"

"你想过什么样的生活?像爸一样有上顿没下顿,还是想像爸一样,老了还要上山找矿?"

"我不怕苦,年轻人有份自己想从事的职业,不好吗?"

"你还小,不懂生活的苦,所以不知深浅地说喜欢……可我是过来人,不能看你误入歧途!"苏庆云心里堵着一口气,哽咽道。他此前一直态度坚决,这是他第一次说这么多话,把他的顾虑解释给苏靛蓝听。

苏靛蓝看着地上被打翻的颜料,鼓起了勇气,哽咽说:"爸,你总说关心我,可是能不能听听我的心里话?是,没错,做矿物颜料真的很辛苦。没有原料得找,看到好的原料得筹钱买,那么辛苦还没市场,肯定有不少人选择了放弃。可是你想过没有,如果没有前人坚持,怎么会有后来的传承?现在守着一门手艺的人已经越来越少了!

"你有没有想过,丢掉这门手艺以后,那后世的中国人还能看到什么?他们甚至不明白,为什么一些古画到现在还颜色鲜亮,为什么敦煌壁画那么美,为什么中国文化会是世界上最有底蕴的文化!

"爸,为什么四大文明古国到了今天,只剩下中国的文化没有断层?就是因为历朝历代中无数能人巧匠坚持了下来!所以才有了这些在今天被称为非物质文化遗产的手艺!而因为有了这些,我们中国人才有了根！"

苏靛蓝红着眼，看着苏庆云："你可以逼我放弃，可是现在肯坚持的人已经那么少了，如果每一个父亲都让自己的孩子选择安逸的行业，那么这些手艺还有谁来传承？"

"靛蓝！"

"各行各业都要有人去做啊，每个人都有自己的社会位置，只要做好手上的事，就是值得尊敬的人。人在这个世上做的一切，不就为了一句对得起自己，无愧于心吗？"

苏靛蓝低声啜泣："就算我选择了冷门行业，传承技艺，即使没有前途，但不偷不抢，哪怕不富贵，又有什么抬不起头的？大不了就是难一点，苦一点，可也还没有到坚持不下去的地步，为什么不让我做？何况我不怕难，我不怕苦，我只是想把这门手艺传下去，给以后需要的人，这又有什么不对？！"

"爸也为难，爸是不想委屈你啊！爸已经苦了一辈子了，所以才不愿意你干这行。靛蓝，爸更怕你是为了报恩，才想跟着我学这门手艺。"苏庆云被苏靛蓝说得心酸，那么大一个男人，委屈得浑身颤抖。

苏靛蓝红着眼眶："爸，如果我是真的喜欢呢？我不是为了报恩，如果我是真的喜欢，你愿意让我跟着你学吗？"

苏庆云不言不语。

苏靛蓝问："还是……你怕我挣不到钱，养活不了自己？我可以做点别的，我可以接插画单子，还可以带艺考生，开美术辅导班……"

苏庆云打断苏靛蓝的话："生活哪有那么容易！"

"每个人都可以凭本事吃饭，我只要勤劳一点，哪一条路都是出路！爸，你为什么就不肯给我个机会，让我试试呢……"苏靛蓝痛苦地蹲下来，"哪怕给我几年时间，让我去试也好，我这辈子才不会后悔。"

"靛蓝……"

"有时候只要一个机会，这门手艺就活了。我是年轻人啊，年轻就有无限可能，你就让我试试吧！"

苏庆云深深看了苏靛蓝一眼，一言不发地转身离开。

一切归于寂静。

苏靛蓝一个人站了好久,最后还是选择把手洗干净,认命地抱着饭盒,坐在门口吃红烧肉。

苏靛蓝吃完,把撒在地上的粉末一点点捡起来,因为太珍贵了,她甚至想去抠地板缝了。

夜朗星稀,苏庆云站在楼上反省自己,从窗口看见苏靛蓝趴在地板上抠粉的模样,心里极其愧疚。

苏庆云叹了一口气,心里做了个决定。

就在他打开门,准备下楼的时候,突然脚下一滑……

"啊——"

造化弄人啊。

"靛蓝啊,靛蓝,你快上楼看看吧,你爸他又出事了!!"大院里的梅婶又来了。

此时颜料工作室里,苏靛蓝正开着大灯,弯着腰凑近手里的筛子,想要把刚才捡起的石绿粉末筛净除去杂质。

苏靛蓝听到梅婶的呼声,脸色苍白问:"我爸怎么了?!"

"你爸刚才要下楼找你,一个不小心踩空了,整个人滚了下来!就五分钟前的事情!"

苏靛蓝再也顾不上手中的活,急急忙忙跑上楼。

楼上,邻居听到苏庆云的声音,早已把人扶起背回了家中。

苏庆云躺在床上,一脸懊恼:"人真的老了,不服老不行。老宋、阿梅,谢谢你们。"

宋叔摆了摆手:"你这说的什么话,这栋楼年久失修,连个物业都没有,灯泡坏了半年也不换,摔了是迟早的事。"

梅婶拍了一下宋叔:"你怎么说话的,你这意思是老苏肯定得摔这一次,不摔还奇怪了?"

"我没这个意思,你怎么能误解我呢?!"

"宋叔、梅婶,你们别吵了。"苏靛蓝出来打圆场,"爸,你怎么样了……"

苏庆云见了苏靛蓝,就想到刚才的事,心虚地说:"没事,还经得起这一摔。"话刚说完,他不小心扯动了胳膊,顿时喊了一声,疼得冷汗直冒。

梅婶嚷道:"坏了,可能骨折了!"

宋叔连忙扶起苏庆云:"别躺了,赶紧去医院看看吧!"

苏庆云到了医院,把片子一拍,果然是骨折,一群人跟着发愁。

"靛蓝啊,你爸这个样子,伤筋动骨一百天,可华公馆那边马上就要东西,你们可怎么办啊?"梅婶问。

苏靛蓝皱着眉头,担心地看着打了石膏的苏庆云。

苏庆云叹了一口气:"让靛蓝来吧。"

苏靛蓝瞪大眼睛:"爸?"

苏庆云低下头说:"爸考虑过了,现在确实是你们年轻人的天下,应该让你试一试。你如果真的喜欢,就去做吧,不过……我只是答应你试一试,不是同意你以后都做这个啊!"

苏靛蓝听着苏庆云别扭的话,忍不住笑了:"真的?"

苏庆云故意说:"都摔成这样了,什么都干不了,我还有选择吗?"

梅婶也忍不住笑:"这样好,老苏你也早该退休了。靛蓝这孩子孝顺,说不定这是老天爷在疼你,让你好好休息。"

苏庆云只好跟着笑。

大家一起打车回去,回到大院,苏庆云没有直接上楼,而是在庆云堂颜料工作室前停下脚步。

"爸?"苏靛蓝不解。

苏庆云颤巍巍地掏出钥匙,用另一只手推开门:"爸给你一些东西。"

苏靛蓝跟进去护着苏庆云,苏庆云却打开了一个老木柜,坚持要自己取柜子里的箱子。他看着眼前的箱子,轻轻拂去箱面的灰,像对待多年的老情人一样,珍爱万分。

苏庆云说:"这里头的东西,都是我多年攒下来的宝贝。"

苏靛蓝隐约猜到了是什么。

苏庆云小心翼翼地打开,里头是五颜六色的矿石,都是最好的珍品。

苏庆云如数家珍地说道:"这块是产自常熟的苏褐;这块是产自南美的孔雀石,比你今晚做的这块质地更好;这块是产自泰山的岱褐;这块是产自湖南的雄黄;这是产自甘肃的雄黄……"

苏庆云最后拿起一块平如镜面的蓝铜矿,蓝色的晶体在灯光下闪烁出晶光。

"这是广东阳春的矿脉出产的蓝铜矿。这条矿脉已经断了,这是我早年收到的极品。你看它色深而匀,质量上乘,几年前我才知道,这是清宫里流出来的遗存,就这么一块。这么好的石青原料,以后都找不到了……"

说完,苏庆云格外不舍地抚摸它们,最后庄重地交到苏靛蓝手上,叮嘱道:"这些东西都交给你,你好好用,一点都不许浪费!"

苏靛蓝吸了吸鼻子:"知道了,爸。"

苏庆云心疼得都不舍得再看:"你赶紧放好,别弄丢了!"

"爸,我一定好好对它们。"苏靛蓝郑重许诺。

苏庆云语重心长:"现在离华公馆给的时间也没多少天了,我这些日子做了一些,做好的都放在左边那个抽屉里了,拿隔油纸包着,放在防水袋里。头绿、二绿都已经做好,就剩下三绿、四绿,还有石青……"

"爸,剩下的我来做。"苏靛蓝紧紧攥着手里的矿石,庄严许诺,"我不会浪费任何一丁点材料,我会尽我全力做好它,一定做出最好的矿物颜料!"

矿物颜料取之自然,还回画中,用笔墨勾勒的山水,凝聚着匠人的心血。化工原料至今只有五六十年的历史,谁也不知百年后会怎么样,可传统的石青、石绿经历了千年不变色,这本身就得后人去守护。

苏庆云谆谆教诲:"你要记得,只有守住了矿物颜料的品质和颜色正统,才是守住了传统国画的根!要不然等现世的工匠不在了,子孙后代要修复文物时候,就真的没办法了!"

"我知道，前人栽树后人乘凉，一个道理。"苏靛蓝笑着说。

"对！"

"爸，我一直记得你说的话，做颜料跟做人一样，都要纯粹。守得清白，才能正色，我会当一个好手艺人。"

"我可没同意你干这行，你先把颜料做出来吧！"苏庆云又别扭起来。

苏靛蓝莞尔一笑。

忙碌的日子过得飞快，苏靛蓝埋头在颜料工作室内干出了成效。

其间苏庆云不放心，整日整夜地陪在苏靛蓝身边，父女俩一起在工作室里忙活。

苏庆云说："磨颜料得眼跟手一起动，你摸到小粒子要反复碾，只有磨细了，等会儿过滤分层的时候，颜色才正。"

苏靛蓝谨遵教诲，一点儿也不敢大意。

因为制作矿物颜料的工序多，强度大，苏靛蓝让庄清清过来一起帮着研磨。两个人轮着倒班，需要二十多天的研磨，仅十天就做完了。

这会儿苏靛蓝检查颜料粉末细腻的程度，看是否能达到入画的标准，庄清清则在一旁抱怨吐苦水："苏靛蓝，如果时间能够倒流的话……"

"怎么了？"

"我坚决不要和你做闺蜜了！哎哟，我的胳膊啊……"

矿物颜料的制作不能用机器代替人力，因为每一个步骤都需要匠人挑拣、分层，人工将矿石分出特、优、杂质等。必须要靠眼力以及匠人对品质的把握，一点儿懒偷不得。

苏靛蓝把烘干后的头青、二青、三青收集起来，回头对庄清清笑着说："爱你哟！"

"爱你妹啊！"

苏靛蓝故意眨眨眼睛，放放电。

庄清清顿时捂住心窝："哎哟，我的心脏受不了了！我要举报你，你犯规！"

苏靛蓝把东西放下，给庄清清一个飞吻。

庄清清："……我没救了！"

打闹归打闹，最后两人还是干起了正事。

苏靛蓝将制作好的颜料分装好，将它们带上楼。

回到家里，老宋叔正在陪着苏庆云下棋，苏靛蓝小心翼翼走过去："爸，我把颜料做好了，你要不要看看？"

苏庆云脸上的笑容顿时定格，好一会儿才说："拿给我看看。"

苏靛蓝把东西交给苏庆云，苏庆云回屋拿来色卡，反复盯着苏靛蓝做出来的成品看，一句话也没说。

过了好一会儿，苏庆云突然把脸转向窗外，不知道是惊喜还是失望，肩膀似有颤动。

苏靛蓝手心捏出了汗，过了好一会儿，苏庆云才说："可以给华公馆送去了。"

"爸？！"

"苏伯伯！！"不止苏靛蓝兴奋，连庄清清也要尖叫了。

苏庆云看着她们，不耐烦地挥挥手："快走，快走！不要耽误修复的正事！"

苏靛蓝和庄清清被赶出去，屋里传来对话声。

宋叔说道："怎么样？我就说你家靛蓝有出息，是做这个的料子。"

苏庆云话里五味杂陈："四十年前我的师父对我说，'庆云啊，你年纪轻轻，做出来的颜料色正质清，粉末细腻，可以说是继承了大统。'现在我倒觉得，可以把这些话留给她了。"

屋子里传来老宋叔的笑声。

苏靛蓝很快把颜料给北京的文物修复老师寄去，没多久传来消息，《东江丘壑图》绢面修补已经完成。

华老给苏靛蓝打电话说："苏靛蓝，颜料已收到，这幅画很快就能修好了。听说你父亲久病未愈，最近还骨折了？你代我向他问好。"

苏靛蓝非常感动，感受着来自不同人的温暖与善意。

半月后,华公馆传来消息,《东江丘壑图》修复的全色工序彻底完成,破损处完全修复成功。

长久以来,压在苏靛蓝和苏庆云心头的一块大石终于落下,苏靛蓝整个人也空了下来。

而华公馆,因为华老不再追究苏氏父女的大度气魄,又在当地火了一把。

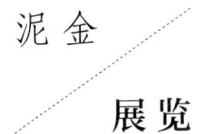
泥金
展览

　　苏州的夏天总显得很温柔，阳光明晃晃地洒在青石板路上，树叶的影子也跟着落入缝隙中，路上的香樟树开出了小碎花，衬着一旁的白墙都有了明媚的美。

　　苏靛蓝走在路上，突然接到了楚译的电话。

　　楚译问："靛蓝，你猜猜我在哪儿？"

　　苏靛蓝停下脚步，自动脑补出楚译的笑容："广州？"

　　"我在苏州！"

　　"你在苏州？你一个人吗？"

　　"呃，这个……"

　　电话那头突然换了个人，陆非寻低沉的声音响起："还有我。"

　　苏靛蓝的心猛烈跳动："陆非寻！"

　　"在苏州有展览活动，所以过来了。"

　　"你们吃饭了吗？要不要一起吃个晚饭，我帮你们接风洗尘？苏州有很多好吃的，像蜜汁豆腐干、酱肉、松鼠鳜鱼都很不错！"苏靛蓝越说越兴奋。

　　电话里传出陆非寻低低的笑声："不用了，主办方已经安排好了。"

　　"噢……"苏靛蓝很失落。

　　陆非寻突然问："你明天有没有时间？"

　　"嗯？"

　　"虽然不用接风洗尘了，但私人时间里需要向导服务，不知道你愿不愿意？"

苏靛蓝站在人行道上，看着马路上的车水马龙，感觉连日来的阴郁都一扫而空。

"当然愿意！你在伦教镇……"苏靛蓝停了一下，接着说，"帮了我这么大的忙，是我的大恩人。这几天你需要我做什么，尽管说！"

"明天下午三点有空，陪我逛一下你们苏大的展览馆。"

"好啊！"苏靛蓝马上就答应了。但回答以后，她又有点懊恼，她回答得是不是太快了？

"好，明天见。"说完，陆非寻就干脆利落地挂了电话。

此时，陆非寻正站在苏州的星级酒店大堂，如旗杆般立着，玉树临风，引人注目。明明是很冷淡的人，这一瞬却面带笑意。

楚译听到两人约起来了，又忍不住一阵心塞："非寻哥，该把我电话还我了吧？"

陆非寻把电话递给楚译。

楚译抱怨："骗我打电话，接通了以后又把我手机抢走，你怎么不自己打？"

陆非寻转身走进电梯。

楚译赶紧提行李跟上："非寻哥，我认真的！你是不是想追她啊？"

陆非寻回头看了楚译一眼，什么也没说，加快脚步，只留下一道颀长的背影。

第二天。

还没到约定的时间，苏靛蓝就站在衣橱前发愁，可算明白为什么庄清清总说她不爱打扮了，放眼整个衣柜，竟然找不出几条好看的衣服。

苏靛蓝找了半天，终于挑出一条红色短裙，换上以后又觉得太刻意了，像是去约会似的。于是她又换下来，最后干脆穿着白衬衫和牛仔裤出了门。

苏靛蓝赶到苏大展览馆，看到身着白衬衫的陆非寻时，整个人都傻掉了。

今天的陆非寻，竟然一改灰色调，破天荒地穿起了白色。

"陆非寻。"苏靛蓝打招呼。

陆非寻长得太出色,路过的人总忍不住多看两眼,苏靛蓝也穿着白衬衫,二人在人堆里更显眼了。

陆非寻目光停留在苏靛蓝身上,眼底仿佛藏着笑意。

苏靛蓝结结巴巴地说:"好……好久不见。"

"嗯。"

"陆非寻,你真……帅。"

"谢谢。"

苏靛蓝看着陆非寻的反应,不用照镜子都知道自己的脸,此刻一定红透了!

她只能转移话题,四处张望:"今天只有我们俩吗?楚译呢?"

"他工作比较忙,所以没时间。"

"嗯?"

"你很想见他?"

"没有!"

"进去吧。"

苏靛蓝没想到今天的展览馆之约,竟然只有他们两个人。

半个月前,她还在想着以后是不是都见不到陆非寻了,没想到一切来得那么突然!老天爷像是要加倍偿还她似的,还给了她一个单独和他见面的机会。

"那天那个电话,是我不小心……"苏靛蓝想解释,最后还是改口道,"你今天下午只想逛展览吗?苏州的园林也很好看,要不要一起去看看?"

"可以考虑。"

陆非寻看起来那么高冷,苏靛蓝只好安静陪同,不再没话找话。

两个人一起往展厅走。

苏靛蓝目不斜视,没留意到展厅门口立着的牌子,上面写着展览名称:活着的非遗 —— 香云纱暨丝绸文物展。

苏大展览馆的学术气息浓重,展馆白墙青瓦,颇有江南风韵,常用于展出校内师生的艺术作品。省外的一些艺术家，偶尔也会将书画展览放在这里。

而这一次的展览与众不同。苏靛蓝一走进展厅，熟悉的感觉迎面而来。眼前的展品，竟然是各式各样的香云纱。除了现代的，还有文物版。其中两排展柜最显眼，一共是十件丝绸文物，三件清朝绣花成衣、两件明朝朝服、五件民国昂贵的丝绸面料。除了这些，还有一些相关的绸扇、瓷盘等文物。展览主题明确，展品分量重，种类繁多且富有特色。

"香云纱？"苏靛蓝的目光被牢牢锁住。

"嗯。"

"这就是你在电话里说到的展览活动吗？"苏靛蓝瞪大了眼睛，凑近玻璃展柜看，"这么大的展览，这么多关于香云纱的文物，苏大的展览馆从哪弄来的？这些香云纱的分类好细致，光纱花坯绸就二十多种……"

陆非寻微微一笑："不仅有纱花坯绸，还有民国时期十几家绸缎厂生产的样式本。就拿这件展品来说，收藏于1929年，是上海亚美织绸厂在西湖博览会上的展品，叫作维泰皱，4种花数，生产时纹针前400后800，花纹修边时花须车每组16针内之中央8针。"

专业词汇自陆非寻口中出，一个字一个字往苏靛蓝脑里蹦。她正想问这个展览到底由谁主办，口中的话突然被打断。

"小陆？"一位斯文儒雅的中年男人走过来，热情地与陆非寻打招呼。

陆非寻客气道："崔老师。"

被称为崔老师的中年人看了看陆非寻，又看了看也穿着白衬衫的苏靛蓝："这位是……好眼熟啊……哦，你是不是苏庆云的女儿？上次在华公馆主动说帮忙修画的女孩？"

苏靛蓝也记起来了，眼前被称为崔老师的人，是华公馆陈展科的崔桦主任。于是她微微欠身，说道："崔主任您好。"

崔桦笑得褶子都出来了："真没想到，你俩在一起了啊！"

苏靛蓝赶紧澄清："没有，没有！我俩是'在一起呢'，不是'在一起了'。"

陆非寻被苏靛蓝的十级汉语水平扑哧一声逗乐了，但他立刻又换上了严肃的表情。

苏靛蓝看了一眼陆非寻，担心给他添麻烦，赶紧转移话题："多亏了你们，《东江丘壑图》才能在上周修复好，这次的事情给您添麻烦了。"

"不麻烦，如果不是出这件事，古画也不会因祸得福把所有问题都一起修复了，不过……你们以后看展览长个记性，少带危险品。"

"谢谢崔老师，我一定谨记于心。"

崔桦显然不想转移话题，继续道："当时你们两个还谈不拢，现在看起来感情不错嘛，果然年轻人就是需要交流啊。"

苏靛蓝被讲得害羞，连连称是。

崔桦接着说："上次的文物弄坏了，还有修复的机会，毕竟你父亲擅长这个，正好就是行家。但这次展览不一样，都是丝绸类的文物，还是德顺堂无偿提供的私人藏品，要是不小心把文物弄坏了，可就麻烦大了，不知道要赔多少……"

后面的话，苏靛蓝听得恍惚。

所以这些文物都是德顺堂的私人藏品？主办方代表是陆非寻？

崔桦说："这次小陆很大手笔啊，这批藏品从广东运过来，光运费就花了好几万块，再加上展厅的布置和人工费共计十几万，都是小陆自己掏的私人腰包，一分钱没让展览馆出。"

苏靛蓝震惊地盯着陆非寻。

陆非寻一脸平静，仿佛没在用心听。

"陆非寻？"苏靛蓝仰头看向陆非寻。

她的心情难以平静，故意轻碰他："崔老师说的是真的吗？"

崔桦一脸"你们有故事，我不打扰了"的表情，笑眯眯地走了。

苏靛蓝睁大眼睛，疑惑地望着陆非寻："为什么特意选在苏州办这场展览？"

陆非寻沉默不语。

"如果想办展览的话，选择在广东艺术园区是不是会好些？毕竟德顺堂在广东，这样运输展品的成本会低很多。"

"兴趣所在，钱不是障碍。"

苏靛蓝心里顿时升起崇高的敬意。

"陆非寻，你真是干大事的人！"苏靛蓝眼里都是崇拜，默默比了个大拇指。

不远处，楚译躲在柱子后面偷看。没想到非寻哥干了这么大的事情，却被误会成这样？

他看了看自己胸前的工作牌，选择上去搞事情。

"非寻哥，靛蓝！"

"楚译？你怎么也在这！"苏靛蓝一阵惊喜。

楚译无视陆非寻复杂的眼神，热情地说："我一直在这里啊！非寻哥让我去文物库搬东西，你不知道我这十天过得有多惨！自从你不小心误拨电话过来后，非寻哥就疯了！他突发奇想要来苏州办文物展。"

陆非寻大吃一惊："楚译！"

楚译铁了心吐槽，语气亲昵地说："非寻哥不仅让我在库房里整理文物，把陆家收藏的丝绸品全搬出来，还让我和学校领导联系，要赞助这场展览，全部费用都从非寻哥的私人账户出。非寻哥够大方，可是苦了我啊！整整忙了十天，累得我面黄肌瘦！"

楚译可算明白了，只要陆非寻在，他和苏靛蓝就有缘无分，那还不如自己去助攻陆非寻呢。

楚译接着道："你说别人追女孩都是第一天送化妆品，第二天带出国旅游，第三天预定一块超级LED屏幕当众表白，再送一束九百九十九朵玫瑰，迷魂汤一碗接一碗灌下去，怎么着都能成吧？只有非寻哥这种钢铁直男才选这种差劲的战术！办一场展览，就为了找个理由邀请她一起看展！"

"咳咳。"

"这年头，还有谁约会选展览馆啊，是不是？别人不都去吃米其林餐厅吗？"楚译坏笑着说。

苏靛蓝被说得满脸通红："啊……"

陆非寻面上波澜不显，但楚译感觉到一阵杀气。

楚译赶紧绷着脸说："我走了，你们慢慢逛。靛蓝，你好好享受一下私人订制的展览哦！"

"楚译。"陆非寻淡淡出声。

"我还有事，我特别忙！"楚译立马拔腿就跑。

楚译跑掉了，只剩下苏靛蓝和陆非寻两个人站在一起。

苏靛蓝从脸颊红到耳根，想了半天终于忍不住朝陆非寻问："他说的是真的吗？"

幸福来得太突然，苏靛蓝觉得应该表示一下："那个……谢谢。"

"没有的事。"陆非寻沉默许久，惜字如金，终于吐出这四个字。

"没事，我不会误会的，你不是做这种事的人。"

"苏靛蓝……"

"嗯？"苏靛蓝抬头看陆非寻。

"别多想。"

苏靛蓝也想控制住自己，让自己别多想，可是心底还是有些兴奋。

"我不多想。我答应你，一定不多想。"

"……"

"虽然整件事是楚译误会了，但我还是挺开心的。难得见面，我请你吃苏州小吃作为回礼好不好？"

陆非寻彻底沉默了。

"我知道这附近有一家红豆粥特别好吃，还有生煎包、小馄饨，都很不错！"苏靛蓝拉着陆非寻往外走，陆非寻就这么任由她拉着，"你介不介意是路边摊？但她家的东西真的特别好吃！"

远远看去，陆非寻的表情都和气了很多。

不远处，突然传来了一个甜美的声音，对方高喊："非寻哥。"

苏靛蓝往声音传来的方向看去，一道窈窕的身影撞入眼帘。

女孩特别年轻，大约大学刚毕业的样子，穿着天蓝色的职业套装，脸上妆容精致，手里拿着一个带台标的话筒，身旁还有摄像师在跟拍，整个人看起来光鲜亮丽。

漂亮女孩匆忙与摄像师说了什么，便笑着独自跑了过来。

"非寻哥，你要去哪？你的采访还没有做哦，你不会要放我鸽子吧？"这语气特别亲昵。

"你们俩是……男女朋友？"女孩突然盯着苏靛蓝身上的白衬衫道。

苏靛蓝看看陆非寻，又看看对方。

"您是？"苏靛蓝笑着问。

女孩主动自我介绍："我叫楚琳，是非寻哥的青梅竹马。你还没回答我问题哦，你是非寻哥的女朋友吗？"

"楚琳。"陆非寻有些微微的气恼。

"怎么了嘛，人家好奇。"楚琳被陆非寻的语气搞得有些难过，吸了吸鼻子。

苏靛蓝只好笑着打圆场："不是，我们就是凑巧撞衫了。"

楚琳松了口气似的："真的啊？那不好意思，看来是我误会啦！"楚琳看起来天真无邪，但马上就破涕为笑，笑着问，"非寻哥，我哥呢？"

"楚译在场馆内。"

"他还在工作吗？既然在工作就不管他啦。"

苏靛蓝愣了一下，没想到这位就是楚译曾经提到过的妹妹。

楚琳对着苏靛蓝道："我刚才不小心听到了你们的对话，不好意思噢，你们是要出去吃东西吗？我也很喜欢品尝美食，可以带我一起吗？不介意吧？"

楚琳娇气地抱怨："其实我最想做的是美食节目，没想到被分到了专题栏目，唉！虽然跟着我哥来，做的是香云纱的专题，可是好烦啊，根本没时间在苏州玩，觉得好可惜！所以求求你们了，带上我吧？"

陆非寻无情拒绝："让楚译带你。"

楚琳马上抬起无辜的双眼："为什么？我哥他又不是苏州人。非寻哥，难道你介意我跟你们一起？"

这个问题太犀利了，苏靛蓝不便插话，故意等陆非寻回答。

只可惜，陆非寻还没说话，楚琳就用渴望的眼神看着苏靛蓝："我猜到了，你一定就是我哥说的苏小姐吧？你好，敬仰已久，我是粤台的记者，以后多多指教。非寻哥一定是因为你，才会觉得带上我不方便吧？"

楚琳说着朝苏靛蓝伸出了手："我们俩认识一下，握了手就是朋友，有好吃的就给我一个参与的机会吧。"

楚琳一直伸着手等苏靛蓝握。苏靛蓝只好笑着与她握手，不过刚碰上楚琳的手，她很快就抽回去了。这种感觉让人觉得很奇怪。

楚琳没有再理苏靛蓝，反而用一种可怜的眼神望着陆非寻："非寻哥，你看苏小姐都答应了，你不能拒绝了吧。我这就给我哥打电话，我们四个人一起吃好吃的去！"

楚琳说完，赶紧给楚译打电话。

陆非寻无可奈何地叹了口气。

展览馆附近有条著名的老街，老街上有许多苏州最地道的小吃。

街上的店几乎都是开了二十年以上的老店，不过店面比较小，有些是在自家院子摆起的小摊子。半人高的桌子，大家坐着矮凳，有种围炉夜话的感觉。

此时陆非寻、苏靛蓝、楚译、楚琳围着一张小桌子，四个人面对而坐，大眼瞪小眼。

苏靛蓝拿出了苏州人待客的热情。

陆非寻外冷内热，依旧面无表情，通常那一副居庙堂之高则有上位者的气势，此刻坐在路边摊也有烟火人间的帅气的样子。

楚琳则叽叽喳喳，一口一个非寻哥地叫，缠着陆非寻。

楚译纯粹在状况之外，完全不知道发生了什么事。

老铺子的点单窗口前。

苏靛蓝用吴侬软语的苏州话与老板娘交谈，不知道说了什么，老板娘笑个不停，整个小院子都是浓浓江南味儿。

很快，苏靛蓝端着许多小吃走回来："好吃的来啦。"

陆非寻伸手接过，帮忙放到桌上。

楚琳直勾勾地盯着陆非寻的动作，突然说："非寻哥，我还记得有一年，我拎着四个西瓜到你家，当时我说拎不动了，你都不愿意帮我接接手。"

陆非寻没有任何回应，只淡淡地说："快吃吧。"

楚琳只好不甘心道："谢谢非寻哥！"

楚译在一旁皱起眉头，好端端地提这个干什么？那一年，正赶上非寻哥妈妈去世，非寻哥从此就变得少言寡语了。

在那一年之前，非寻哥都还是正常阳光少年的模样，喜欢打篮球，偶尔还在德顺堂的晒场上踢足球。后来出了事，因为时庭哥态度的缘故，非寻哥的话就更少了。

再后来，非寻哥几乎只有提到学术问题时才会多说几句。平常没什么事的时候，绝对是冷静少话。楚琳现在提这些，很容易让人想起不好的事情。

"你赶紧吃吧，少说话。"楚译将一碗小吃推到楚琳面前。

楚琳吃了一口，笑着对陆非寻说："非寻哥，真好吃！"

"嗯。"

楚琳突然看向苏靛蓝："也谢谢苏小姐。"

苏靛蓝对楚琳笑："不客气，你喜欢就好。"

楚琳嘟着嘴："可惜，环境再高档一点就好了。"

苏靛蓝不予理会，轻轻把一碗香气腾腾的小馄饨推到陆非寻面前，迎上陆非寻深邃的目光。苏靛蓝笑得眼睛发弯："这一碗给你。"

楚译嚷嚷："为什么我没有？这不公平！"

苏靛蓝老实交代："这一碗是老板娘送的，特意交代，让我给他的。"

"为什么？"陆非寻问。

"因为老板娘说整个院子的客人，就你最好看。"

"怎么可能？靛蓝姐，你故意说的吧。"楚琳在一旁问。

苏靛蓝笑着说："不信，你们回头看。"

陆非寻向刚才苏靛蓝点单的小窗口看去，一位和蔼的胖阿姨正笑着看他们这里。

陆非寻点头致谢。

"怎么样,我没骗你们吧。"苏靛蓝对陆非寻说,"我们这的小馄饨最好吃,皮薄馅嫩,入口香滑,你快趁热吃。"

楚译也说:"不公平,我长得也挺好看的啊,大学时偶尔也有女同学给我递情书,为什么我没有馄饨!"

楚琳撇撇嘴:"哥,你不能和非寻哥比。"

楚译气出小酒窝:"怎么不能比?我明明比非寻哥有亲和力多了。"

楚译说不过陆非寻,还能输给楚琳吗?楚译顿时端起哥哥的架子和楚琳争论。楚琳被卷入战火中,两兄妹争得不可开交。

苏靛蓝突然凑近陆非寻,笑着说:"陆非寻,其实这碗馄饨送给你,还有一个原因。"

陆非寻停下筷子,注视着苏靛蓝:"什么原因?"

苏靛蓝悄悄说:"我是这家店的老客,阿姨以为你是我男朋友,你第一次来,所以这碗馄饨是送你的见面礼。"

陆非寻薄唇抿着,嘴角却轻轻翘起来。

那一头,楚译与楚琳那边也吵出了结果。

"好了,我不和你吵,你的非寻哥最帅行了吧!妹妹大了,就是胳膊肘往外拐!"

四人行的小吃宴最终以楚译化悲愤为食欲,吃了一个大饱作为结束。

青石板的街道上,柳枝摇曳。

陆非寻与苏靛蓝并肩而行,楚译和楚琳随后。

陆非寻说:"一会儿没什么事,我送你回去。"

苏靛蓝想起了家里老旧的房子,容不下这么多人:"我自己回去就可以了。"

"不安全。"

"现在是大白天,而且苏州的治安也很好。"

楚译在后面听到,又忍不住出来捣乱:"靛蓝,虽然你是苏州人,但我们是男人,是男人就要有绅士风度。这样吧,我替非寻哥送你回去。"

陆非寻面无表情:"你回展馆。"

"非寻哥,你不方便。你上次害靛蓝她爸蹲拘留所里几天,再见面非打起来不可。"

"嗯,正好赔礼道歉。"

眼看又要吵起来,苏靛蓝赶紧出声:"你们别争了,要不然就一起送我回去,这样行吗?"

"等一等。"身后楚琳突然出声,"哥,非寻哥,你们俩都不管我了啊?"

因为出镜拍摄的需要,楚琳穿着七厘米的高跟鞋,此时居高临下地看着苏靛蓝,显得盛气凌人:"你们都先别着急嘛,我有点事想和靛蓝姐说。我有个不情之请,不知道靛蓝姐能不能答应?"

苏靛蓝皱了皱眉头,笑着问:"嗯,有事需要帮忙吗?"

"我想采访你。"

"采访我?"

"对呀,我现在在做的专题和非遗相关,所以就过来跟拍了。但是出省采访如果只做一期,经费开销太大,不划算。如果能做两期节目,我们制片人会很高兴的,所以我想策划一期新节目,叫作香云纱的染整技艺与《东江丘壑图》修复背后的故事。"

苏靛蓝想要拒绝,楚琳马上说:"非寻哥帮了你这么大的忙,做这期节目也算是宣传香云纱,这样你都不愿意吗?"

苏靛蓝看了看陆非寻。

楚琳不容分说,把楚译拉了过来:"其实这也是我哥的主意,他让我也顺便帮忙宣传一下矿物颜料。我哥说,现在但凡是非遗项目都不好做,我们作为媒体人能帮一点就帮一点。"

楚译:"我什么时候……"

楚琳露出一个真诚的笑容,打断楚译的话,接着说:"如果你愿意接受采访的话,到时候我会请主流媒体和各大新闻网站的朋友转载,一定能扩大矿物颜料的知名度,让更多人认识传统国画颜料。"

楚琳最后这一句话，让苏靛蓝很心动。

曾经有位老先生说过，濒临消失的东西，只有向世人宣传，才能在困境中找到拯救的办法。一人拾柴火不旺，众人拾柴火焰高，只有更多人关注到它，它才能在危机中找到生机。

楚译一头雾水，他什么时候对楚琳说过那些话？不过，楚琳说得也没错。

楚译出来劝说："我妹在电视台是一线记者，做出了不少好新闻，她确实可以帮着宣传一下。靛蓝，你不是说现在传承很困难吗？好不容易把《东江丘壑图》修复好了，就让媒体宣传一下矿物颜料嘛！"

盛情难却，苏靛蓝只好答应："好。"

楚琳十分高兴："那就这样说定啦！"

"走吧。"陆非寻终结了这个话题。

这天下午，蝉鸣声响亮，阳光也灿烂明媚，陆非寻亲自把苏靛蓝送到家。苏靛蓝感动得不行。

第二天，楚琳如约来到庆云堂颜料工作室，照着提前对接好的提纲，对苏靛蓝进行采访。

楚琳的确是很专业的记者，问的问题很有深度，看得出提前做了不少准备。

之前苏庆云入选非遗传承人时，苏靛蓝也以家人的身份接受过电视台的采访，所以这次也没多想，配合着录完了节目。结束后，苏靛蓝还与楚琳互相道了谢。

一周后，苏靛蓝在睡梦中被电话吵醒。

"苏靛蓝，你是猪吗？居然还在睡呢？！"电话里庄清清跟吃了火药似的。

"怎么了？"苏靛蓝揉揉眼睛。

"你成名人了！"

"啊？"

"昨天晚上粤台黄金时段播出了一期节目，主题是《东江丘壑图》

的修复,讲了中国传统染整工艺、植物染料还有矿物颜料!"

"怎么啦,这不是好事吗?关注的人多吗?"

"多!可多了!"庄清清气得不行,"但是这节目的解说词写的是什么啊!指向不明,让看的人觉得这画就是你弄坏的,所以才努力修复文物,因为怕坐牢!还拉了本地标杆企业德顺堂做垫背。现在网上的网友都把你骂臭了,你看看微博吧!"

苏靛蓝整个人都吓清醒了,赶紧登录了微博。

这是苏靛蓝第一次见到传统技艺有这么高的热度。

微博热搜排名第八的是"女子无意损坏文物"。

这个标题太扎眼,恰好踩中了全民的兴趣点,点击进入话题,可以看到讨论的热度节节攀升。

网友小熏陶:弄坏了文物再修复,摇身一变成救世主了吗?她怎么有脸出来接受采访,还讲用传统技艺修复很艰难?这文物怎么弄坏的心里没点数吗?就这人品,给差评!

网友沉默东风:心疼德顺堂,我奶奶也有一套香云纱的衣服。著名的老企业被这种女人拉下水,为了帮忙修复分了心,自己的生产线还出了问题。国家传统手艺难传承,就是因为对这些犯罪分子太宽容!

苏靛蓝看完,一阵深呼吸,极力回忆自己采访的时候都讲了什么。

记忆里,楚琳问的问题并不多,采访时也一直围绕着传统技艺及现状来谈。讲到《东江丘壑图》时,要求她谈了修复过程中遇到的困难。

苏靛蓝决定先去看节目视频,看完以后就明白了。

庄清清再次打电话来:"靛蓝,你看完没呢?我都要气死了!"

"没关系。"

"怎么没关系?一人一口唾沫都能把人淹死!你名誉受损,一点都不着急?这谁做的节目啊,怎么一点职业操守都没有!《东江丘壑图》的损坏和你有什么关系?要骂也该骂叔叔!"庄清清停了一下,"也不对,叔叔当时也是为了救人,要不然出了踩踏事件,那可是一条活生生的性命!如果换成我,遇到这种情况我也救,即使要坐牢我也认了!"

"清清,不要着急。"

"怎么能不着急？人言可畏，大家都这么骂，黑白颠倒，会逼死人的好不好！如果帮忙都被骂成这样，那社会上以后谁还敢做好事了？"

"清清，做人做事，问心无愧就好。不管网友说什么，只要我能够尽微薄之力帮上忙就行了。"

"奇怪，为什么一点事都没做的人可以在网上骂人，而真正做了事的人反而却要被骂？"

"这不是社会现状吗？何况他们也不知道真相，不能怪网友们。"

庄清清气得不行："苏靛蓝，你是不是缺心眼啊？都什么时候了，还在替别人说话！"

"这是个信息时代，大家都可以发表自己的想法，我只是尊重言论自由。如果真要说委屈的话，那就是他们不应该骂我有娘生没娘养，看到这一句，我真是伤心坏了。"

苏靛蓝故意软下声，庄清清简直要被气笑："都这样了，你还有心情开玩笑！"

"好啦，吃亏是福。网友说得没错，事情因我爸而起，父债女还。虽然是过失，但损坏到文物却是事实。"

"说到底，这是谁做的采访啊？一点水平都没有。新闻的要求不就是把各种事件实事求是地讲清楚吗？"

苏靛蓝脑中浮现楚琳诚恳的笑容，还有想要帮她宣传矿物颜料的说法。她不愿再多想，于是转移了话题："清清，你觉得看完那期节目的人，会对矿物颜料有兴趣吗？"

"有啊，看完觉得矿物颜料好厉害，原来化工颜料没出现之前，我们的先辈是用矿石磨成粉画画的，古人真有智慧。如果这项技艺能够传承下来，那民族自信心就更强了，我为自己是炎黄子孙而自豪！这期节目，看得我都膨胀了！"

苏靛蓝对着电话笑个不停："那就行，我被骂这一顿值了。"

庄清清恨铁不成钢地嚷嚷："你真是个手艺痴！"

苏靛蓝想得很通透，事已成定局，与其生气，还不如问自己值不值。工匠精神，就是要专注。做手艺的人要有匠心，要学会在这个浮躁的时代里，守住自己难能可贵的初心。她不想生气，也不愿意为这样的事情生气，把事情做好最重要。

只是经历了网络暴力以后，苏靛蓝体会到了被言论打击到的痛苦，于是她忍不住把楚琳的事情告诉了庄清清。

庄清清反而有点兴奋："这么说，这是陆非寻青梅竹马给你做的采访？天哪，靛蓝，你要倒大霉了！"

"清清，好好说话。"

"咳咳，我的意思是你没把陆教授追到手，反而被他的红颜知己盯上了。"

"我什么时候要追陆非寻了？"

"啧啧，你听听……你敢说你没对他动心？"

"我……"

"陆教授那么优秀，长得还帅，怎么看都是万千女孩梦中情人的类型，其实吧……"庄清清用娇羞的语气说，"如果不是因为和他打过架，我也想追他。"

苏靛蓝心情复杂："清清啊……"

"你放心，我绝对不跟你抢，但是苏靛蓝你能不能争取一下，把陆非寻追到手？我们认识十年了，曾经那么多人给你送情书，你都无动于衷，现在好不容易开窍了，你能不能把终身大事解决一下？我很担心你抱着石头过一辈子。"

苏靛蓝忍不住说："庄清清，你这个俗人！"

"我怎么就俗了？我不服。"

"我们是非遗战友，战友你知道吗？"

这通电话再一次以庄清清的嫌弃作为结尾。

让苏靛蓝没想到的是，楚琳竟然也打来电话。

"喂，靛蓝姐吗？真不好意思，我是楚琳。昨天的节目播出后反响很好，还上热搜了呢。"

"嗯……"苏靛蓝不冷不热。

"对不起,你生我气了吗?我没想到观众会误会,都是我的错,我应该把解说词写得更好一些。"

"算了,没关系。"

"靛蓝姐,你人真好。网友们都骂成那样了,你也不生我气?"

苏靛蓝不知该说什么好。

"其实我有特意写到伯父为了救人,才造成了这一系列事故,你们并不是故意弄坏文物的。也讲了德顺堂那批香云纱出问题和你没关系,但是网友偏偏这么认为,我也阻止不了。"楚琳撒娇道,"而且,后期编辑成片的同事特别不负责,删了一句我写的解说词,他说播音员录音的时候断句没断好,听着别扭。没想到这句一删就产生了歧义,所以委屈你了呢。"

苏靛蓝深呼吸,心平气和地对楚琳说:"真的没关系,还希望你多多支持我们这个行业,非遗技艺太需要媒体关注了,谢谢你。"

"好的,靛蓝姐你人真好!"楚琳闷闷不乐地挂了电话。

苏靛蓝看着手机屏幕皱眉头,默念三句莫生气。

苏靛蓝转过身,对着墙壁大喊:"修养!修养!修养!必胜!必胜!必胜!"

"女子无意损毁文物"的热搜一直挂了两天,这两天苏靛蓝一直在关注话题,网友们的评论从一开始一边倒,到后面有知情人出来解释,舆论风向开始转变。

网友天天是猫:我是当时在场的人,破坏古画的人不是视频里的女孩,你们骂错人了吧?

网友漠子涵:古画损毁时,差一点就发生了踩踏事件!如果那位老人不救人,后果不堪设想!什么破新闻,话都讲不清楚。

微博上骂苏靛蓝的人少了,大家的关注点自然偏移到香云纱和矿物颜料身上。甚至有网友开始科普一些基础知识。例如:中国传统颜料起源于矿物色和植物色,迄今约有七千年的历史,矿物颜料运用很广泛,至今仍应用在纺织品、陶瓷、玻璃、涂料、油墨等多个领域。

许多网友都开始感慨，以前从没关注过这些东西。

苏靛蓝当机立断，扎起小马尾，发愤图强地坐在电脑前剪辑视频。

苏庆云慢慢走到苏靛蓝身旁时，苏靛蓝还在绞尽脑汁做画面渲染。

"招考老师的那个考试，你报名了吗？"苏庆云冷不丁问。

"还……还没。"

"那你做这个干什么？画都修好了，你干正事去。"

苏靛蓝兴奋地打开网页："爸，你看有好多网友都对矿物颜料特别感兴趣，纷纷在问它到底是什么东西。"

"他们真的感兴趣？"

"是！"苏靛蓝把网友的留言指给苏庆云看，"他们都在问在哪能买到矿物颜料。还有美术生说他们一直只知道水彩画颜料、水粉画颜料、日本水干颜料，第一次听说传统矿物颜料，想试试古人同款。"

苏庆云突然抬手擦眼睛，语气发酸地说："没想到这门手艺也有今天。"

"爸……"苏靛蓝小心翼翼问，"你看这么多人关注，我想趁着热度做一些视频，给他们介绍一下传统国画颜料，你看行不行？"

苏庆云毫不犹豫地说："行！"

"我还有个想法，出几款大家能买得起的矿物颜料试用装，再做几个小视频配合宣传。"

"试用装是什么东西？颜料还能有试用装？"

"国际大牌护肤品都有试用装，一小包水或精华乳。"苏靛蓝把东西拿给苏庆云看，"矿物颜料最大的问题就是成本高，价格贵，很多新手不会用。一次性买一包三克的颜料也得几十块钱，画一幅画要用很多颜料，多买几种颜色就要几百块，这对于美术学生来说门槛太高了。"

"你的意思是每样来一点，量不大，价格就便宜，他们就买得起了？"

"对，矿物颜料是老祖宗留下来的好东西，只要他们用一次，就会感受到它的好。矿物颜料画出来的画细腻不虚浮，上面还带着矿物的珠光，这是化工颜料做不到的。就算他们用了以后仍觉得价格太高不能常买，但至少知道这个东西，我们就没白做这件事情。"

那么好的东西,现在深陷传承困境,看着这些"活文物"消亡,一直是苏庆云的心结,没想到有一天它也能这样受追捧。

"好!"苏庆云目光闪动,最终拍板决定。

苏靛蓝没想到苏庆云愿意支持,眼睛都笑弯了:"那我今晚计划一下,马上就行动。"

霜青

节目

苏靛蓝从四大名著《红楼梦》里找到了灵感。

在《红楼梦》第四十二回，有一段宝钗嫌弃雪浪纸不好用的情节，这个情节里宝钗替宝玉开出了清单，让丫鬟去准备颜料给宝玉画画。宝钗给宝玉开出的颜料清单，正好就有十二种！分别是：箭头朱、南赭、石黄、石青、石绿、管黄、广花、蛤粉、胭脂、大赤飞金、青金、广匀胶。

箭头朱是朱砂的一种，广匀胶是牛皮做的，实际上就是黄明胶，使用矿物颜料时必不可少的搭档。

苏靛蓝研究它们的颜色，考虑成本，最后仔细定出一套十二件礼盒，取名叫"庆云堂十二美人"，别名"宝钗同款"。

为了赶热度，苏靛蓝熬了一个通宵，把搭配出来的颜色做了美图，各截取古代仕女图之中一个人物，做了动态视频。在推广的视频里，动漫版宝玉撒娇说雪浪纸不好用，宝钗则用萌音开出了矿物颜料十二清单，紧接着画面一变，风花雪月，各代表一个色系的唐宫仕女动了起来，舞出惊鸿之美。

因为视频趣味性强，又踩了矿物颜料的热点，一下子传播开来。而礼盒的图片版也广为流传，直接带动了庆云堂网店的销量。

原来一个月都没两三个订单，视频走红后竟然猛增了几十个单子。

"苏靛蓝，你在干吗？！不按常理出牌啊！别人被骂后是食欲不振，你竟然还撸起袖子干起来了？！趁机开染坊吗！"

"要不然呢？"

庄清清打电话来时，苏靛蓝正在吃饭。

因为网店小红了一把，咨询的人格外多，苏靛蓝临时充当客服，只好把碗端到电脑前，一边吃饭一边盯着电脑屏幕，一边还要接电话，和庄清清聊天。

庄清清忍不住笑："你是我见过最元气满满的少女！"

苏靛蓝饿得慌，配合道："嗯，你说得对！我就是颜料界最无敌的元气美少女！"

"呸，真不要脸。"庄清清只好挂了电话，挂电话之前还不忘吐槽苏靛蓝，"还美少女呢，一个陆非寻都搞不定。"

世界上总有一种人，所有坏事在他们眼里都能变成机遇。

之后半个月，苏靛蓝和苏庆云忙碌地制作颜料。

因为苏庆云骨折尚未好全的缘故，这一批"庆云堂十二美人"的小样，全部出自苏靛蓝的手。苏庆云也越来越认可苏靛蓝制作矿物颜料的能力，不知不觉中，苏庆云又多教了苏靛蓝一些冷门知识。

"中国传统国画颜料包含两个分类，矿物颜料和植物颜料，只有擅长制作所有国画颜料的颜料匠，才是合格的匠人。"苏庆云叹了口气，"一直以来，我不想让你跟着我做颜料，所以没把这门手艺全部教给你。像胭脂就是植物颜料，它以红兰花作为原料，还可以用一种叫作胭脂虫的甲壳虫制作，但是现在原始森林越来越少，也几乎找不到胭脂虫了。"

"那现在的胭脂怎么制作呢？"苏靛蓝问。

"用紫梗做。先把紫梗放到锅中用热水煮，直到水中颜色发红发暗，紧接着把这些水倒入桶里，放五分钟后充分搅拌，搅拌时加入适量碱液，直到见到颜色变为紫红色才倒出，倒进另一个装棉饼的桶里……"

苏靛蓝盯着苏庆云，用耳认真听，用笔迅速记。

苏庆云从胭脂的制作工艺，讲到如何用蓼蓝草制作花青，苏靛蓝听着这些与植物相关的知识，满脑子想到的都是陆非寻。

又结束一天的忙碌，晚上苏靛蓝忍不住拿着手机，翻来覆去地看通讯录。

终于，苏靛蓝鼓起勇气将电话拨出去。那头，电话很快被接起。

苏靛蓝："是我……"

陆非寻："嗯。"

"最近过得怎样？忙不忙？"

电话那头传来陆非寻的轻笑："还好。"

苏靛蓝还在绞尽脑汁想接下来该说什么，陆非寻打破沉默："我最近接受了一个采访。"

"嗯？粤台的采访吗？"

"是另一家媒体。采访内容是简单解释上次的事故。"

苏靛蓝隐约猜到了是什么，轻轻地问："香云纱再次返工的事情？"

苏靛蓝将手机放扩音，跳到了主页面，搜索德顺堂三个字，马上跳出了相关消息。她简单看了采访的内容，采访里陆非寻澄清了网络上的不实传闻，并且公开造成事故的真实原因。

陆非寻直指企业生产中总会有懈怠的人，如果非遗企业能够恪守前人的标准，势必能避免许多不必要的生产事故。

这样一来，直接洗清了网上所说的苏靛蓝为了修复文物，把德顺堂拖下水的嫌疑。

"谢谢！"

"不客气，报恩。"

苏靛蓝听到陆非寻这么说，握着手机笑出声："陆非寻，原来你还记得我在作坊里说的话。"

"嗯。"

苏靛蓝突然感慨："好想德顺堂。"

"有空过来。"

苏靛蓝情不自禁地说："我还很想你。"

"……"突然被撩拨了一下，陆非寻在电话那头沉默了。

苏靛蓝心跳加速，期待着他的回答。

陆非寻缓了一会儿，声色平淡无奇："我正好有件事要和你说。"

苏靛蓝心里猛地失落："哦……"

陆非寻不急不缓地开口:"最近国内收视率一直居高的湘台,要和当下最热门的艾格视频APP合作,联合推出国内第一档非遗手艺人作为主角的综艺节目,叫作《留住手艺》。导演是《向往人生》的刘导,目前正在邀请意向嘉宾的筹备阶段。"

"留住手艺?专门做非遗手艺人的节目?"苏靛蓝被这个消息震撼到了。

一直以来,非遗传承人都是只有国家扶持,没有社会关注。比起那些十年如一日,扎实做手艺的平凡人,大众关注更多在明星身上,例如许多明星一起玩游戏的综艺节目,这些才是观众日常生活里娱乐的重点。

"这样的节目做得起来吗?"

"刘导很有信心。"

"《向往人生》我看过,节目把地点定在偏远的少数民族村落,明星短期居住在里面,拍摄归园田居的理想生活。现代都市人压力太大了,城市化以后,许多人也很难再有下河摸鱼、田里捞田螺的原生态生活经历,所以这样的节目大家很感兴趣,这是它红起来的前提,但是关注手艺人……"苏靛蓝担忧地说。

这一刻,苏靛蓝觉得有些期待、兴奋,竟还有些想哭。这种感觉怎么形容呢?就好像孤军奋战时,发现还有许多更有影响力的人在关注这件事,她并不是一个人在战斗。

"我知道你想弘扬传统颜料。"陆非寻没有直接回答。

"嗯?"

"所以你和叔叔想参加吗?"

"我……"当然想!但苏靛蓝犹豫着把剩下的话吞了下去。

陆非寻说:"刘导和我私交不错,去年他便和我说过这件事,但被我婉拒了。"

苏靛蓝很好奇:"为什么?因为你认为自己是商人,而不是手艺人吗?"

陆非寻沉声:"你是手艺人。"

"你也是。"苏靛蓝执意说,"我见过许多做传承的人,有些人已经不那么认真了,因为生存空间太小。有些人则是因为贪图非物质文化遗产传承人的名号，所以还在坚持，但初心早已不如从前。只有你……你认真的态度让我敬佩，让我在不知不觉中想要向你学习。你会去参加吗？"

"德顺堂经营平稳，暂时不需要管理者上节目。"

"陆非寻……"他的回答让苏靛蓝戳心了。

"你考虑一下，我可以引荐。"

"好，谢谢你！"

如果国内真有一档节目，可以聚焦濒临失传的手艺，那么即使上了节目没什么作用，也此生无憾了。

"我很想去，我也很希望你能去。"

次日，苏靛蓝兴奋地把这件事告诉苏庆云。

苏庆云最近心情很好，面色也红润。网店的订单一下子多了那么多，他想都不敢想，天天和老宋叔说得最多的话题就是网络是个好东西，年轻人的思路就是活泛。

老宋叔打趣苏庆云怎么知道年轻人做不出新天地。或许一直以来，他不愿意让年轻人接手的想法就是错的！年轻人重拾老手艺，不仅能养活自己，还能把整个行业带活！老宋叔耳边风吹多了，苏庆云也觉得日子有盼头。

"你说什么？留住手艺？留住什么手艺？"

"爸，这是一档综艺节目的名字。"

"就是什么快跑吧兄弟们那种节目，一群人在电视上玩游戏，撕后背上的人名，还有把明星弹到水里去的那种？"苏庆云愁着脸，"把手艺人弹到水里去，万一我们不会游泳怎么办？非遗传承人没了，直接变成世界遗产了。"

"不是这种。"苏靛蓝一脸无奈。

"那是什么？让我们一群老头老太太在电视上，互相瞪眼两个小时？"

"综艺节目应该是用大家都感兴趣的方式，把这些古老手艺展现出来。我记得前几年有一档节目，专门介绍博物馆老师傅们修文物，很多年轻人都喜欢看。"

苏庆云很开心:"我以为年轻人不喜欢我们这种东西。"

苏靛蓝说:"我们这次推出的'庆云堂十二美人',很多都是年轻人买走了。我前几天剪辑的宝钗同款视频,几万条的转发量,都是年轻人自发转载的。爸,中国的年轻人比你们老一辈想象中有出息。这档节目只要用心做,就一定会火的。"

"可是……这么好的节目,我们能上吗?"

"不努力一下怎么知道呢?很多传承人都不想做宣传,不想上节目,觉得抛头露面就是不务正业。同时也怕别人议论自己,说自己贪图名利。所以这档节目筹备了很久,还没有找齐真正愿意长期参加拍摄的嘉宾。"

"但是我这手……"苏庆云垂头丧气,看着自己的手发愁。

苏靛蓝回来这一个多月,终于把苏庆云的咳嗽照顾好了,但是一个月前苏庆云摔断的手却没办法好得那么快。伤筋动骨一百天,何况他是老年人,完全愈合更需要时间。

"上节目少不了要表演制作工序,我这个样子上节目,真就只能干瞪眼了,节目组也不会同意的。"苏庆云比谁都知道坚持的苦,现在眼看有一线生机,实在不想放弃,但是又不得不放弃。他颤巍巍地转身,背影看起来很可怜。

"爸!"苏靛蓝突然鼓足勇气开口,"可以让我参加节目吗?"

"你?!"

"我想试一试,万一这档节目真的能让更多人认识矿物颜料呢?有关注度,就有生存空间,手艺人有活路,这门手艺就保得住。爸,给我三年的时间,如果我真的能让矿物颜料火起来,让庆云堂能小有盈利,解决温饱问题,你就同意我传习这门手艺,教我毕生所学,可以吗?"

"我花了一辈子都做不到的事情,你想用三年做到?"

"现在有那么好的机会,我想试一试。"

苏庆云陷入沉默,整个客厅也跟着死气沉沉。

苏靛蓝说:"爸,时代给了我们机会,我不想老了以后再埋怨自己,年轻的时候为什么不努力?人总有一死,很多技术性的非物质文化遗产的失传，就是因为人亡歌息，人去艺绝。"

人亡歌息，人去艺绝，这八个字让苏庆云浑身一颤！

他抚了抚额头："让我想一想。"

苏庆云心里明白，如果让苏靛蓝以矿物颜料传承人这个名头去参加节目，哪怕三年之约失败了，矿物颜料的烙印也深深印在她身上了。

"你想好了？如果上了节目，你再想回去当个纯粹的普通老师都难了。国家需要你的时候，你要做颜料，老的画家想要矿物颜料的时候，也会托人找到你。"

"我知道。入了这一行，一辈子都是这行的人。"

"万一上了节目以后，大家都觉得你是图出名呢？名声也毁了。我是老一辈，见识过人心险恶，有我作为父亲的担心。"

"爸……"

"别说了，这件事我再想想。"

之后两天，每隔一会儿苏靛蓝就笑嘻嘻地跑到苏庆云面前问："爸，你想好了吗？"

苏庆云被问得烦了，再看着苏靛蓝的笑容，叹了一口气："行，你去吧！"

"真的?!"苏靛蓝很兴奋，"那三年之约算数吗？如果我做到了，你就得教我所有颜料的做法。"

苏庆云咬咬牙："行！也答应你！"

苏庆云说完，站在窗口边从上往下看，看到庆云堂颜料工作室那间小小的平房时，他蓦地皱起了眉头。

就这么破的一个小工作室，小到看不清的招牌，还能火起来？他有生之年，还真能见到庆云堂出名不成？

苏靛蓝得了准信，开心地给陆非寻打电话去了。

事情很快敲定下来，苏靛蓝做好准备，踏上了征途。

湘台一号演播厅。

一千平方米的演播室，各种灯光打开，舞台也被布置成设计好的样子，两台摇臂一左一右工作，电脑操控台也坐满了人。

苏靛蓝到达的时候，其中一位编导一眼就认出了她："是苏靛蓝小姐吗？"

"您好。"苏靛蓝笑着点头。

"刘导！"对方马上朝舞台中央招手，"做传统国画颜料的苏小姐来了！"

苏靛蓝顺着编导的目光看去，看到了舞台中央的刘东昇。刘东昇四十来岁，长相斯文，身材微胖，正在弯腰帮嘉宾整理耳麦。

刘东昇听到喊声，回头来看，看见苏靛蓝的模样时很满意。

在刘东昇侧身的时候，苏靛蓝也看清了坐在台上的嘉宾，大吃一惊——陆非寻？！

苏靛蓝开心地朝陆非寻招手，但陆非寻就好像没看见似的，丝毫没有回应。

"苏小姐，我先带你去化妆。"

苏靛蓝没来得及和陆非寻说上话，人就被带走了。

化妆室里，一位年轻编导对苏靛蓝说："我叫黎莉，以后专门负责您。"

"请问《留住手艺》的嘉宾都定下来了吗？"

黎莉吃惊地看着苏靛蓝："都定下来了呀，您不知道？"黎莉说着，拿来一份合同，"这份是合同，刘导让我给您的。"

苏靛蓝签完合约，满心的惊喜。

黎莉陪着苏靛蓝化妆，高兴地说："这次还有一位相貌出色的嘉宾参加，长得可帅。咱们节目组应该就靠你俩撑起颜值了。"

苏靛蓝悄悄问："陆非寻？"

"对，对！苏老师，您也认识陆老师？"黎莉喃喃自语道，"说来也奇怪，听同事说，刘导去年筹备这期节目的时候，就已经邀请过陆老师，但是这位陆老师拒绝了。不知道为什么，这次突然又答应上节目了。"

苏靛蓝心里有一丝小窃喜，心早就飞到台上了。

好不容易化完妆,坐到录制台上时,苏靛蓝背着摄像机朝陆非寻傻笑。

"滋……滋滋滋。"苏靛蓝小声朝陆非寻喊。

她忘记已经带话筒了,台下立即有人喊:"嘉宾苏老师,您的耳麦坏了吗?"

苏靛蓝只好红着脸说:"没有,不好意思。"

苏靛蓝安分了,郁闷地看着陆非寻一本正经的脸。

坐在嘉宾席上的陆非寻,冷静、克制,好像一尊雕像。身上的西服将他衬托得格外出众,与生俱来的矜贵在镁光灯下被放大数倍。

苏靛蓝看得出神,结果陆非寻突然转头,捕捉到苏靛蓝专注凝视的目光。她看到他冷淡的脸上,勾勒出一抹笑。

"苏靛蓝,专心录制。有什么事,下了节目再说。"

苏靛蓝:"好!"

没想到能在这里见到陆非寻,苏靛蓝心里确实激动得不行。有陆非寻在,她安心了许多。经过一次节目的彩排演练,苏靛蓝对这档节目也有了深入的了解。

《留住手艺》一共安排了六位嘉宾,分别是宣纸技艺传承人梁波、錾刻技艺传承人关剑军、黎族纺染织绣技艺传承人符金花、篾制品工艺人罗超,还有代表矿物颜料制作技艺的苏靛蓝和香云纱的传承人陆非寻。

除了自己与陆非寻,另外四位老师年纪都较大。其中最年老的是黎族纺染织绣技艺传承人符金花老师,今年七十二岁了,紧接着是梁波老师,六十九岁。竹编篾制品的罗超稍显年轻,四十六岁,錾刻手艺人关剑军四十八岁。六位嘉宾,横跨老中青三个年龄段。

节目的设置也很有新意,十二期节目分别设置为棚拍环节、实景环节、互动环节。

前三期在演播室里录制,主要展示非遗手艺。以才艺展示和谈话为主。

第四期到第六期是实景环节,主要让非遗手艺人走上街头,融入社会。通过镜头展现非遗手艺人们如今的真实生存状态。

最后六期则是互动比拼环节，嘉宾和嘉宾间要完成任务，还要做比赛。

刘东昇站在舞台下，给台上的嘉宾们做解释："最后几期，老师们要进行组队结合，你们会组成三队出作品，把非遗手艺创新化。我们到时候会让观众们投票，这档节目的目标是让全民参与进来，让更多人关注非遗的传承。"

台上的嘉宾们纷纷鼓掌。

苏靛蓝也很激动，但是……实际拍摄的第一个下午就出了问题。

录制一个镜头的时候，头发花白的梁波老师突然抱住肚子蹲下来，倒在了舞台中央。

苏靛蓝离得最近，急忙跑上前："老师，您怎么了？"

梁波看了一眼最早冲上来扶自己的女孩："没，没事……"他艰难说出这几个字，脸色发白，随即彻底瘫软下去。

节目组没想到开拍第一天就出了这种大事，立即找了医生过来。医生看了之后说："没什么大事，就是突然低血糖了。老先生，你要记得按时吃东西。"

梁波一脸难堪："我怕耽误节目拍摄，就……"

苏靛蓝问："您是不是一直有糖尿病？"

梁波说："是啊，我年纪大了，血糖越来越不好控制。现在天天打胰岛素，有时血糖高，有时血糖低……刚才在台上有点头晕，但是又不方便下来吃东西。"他握了握苏靛蓝的手，"丫头，谢谢你刚才扶我。"

苏靛蓝刚想回答，一旁另一位头发花白的奶奶开始抹眼泪。符金花叹了一口气："也不知道我们这些半只脚踏进棺材的人这么辛苦跑来电视台录节目图什么……"

梁波安慰符金花："老姐姐，我们来这里不是为了自己，为的是我们手里的手艺啊！前半辈子它养活我们，后半辈子我们要拯救它啊！"

苏靛蓝看着两位老传承人坐在台上哭，心里也有些苦涩。

节目拍摄完，苏靛蓝走下台。

"陆非寻。"

陆非寻正在拆耳麦,回头看向苏靛蓝:"需要帮忙?"

"不用……我自己来。"

苏靛蓝心不在焉拆耳麦,结果越拆越乱。陆非寻见状径直朝她走来:"我帮你。"

"哦,好……"

"你很紧张?"

"没有。"苏靛蓝想了想,改口说,"没来之前,以为你不会参加,只有我一个人,所以确实有一点紧张。但看到你之后,就没那么紧张了。"

"那你现在这样?"

"我只是挺意外的。"苏靛蓝感慨道。

"嗯?"

"没想到传承人都那么艰难。以前在家里看我爸干活,觉得很辛苦,但我以为只是矿物颜料这一门手艺这样。现在看来并不是这样,原来非遗传承的各种手艺都一样艰难。"

陆非寻只是淡淡道:"走吧。"

苏靛蓝跟着他走出了演播厅。一直到看见外面的树时,苏靛蓝才回过神:"我们去哪?"

"午餐时间到了,我们去吃饭。"

"我们不和节目组一起吃吗?"

"没兴趣。"

"啊?"

"你请我。"

"为什么我请你啊?"苏靛蓝红着脸,"哪有人这样的?好久不见,不都是男人主动一些吗?"

"你不应该感谢一下我吗?"

"陆非寻,你……"

苏靛蓝看向陆非寻,决定装傻,陆非寻则正经八百地回视她。

苏靛蓝被看得心怦怦跳:"好……好吧。"

与此同时，陆非寻低沉的声音也在她耳边响起："因为你，我才来的。"

苏靛蓝心里仿佛炸开了一朵烟花："你要吃什么？我请客！"

陆非寻沉默许久，淡淡道："小馄饨。"

想起在苏州的那一顿，苏靛蓝的心又开始抑制不住地乱跳。

午餐，苏靛蓝请陆非寻吃了一顿地道小吃。下午三点前，两个人又赶回到演播厅，开始下午的录制。

下午的录制轻松了许多。主题是聊天，六位传承人互相交流自己的心声。

上午梁波低血糖晕倒，所以下午的录制大家都让着梁波。几乎都是梁波先发言，先录制梁波的部分。

梁波调整了耳麦，疲惫地说："我是宣纸制作技艺的传承人，我们宣纸有'千年寿纸'的美誉，被誉为'国宝'。在古时候宣纸种类很多，薄厚程度不一样，做的工艺也不一样，现在已经有很多种宣纸失传了。我老了，其实早几年就做不动了，上节目就想给自己找个徒弟。"

篾编制品传承人罗超突然问："梁老师，你们做宣纸的人比我们做竹编工艺品的人吃香多了，你想找徒弟，能给多少待遇？一年能给十万块吗？"

"这……"

梁波来参加《留住手艺》，辛苦费都不知道有没有十万。

"要是有钱，做的人肯定多。师傅传徒弟，一代代传下来，刚才我说的那些宣纸种类就不会失传了啊……"梁波面露难色。

罗超接着追问："那我们上电视也不能找到徒弟啊，除非你能给他们带来更好的效益，否则不是耽误人家吗？"

梁波被说得有些尴尬，只好笑："也是……"

苏靛蓝打圆场："还是有年轻人愿意学的。"

罗超反问苏靛蓝："苏老师，你是年轻人，你学做矿物颜料，一年赚得到十万块吗？"

苏靛蓝礼貌微笑:"没有,但即使是这样,我也愿意做。"

罗超脸色微沉,没想到苏靛蓝会反驳:"你们年轻人还小,不知道生活的苦,没有钱谈什么传承?"

"罗老师,我并不这样觉得,手艺不能用钱衡量,老师傅的心意也不能用钱衡量嘛。"

罗超只好给自己台阶下:"也是,你说得对。"

苏靛蓝继续说道:"我记得前段时间有一条新闻,一家学校开展了非遗进校园活动,校长专门安排了几节造纸实验课,教孩子们亲手用树皮造纸。孩子们学习造纸术后特别开心,都说深刻体验到了中国古代文明。这种方式也是一种传承,和钱无关。"

苏靛蓝亲切地对着梁波微笑:"梁老师,您放心,不管是拜师学艺,还是以别的形式,好的东西一定有人愿意学。"

台下响起了阵阵掌声。

苏靛蓝接着说:"不记得来路的民族是没有出路的,我们作为文化的传承人,要起承担传播和保护的责任,这应该是我们来到这里的目的。"

这句话像一记重拳叩击在所有人心头。

苏靛蓝说完谦虚地笑了笑,抬起头时,看到陆非寻正用炙热的目光看着她。

刘东昇在台下也忍不住出声:"说得好!"

整期节目下来,陆非寻没说什么话,就像一块好看的背景板,一直稳坐最显眼的地方。

台下,工作人员交头接耳。

"我看这档节目能红。"

"没想到年轻的非遗传承人挺善良的,敢在台上帮梁老师。"

"那位陆老师虽然不说话,但是坐姿真端正,如果我是观众,都不愿意转台了。"

下午录制结束,苏靛蓝主动朝陆非寻走过去。

"陆非寻,整期节目你就讲三句话,你是背景板吗?"

"不然呢？"

苏靛蓝顿时无语。

陆非寻看了苏靛蓝一眼："你不怕惹罗超生气？"

苏靛蓝低下头，抿抿唇："怕。"

陆非寻突然笑了："我可没看出你怕。"

"我只是……"苏靛蓝吸了一口气，"想到我爸了。"

如果苏庆云来参加节目，会不会像梁波那样不善言辞呢？如果她不伸手帮一把，苏庆云也会很落寞吧？

苏靛蓝的语气突然变得很认真："陆非寻，我能够以一个传承人的身份上这样的节目，已经是一种幸运了。是节目组、刘导和你让我有了这次机会，可以借助媒体的力量去宣传难以生存的手艺，这是时代对我们这门手艺的恩赐。"

"嗯？"

"所以，我不想用敷衍的态度去度过这段时光。如果可以的话，我要拼尽全力去做好它。"

陆非寻站在来来往往的工作人员里，低头看着神色难明的苏靛蓝。突然，他很想伸出手去揉一揉苏靛蓝的头发。

但他还是忍住了，冷冷地出声："走吧。"

"去哪？"

"约会。"

"约……约会？！"苏靛蓝突然结巴起来。

陆非寻面无表情："吃饭。"

苏靛蓝松了一口气："好。"

陆非寻不喜欢阿谀奉承、迎来送往的群体性聚会，也无意与节目组的工作人员打成一片，于是拉着苏靛蓝一起走。刘东昇看到陆非寻与苏靛蓝一起离开，莫名松了一口气。

"导演，这位陆老师……"

"陆非寻啊？"刘东昇笑着给大家解释，"陆教授有自己的事业，百忙之中过来参加，这已经很不容易了。"

罗超站在人群里，盯着苏靛蓝和陆非寻的背影出神。

"我们传承人都比较简单，这个陆非寻是什么人？"

"企业家啊，本来是著名学者，后来被家里人喊回去继承家业了。"

在场的小姑娘们顿时满眼爱慕。

演播厅里暗流涌动，苏靛蓝与陆非寻这边则平静无波。

晚饭后，陆非寻主动结账，看了一眼心不在焉的苏靛蓝："一起散步回去？"

"好。"

苏靛蓝不明白，之前一个月两个人都没能见到几面，现在一天之内，两个人竟然一起吃了两顿饭。

回去的路上，苏靛蓝的脚步一直是飘的。

陆非寻不说话，苏靛蓝也沉默。

两人一前一后走，陆非寻好几次放慢步伐等苏靛蓝。因为靠得近，苏靛蓝总不小心碰到陆非寻的手，于是她就故意落后两步。

"苏靛蓝。"

"嗯？"

"走我右边。"

湘城繁华，马路上车来车往，左侧人多，右侧相对安全。

突然，一个人朝苏靛蓝撞来。陆非寻立刻伸手牵住了她。

"嘶！"陆非寻掌心炙热的温度灼烧了苏靛蓝的心。

"谢谢……"

"……不客气。"

节目组预定的房间在南沙路，离电视台不远，一家新开的四星级酒店。

陆非寻和苏靛蓝走进大堂，苏靛蓝的编导黎莉走过来："苏老师，终于等到你了，房间已经帮你开好了，行李也送进去了。"

"谢谢小黎。"

"不客气，苏老师，这是我应该做的。"黎莉这话是朝苏靛蓝说的，眼睛却一直忍不住看陆非寻。

苏靛蓝想到刚才的牵手，急忙对黎莉说："不是说待会儿要补拍一段录像吗？我先上去了。"

陆非寻一直没与黎莉打招呼，黎莉也不敢骚扰嘉宾，只好红着脸说："陆老师好。"

"你好。"陆非寻语气冷淡。

黎莉吓了一跳："我……我先和苏老师上去了。"

电梯里，黎莉忍不住问苏靛蓝："苏老师，你和陆老师关系很好吗？"

"……还好吧。"

"我看陆老师今天一整天都在和你吃饭，陆老师有女朋友了吗？"

"还没有呢。"

"真的吗？"黎莉眼睛一亮。

晚上拍录像的时候，一组摄影师来到苏靛蓝的房间。

"苏老师，因为您到达湘城比较晚，所以其他嘉宾已经补完了，我们现在单独来采访您。"

"麻烦了。"

"是我们说麻烦了才对，打扰您休息了。"

上一次的采访给苏靛蓝惹了不少麻烦，所以这一次她谨慎了许多。除了黎莉，这次还来了一位主持人，专门负责拍探班的镜头。

主持人说："苏老师，今天有幸来您房间探班，听说矿物颜料的矿石都很漂亮，不知道您能不能给我们看看？"

"当然可以。"苏靛蓝说着把研钵、研柱、锤子、漂洗器皿和矿物颜料矿石拿出来，配合主持人展示。

主持人看呆了："这些都是纯天然的吗？"

"是天然的，矿物颜料取之于自然，还之于画中的自然，包括所有制作颜料的工艺，都是纯手工的。如果用机器来做的话，没办法在制作的过程中对原料进行挑选，去除杂质，制作出的成品质量不好，反而会浪费矿石。"

"你们手工艺人曾经尝试过吗？"

"尝试过，但是失败了，我父亲曾经想通过减少人力付出和降低时间成本的方式，把矿物颜料的价格压下来，所以对矿物颜料的制作进行过很多次的摸索。"

"那现在呢？"

"现在为了保证矿物颜料的质量，还是由有经验的匠人纯手工制作、漂洗、晾干。这也造成了矿物颜料价格高，难以和化工颜料竞争的局面。"苏靛蓝对着镜头解释，说完笑了笑。

忽然，苏靛蓝一怔，她发现陆非寻不知什么时候来了。

陆非寻站在摄影师后面，淡定地看着她补录，眼底似有赞赏。

主持人还在问问题，苏靛蓝收回心思，专心回答："嗯，所以矿物颜料的市场越来越小，颜料匠人养活不了自己，手艺才会濒临消失。"

探班主持人附和道："噢，原来是这样。"

苏靛蓝依然带着坦诚的微笑："我会竭尽所学，把矿物颜料的美展示给大家。"

"好的，我们谢谢苏老师。"

苏靛蓝录完，看见黎莉靠陆非寻很近，两个人好像在说话，黎莉脸上带着惊喜。

"陆老师。"黎莉声音放得很温柔。

陆非寻："嗯？"

"我们统筹给了我一个文件，让我把它交给您，我落在大堂了，您可以陪我一起去取一下吗？"

陆非寻抬头看了苏靛蓝一眼，苏靛蓝刚要开口，就看见陆非寻已经和黎莉走了。

他一句话都没和她说，他来这做什么？

紫檀

困难

把工作人员送走以后,整个房间安静下来,陆非寻一直没再来过。苏靛蓝越想越郁闷,于是拨通了庄清清的电话。

电话那头,立马响起庄清清开心的声音:"靛蓝,你在湘城怎么样?开始录制节目了吧?《留住手艺》的导演怎么样?他拍的《向往人生》我也很爱看啊!"

"陆非寻也来了。"

"啊?什么?"

"一来就吸引了一群小女生……"

"靛蓝啊,哈哈哈哈哈!"

"你笑什么呢?"

"陆非寻会不会是为了追你才……"

苏靛蓝红了脸:"胡说什么,怎么可能。"

"怎么不可能?他都到苏州办过展览了!靛蓝,你们俩既然都有这个心思,就好好趁节目的机会,发展一下感情呗。"

"我和爸爸立了三年之约,如果做不好,以后就再也不能碰矿物颜料了。"

"一边发展事业,一遍谈恋爱嘛。"

苏靛蓝想了想,把刚才陆非寻和黎莉靠得很近的事情和庄清清说。

庄清清也皱了皱眉:"没想到陆非寻市场那么大,你很危险啊。"

苏靛蓝脸红了:"说什么呢。"

"你看你,还不承认。"

苏靛蓝沉默。

庄清清在电话那头坏笑："要不然，我给你出点主意？"

"什么主意？"

"拉近你和陆非寻距离的主意。"

苏靛蓝陷入了沉思。

最后，她默认了。她安慰自己，多学点也没有坏处嘛，是不是？

当庄清清发来一份名为《爱情宝典——女追男必杀五招》的文件时，苏靛蓝正在喝水，差点一口水喷在床头上。

苏靛蓝把电话拨回去："庄清清！！"

电话那头，庄清清笑得欠揍："哎呀，不要激动嘛，都是好闺蜜，我知道你不好意思承认。小靛蓝，我保证这个管用，你好好看看？"

苏靛蓝无语。

"你们录节目还要好久，难不成你要看着别人倒追陆非寻呀？"

苏靛蓝头疼地扯着自己的头发，心跳一下又一下……好快。

"你先看看呗。"庄清清语气里藏着算计。

苏靛蓝打开文档，看到这份"行动指南"后特别想打人。

倒追五大必杀技：一、引起他的注意。

好闺蜜贴心备注：靛蓝啊，你在录节目，你是手艺人，万一故作娇柔被拍下来了不好，观众会误会你是白莲花，咱不用这招哈。

苏靛蓝好想给庄清清回复一句：谢谢你哦！

倒追五大必杀技：二、培养共同爱好。

庄清清的贴心备注又来了：你俩一个搞矿物颜料，一个搞香云纱，没有共同爱好可言，你放弃吧。

倒追五大必杀技：三、偶尔请他帮个忙。

庄清清备注：女孩倒追男孩要吸引他，可以多请他帮忙，引起他注意。但是要切记给男孩保留主动的空间，毕竟他们都是狩猎动物。但是陆非寻这种毒舌冷酷的男人，你想他浪漫地倒追你，好像也可以死了这条心了。

倒追五大必杀技：四、以交朋友的方式拉近距离。

庄清清备注：他要是对你有感觉，早就主动了。

倒追五大必杀技：五、忽冷忽热地联系。

庄清清备注：你要是不联系他，你俩没戏……

苏靛蓝给庄清清发消息："你这不是倒追指南，是放弃指南！"附加三个再见的表情。

庄清清秒回："哈哈哈！"

第二天，湘台化妆室。

因为其他嘉宾还没到，苏靛蓝先进化妆室做造型。

黎莉来得更早，一直低头玩手机偷笑。

"小黎早。"

黎莉站起来和苏靛蓝打招呼："苏老师早。"

因为起来得急，黎莉的手机掉在地上。苏靛蓝一下便看见屏幕上的背景图，是陆非寻的侧脸。

黎莉知道苏靛蓝看到了，赶紧蹲下身捡起，红着脸把手机藏起来："苏老师，您先化妆吧。"

苏靛蓝坐下化妆，化妆师刚打了粉底，突然就有另一个小姑娘开心地端着一箱子蛋糕进来："苏老师，吃蛋糕吗？"

化妆师说道："苏老师您要化妆，一会儿再吃吧？"

"好。"苏靛蓝笑了笑，也没多想。

小姑娘把一块蛋糕开心地放到黎莉手上，大家都是同事，讲话没顾忌："这块给你，这可是陆老师买的。"

苏靛蓝僵了一下。

黎莉激动坏了："真的吗？"

"是啊，陆老师虽然不喜欢说话，但是很大方。说咱们昨天拍摄辛苦了，所以请全组人吃蛋糕呢。"

黎莉拿起了一块蛋糕，急忙咬一口，幸福地说："这是我今年吃过最好吃的蛋糕。"

两个小姑娘在发花痴，而苏靛蓝则一动不动地坐着。

化妆师突然问:"苏老师,您是不是饿了?"

"没有没有。"苏靛蓝甜甜一笑,她其实是郁闷了。

突然,化妆室里传来脚步声,似乎有人进来了。两个小姑娘的笑声顿时停了,鸦雀无声。

苏靛蓝忍不住回头一看,只见陆非寻提着一盒蛋糕走进来。

"吃早餐了吗?"陆非寻低沉的声音在苏靛蓝耳边响起。

"还没。"

陆非寻看似随意地把手里的蛋糕递给苏靛蓝:"吃吧,我这份还热着。"

"那你呢?"

"吃过了。"

苏靛蓝不再化妆,停下来咬了一口,故意说:"你今天很热情嘛!"

"怎么?"

"给全组工作人员都送蛋糕了……"

"嗯,是为了给你送不显得那么突兀。"

"啊?"苏靛蓝一下蒙了,蓦地往陆非寻那边看去。

化妆师也惊呆了,好像听到了什么不得了的事情。

不过,陆非寻没有任何反应,依然是一脸生人勿近的模样。

化妆师急忙继续给苏靛蓝上妆,整个化妆室异常安静,苏靛蓝拿着吃了一半的蛋糕,心里小鹿乱撞。

陆非寻拿着手机看文件,心情也不平静。他为了自然地给苏靛蓝送蛋糕,所以连全组人的早餐也一起买了。

苏靛蓝的妆化好之后,化妆师和其他工作人员一起出去找导演汇报工作。于是整个化妆室,就只剩下苏靛蓝和陆非寻。

"陆非寻,谢谢你。"

"嗯。"

"今天来得早,确实没有吃早餐。"

"嗯。"

"你昨天和黎莉去哪了?我还没来得及和你打招呼,你就……"苏靛蓝看见陆非寻的目光变得很有深意,于是急忙说,"先声明,我可不是因为好奇才问，我一点都不介意。"

"那是为什么？"陆非寻话里带着笑意。

"因为我刚看到黎莉把你的照片设成了手机屏幕。"

陆非寻眉头皱了一下："偷拍。"

"啊？"苏靛蓝没反应过来。

陆非寻朝苏靛蓝伸手："你的手机，拿过来。"

"你要做什么？"苏靛蓝嘴上问，身体却很诚实，把手机交给陆非寻。

陆非寻打开了照相机："给你个机会，对着我拍一张。"

陆非寻把手机还给苏靛蓝，苏靛蓝看着屏幕里的陆非寻，刀刻斧凿般的五官，挑不出一点缺点，皮肤很好，眼皮很深邃……很好看，也很冷厉。

"还不拍？"

"哦，马上。"苏靛蓝紧张地按了一下，马上把手机还给陆非寻，"你要做什么？"

陆非寻唇线紧绷，不说话。只见他设置了一通，等手机再交回苏靛蓝手里时，苏靛蓝看着屏幕发呆。

陆非寻："现在一样了。"

苏靛蓝红着脸："哪有……哪有你这样的啊！"

"不好看？"

"好，好看。"

"那就留着。"

"不，不是……你怎么把自己的照片设置成我的手机桌面了。"

陆非寻回过头，淡淡地看着苏靛蓝："别人能设置，你为什么不能？"

好像很有道理的样子？

这张照片就这么成了苏靛蓝的手机桌面，害得苏靛蓝每次用手机都像做贼似的，生怕别人看见。

走出化妆室，苏靛蓝抬手拍了拍额头，懊恼地骂自己："苏靛蓝，你好笨！"

演播厅，第二期节目的录制正式开始。

因为经历了昨天的录制，今天的嘉宾们都自然许多，开场白过后，大家一起按着台本走。

关剑军开始讲述自己的故事。

"大家好，我是錾刻手艺人关剑军，我来自北京西城区。"穿着黑色中山装的关剑军朝台下的观众打招呼。

场内响起热烈的掌声，关剑军在掌声中走到工作台前，镜头开始摇近拍特写。上百根錾子整整齐齐放在桌子上，每个錾子的用途和花纹都不一样。

"錾刻是从玉石器、骨角器中演变而来的，是一门已经传承了千年的传统技艺，最早可知从春秋时代起，就有专门的錾刻匠人，尤其在战国时期最为鼎盛。大家常在博物馆看到的商周青铜器、金银器上的錾刻文、镶嵌、金银错等，都是我们錾刻匠人的劳作结晶。"

关剑军示意工作人员端上一个錾刻酒杯，录制现场的大屏幕投放出特写，只见杯上錾刻着一只栩栩如生的凤凰，杯子的两侧则雕着两条龙。

"錾刻要求手艺人耐得住寂寞、心稳，錾刻的过程中，只要敲错一下，整件作品就全毁了。近期我做的难度最高的作品，就是我们的国礼——和美丝巾金盘。金色的盘子里放着一块栩栩如生的丝巾，这条丝巾的纹理与真的丝巾纹路相差无几，但它其实是用银箔刻出来的立体花样。这一条'丝巾'需要我们錾刻匠人捶打上万次，一錾子一錾子刻出花纹，做完眼都花了。"

现场的大屏幕上放出了这件艺术品的图片，观众们发出阵阵惊叹，都被这精湛的工艺折服了。

关剑军自豪地继续说道："最后这十几只金银盘子被外交部赠送给了十几位国家元首，它代表着我们中国漫长的历史，还有无数匠人的思想结晶，也承载着我们的文化自信。我为我自己是一个传统手艺人而骄傲！"

苏靛蓝在台上听着，内心也是一阵自豪。

同时,她忍不住偷偷瞄了陆非寻一眼,发现他也在专注地听。

自从来到了《留住手艺》摄制组,感觉就像来到另一个世界,一个非遗手艺的世界。

今天第二位上场的嘉宾是篾编传承人罗超。

罗超拿着四个篾编工艺品走到演播室中间,对着镜头说道:"我没有关老师那么好的运气,能够带着这门手艺登上那么大的舞台。我们篾匠其实早被社会淘汰了,早几十年,篾匠带着做好的箩筐、篓子、水壶、锅盖走街串巷,带着刀子帮家家户户修补破损的竹筐、草席,那时国内工业没那么发达,大家用的都是我们篾匠编出来的生活用品。随着社会经济的发展,我们做出来的东西也没有了用武之地,很可惜。"

罗超陡然提高了音量,激昂道:"虽然这门手艺没有存在的意义了,但我还在坚持传承。我原本是个公务员,为了和我爸学手艺,把篾编工艺品做大、做活,我把自己的'铁饭碗'辞了,毅然下海经商。我在我们那儿的市中心开了一家工艺品店,就靠卖工艺品生活。我上节目就是为了让这门手艺重新走进千家万户,重现当年的荣光,让它重新被大家喜欢!"

罗超说完,展示自己精心编织的花篮。手工艺品很漂亮,看着就很让人心动,但是镜头一晃而过,大家能明显看到花篮一侧贴了标价三百元。

罗超不太满意,动了动花篮,又故意再将这个花篮推近一些,让标价更显眼。

舞台下,刘东昇坐在显示屏后,脸都黑了。

刘东昇私下骂编导:"我们讲的是非遗传承精神,不是个人电视购物频道!你怎么和嘉宾沟通的?!"

编导很委屈:"我……我有和罗老师叮嘱过。"

第二期顺利录制完了,刘东昇单独把罗超留下来,其他传承人则去化妆室卸妆。

苏靛蓝一脸愁绪,突然身边的椅子被拉开,凌冽的气息迎面而来。

陆非寻:"在想什么?"

"我在想,罗老师为什么会出现这么严重的错误。"

陆非寻不以为然:"是吗?我倒觉得很寻常。对于一些人来说,上节目并不是救活传统手艺的机会,而是经营的好机会。"

"可是这样做会伤到认真做节目的人的心,播出以后也会伤到支持非遗传承的观众们的心。"

"苏靛蓝,你要明白。"陆非寻的声音很低,一双眼睛也仿佛探灯一样,看清她内心所想,"这个世界并不是那么完美。有很多人在为了濒临消失的手艺而努力,但也不乏沽名钓誉之徒。传承人的群体这么大,手艺人的素质有高有低,很正常。"

"我知道你说的没错,道理我也懂,只是……"苏靛蓝气馁,"我还是认为不应该带太多私人盈利目的来参加这样的节目,趋利应有原则,做人也需守住底线。手艺人能有这样的机会不容易,希望大家都能珍惜一些,太可惜了。"

"别想太多,做好自己。"

"嗯。"

"如果你觉得这个世界不够好,那就努力一点,让这个世界因你变得足够好。"

苏靛蓝对上陆非寻的眼睛,心里突然被震撼到:"谢谢你,陆非寻。"

"又谢我干什么?"

"谢你一直在背后支持我,安慰我,指导我。"

苏靛蓝湿润的目光灼到了陆非寻:"你想多了……"他从座位上站起身,又改口道,"嗯。"

想到陆非寻的口是心非,明明对她好却不肯承认,苏靛蓝心里一暖。

她不小心碰到手机,突然屏幕亮起,陆非寻的侧脸格外显眼,她看着手机屏幕上的照片出神。

因为节目出了小插曲,所以录制第三期的时候,苏靛蓝特别用心。

显示器里,刘东昇看到苏靛蓝一个单薄的女孩,抡着大锤子使劲敲打,把一块雌黄石粉碎,最后放进研钵里研磨,整个演播厅都是"咚咚咚"的声音。

陆非寻坐在嘉宾席上,仿佛与世隔绝般,但炽热的目光却一直没有离开苏靛蓝。

演播厅上头,不断跟拍的摄影机把这一幕录了进去。

苏靛蓝专注于展示工艺,完全忘了自己身处演播厅,一时之间还以为自己在颜料工作室内。在研磨的过程中,她不小心用力过度,凿出了一些石粉,洒落在演播厅地上,她下意识地捻起来。等把粉末重新放回研钵中,苏靛蓝才想起自己在演播厅。她对着镜头露出一个尴尬又机灵的笑容:"不好意思,材料难得,我节省习惯了。"

陆非寻一直注视着苏靛蓝,冷清的脸上笑意渐浓。

在香云纱的工艺录制环节中,大家都以为终于等到了陆非寻上台,满怀期待,结果陆非寻却请了一位德顺堂作坊里的老师傅来上场表演。

"刘师傅比我专业。"陆非寻淡淡地解释。

台下的观众发出"啊"的一声……大家对陆非寻的期待愈加浓烈。

第三期录制结束,陆非寻作为一块冰块背景板,成功完成了棚拍录制的使命。

第二周,节目进入实景拍摄的阶段。

经过了前几期节目的录制,工作人员和嘉宾们都比较熟悉了,节目组的编导们带大家到湘城市中心拍摄,第四期的主题是手艺人生存。

《留住手艺》节目组提前和湘城宣传部接洽过,有了支持,节目拍摄得十分顺利。

六位嘉宾在城市广场集合,几十台摄像机齐齐对准他们,路人和观光客们把节目组围得水泄不通。

刘东昇作为导演,充当起临时主持人:"欢迎各位老师来到风景如画的湘城。今天,我们走上大街,进行非物质文化遗产传承人们的生存考验。"

刘东昇说完,示意工作人员拿来一个大箱子:"请各位老师配合,请交出手机、现金等物品。"

梁波和符金花没想到会有这种环节。大家都把个人物品交上去后,刘东昇才接着说:"今天中午和下午,节目组都没有为大家准备餐食,你们要自己赚钱吃饭。"

"什么?"

刘东昇说:"老师们做手艺的材料我们已经准备齐全,大家可以现场制作工艺品,然后进行售卖。大家的午饭和晚饭,也要靠这种方式解决。"

苏靛蓝看着刘东昇,这是要看手艺人凭借手艺,在社会上的生存能力吗?

"各位老师,这个环节有特别奖励。今天赚钱最多的老师,节目组会奖励十分钟手艺特别展示时间。"

梁波仍觉得不保险:"我们能赚到吃饭钱吗?"

罗超也有些担心:"我的手艺是拿竹片编工艺品,高楼大厦前,谁会买竹子编出来的大箩筐和草席啊!"

关剑军则笑了笑,问刘东昇:"导演,我们能不能组队卖?"

"当然可以。"刘东昇给了答复。

苏靛蓝走到陆非寻身边,抬起头看陆非寻:"陆老师,一起吗?"

陆非寻穿着浅灰色的衬衫,在身后摩天大厦的衬托下,显得越发出众。他轻声说道:"走吧。"

大家自行组队,梁波和符金花年纪最大,两个人自发组成一队。关剑军和罗超组成一队。苏靛蓝和陆非寻成了一队。

梁波很喜欢苏靛蓝,往材料领取处走的时候特意来问苏靛蓝:"丫头,你一会儿去哪边卖东西?"

苏靛蓝想了想:"梁老师,这边有一条步行街,人流量大,我们卖的都是工艺品,可以去试试。"

梁波松了一口气:"那行,我和符老师也跟着你们一起走。"

苏靛蓝还想着梁波低血糖的事情,叮嘱道:"我和陆老师一组,赚到钱请您喝粥,如果您低血糖了一定要告诉我。"

梁波听完鼻子发酸:"参加这个节目值了,我白得一闺女。"

苏靛蓝吐了吐舌头,眯着眼睛乖巧地笑。

苏靛蓝抬起头才发现陆非寻一直在凝视她,她被看得心虚,小声问:"怎么了?"

陆非寻说:"自顾不暇。"

苏靛蓝一开始没明白陆非寻这句话是什么意思,但当看到节目组提供的"良心"装备时,顿时开始脑壳发痛。

节目组给梁波提供的是宣纸成品,给符金花提供的是五颜六色的线,给关剑军准备的是银片和錾子等工具,罗超在棚子里挑挑拣拣,最后带着节目组准备的竹片出发了。因为香云纱和矿物颜料都是工期漫长的工艺品,所以节目组提供了莨绸成品和矿物颜料成品。

苏靛蓝看到一匹莨绸布料和几包矿物颜料粉时,心塞得只想惨叫。她可怜兮兮地看着陆非寻:"你觉得我们搞得定吗?"

"你说呢?"说着,陆非寻抱起两匹莨绸,提着工具箱往外走,苏靛蓝也拿着几包颜料追了出去。

湘城步行街游人如织,本地市民也喜欢来这里闲逛,一看到有综艺节目在这里录制,大家都围了上来,看热闹的人越来越多。

苏靛蓝找了一个安静的地方整理材料。

节目组只准备了六种矿物颜料,分别是胭脂、石青、石绿、石黄、霜青、镜面朱砂印泥,分量都不多。

"要把这些东西卖出最高的价钱?"苏靛蓝喃喃自语。

"你在说什么?"

"没有。"苏靛蓝摇摇头,改口道,"我在感慨,节目组真大方。"

矿物颜料相较于化工颜料而言价格较高,想要卖出去本来就不容易,更别说要创造更高的经济效益。苏靛蓝本来满怀信心,现在也变得满心忐忑了起来。

她偷偷看了陆非寻一眼,他一向身姿挺拔,气质卓越,现在抱着一匹香云纱布料,有种说不出的反差萌。

"笑什么?"陆非寻皱眉问。

苏靛蓝笑得很甜:"没什么,只是没想到,能有幸见到你这个样子。"

绿荫葱翠的大树下,陆非寻冷着一张脸,但是却多了几分烟火气息。

陆非寻很不习惯被人群围观,可现在周围的群众却愈聚愈多,跟拍的摄像师也一直把镜头对着苏靛蓝和陆非寻狂拍。他感到浑身不自在,朝苏靛蓝说:"走吧。"

"去哪?"

"卖东西。"

苏靛蓝突然看见了什么:"陆老师,你等我一下,我去前面问问。"

陆非寻眯着眼,看见苏靛蓝一溜烟似的跑了。

前方,有几个美术生在街头写生。

湘城是历史名城,有一片三坊六巷规模的古民居,政府为了开发当地的旅游业,就地建了一条仿古步行街,游人喜欢来此闲逛,当地的美术生也喜欢来这里采风。

苏靛蓝小跑到一个女孩面前,亲切地问:"同学你好,请问你需要颜料吗?"

"什么颜料?"

"矿物颜料。"

女孩马上来了兴趣:"矿物颜料?古画《千里江山图》上的那种颜料吗?"

"对!"

女孩激动道:"真的吗?姐姐你有这种颜料?"

苏靛蓝摊开手,几包颜料静静地躺在掌心:"嗯,可惜量不多,只有六包。"

女孩看着苏靛蓝身旁的摄影师:"姐姐,你们在拍节目?"

"嗯,我们是《留住手艺》摄制组。"苏靛蓝稍微解释了一下,说自己在推广非物质文化遗产,而制作矿物颜料的手工艺也是其中一种。

女孩仿佛看到偶像一般:"多少钱?姐姐,我买了!"

苏靛蓝想了想,说:"八十。"

女孩顿时皱起了眉头："一包六克的颜料，竟然要八十块？如果我把六种颜色全买下来的话，得需要四百八十块！"

"我可以给你便宜……"

女孩打断苏靛蓝的话："太贵了，不好意思啊姐姐，我只是个学生，帮不了你了。"

女孩望而却步，苏靛蓝笑了笑："没关系。"

首战即败，苏靛蓝也不气馁，这是早就料到的事情。

她往回走，可是走了两步，想了想又跑回去。

女孩看到去而复返的苏靛蓝也很惊讶："姐姐，我真的买不起。"

苏靛蓝手里拿着一包矿物颜料，郑重地把颜料包放进女孩的手心里："既然你喜欢的话，这个石黄色送给你。"

"姐姐……对不起，太贵重了，我不能要。"

苏靛蓝甜甜一笑："没关系，你能喜欢对我来说就是最好的肯定，如果好用的话，希望以后多多帮忙宣传矿物颜料哦。"

"会的，我一定会的！"女孩欣喜若狂地说。

苏靛蓝开心走回到大树下，陆非寻看了苏靛蓝一眼，问："卖出去了？"

"没有。"

"那为什么这么开心？"

"因为刚才送出了一包颜料！"

陆非寻沉默无语。

"因为她说喜欢，所以送她了。"苏靛蓝笑得眼睛发亮，"有人喜欢就证明它们有存在的价值，这比它们卖出价钱，更让人高兴。"

陆非寻动了动嘴唇。

苏靛蓝听不清："陆老师，你在说什么？"

陆非寻："傻。"

苏靛蓝："……"这回听清了。

快到中午的时候，苏靛蓝看着手里的五包颜料，皱了皱眉头。她没想到，一个多小时过去了，她连一包都没卖出去，

"不行，我得想个办法，把它们全卖了。"苏靛蓝看了陆非寻一眼，

他一直很淡定地站着,手里抱着最原始状态的香云纱。

"陆老师,你呢?你的香云纱怎么办?"

陆非寻少见地皱了皱眉。

苏靛蓝笑了笑:"原来你也会担心啊。"

陆非寻一脸无奈:"香云纱被誉为布料中的软黄金,一直是被用在高端成衣的定制上。但这里是步行街,散客多,谁会突然花大笔钱买这么贵的东西?"

苏靛蓝笑得眼睛弯弯的,走上去摸了摸陆非寻手中的香云纱,故意说:"陆老师,布料真舒服,这一匹得几千块钱吧?我的矿物颜料不到五百块都卖不出去,这批香云纱……"

陆非寻看着苏靛蓝,不屑地轻哼一声。

成功捉弄到陆非寻,苏靛蓝笑得更开心了:"好啦,其实我有一个办法。"

"什么办法?"

苏靛蓝笑着说:"节目播出以后,我爸一定会看,我不想让他看见我四处求人买矿物颜料的样子,因为这对于他来说,是一门手艺的尊严。我相信你也这样想,要不然这一集我们合作吧?"

陆非寻静静站着,也想到了什么。他对苏靛蓝招手,怪声怪调说:"苏老师,你过来。"

苏靛蓝凑过去,陆非寻说了几句话。苏靛蓝听完以后眼前一亮,立马道:"这回我们想到一起去了,我这就去找工具!"

不一会儿,苏靛蓝找来了一些工具,还向一旁的店面借了一张桌子,热火朝天地搭起了一个简易的小摊。

苏靛蓝拿着画盘和毛笔,开始把矿物颜料兑水,加入热化的明胶备用。一旁,陆非寻则站在桌后,冷静地用剪刀将香云纱裁开,二十米一匹的香云纱,被他裁成了几段。他取过其中一段,慢条斯理地将布料对折,继续裁剪。

旁边跟拍的几位摄像师们都一头雾水,完全不知道这两位传承人要做什么——不卖东西了?改行现场卖艺了?

另一头，步行街的街头银饰店里，錾刻技艺传承人关剑军正坐在里面敲敲打打。罗超则坐在一旁编花篮。

罗超对关剑军说："还以为参加综艺节目比较有面子，结果还是在街上卖东西。没想到过了那么多年，手艺人还是在最底层啊！"

关剑军笑了笑："在最底层没什么不好，总要有人来传承的嘛。"

罗超感慨道："以前都说士、农、工、商，现在当官有权，商人有钱，农民有地，而我们除了手艺什么都没有，我们只有穷。"

关剑军劝慰起来："罗老师，话倒也不是这么说，做手艺人还是有意思的。你看这些东西一点点做出来，心里多踏实。"

"是啊，如果没有手艺人，很多工艺品就消失了，那些手工做的精美的东西就全没了。"罗超看着自己手里的篮子说，"不过能卖出去才是真的好。"

街尾，梁波和符金花也坐着，他们俩已经干坐快两个小时了，此刻又饿又累，却无人问津。

梁波摸着自己手中的宣纸说："这些都是好东西啊！以前被称为文房四宝，现在怎么就卖不掉呢？"

符金花头发花白，因为天气热，满是皱纹的脸上布满了汗水，她难过地摸了摸自己织出来的绣样："我们这种黎族织锦……也是好东西。"

符金花满心难过，来来去去就只有这句话。东西确实是好东西，可是没人喜欢，街上穿着时尚的年轻人，不曾在她的小摊前停留。

"老姐姐，要不然我们喊喊？"

"怎么喊？"

"像以前人叫卖一样嘛，喊两声。"梁波嘹声喊了两嗓子，"卖宣纸喽！"

"卖绣样嘞！"符金花也跟着喊。

梁波和符金花喊了半天，那些路人倒像是怕被强买强卖似的都绕着走。

符金花委屈啊，真的委屈……这些都是她辛辛苦苦绣出来的东西，怎么就没人愿意买呢？

梁波也收了声，盯着脚边的宣纸，心里很不是滋味。

步行街中央，陆非寻和苏靛蓝则被围得水泄不通。

陆非寻把香云纱裁剪成一百多片，苏靛蓝在其上画画。

"陆老师，这样可以吗？"苏靛蓝边画边问。

陆非寻看了一眼苏靛蓝画的东西，接过她的笔，寥寥几笔之后，整个画面多了另一种美感。

苏靛蓝崇拜地看着陆非寻："陆非……陆老师，第一次看你画画，真的比清清画得好太多了！"

陆非寻无视苏靛蓝的溜须拍马："时间不多，赶紧卖吧。"

"好！"苏靛蓝收起心思，看着已经围了一圈的黑压压的人群，开始放声叫卖。

"大家好，我笔上蘸的这个就是矿物颜料，这里有五种颜色，分别是……"

苏靛蓝现场叫卖，现场制作，因为学过美术，简单几笔便在香云纱上勾勒出一幅古街图，围观的人越来越多。

苏靛蓝继续向游客们介绍："这个底布叫香云纱，是世界上最独特的纯植物染色面料。制作它的技艺，也是中国的一项非物质文化遗产，已经有六百多年历史了。"

围观的人凝神倾听，大家都很感兴趣。

终于，人群里传来一道软糯的童声："妈妈，我想买。"

"买这东西做什么？"

"买来做纪念呀，它们好漂亮！"

苏靛蓝走进人群，蹲下来看着小女孩："我可以帮你们画Q版人物肖像哦。"

苏靛蓝急中生智，以矿物颜料千年不褪色作为卖点，结合香云纱具有六百年工艺历史的特色，把手绘画定位成非遗周边产品。

"这是很新颖的融合，别的地方都买不到的。"苏靛蓝笑着说。

围观的人蠢蠢欲动，听说可以定制绘画内容，年轻人们也按捺不住地问："贵不贵？"

苏靛蓝摇摇头："不贵，我们只收材料费。"

"我买了！"有人带头，场面一下子便热闹了起来。

买的人多了，苏靛蓝忙得团团转。

"老师，可以请您给我们现场临摹一幅《瑞鹤图》吗？"

"画《富春山居图》可以吗？我对这幅图熟悉一些。"

"好啊！"

人群里议论声纷纷："矿物颜料画出来的东西真好看。"

"是啊，你说古时有这么多好东西，我们怎么都不知道呢？"

苏靛蓝忙不过来，陆非寻也帮忙解答问题，偶尔沉声回答："香云纱是用薯莨染的。"

"的确，是中草药的一种，《本草纲目》有记载。"

"是岭南特有的布料，北京胡同里的老布庄有卖。"

有女孩大声喊："你好帅。"

"谢谢。"

"可以找你要签名吗？"

"买东西。"

陆非寻高冷少话，女孩们一阵"嗷嗷嗷"乱叫，全都疯了，苏靛蓝在一旁忍不住笑。

苏靛蓝小声对陆非寻说："陆老师，我也要。"

"要什么？"陆非寻看了苏靛蓝一眼。

"什么都要。"

"我呢，要不要？"

苏靛蓝脸一红："呃……我还是去卖香云纱吧。"

上百件非遗小工艺品卖掉了，苏靛蓝赚了一笔钱。直到画盘里的矿物颜料用完，苏靛蓝才停笔。很快，苏靛蓝发现新的问题："陆老师，矿物颜料卖完了，香云纱还剩不少。"

"那就还给节目组。"

"刘导说赚得最多的手艺人，可以获得特别展示时间，再说这么好的料子不能浪费了。"苏靛蓝有些犹豫。

"没关系。"

苏靛蓝意外地坚持："陆老师，你帮我卖掉了矿物颜料，我要帮你卖香云纱，这样才公平。"苏靛蓝眨了眨眼睛，"你等我回来！"

苏靛蓝说完，直接跑掉了。

人群里，陆非寻注视苏靛蓝的背影沉思。人群外，苏靛蓝看着手里的余料发呆。

放话一时爽，解决却很难。苏靛蓝想了好一会儿，才终于想到办法。

苏靛蓝问自己的跟拍摄影师："小东哥，你知道梁老师和符老师在哪吗？"

摄像师小东哥说："在街尾。"

于是苏靛蓝一路小跑，果然在街尾看到梁波和符金花，两位老人蹲坐地上，一脸疲惫。

梁波看到苏靛蓝跑过来，立马站起来："丫头，你怎么来了？你……卖完了？"

苏靛蓝点点头，注意力被地上的宣纸和绣样吸引："梁老师、符老师你们还没卖掉吗？"

"这……"梁波和符金花难以启齿。

苏靛蓝心里有了想法。

"我过来是想请符老师帮我一个忙。"苏靛蓝红着脸说。

符金花一扫忧郁："小苏，你需要我帮什么忙？"

"我想请您帮我绣几个特色花样。"

苏靛蓝不好意思地拿出香云纱，符金花一看就笑了："我还以为什么大事呢，你这是看得起我老婆子啊！你拿过来，要我绣什么？"

苏靛蓝指了几个位置："随便绣什么都行，只要好看、时尚。"

符金花想了想："我们黎族倒有几个花纹，你们年轻人肯定喜欢。"说完就拿出针线，现场帮苏靛蓝绣花样。

苏靛蓝又坐到梁波身边，对着梁波笑："梁老师，我们那边客人多，一会儿我把你们的宣纸和绣样也带走,我帮您们卖。"

"不行,不行!这怎么行得通!"梁波连连拒绝。

"没关系,节目组也没说不行,我这不也来搬救兵了吗?就当是我和陆老师给您和符老师的工时费。"

话都说到这个份上了,梁波只好答应。

街心,陆非寻等了一会儿,只见一道俏丽的身影从人群外围钻了进来。苏靛蓝的笑脸出现在面前:"陆老师,我回来了啦!你看这是什么?"说着,她笑着把手中的香云纱扬了扬。

陆非寻看到香云纱还是刚才的那截香云纱,但是形态全变了,有了款式:"这是……围巾?"

"对,香云纱围巾。"

苏靛蓝把陆非寻朝自己这儿轻轻一拽,低着声音说:"看我大显神通。"

苏靛蓝本来就长得好看,笑起来更好看,和陆非寻站在一起,一冷一热,对于围观群众来说,简直就是美的享受。

"老师,你们还有东西卖吗?"人群里有人问道。

苏靛蓝笑着回应:"有呀!"

她靠近陆非寻,轻轻踮起脚尖,把香云纱改成的围巾绕在他的脖子上。同时附身上去,喃喃耳语:"陆老师,拜托了!"

"做什么?"

"当一下模特。"

陆非寻五官冷清贵气,一如既往是人群中最耀眼的存在,就连戴着少数民族特色绣样的香云纱围巾,都显出一种高级感。

人群里顿时传出小女生们嗷嗷的尖叫声。

苏靛蓝高声问:"这是我们最后一件非遗手工作品了,有没有人想买下来送男朋友?"

"姐姐,可是我男朋友没你男朋友那么好看!"

苏靛蓝红着脸笑道:"爱情是独一无二的,我们女孩当然也想送他独一无二的礼物。这条围巾是香云纱做的哦,上面的花纹是黎族纺染织绣技艺国家级传承人符金花老师亲手所绣,是最特别的!全世界只有这一条!"

许多人动心了,问道:"价格贵吗?"

"有一点小贵,但是纯手工制作,很值。"

陆非寻看着苏靛蓝这么卖力地推广,凉薄的目光变得柔软了几分。

终于,人群里走出来一个年轻男孩,他穿得很潮,但却显得有些拘谨:"我……我单身,我可以买吗?"

"当然啦!"苏靛蓝笑得灿烂。

男孩更害羞了:"我……我不怕贵,我很喜欢。但是我有个小心愿,如果我买的话,你可以给我一个拥抱吗?"

苏靛蓝歪头想了想:"如果你是真的喜欢香云纱,我可以。"

男孩欣喜若狂,立马掏钱买围巾。

陆非寻一直漠然地站着,等到男孩上前拥抱苏靛蓝的时候,陆非寻突然站到男孩身前,一把抱住了他,客气地说道:"谢谢你支持我们的非遗文化。"

"我……我不是……"男孩不知所措——这,弄错了啊!

陆非寻兄弟般地拍了拍男孩的肩膀:"可以了,围巾收好。"

男孩就这么被哄走了,苏靛蓝惊呆地抬眸对上陆非寻深邃的眼。

苏靛蓝笑抽了:"陆老师,你……"

"笑什么?接着卖东西。"

苏靛蓝只好绷紧了脸,让自己忍着别笑:"好。"

曙 红

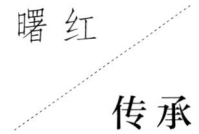

传 承

陆非寻把苏靛蓝带回来的东西摊开,全部摆在桌面上,竟然是一大沓宣纸和三十多张绣片。

"这些交给我。"苏靛蓝自告奋勇。

有了刚才的销售经验,苏靛蓝知道这些非遗小物品该怎样推销才最好。于是步行街中央,一直有一道清亮的声音在热情地招呼路人看过来。

"这些怎么卖?"

"三十块钱一片。"苏靛蓝笑容很温暖,让人看着如沐春风。

陆非寻就这么看着苏靛蓝,她认真的时候,好像整个人都发着光。

"我挑两片。"人群中有了买主。

苏靛蓝收下钱,开心地回头对着陆非寻笑。

陆非寻就这么一动不动地望着她,丝毫不避讳。苏靛蓝被他看得心跳加速,只好赶紧回过头,继续卖非遗手工艺品。

很快,先前卖不出去的绣片在这里销售一空。但苏靛蓝又开始对着梁波的宣纸发愁。

一直让苏靛蓝自由发挥的陆非寻在此时走上前来:"没办法了?"

"谁说我没办法了……好吧,是有一点点为难。"

之前她结合了当下的一些销售技巧,让大家买回去当挂画,所以香云纱手绘作品和符金花的绣片很快卖掉了。但是宣纸是文房用品,没办法改变商品的用途把它变成装饰品。

苏靛蓝笑着对陆非寻说:"陆老师,你会画画,那你会写毛笔字吗?"

陆非寻冷哼一声："如果把这些宣纸拿来写字再卖掉，那卖的就是书法，而不是宣纸本身。这对宣纸手艺人来说，是一种侮辱。"

苏靛蓝也沉默下来，过了许久才说道："我再想想办法。"

一直等到午饭时间，步行街上的行人越来越少，苏靛蓝还是没能把眼前的宣纸卖掉。

就在这时候，一位老人急匆匆走过，陆非寻看了一眼，忽然抱起宣纸就往前走。他一扫冷清的脾性，与老人说笑了起来。两人聊了不到十句，老人竟然拿钱买下了所有的宣纸。

苏靛蓝惊呆了！

陆非寻拿着钱回来，苏靛蓝迫不及待地问："刚才那位老先生目不斜视，一直往前走，明显对我们这不感兴趣，你怎么知道他会买呢？"

"看老先生的手指。"

"手指？"

"食指上有墨，没洗干净，说明刚停笔。这个时间出门，衣领又是歪的，很可能住在附近，着急下来买东西。"

"之间有什么关联？"

"手里有钱，书法爱好者，能看得出宣纸好坏。"

"好厉害。"苏靛蓝朝陆非寻竖起大拇指。

陆非寻把钱递给苏靛蓝，淡淡道："走吧。"

"现在去哪？"苏靛蓝笑眯眯地问。

"明知故问。"

苏靛蓝和陆非寻一起去街尾，找梁波和符金花。

梁波和符金花看到他们空手而来，吃惊地问："都……都卖掉了？"

苏靛蓝开心地笑："都卖掉了！"

"真的都卖掉了？"

"梁老师，符老师，真的都卖掉了！"

"天啊！"两位老手艺人惊讶得合不拢嘴。

苏靛蓝把钱递给符金花的时候，符金花莫名地哭了起来。

而关剑军与罗超那边，一直卖到下午四点才结束。

回到集合点，导演刘东昇说道："经过了一天的生存考验，相信大家有很多收获。"

按照刘东昇的设想，这个环节最难卖的应该是矿物颜料与香云纱。因为矿物颜料量少、价格高，只能向特定的人群销售，而香云纱是布匹，用途有限，同样价格高昂，提升了销售难度，所以是最难完成的任务。

刘东昇看着手里的数据表，公布结果："让我们恭喜陆非寻和苏靛蓝，两位老师最早完成任务。不过……"

大家都屏息静待刘东昇的下半句话。

刘东昇说道："本期销售额最高的老师是关剑军老师。让我们恭喜关老师。"

虽然结果很意外，但大家都在热烈地为关剑军鼓掌。

关剑军很坦然："谢谢大家。"

回酒店的路上，大家坐在一辆大巴车里。

罗超怪声怪气地说："关老师可厉害了，擅长营销，让银饰店的老板专门为他制作了一个广告牌，上面标明了他是制作国礼的师傅，代表着中国錾刻技艺的最高水平，所以东西卖得特别快。不仅如此，关老师还帮忙给银饰店刻了几只镯子，镯子上刻了签名，店老板额外给了他辛苦费，数目可不小。"

罗超语气发酸："回来前，关老师还教了银饰店里的錾刻师傅几个绝活。关老师真是生财有道啊！"

车里的人不出声。这话让人听了不舒服，关剑军的脸色也不好。

梁波说道："话不能这么说。"

符金花也附和着说："是啊。"

罗超气不过，大声质问道："我说错什么了？"

眼看着气氛越来越尴尬，苏靛蓝发声了："我们应该都误会罗老师的意思了，罗老师的意思是，关老师这样做，其实是一种传承。"

罗超顺着台阶下来："对，就是这个意思。"

"罗老师肯定是认为，对于我们非遗手艺来说，能够展现在大众面前的机会太少了。"苏靛蓝的声音软糯，让人听着很舒服，"关老师想把握住机会，是为了让更多人知道錾刻技艺。而且，授人以鱼，不如授人以渔。罗老师也说了，关老师都把绝活教给别人了，其实那些辛苦费哪有这些绝活值钱啊。"

"是啊，关老师是国家级传承人，绝活都教人家了。"罗超连忙称赞。

关剑军终于出声："有机会能多教就多教一点吧。"

之后，车里的人像是打开了话匣子，大家针对现在国内的非遗传承的困境聊了起来，车内的气氛逐渐热烈。

到了酒店，下车时，关剑军路过苏靛蓝，说了声："谢谢。"

苏靛蓝弯着眼笑："不客气。"她想了想，又对关剑军说，"关老师，加油！"

关剑军回赠苏靛蓝一个笑容。

这一幕，全部落入了陆非寻的眼底。

所有人都下车之后，苏靛蓝还在收拾随身物品，一抬头就看见了陆非寻冷峻的脸。她吓了一跳，随即甜甜微笑："在等我？"

"走吧。"陆非寻的态度不冷不热，表现得并不明显，令人难以捉摸。

晚上，苏靛蓝回到酒店后，泡了个热水澡，之后给苏庆云打电话，说说拍摄的近况。

挂完电话，苏靛蓝对着浴室的天花板发呆，满脑子都是陆非寻下车时的表情。

苏靛蓝想了想，找出陆非寻的电话，拨过去。

很快，冷清的声音传了过来："喂。"

浴室里雾气缭绕，苏靛蓝趴在浴缸边缘："陆非寻，你生气了？"

电话那头，陆非寻眉头紧皱。

苏靛蓝小心翼翼地问:"你为人比较冷静,不习惯管别人闲事,所以没办法理解我在车上的行为,也不赞成我掺和进去回应罗老师,对吗?"

陆非寻站在房间里,穿着浴袍在酒店的落地窗前擦头发,动作有一下没一下,听着电话里苏靛蓝乖乖解释的声音,竟觉得心里有一丝丝烦躁:"唔,可以理解。"

苏靛蓝笑了笑:"关老师是好人。"

"然后?"

"我不想让好人难过。"

"苏靛蓝,你做人做事一直这么热心?"

"嗯。"

"为什么?"

"因为我相信这世上,善良的人总会被优待,老天爷不会让好人太吃亏。"

"如果被质疑和被抨击的人是我呢?"

"那我就更激动了!如果有人说你不好,我第一个冲上去帮你反驳。毕竟在我心里,你那么优秀。"

陆非寻听着电话里苏靛蓝的声音,拉了拉衣领,感觉有一丝闷热。

苏靛蓝笑着说:"陆非寻,你这人外冷内热,在我心里你最好了!"

陆非寻突然把电话挂断了。

"嘟嘟嘟……"

苏靛蓝听着电话里的忙音,一脸莫名其妙。她说错了什么?难道他这人讨厌被别人夸?

落地窗外,陆非寻坐下继续擦头发,满脑子都是苏靛蓝最后的那一句话。

江南女孩,口音温软,隔着电话传过来时,似一曲秦淮河畔的靡靡之音,止不住地往人心里钻。

"你最好了"四个字,将陆非寻心底的闷热升温,带来的是更难平息的情绪。

电话那头，苏靛蓝想了想，还是决定再主动一点。

她给陆非寻发短信：陆老师，别郁闷了，一起去看夜景好不好？我听说湘城的夜景很好看。

短信迟迟没有回复，就在苏靛蓝以为没戏时，手机终于响起短信音。

陆非寻：好。

苏靛蓝激动地回复：那……楼下见？

陆非寻：十分钟后，我穿衣服。

苏靛蓝拿着手机，看着"穿衣服"三个字，心怦怦乱跳，满脑子都是庄清清常临摹的那些男模裸身的画面，联想到陆非寻的身材，差点喷鼻血。

苏靛蓝赶到楼下时，陆非寻已经在大堂了。他穿着一身灰色休闲衫，高冷地站着。肩宽腰窄，身形挺拔，无论穿得多低调，他永远都是人群中最耀眼的存在。

苏靛蓝看了看自己的打扮，再瞅了瞅脚上的低跟凉鞋，小小地叹了一口气。但她还是小跑着凑上前去："你对湘城熟悉吗？"

"来过几次。"

"哪里的夜景最好看？"

"湘城大学的楼顶。"

"那我们就去湘城大学走一走吧，可以吗？"

"可以。"

"陆非寻，你……敢不敢再多说几个字，我都……"她抬起头，对上他黑漆漆的眼，顿时又把想说的话全部咽回肚子里。

湘城大学坐落在湘城的中心，离电视台不远，公交车坐三站就到。

到达湘城大学时，迎面而来的校园气息，让苏靛蓝心猿意马。

夜风一阵阵吹来，把陆非寻身上的清香味往她鼻子里送，她心里瞬间就仿佛有一万匹烈马在奔腾。

走在校道上，苏靛蓝频繁往黑暗的地方看。

陆非寻忍不住问:"在看什么?"

"啊……在看星星和月亮!"

"黑得伸手不见五指的地方,能看见星星和月亮?"

"呃……"

"还是说,小树林里有星星和月亮?"陆非寻停下脚步,往吸引苏靛蓝注意力的地方看去。

苏靛蓝恨不得咬掉自己的舌头。

黑暗中,一对情侣靠在树干上,正借着树荫的遮蔽在激动地接吻。

"哎……"苏靛蓝想死的心都有了,就好像看少儿不宜的小说被老师抓到一样,"你,你别看了。"

陆非寻声音里有笑意:"这就是星星和月亮?"

苏靛蓝只好呵呵地笑:"星、星星拥抱着月亮嘛。"

陆非寻仔细打量着苏靛蓝,她眼里好像盛着一汪澄澈的湖水。

苏靛蓝想了想,解释道:"陆非寻,我没谈过恋爱,所以……所以会……"

"比较好奇?"

苏靛蓝羞得满脸通红。

"要不要试试?"

苏靛蓝顿时吓得往后退了一步!

两个人不约而同想到了薯莨园里的那一次经历。

苏靛蓝马上说:"不用了!"

"你不是挺好奇吗?"

"是挺好奇的,想知道是什么感觉,为什么他们那么沉迷,都不理……外界的事情了。"

"试一试不就知道了?"

苏靛蓝扛不住,红着脸跑了。她跑出绿荫小道,确定陆非寻看不见她以后才气喘吁吁地捂住胸口。

和陆非寻接吻……是什么样的感觉?

试一试?她竟然在幻想是什么样的感觉?

苏靛蓝伸手拍拍脸:"一定是疯了。"

陆非寻慢悠悠地从林荫小道中踱步出来,苏靛蓝看见他那英俊的身影,又忍不住心跳加速。

陆非寻似笑非笑地问:"在等我?"

"哎,"苏靛蓝顾左右而言他,"我们不是来看夜景吗?再不上楼,最高的那一栋楼就要关门了,没法到顶楼看夜景咱们不就白来了嘛!"

"走吧。"

陆非寻往前走,苏靛蓝这回学聪明了,刻意落后两步,走在他身后。

等等,好像不对。

苏靛蓝突然想起庄清清发来的爱情宝典,她如果要倒追陆非寻,为什么要拒绝接吻?

苏靛蓝鼓起勇气喊:"陆老师……"

陆非寻停下脚步:"怎么?"

"我……"苏靛蓝横了心,想说试一试就试一试,话到了嘴边却变成了,"你别走那么快,我追不上你了。"

陆非寻干脆停下脚步,等苏靛蓝慢吞吞跟上来。

一步,两步,三步。

两米的距离,苏靛蓝想了很多事情。

电视剧里,女主角倒追男主角时都是怎么演的?

苏靛蓝走到陆非寻身边的时候,故意喊了一声:"啊!"然后拽着陆非寻向后倒。

陆非寻急忙抓住路灯稳稳地站住,苏靛蓝却因为估算错误,左脚踩右脚,直接把自己绊了个趔趄。慌乱中她勉力控制住平衡,只听"撕拉"一声,凉鞋被硬生生地踩断了。

苏靛蓝想象中,自己会顺利倒进陆非寻怀里,给他一个英雄救美的机会。但是没想到,自己没控制好力道,整个人直接往前冲,最后只得仓皇自救。

最怕空气突然安静。

偶像剧果然是骗人的……

苏靛蓝欲哭无泪,夜风中传来陆非寻的笑声:"你在做什么?"

"我……我走路太急了。"

陆非寻尽力忍着笑:"摔到哪里了?"

"人没事,但是鞋坏了。"

苏靛蓝一脸尴尬,紧张地看向陆非寻,正好撞入他的璀璨星眸。

"你……你别笑。"

"夜景还看不看?"

苏靛蓝生自己的气:"看!"

陆非寻低头看苏靛蓝的脚,漂亮的细绳凉鞋,正好能把她莹白的脚腕衬托出来。此时,鞋面的细绳全都断了,只剩鞋底还附在她的脚丫上。

此时苏靛蓝好想找个地洞钻进去。

陆非寻故意不看她,给她留点面子:"那就走吧。"

苏靛蓝咬着牙,一蹦一跳地跟上。

她艰难地蹦了十米,陆非寻突然停下脚步,看不下去了,对着苏靛蓝弯下腰:"上来吧,我背你。"

苏靛蓝看着陆非寻的背,犹豫了一下,轻轻趴上去。

陆非寻站直,一下将她背起。

夜风,星光,苏靛蓝贴在陆非寻背后,鼻尖都是他衣领好闻的气息。她忍不住悄悄贴在他背上,他顿时脚步一缓,似乎停了一下。

最后,苏靛蓝还是如愿看到了湘城的夜景。

三十八层的高楼上,眺望远处的万家灯火,璀璨收入眼中。

苏靛蓝尴尬地右脚踩左脚,右脚的鞋子被扔了,此时脚丫光秃秃。因为做了蠢事,苏靛蓝眼眶湿漉漉的,不好意思看陆非寻。

陆非寻一低头就将苏靛蓝这楚楚动人的模样收入眼中。他心里涌起一种异样的感觉,手随心动,不由自主地伸向苏靛蓝,揉了揉她的后脑勺。

苏靛蓝意外地抬头:"陆非寻?"

陆非寻沉默不语,苏靛蓝被他炙热的眼神吓了一跳。

陆非寻眸光闪动，声音却依旧清冷："你一定是上天派来的……"

"什么？"

"猴子。"

苏靛蓝大跌眼镜。

璀璨夜空下，陆非寻低下头，温热的气息洒在苏靛蓝的脸上，她紧张地低下头，不敢看他近在咫尺的唇……

突然，不合时宜的短信声响起，打破了这暧昧的沉寂——节目组竟在这时给嘉宾们群发消息！

"各位老师晚上好，刚刚收到台里的通知，咱们的节目《留住手艺》定档了，第一期节目将在本周日晚九点正式播出。谢谢各位老师这段时间以来的辛苦录制，让我们一起努力，未来能够掀起非遗传承的浪潮，创造历史性的一幕……"

重磅消息炸开，苏靛蓝与陆非寻急忙赶回酒店。

公共休息室里，其他几位手艺人正聚在一起聊天。大家看到陆非寻和苏靛蓝并肩走来，顿时笑了："大晚上的，苏老师和陆老师一起出去逛街啊？"

陆非寻看着苏靛蓝泛红的脸，解释："偶遇。"

苏靛蓝怔怔看着陆非寻。

这个话题就此揭过，大家的注意力都回到了节目上来。作为国内第一档非遗主题的综艺节目，大家都对它满怀期待。

苏靛蓝问："梁老师，咱们这个节目要提前播出啊？"

梁波脸上都是笑："是啊，丫头，刘导演说台里看了第一期的样片，觉得非常好，所以决定提前播出。"

"其实湘台最近的几档综艺节目收视率都不行，正准备换新的上去。"关剑军难得脸上也挂满笑容，"这是好事，说明我们手艺人这个群体很快就会有关注度了。"

能让手中的技艺，展现在全国观众的面前，这一天……大家已经等待太久了。

节目播出的前一天，《留住手艺》的第五、第六期正式开始录制。录制地点在湘城实验中学，主题是非物质文化遗产进校园。

梁波很期待："听说今天节目组要搞一个收徒制，比赛谁收的徒弟最多。"

罗超撇撇嘴："那一定又是关老师赢喽！"

一切准备就绪，节目开始录制，刘东昇循例出来主持："各位老师，今天我们也有一场比拼。不同于上一期的生存考验，这一期是更有难度的传承考验。实验中学初二年级有一群学生，他们爱好多样，有人喜欢模仿动漫人物，有人喜欢篮球，但就是比较少关注中国传统文化，学校一直想有个机会能培养学生这方面的兴趣……"

其实学校愿意配合录制《留住手艺》这档节目，就是希望能够进行一场传统文化教育，让当代少年能更好地了解祖国的方方面面，多多关注那些已经濒临消失的手工技艺。

学校领导的出发点是好的，可惜学生们似乎并不买账。刘东昇为了保证真实的拍摄效果，也没有对学生提出过多的要求。

刘东昇继续介绍赛制："今天各位老师的任务就是要广收徒弟。一共有一百名同学，今天能收到多少徒弟，就要看各位老师的本事了。收到徒弟最多的传承人会有奖励，这一期的奖励是……"

大家都想起了上期的奖励。

刘东昇笑着说："我们会跟随获胜的手艺人回到他的家乡，进行一整期的手艺跟拍！"

众人一片欢腾，这就等于是一次免费的深入推广！于是大家都开始摩拳擦掌。

刘东昇挥挥手："好了，现在收徒环节开始！学生们在大礼堂，最先到的老师，有优先介绍自己的时间！"

能提前介绍自己，就能给同学们留下深刻的印象。因为这次的奖励太诱人，所以连年纪最大的符金花都慢跑了起来。

梁波紧随符金花，听见符金花边跑边说："老弟弟，我突然腰就不酸了，腿也不痛了。"

梁波其实也很激动:"这个节目设置得好!就算是假徒弟,能有几个孩子跟我一起学一天也是大喜事!"

但是到了礼堂的时候,大家都傻眼了。

一屋子的学生,穿得千奇百怪,有穿汉服的,有穿动漫人物同款服饰的,甚至还有穿洛丽塔宫廷风大蓬蓬裙的。奇奇怪怪的样子,像是屋子里装进了一群妖怪。他们三五成群地凑在一起聊天,显得好不热闹。

符金花当下就捂着胸口受不了了。

关剑军和罗超陆续赶来,看到这场景也傻眼了。

刘东昇说的没错,确实是比上期更有难度多了。让这些孩子主动向他们拜师,一起学习非遗文化,这不是逗吗?

篮球场上,陆非寻慢步往大礼堂走。

苏靛蓝跑了两步,一回头:"陆老师,你不想拿第一吗?"

陆非寻深深地看了苏靛蓝一眼,苏靛蓝瞬间心率加快。

她移开目光,心虚地说:"这一次我们是对手了,不管怎么样,我会竭尽全力的。陆老师,你也要加油哦!"

"苏靛蓝……"

她停下脚步,陆非寻笑了笑,走到她身旁。

苏靛蓝不明所以:"陆老师?"

陆非寻弯下腰,俯身在她耳边,语气冷清,却带着几分亲昵:"你也要加油。"

苏靛蓝被撩得心怦怦响,脑子一片空白。

陆非寻说完,又恢复了矜贵淡漠的样子,继续不紧不慢地往大礼堂走。

他来参加《留住手艺》最初的本意,的确不是为了德顺堂。但既然已经来了,面对这样整期宣传的机会,他作为德顺堂的经营者,自然也不能放过。

苏靛蓝站在原地,最后还是跟拍摄像小东哥看不下去了,提醒道:"苏老师,大礼堂那边,赶紧去。"

苏靛蓝抬头看,陆非寻已经走远了。她突然觉得自己被捉弄了,气得原地跺脚:"陆非寻好奸诈!"

小东哥看见这一幕,突然特别想笑。

苏靛蓝冲着陆非寻的背影喊:"陆老师,我会拼尽全力争第一的。"

苏靛蓝放话放得很响亮,但是当她面对一屋子奇装异服的少年时也惊呆了——《留住手艺》这节目,玩得真狠!

反观其他嘉宾,大家也都还没想出对策。

罗超今天比较主动,他第一个站到台上去,朝着底下的学生清了清嗓子:"大家好,我是篾制品工艺人罗超。在你们爷爷奶奶那一辈,都喜欢称呼我们这类手艺人为篾匠。"

底下只有一半人抬头盯着主席台,其他人都意兴阑珊。

罗超看这情形,想到这是在录制节目,觉得有些丢脸。他给关剑军投去求救的眼神,但是关剑军也在想办法,今儿这徒弟该怎么收?

同学们没什么反应,罗超只好先下来,抱怨道:"这节目从哪找来的这些学生?实验中学不是挺好的学校吗?怎么这么散漫?"

关剑军说道:"罗老师,越是好的学校,就越尊重学生的个性化发展。"

梁波也表示赞同:"我孙女也喜欢这些东西,在他们年轻人眼里这叫时尚,我们才是老古董。"

符金花来上节目就为了能给自己的技艺留点影像资料,所以特别在意刘东昇许诺的奖励:"这可怎么办啊……"

罗超看了看同学们,又看了看刚进来的苏靛蓝:"苏老师,要不然你先上?"

"我?"

"你是年轻人,又是女孩子,长得也好看,这些小屁孩应该会给你一点面子的。"

苏靛蓝闻声看向讲台,下面的确有不少同学往自己这里看。

底下有窃窃私语声传过来:"那个是《留住手艺》的嘉宾?不是说来的都是非遗传承人吗?有那么年轻的传承人?"

"那个姐姐好漂亮哦！"

"嘘，都别说话了，那边有个哥哥也很帅啊。天哪，太帅了吧！"

罗超对苏靛蓝说："苏老师，听到了没？有戏！"

苏靛蓝想起自己刚才对陆非寻放的狠话，于是咬咬牙走上台："大家好，我是矿物颜料传承人苏靛蓝，很高兴今天能来到这里，和你们一起领略非遗工艺之美。"

"老师们好！"不知道是谁带头，终于有了稀稀拉拉的欢迎声。

苏靛蓝露出八颗牙的标准微笑："不够热烈呀。"

同学们虽然奇装异服，但是都很礼貌，听苏靛蓝这么说，立即大声齐喊："苏老师好！"

罗超在底下纳闷："这是什么世道……"

台上台下，气氛掀起热潮。

苏靛蓝笑得甜甜的："今天我来这找徒弟，不知道你们有没有兴趣？"

"老师，找什么徒弟？是唐僧和八戒那种吗？"

"嗯，如果这么说的话，我不介意当唐僧哦。"

提问的同学顿了一下才反应过来："老师，我才不要当猪！"

苏靛蓝反应也快："嗯，正好我们收的也不是那种徒弟。"

"哈哈哈。"礼堂里响起一片友爱的笑声。

苏靛蓝在台上光芒四射，陆非寻站在台下的角落里，被吸引得移不开目光。他回想起这个姑娘第一次上节目时的拘谨和腼腆，想不到短短时间里，她竟然蜕变得如此的自信、大方、端庄、开朗。

苏靛蓝滔滔不绝地向同学们介绍起矿物颜料的特点，可有学生却提出了自己的想法："苏老师，您说了那么多，可这些东西对我们生活有什么用啊？学了能考上北大吗？"

"当然不能啦，非遗技艺不是高考的加分项。"

"那我们为什么费这个劲学？！"

苏靛蓝面对这个犀利的问题，不急不缓地说道："非遗文化是历史发展的见证，是珍贵的文化资源。大家学习传统手艺，可以感受到中国传统文化的深厚内涵，可以提高文化素养。"

"说得那么高大上!"节目组授意让同学们自行发挥,结果这群学生真的很能发挥:"苏老师,我觉得我们文化素养挺高的,而且还可以从历史书里感受到传统文化的魅力和内涵。既然这样,我们就不必学了吧?"

"是啊,老师,你们来这里也没意义啊!即使我们愿意学了,我们也不会入这行。再说了,就学一天,我们能学到什么?其实就是互相浪费时间嘛!"

一时间台下各种嘈杂。

苏靛蓝脸上的笑容一直没变过,任由他们提问。

"苏老师,您长得特别好看,整过容吗?"

"苏老师,听说《留住手艺》明天就要播出了,您出名以后会考虑改行当明星吗?"

"苏老师,您的腿好细好长啊!怎么练出来的?"

苏靛蓝的笑容渐渐出现裂缝。

节目组安排的这一出,真是太用心了!

苏靛蓝在讲台上有些尴尬地捏着手。

突然,陆非寻缓步走上讲台:"刚才有位同学说,我们来这里是互相浪费时间?"

同学们瞬间安静了下来。

陆非寻把视线落停到刚才的那个学生身上。

那个同学提心吊胆,却又不肯认输:"是这样啊!非遗文化和我们有什么关系?我们也不会参与传承,那是你们手艺人自己的事……"

的确,对于孩子们来说,假期时谁没事去乡下,看人家做宣纸、做笋筐啊?

现在校园教育,大家只会教课本上的知识。平常聊天,大家会聊到国外优秀文化和习俗,假期出去旅游,大家也只会羡慕去国外玩的同学,没有人会关注到在自己的国家不起眼的街巷里,还有许多正在辛苦传承技艺的人。

同学很理直气壮:"我觉得我说的没错。"

陆非寻目光炯炯："我提问一个问题，教育是什么？"

这位同学被盯得发慌："就……就是升学、考上好学校，以后找个好工作，寒门出贵子的途径呗。"

陆非寻淡淡地说道："你错了，教育是人类文化记忆传承的重要方式。"

这一刻，礼堂内的学生都被震撼到了，全场鸦雀无声。

从陆非寻走上讲台的那一刻，周遭的气场就全变了。这里仿佛变成了陆非寻一个人的主场，台下无人能挪开眼。

陆非寻经常受邀到高等学府开讲座，大场合都驾驭自如，何况是这种小局面？

整个大礼堂环绕着陆非寻稍显冷淡的声音："你们学习的所有学科，都是前人累积的成果。包括你们出生以后的牙牙学语，父母教会你们说话的方式，自成一脉的方言和统一的官方语言汉语，这些都是人类文化的记忆。人类教育的主要目的是传承，而不是为了升学、金钱、谋利。"

同学们全都安静了下来，专心致志地听着陆非寻的演讲。

"我们今天来到这里也是为了传承。在我们国家的非物质文化遗产的保护工作中，教育活动是一个重要的保护方式。请问如果课本上不记载中国的四大发明，在座的同学有谁能知道这些东西是什么？当一天的徒弟，短暂地接触一门手艺，并不是期待你们今后能从事这一行，继承我们目前所做的工作。"

"那老师你们来这里是为了什么？"

陆非寻直视讲台下的人："就因为你们学生这个群体，才是保护传承的传承人。"

稍微聪明点的同学立刻明白了这句话的意思——是为了人类文化的记忆啊……

苏靛蓝怔怔看着陆非寻，心里受到了极大震撼。

讲台上的陆非寻光芒万丈，时间仿佛回到了苏大"华山论剑"的那一刻。素来冷漠的陆非寻，认真起来就像一颗璀璨星辰般遥不可及。

忽然，陆非寻似乎感受到苏靛蓝的凝视，转过来看向苏靛蓝。她愣了一下,然后对陆非寻比了个"加油"。

陆非寻回了苏靛蓝一个浅浅的笑容,走下了讲台。

罗超在台下感慨:"陆老师藏得太深了,简直是深不可测。"

接下来,整个场面都变得不一样了。同学们踊跃参与,积极问答,之前不感兴趣的东西,现在却兴趣百倍。就连梁波和符金花都体会到了被重视的感觉。

梁波说:"以前都没有孩子问我这么多问题。"

符金花泪光闪闪:"是啊,我这老铁树也开花了!"

底下,顶着一头绿发,穿着漫画人物服装的女孩正在激昂地发表着自己的感想:"连自己国家的优良传统文化都不了解,谈何爱国?"

"老师们上台给我们多讲讲吧!"

"是啊,我们一会儿还要拜师呢!"

满屋子"妖怪"被驯化了,苏靛蓝默默走到陆非寻身边:"陆老师……"

陆非寻靠在墙边,仿佛与世隔绝:"怎么?"

"你好厉害!"苏靛蓝笑得眼睛发亮。

陆非寻站直身:"嗯。"说完,走了出去。

苏靛蓝打心底崇拜他,在这种时候也能如此从容。

同学们变热情了,罗超也再一次走上讲台:"虽然我这门手艺有点辛苦,编的时候竹片还可能会刮伤手,但当做好一件东西的时候,心里会特别有成就感!"

大家开心鼓掌,罗超一时兴起,当场编了一只蚂蚱。

梁波给同学们介绍宣纸,符金花则给同学们讲黎锦的织法。

半个小时后,终于又轮到苏靛蓝上台,一时掌声雷动。

苏靛蓝环视四周:"我看见有人在用故宫博物院的文创产品,同学,借一下。"

苏靛蓝与大家玩起了趣味游戏:"你们谁知道这卷胶带上的这幅画叫什么名吗?"

"荷花假山图?"

"夏日赏花图？"

苏靛蓝被逗笑了："你们讲点道理，不能看到荷花就乱猜。"

大家的胃口被吊起来，认真猜了几个名。

苏靛蓝总结道："它的名字叫作《荷花鸳鸯图》。这幅画是明代文物，时间已经过去几百年了，颜色却依然鲜亮。画上用的就是矿物颜料，画上有花青、藤黄、赭石、石青、胭脂、蛤粉等多种颜色。用矿物颜料作画，可以保持千年不褪色，像敦煌莫高窟里的壁画，用的也是这种颜料。"

几位传承人都使出浑身解数，想办法多收徒弟。

到了拜师环节，同学们冲出大礼堂，去往节目组提前布置好的拜师教室。几间教室挤满了人，一时门庭若市。出乎意料的是，陆非寻虽然没上台介绍香云纱工艺，但找他拜师的学生人数却最多。

一天的录制结束，刘东昇站在一群摄像机后面，拿着话筒喊："让我们恭喜陆非寻老师，成为本期的超级手艺人！"

坐在回酒店的大巴车上，苏靛蓝对陆非寻说："恭喜你。"

"嗯。"

"今天我输得心服口服，你也要继续加油！因为，下一期我一定会超过你的！"苏靛蓝说得元气满满。

符金花忍不住笑："靛蓝丫头，你今天还没输够啊？"

"我今天只比陆老师少收了三位学生！"

车里气氛很好，大家都哈哈大笑。

车外灯火阑珊，整个城市在夜色中璀璨，行人匆匆，满是人间烟火的气息。陆非寻坐在车里，听着大家的交流声，看着窗外陷入沉思……

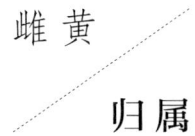

雌黄

归属

节目即将播出,在铺天盖地的宣传下,《留住手艺》掀起了热潮。刘东昇马不停蹄地带队奔赴广东拍摄奖励专场,也就是香云纱的特别节目。他本想带着颜值颇高的陆非寻一起拍摄,但是陆非寻无意出镜,于是他的大哥陆时庭兴高采烈地主动接下了采访任务。为此,节目组还给所有嘉宾放了三天假。

周日中午,梁波家里有人来湘城探班,还带来了很多土特产。

罗超和关剑军各回各家了,酒店里只剩下陆非寻和苏靛蓝、梁波、符金花四个人,还有梁波的儿子和儿媳妇。

梁波提议:"靛蓝丫头,一会儿我们吃个团圆饭怎么样?节目开拍那么久,我还没请你们吃过饭呢。"

梁波的家人比较淳朴,想在酒店的自助厨房做几道家常菜。苏靛蓝心血来潮:"好啊,那我下厨吧。梁老师,您不是送了一份土特产给我嘛,我用这些土特产做菜,也算是您请客了。"

"那怎么行!"梁波摇头。

苏靛蓝笑道:"怎么不行?小梁哥他们大老远过来,您还让他们下厨啊?"

梁波只好笑着同意,符金花也高兴得不行:"那我就等着吃了。"

苏靛蓝给陆非寻打电话:"你来吗?"

电话那头的陆非寻沉默片刻,然后才说道:"嗯。"

陆非寻到达自助厨房的时候,只有苏靛蓝一个人在。因为只做六人餐,七道菜,苏靛蓝便没让梁波的儿子儿媳来帮忙。但陆非寻觉得不可思议:"怎么就你一个人?"

"我一个人就够了。"苏靛蓝手脚麻利地洗菜、切菜,"我从小开始做菜,以前在苏大念书的时候,偶尔也会回家开小灶,清清没事就过来蹭饭吃。一会儿你尝尝我的手艺?"

"好吃吗?"

"那……当然好吃了。"苏靛蓝咧开嘴笑,然后趁陆非寻不注意,从水中捞出一把薰笋塞到陆非寻手里,"帮我切个笋吧?"

陆非寻看着手里的笋,手也被弄得湿哒哒的,愣了一下:"怎么切?"

"以前在家里做过饭吗?"

陆非寻又愣了一下:"很少。"

苏靛蓝笑了笑:"没关系,其实你会做饭的话,倒显得很奇怪。"

"为什么?"

"因为你看起来……本身就像十指不沾阳春水的人啊。"

陆非寻面色稍郁,一句话不回,走去放砧板与刀的地方。他用修长的手拿起刀,默不作声地开始切起笋来。

苏靛蓝看着这一幕有点想笑:"一会儿做一道薰笋炖猪蹄,你帮我把笋切段吧。"

"要多长?"

"大概三厘米那样。"

接下来,苏靛蓝一边炒菜一边与陆非寻闲聊:"这道菜特别好吃,之前我和清清去贵阳玩的时候尝过一次薰笋,味道惊为天人。你是广东人,应该很喜欢喝汤,所以做给你尝尝。"

"好。"

之后,苏靛蓝专心炒菜,陆非寻皱着眉头切笋,切一刀,就停下来目测一下。

十分钟后,苏靛蓝对着眼前码得整整齐齐的薰笋段发怔。

陆非寻见状眉头一皱:"切错了?"

"呃,大概三厘米只是个形容,不是一个标尺。"

"嗯?"

苏靛蓝哭笑不得:"陆非寻,你做什么事情都这么认真的吗?"

陆非寻思考了一下:"嗯。"

苏靛蓝起了捉弄的心思:"那脱衣服呢?"

"必须从第一颗纽扣开始解起。"

苏靛蓝脑中浮现陆非寻冷着一张脸,挨个把衬衫纽扣往下解开的画面,拿着勺子的手忽地一松,手中的汤勺落地。

咚——

苏靛蓝急忙蹲下身去捡,故作镇定地说道:"幸亏是铁勺子。"

陆非寻也蹲下来,似笑非笑地摁住苏靛蓝的手,沉沉地问:"还有别的要问吗?"

苏靛蓝的脸已经红得没法看了:"流氓!"

整个厨房里都是陆非寻轻轻的笑声。

六菜一汤做完,苏靛蓝跑去喊梁波、符金花过来吃饭。节目组安排的酒店正好有个露台,这会儿大家围成一桌,场面热闹,多了些亲近和温馨。

梁波对着一桌子色香味俱全的菜肴感慨:"看不出来靛蓝丫头的厨艺这么好,还炖了熏笋猪蹄汤!菜色好看,菜品用心,你们看这笋段切得整整齐齐,每一块都长得一模一样!"

苏靛蓝低着头,不敢看陆非寻,闷声道:"是陆老师切的。"

"原来小陆下来帮忙了。"梁波突然不知道该说什么好,只说,"嗯,有小陆的风格,不错不错。"

用餐到一半时,符金花坐在饭桌上,手里拿着筷子,不知怎么了,突然对着一桌子饭菜哭了起来。

"老姐姐,咱们好好地吃顿饭,你怎么哭了?"

"是不是我做的不合您的胃口?"苏靛蓝也紧张起来。

符金花抽抽搭搭地说:"我觉得最近像做梦一样,以前都想不到我一个老太太还有这一天,有那么多人知道了我、知道了黎锦。我还能和其他传承人坐在一起,像家人一样吃饭。"

符金花打开了话匣子:"我是黎族人,以前我们都住山里,后来政府做了个整村搬迁工程,在山下替我们盖了小楼,我们才有机会迁出来。再后来,大家把存盖房子的钱拿去做生意,日子越来越好过。但也因为这样,我们的孩子们接触的东西多了,就不像以前那么传统了。以前过山栏节,全村的孩子都穿着黎锦衣服,大家喝着山栏酒一起唱歌跳舞。现在年轻人都穿着漂漂亮亮的时装过节,很多习惯都变了,传统的东西也越来越少了。"

她又叹了一口气:"以前我自己染布、织衣服,孩子们都爱穿。村里的孩子出嫁,也都是穿我们的黎锦,可是现在……我女儿在外读大学,毕业后在大城市工作,等到结婚的时候,她决定穿西式的婚纱。我提了一袋子黎锦做的衣服,跟着她走了一路,最后也没用上。"

梁波也跟着叹气:"老姐姐,日子都是越过越好,咱们今天在一起吃饭多开心,你想这些做什么,这也是时代的必然。"

符金花摇摇头:"我这是感慨啊,有时候不是我们不留住传统,而是我们留不住啊!时代变迁,生活越过越好。就拿我们来说,以前住在山里,拿椰子壳做的碗吃饭,拿葫芦做的瓢舀水,现在大家都用上了干净的瓷碗,这些变化是真的好。

"以前山里交通不便,我们买不到布,只能自己织,所以我们的织染刺绣工艺才能传承下来。可是现在的年轻人只要有钱,什么衣服买不到?因为没了这个环境,所以手艺才会消失,这是拦不住的事情。"

符金花看了苏靛蓝和陆非寻一眼,眼睛里泪花闪烁,语气中却带着满足:"但是,我现在看着你们年轻人也加入进来,我就觉得这些年自己的坚持没有错。你们年轻人聪明,见识也多,连你们都觉得这事能干,那这事就肯定没错!"

梁波也加入话题:"说起这个,我也想说一件事。"梁波一边夹菜一边说,"我刚开始来参加节目,真没想到会有年轻人,我以为现在搞非遗的都是我们这些老头子。年轻人谈谈恋爱,逛逛大商场,看看演唱会,不都挺好的吗?学传统手艺太无聊了。"

苏靛蓝给桌上的每一个人舀了一碗汤,认真地听着梁波说。

"后来发现,我小看了你们年轻人。就说靛蓝丫头,去当个美术老师,怎么也比当颜料手艺人轻松啊!她肯定是因为喜欢,想传承,才会来做这件事。"

梁波看向陆非寻:"小陆也让人刮目相看,我最开始以为小陆过来是为了宣传企业。听说你留过洋,文凭也高,还会画画,结果在节目里话最少,还从不打广告。"

陆非寻没想到梁波会夸他,客气地点点头。

梁波笑起来,接着说:"在我们那个年代,能进宣纸厂工作特别风光,就连对象也好找。可不知道从什么时候开始,宣纸厂的效益一年不比一年,越来越多的人转行做别的事情。二十几年过去后,厂里的技术尖子也老了,年轻人也没几个冒头的,遇到一些特殊订单的时候,我们心里就犯难。老了,手也抖了,有心无力的。看着这个现状我心里说不出的难受,有时候我常想,如果现在每个人都还写毛笔字,那我们做宣纸的人,日子会不会好过点?"

陆非寻难得开口:"梁老师,你们这一门手艺政府有没有扶持?"

"那当然有了,要是没有政府管着,很多做宣纸的厂子早被市场淘汰了。手艺人没饭吃,还谈什么传承?现在我们那为了保护和传承这门手艺,规定了行业标准,一定要用产自我们泾县的青檀皮和沙田稻草做的宣纸才算正宗。其他地方的原料含纤维度不够,做不出我们宣纸的品质,用起来润墨不行,纸张韧性也不行。做宣纸,从选料、制浆、配料到制纸,每一道工艺都很讲究。"

"既然政府要保护,那做得好的老师傅有没有什么特殊照顾?"苏靛蓝也起了兴趣。

说到这个,梁波眉开眼笑:"政府给我们评传承人,造宣纸生产工具的师傅和做宣纸的师傅都可以评,评上了政府会给一些补助和奖励。钱不多,但至少有个盼头,觉得政府还是关心我们的,平常我们收些徒弟也有底气,有信心把这个技艺传承下去。这些钱还可以拿来做收集宣纸制作技艺的资料经费,把一些老东西买下来,把这项技艺传承下去……"

苏靛蓝听得很入神，梁波说完问她："靛蓝丫头，你爸也是国家级传承人，你们颜料这一门手艺扶持政策怎么样？"

"我们那边有个非物质文化遗产专项资金，手艺人可以申报项目，有扶持资金。"

"其他的呢？补助和奖励有没有？"

"这我就不太清楚了。"苏靛蓝笑着说，"我关注的还是太少了。不过对于这些年的非遗生存现状，我也有很深的感触。很小的时候，我就知道我爸常出去找矿石，知道哪个矿脉开采出有颜色的矿石，一天都不敢耽搁，就怕去晚了。

"以前他辛苦出去一趟，找一个星期到半个月，回来还能带几斤矿石原料。再后来矿脉资源枯竭，好几次出去都扑了空。最近几年，出去一个月，一块碎石头都找不到，还垫了不少路费。矿石原料越来越难找，所以这个行业也越来越难坚持。"

"那你爸的东西……好卖吗？"符金花忍不住问。

"不好卖。"苏靛蓝摇摇头，"以前我爸开了间实体店，后来店租的成本要转嫁到颜料上，成本高，卖得少，实在维持不下去，店面就关掉了。再后来，为了把这门手艺坚持下去，我爸就用家里的小平房做颜料工作室，这样能把矿物颜料卖得便宜点，为了让更多人用得起，包装也做得越来越简单，最后就只用一张纸、一个塑料袋装着。"

"都不容易啊，都不容易。"梁波和符金花听着，重复感慨着这句话。

苏靛蓝说完，抬起头来看陆非寻，陆非寻正好也在看着她。两个人目光对上的一瞬，苏靛蓝心尖一动。

"你呢？"苏靛蓝朝着陆非寻问。

梁波和符金花也看向陆非寻，梁波道："对啊，小陆，你有没有什么感受说一下。"

陆非寻礼貌地放下碗，沉默了一会儿。不知为何，他突然想到昨天的灯火阑珊，满大街的行人步履匆匆，一派烟火人间的景象。

每个人都在活着，有些人却活得渺小而伟大。

"我的感受就是，很荣幸来参加这个节目，也很荣幸可以和你们一起吃这顿饭。"

面对苏靛蓝恳切期盼的目光，面对梁波脸上的皱纹，面对符金花温柔而谦卑的脸庞，陆非寻沉声："从前我以为自己不会从事这一行，所以注意力一直放在另一领域上，直到来参加《留住手艺》，才重新认识了自己。"

陆非寻语气稍冷，话里却有温度："现在重新回来做香云纱，深入非遗这个圈子，发现了很多不一样的东西。同时，我知道了自己并不是不喜欢香云纱，而是有些东西埋得太深，不易自见。用八个字来形容就是：敝帚自珍，牢不可破。"

苏靛蓝握着筷子，喃喃自语："敝帚自珍，牢不可破。"

敝帚自珍比喻东西虽然在别人眼里没价值，自己却非常珍惜。这，不正是大多数非遗传承人的心声吗？

"之前认为自己不喜欢，所以只把德顺堂当作一家企业来看，但我现在却想继承它，做好它。或许从小耳濡目染，传承早已深埋在骨子里。也可能来了后被你们感染，身在其中，觉得荣幸能一起并肩同行。"

苏靛蓝眼睛湿漉漉地望着陆非寻，结果竟又对上了他的视线。

苏靛蓝被得得浑身发热，急忙端起汤碗："我们干一杯。"

"对、对，我们碰一下。"

"为非遗干杯！"

苏靛蓝眼光闪烁："欢迎加入非遗传承队伍！"

陆非寻凝视着她，端起碗一口饮尽。

而苏靛蓝也在汤里喝到了控制不住的、再次为一个人狠狠颤抖的心动的味道。

陆非寻放下碗时，看着苏靛蓝，意味难明。

苏靛蓝突然想起什么，猛地放下碗："糟了，八点半快到了。"

梁波也回过神来："咱这节目是不是快播了？咱赶紧去看节目啊！"

上了年纪的人喜欢一起看电视，苏靛蓝的房间离得最近，于是一群人到她房里看节目，整个客厅里热热闹闹的。

"没想到咱录了快一个月，这就要播出了。"

"刘导说了，对咱这个节目有信心！"

"也不知道年轻人们喜不喜欢……"

梁波和符金花你一句我一句地聊了起来。

房间比较小，只有一个不足十五平方米的客厅，正好摆下两张短沙发，符金花和梁波坐在靠门的那一张，苏靛蓝只好和陆非寻一起坐在靠窗的那一张。

节目正式开始播放，片头打出《留住手艺》四个字。大家都目不转睛地看正片。

突然，电视屏幕上出现了陆非寻的特写。紧接着远景切换，屏幕上竟然出现陆非寻专注看着苏靛蓝的一幕。

不知是后期剪辑巧合，还是节目组在刻意组配对。这一帧画面，看得苏靛蓝脸红心跳。

颜值组合，十分赏心悦目。

梁波哈哈大笑："这节目做得好。"

符金花问："小陆当时在做什么？"

苏靛蓝悄悄抬头看陆非寻，陆非寻扳着一张脸，一本正经地端坐着。

苏靛蓝故意挠了挠陆非寻的手心。突然，陆非寻的手一收，牢牢扣住了她的小手。苏靛蓝被吓了一跳，倒吸一口气，想抽却抽不出来。手被握得越紧，陆非寻掌心的温度几乎灼伤了她。

苏靛蓝瞬间灵魂出窍。之后电视上播什么内容，她完全不知道，注意力全在彼此的手心间，紧张到泪奔。

苏州。

节目播出的时间段，苏庆云和邻居们也守在电视机前。

宋叔说："你们别说，靛蓝这丫头真上镜。"

梅婶也补充道："这电视台怎么回事啊，只要播靛蓝丫头的特写，就会跟着放这个陆什么……陆非寻。这小伙子长得不错啊！"

"靛蓝还没有谈过恋爱是吧？"宋叔唯恐天下不乱，看向苏庆云，"我看着小伙子不错，老苏你考不考虑啊？"

梅婶气得拍老宋叔一掌："胡说什么呢，你没看这小伙子的介绍吗？香云纱的传承人，家里有作坊，还继承了大古宅、百年老招牌！能看得上咱们靛蓝吗？乱点什么鸳鸯谱！"

苏庆云原本津津有味地看节目，越听越不对劲。

"怎么就看不上靛蓝了？我家靛蓝哪里不好？"苏庆云生气地开口。

"不是，我不是这个意思……"梅婶赶紧解释，"这小伙子不是有留学背景嘛，我的意思是他接受过西方教育，思想开放，指不定都谈了十七八个女朋友了！这种人配不上我们靛蓝。"

"对对对，这种男孩子配不上咱们靛蓝丫头。老苏你别生气，要是这小伙子真来我们大院，我第一个带头把他赶出去！"

苏庆云听着这话，心里终于舒坦了，但是又像梗着一根刺似的，不明白节目组为什么总爱把两个人的镜头放一起。

两个小时的节目，很快就到了尾声。

在节目出字幕的时候，陆非寻拿起手机站到窗口前打电话。片尾曲响起，房间里交杂着陆非寻低沉的说话声，声音很轻，让人听不清具体在说什么。

"靛蓝丫头，太晚了，我先回房间了。"梁波和苏靛蓝告别。

符金花也站起来："我和老梁一起走。"

"好，你们早点休息！"苏靛蓝把他们送到了门口。

整个房间变得安静，只有电视声与陆非寻的声音在交叠，苏靛蓝只好坐下来，百无聊赖地看广告。

终于，陆非寻挂断了电话："都回去了？"

"嗯。"苏靛蓝摸了摸自己的手心，手心里全是汗，"你要不要也回……"

陆非寻突然坐下来了。

苏靛蓝红着脸问："你不回去吗？"

陆非寻看了看手机："还早，明天不用拍摄节目。"

苏靛蓝的脸越来越红:"真不走啊?"

"怎么?"陆非寻的眼神太过坦荡,还带着一丝不解。

"没、没事。"

接下来的空气异常安静,苏靛蓝盯着电视屏幕转移注意力。电视机里的广告产品从汽车变成有机牛奶,最后变成少女卫生巾,她尴尬得只好拿起手机。

突然,陆非寻问道:"什么叫CP?"

"什么?"苏靛蓝回神。

"什么叫CP。"陆非寻又问了一遍。

苏靛蓝软着声解释:"CP就是英文Coupling的缩写,表示人物配对关系,就是恋爱关系配对,特指……假想情侣。"

这回换成陆非寻盯着手机沉默了。

苏靛蓝忍不住问:"你在看什么?"

陆非寻不回答,苏靛蓝眼睛一亮,急忙凑上去。不知不自觉,两个人靠得很近。

"在看微博吗?"

"在看网友的评论。"陆非寻的声音低低的。

淡淡的男士香水味道萦绕在苏靛蓝的鼻尖,她怔了片刻。

陆非寻又问:"什么叫颜粉?"

"啊?"这回真难倒她了,于是她低头翻热搜评论,终于找到答案,"颜粉是矿物颜料的粉丝的简称,也是……我的粉丝的简称。"

怎么回事,她现在都开始有粉丝了?苏靛蓝觉得不可思议。

"那香粉?"

苏靛蓝接着找答案:"香粉是香云纱的粉丝的简称,也是你的粉丝的简称。"

陆非寻皱起眉头。

苏靛蓝偷偷欣赏陆非寻眉头紧锁的样子:"你不喜欢?"

"太过女性化。"陆非寻嫌弃。

苏靛蓝往下看,激动地嚷道:"咱们的节目很受欢迎耶!你看现在都有动漫版人物出来了!"

她特意点开一张图片,卡通版的苏靛蓝拥有一双超大的眼睛,亲和力无敌,而画中的陆非寻则多了几分冷魅。画面里两个人紧挨着,像恋爱漫画里的主角。

陆非寻盯着卡通版的自己看,眼神像能把屏幕穿出洞来:"不像。"

"哪不像了?明明就很像!你看这眼神冷冰冰的难道不像你?"

"我眼神冷冰冰?"

"是啊!"苏靛蓝诚心捉弄陆非寻,"你再好好看看!"

说着,苏靛蓝打开手机前置摄像头,屏幕里突然映出陆非寻英俊的脸。因为两个人挨得很近,所以画面里不仅有陆非寻,还有苏靛蓝。苏靛蓝看见两人挨得那么近,一下慌了,嬉闹声戛然而止。

"看出什么来了?"陆非寻故意问道。

"啊?"苏靛蓝轻轻说,"看出……"

此时此刻,像极了一对情侣。

"我们还是看下一条热搜吧。"苏靛蓝惊慌失措,急忙把相机关掉,重新打开微博。

因为慌张,手指也不听使唤,突然摁到一条网友自发剪辑的视频。

视频由播出的节目素材剪辑而成,里头全是陆非寻和苏靛蓝互动的画面。第一幕就是苏靛蓝认真说话,而陆非寻深情注视的模样。

满屏的怦然心动。

咚——

苏靛蓝手一抖,又掉了东西,这回是手机摔地板上了。

陆非寻笑着看视频:"这个剪得不错。"

"你……"苏靛蓝嘟囔,"网友们太胡闹了!"

"是吗?我倒觉得挺用心。"陆非寻冷清的脸上满是兴趣,换了一个舒服的姿势。然后,又当着苏靛蓝的面,把视频再看了一遍,看得津津有味。

苏靛蓝急着去关掉:"现在的网友,每天都乱点鸳鸯谱,我要去举报,你别看了……"

房间里传来陆非寻的低笑声。

苏靛蓝直接伸手抓陆非寻，把陆非寻推起来下了逐客令："太晚了，我要休息了！"

"嗯。"

"你快点回去！"

"好。"陆非寻收起手机，也敛了笑容，"你好好休息。"

"好，晚安！晚安！"苏靛蓝连说了两个晚安，然后把陆非寻赶了出去。她迫不及待地关上门，然后靠在门后偷偷喘气。

不行，太没出息了！

当晚，苏靛蓝翻来覆去睡不着，偷偷打开了社交圈。她也重新看了那条视频，想象陆非寻刚才重复看的感受。

突然，苏靛蓝看到了另一种截然不同的留言。

网友小柠檬精："这个苏靛蓝是妥妥的心机女，上一次借着修复古画的机会去德顺堂住了一个月，这次又和陆非寻一起上节目，肯定是想使尽浑身解数抱大腿了吧？我看宣传非遗技艺是假，想倒追有钱人才是真。"

一旦有不同的声音出现，世界就像拉开了一个口子，潘多拉的魔盒被打开了。

网友爱撒娇的铁憨憨："陆非寻是未婚企业家，又是大学客座教授，性格好，不拈花惹草，妥妥的金龟婿。苏靛蓝一定会倒追陆非寻！毕竟明骚易躲，暗贱难防啊！"

网友守护陆男神："坐标苏州，准备去砸了庆云堂颜料工作室！"

苏靛蓝的心突然被扎了一下，网友们对陆非寻的喜欢变成了伤人的刀，正对准她的家人。

就在刚刚，她还沉浸在暗恋是否要成真了的欢喜中，现在却心情凉得彻底。

黑夜里，苏靛蓝抱着膝盖，继续看着热搜。

越来越多的负面评论冒了出来，甚至开始有人骂苏庆云："呸！还非遗传承人呢！教导无方，养出个臭不要脸的女儿来！"

苏靛蓝忍不住"哇"的一声哭了出来。

三天假期结束,刘东昇带着摄制组归队。

从第七期节目开始,《留住手艺》进入互动对决环节,采用棚拍与实景结合的方式,进行非遗手艺之间的对决比拼。

节目一开拍,苏靛蓝就开始刻意地避开陆非寻。

而陆非寻不明就里,见四处都没有看到苏靛蓝,就去问身边的摄像:"苏老师呢?"

摄像左看右看,然后又用对讲机问同事,回答陆非寻:"她和符老师他们往服装批发市场那边走了。"

陆非寻皱眉,节目开始录制这么长时间,两个人几乎都是一起行动的,今天这是怎么了?

"陆老师?"摄像欲言又止。

"我们去服装批发市场。"

服装批发市场旁边恰好有个古玩城,在古玩城里可以收购青金石、孔雀石等矿物颜料原料。

陆非寻给苏靛蓝发消息:"不等我吗?"

直到节目开始录制一个小时后,他都没有收到回复。

服装批发市场内。

梁波说:"靛蓝丫头,你电话响。"

苏靛蓝正在踮起脚尖,帮符金花拿一匹红黑条纹的布匹,她拿出手机看了一眼。

梁波很好奇:"你怎么还不赶紧接?"

苏靛蓝把手机收了起来,笑着说:"是未知来电,我先不接啦,帮符老师找布要紧。"

服装批发市场门口,陆非寻独自走进批发市场,感觉很是凄凉。

湘城服装批发市场面积很大,整个市场熙熙攘攘,乱中有序。从陆非寻走进来的一刻,市场沸腾了起来。

符金花问道:"丫头,外面怎么突然那么热闹啊?"

店老板说:"刚刚来了一个综艺节目的男嘉宾。也不知道今天是怎么了,你们拍节目的人都往我们这边来啊?"

店老板的话音刚落,立刻就传来几个女孩的尖叫声。

苏靛蓝回过头,终于看到鹤立鸡群般的陆非寻。她马上低下头,想起了网上的舆论。她是为生存苦苦挣扎的非遗手艺人,而他则是年轻有为的企业继承人,相差有如云泥。

梁波高兴地喊:"靛蓝丫头,小陆来了。"

"哦。"

"你去喊小陆过来,我们一起逛。"

苏靛蓝半晌没动,梁波发现了异样:"靛蓝丫头,昨天我们回去后,你们是不是吵架啦?"

苏靛蓝赶紧回:"没有!"

"那你怎么躲着他?"

"我没有躲着他。"

梁波还以为是昨天节目的剪辑让她害羞了。这年头,谁还没年轻过?于是他对符金花说:"老姐姐,我们俩去其他地方看看?"

梁波和符金花离开后,苏靛蓝一回神,陆非寻已经站在了自己面前。

陆非寻微微有些气愤:"怎么不等我?"

苏靛蓝转身就走,陆非寻突然侧身挡住镜头,笑着把她堵在一个只有他才能看到的角落里。

"怎么?生气了?"

"陆老师,没事的。"

语气那么生疏?陆非寻确定苏靛蓝在生他的气。

"如果你是在介怀昨晚的事,我可以向你道歉。"

苏靛蓝拉开彼此的距离:"陆老师,这是在公众场合,我们还在拍节目。"

"嗯?"

"注意影响。"

陆非寻的表情冷了下来。

苏靛蓝干脆把耳麦关掉，顺便也把陆非寻的耳麦关掉。

"陆非寻，我们谈一谈。"苏靛蓝还是把这句话说出来了。

陆非寻脸上的笑意也没了，只淡淡道："嗯。"

"你看网上的评论了吗？"

陆非寻皱起了眉，大约猜到苏靛蓝的态度为什么产生了一百八十度的变化。

"我……很抱歉……我决定离你远一些了。"苏靛蓝抬头望着陆非寻，"因为看到网上的评论……为了不给家人添麻烦，也不给你添麻烦，所以做出了这个决定。"

"就因为网上的评论？"陆非寻神色冷峻，"那些都是别人的看法。"

苏靛蓝低着头，却说："我知道。但我也不是第一次遭受到网络暴力，我不会这么轻易就认输。如果是我认定的事情，我会拼尽全力去做。如果认为他们说的不对，我会尽力去证明自己，去改变他们的看法。但现在的事情，不是这样的情况。"

"那是什么情况？"

"陆非寻，其实他们说的没错，我们之间的差距确实太大了，而这一切最根本的原因就是我不够优秀。如果今天我站在这里，是一个成功的女孩，我也有自己的事业，有让人羡慕的本事，有耀眼的文凭，是世界一流大学毕业的完美女孩，网上就不会出现这种评论。"

苏靛蓝深吸一口气："看似我是受害者，其实你们才是被我连累的人。我爸的庆云堂，还有你……你这么好，我不希望别人抹黑你存在的意义。我不希望大家每一次看到你时，都在关心你是不是被苏靛蓝灌了迷魂汤！"

苏靛蓝已经说得泪光闪闪："在这个网络时代，我一个人势单力薄，改变不了什么，但我会尽力去守护我在乎的人，去保护我珍惜的东西。"

"疏远我是为了保护我？"

"我知道这个办法很笨，但是我需要时间去成长。一个生自普通家庭的女孩，父亲一直为生计所困扰。能考上名牌大学，毕业后回报社会，这已经是我能做到的最有意义的事了。我希望自己变得更好，可这需要时间。我会努力去进步，但不是一朝一夕就能完成的。在这之前，我能为你们做的事情很少！"

"苏靛蓝，你记住，真正的男人从不需要女人靠后退来保护他。"

苏靛蓝回想着昨晚美好的时光："我希望自己有一天真的能成长为别人眼中的参天大树，真的为这个社会和国家做出被大众认可的贡献。到那时，即使我站在你的身边，别人也不会看低你、轻视你，反而会觉得陆非寻身边的朋友，竟然和他一样优秀！"

真正的喜欢是决定并肩前行，而不是理直气壮地仰望别人的优秀，吞噬对方的星光。

"陆非寻，这是我的选择。"

陆非寻低下头，温柔地拭去苏靛蓝眼角滑落的泪水。他停顿了一下："除了这个，还有没有别的原因？"

苏靛蓝犹豫了一下。

"诚实说。"

"有。"苏靛蓝语气渐低，"我不想让别人误会《留住手艺》是一个恋爱节目，我也不希望因为自己给非物质文化遗产传承人这个集体抹黑，让别人觉得年轻的非遗传承人就只知道谈恋爱。"

苏靛蓝往后退了一步："既然上了节目，作为一个群体的代表人，就要负起责任。不能因为一个人的行为，去影响社会对整个群体的印象。陆非寻，我也不想让自己变成这样的人。"

"所以？"

"所以，我们拉开距离对谁都好。"

陆非寻沉沉地看着她："你有考虑过我的感受吗？"

"陆非寻，我想守护这个节目要表达的精神。如果有些事情注定该让步，那么我会……做出必要的牺牲。"

还没有萌芽的感情和手艺之间，她选择了手艺。

"好。"

苏靛蓝意外地抬头，撞入陆非寻深眸，她在他眼中看见了难以理解的情绪。

"既然这样，那么我尊重你的决定。"陆非寻声音好似藏着一丝笑意，"苏靛蓝，快一点变优秀，我等着你。"

苏靛蓝脑里"轰"的一下，变得一片空白。

陆非寻把耳麦又重新开启，突然问道："你知道香云纱理论吗？"

"什么？"

"在染整莨绸这一行里，只有最有经验的行家才知道，如今的香云纱并不是过去的香云纱。新中国成立前后，香云纱曾在一段时间里无人问津，就连德顺堂也处于短暂停工状态，最后是陆家人担心这段手艺会失传，率先把老祖宗的东西捡回来。

"但即便如此，制作香云纱所用的真丝纱眼提花面料却还是失传了。几十种胚绸花纹最后只剩下十几种，民国时生产的纱样，最后只能在当时的销售册子上才得以窥豹一斑，而这些东西都成了文物。

"现在的香云纱经过改良和传承，增加了印花真丝面料、真丝提花纹纱面料和普通光面丝绸作为胚绸，制作出来的香云纱各具特色，透气性与避水性各有不同。薯莨绸适合冬天穿，香云纱适合夏天穿。经过漫长的演变，终于成就了今天的香云纱大类，几十种材质做成的莨绸都叫香云纱。一门经得起时间考验的手艺，哪怕经过断层、重组、革变、传承、发扬，最终还是会回到最初的模样，哪怕底子变了，只要坚守的最核心的东西不变，它就不会变。"

陆非寻面容清峻，一本正经地看着苏靛蓝。

"香云纱之所以被称为软黄金，还有一个原因：随着人们的穿着，它表面的涂层会慢慢地脱落，露出褐黄色的底色，就像淘洗后的黄金。为人处世也一样，只要心中坚守的东西不变，任凭外界怎么诋毁和否定，都不能改变真相。时间久了，他们会透过表象，认识一个真正的你。"

"这就是香云纱理论？"

陆非寻不再说话，而是替苏靛蓝重新打开耳麦，头也不回地转身离开。

苏靛蓝痴痴地看着他的背影越走越远，逐渐消失在一片耀眼的光亮中。

银缃

烟花

与此同时,网上的谣言也还在酝酿。期间苏庆云果真收到了几封"警告信",都是《留住手艺》的香粉写的。他们让苏靛蓝不要总骚扰陆非寻,如果实在不想做手艺就退出节目,否则拿庆云堂颜料工作室开刀,让这门手艺彻底从世上消失。

苏庆云打电话和苏靛蓝说这事,问苏靛蓝:"你和那个陆非寻,真有感情了?"

电话里,苏靛蓝依旧笑嘻嘻的样子:"没有。"

"女孩子要矜持一点,出格的事情不能做。我们做颜料的人,做人也要堂堂正正。总之,你不要去骚扰人家,知道没有?"

"爸,我知道了。"

于是整个第七期的拍摄,苏靛蓝一直与梁波、符金花在一起,摄像师极少捕捉到苏靛蓝与陆非寻在一起的画面。而陆非寻在这一期录完之后就消失了一周,苏靛蓝隐隐有些失落,但也没有去询问。

转眼到了第八期。"第八期节目,我们走进湘城周边的小村落。今天大家不比赛,就在少数民族村寨探访传统工艺。我们安排了三十多位手艺人,隐藏在不同的地方,谁找出的手艺人最多,谁就能在第九期的比赛中享受额外的加分优势。"刘东昇开始解释本期的录制规则。

节目开始录制时,苏靛蓝也看到了一周未见的陆非寻。

走台的时候,苏靛蓝就主动选择了位置——陆非寻站在右侧第一位,她就自觉到左侧去。

符金花看到苏靛蓝站在自己身边,倒是很高兴。

罗超笑着问:"今天青年组是要把我们老年组和中年组包围吗?还是说你们想搞个瓮中捉鳖?"

苏靛蓝笑呵呵地走过场地,倒是刘东昇看着屏幕里高低不一的队形直皱眉头,但最后也没说什么。

节目很快开始。今天的流程和春游相似,大家走走看看,都想随机碰运气,看能不能找到隐藏的手艺人。遇到手艺人之后,完成相应的任务,拿到传承人的"传承文书"。

苏靛蓝为了不与陆非寻同时出现在一个镜头里,走得也就稍微快一些。梁波和符金花走得慢,不一会儿她就落单了。

今天的拍摄地叫诗寒,中国十大最美村落之一。两个村子并挨在一起,上面是苗村,下面是黎村,中间由一丛竹林隔着。

关剑军与罗超谈论的声音有些大:"我们先进苗村看看,那边好像有个手艺人。"

这话一出,梁波和符金花也感兴趣:"我们也去看看。"

三十多种非遗工艺隐藏在某一个不起眼的角落,可能不远处正在收稻谷的妇人,就是节目组特别安排的传承人。

大家热热闹闹地去了,苏靛蓝也跟了上去。突然,她被竹枝勾到了衣袖,不得不停下来整理,却怎么也取不下来。

这时,后面伸出一双手,熟悉的气息随之而来。

苏靛蓝抬头,看到来人正是陆非寻。

"陆老师,不用……"

陆非寻笑道:"扯了半天还没弄出来,确定不用?"

"真不用,谢谢陆老师。"苏靛蓝打定主意,不能再给观众留下话柄,所以回答的语气也像好学生面对老师一样中规中矩。

反之,倒显得陆非寻的态度亲昵了许多:"可是我已经在帮忙了,难道让我再帮你挂上去?"

苏靛蓝一时语塞:"挂……"你个头啊!

旁边跟拍的摄像师忍不住笑出了声。

苏靛蓝只好说道:"那就谢谢陆老师了。"

随后,她走出两步回头看,见陆非寻没有跟上,悄悄地松了一口气。

黎村里只有几十户人家,因为村落依山而建,高低层次各不同。苏靛蓝走进一家敞开门的院子,里面晒满了苞米,一院子黄澄澄的特别好看。

苏靛蓝被眼前的美景吸引,同时还有意外的发现。院墙边放着两块木板,新得过分耀眼,苏靛上前翻看,随即兴奋地跑去敲门。

"您好,有人在吗?我想学艺!"

一位四十余岁的中年男人应声走了出来,他看见苏靛蓝,问道:"你想学艺?"说着笑了笑,"你是第一位来我院子的嘉宾,没想到还真被你看出来了,眼睛挺厉害啊!"

苏靛蓝说:"院子里晒了苞米,苞米都是新鲜的,应该是掩人耳目的道具。院子打理得很干净,从逻辑上讲,住的人应该很喜欢整齐,但偏偏墙边放着两块很突兀的雕花木板。木板是新的,应该是做手艺用的工具,而且是为我们准备的,对吗?"

"没错,你很聪明,这个徒弟我收了!"中年男人爽朗大笑。

他其实也是国家级传承人,节目组邀请他来时,他还挺犹豫,但这会儿开心得不行,对苏靛蓝说道:"你要是能完成我布置的任务,我手里的传承文书就送你了。"

苏靛蓝高兴应好。

"我这门手艺叫作苍南夹缬。你去把那两块木板搬过来,自己想办法搬到后院去,那边有一池染缸水,旁边还有一个工艺小册子,自己想办法按照册子上的流程把成品做出来。什么时候完成任务,我什么时候把东西给你。"

苍南夹缬是一种在织物上印花染色的特色传统手工技艺,始于秦汉,盛于唐宋,是中国雕版印染、印刷的源头。制做的时候需要用两块木雕刻版把白布固定,然后再放进染缸中浸染。古时先有蓝白色夹缬,后来才渐渐衍变成彩色的夹缬,是一门很有艺术价值的非遗工艺。

"我给你透个底,今天要录一整天呢,其他传承人的任务也不好完成,我这里还算比较轻松简单,你快去做,我等着你。"

"谢谢老师!"

"不客气。"中年男人说完笑嘻嘻地去喝茶了。他也没想过要为难小姑娘,但是规矩摆在这里,他也不能帮忙。

苏靛蓝运气好,一进村就找到了任务点,做得快的话,还真有可能拿下额外加分。想到这是节目组的惯常套路,苏靛蓝小跑着去搬木板。但是很快,她就发现这是个坑!

夹缬所用的雕版有大有小,节目组准备的这两个是做被面的雕版,足足有两米高一米五宽。整个木板都能把苏靛蓝盖住了,更别说共有两块这样的木板,她还要往后院抬。她使了吃奶的劲儿,艰难之下才把木雕刻版抬出一米远。

院子里围满了人,摄像师们不能上前帮忙,大家看着都于心不忍,只有苏靛蓝还在认真埋头苦干。

苏靛蓝汗如雨下,突然一双手从背后探出,恰好覆住苏靛蓝的手,顺着她使劲地地方用力,面前的雕版被抬起。苏靛蓝下意识地说:"谢谢。"

这一瞬间,她又撞见陆非寻带笑的双眼。

"陆老师?"

"举手之劳。"

苏靛蓝急忙退了一步,不想在大庭广众下靠得那么近。

陆非寻也不恼,帮她接住木雕板,沉稳地把东西往后院抬。

苏靛蓝看着陆非寻帮忙,心里感谢却又怕给他惹麻烦:"陆老师,只搬一块就好,你先去忙别的事吧。"

"怎么,你害怕?"

苏靛蓝意外地看着他,欲言又止的表情,好像在问:你到底想干吗?

陆非寻说道:"抬不动就不要强求,这么倔强做什么?不会找我?我就在附近。"他挽起袖子往外走,继续帮忙搬剩下的一块。

苏靛蓝看了一眼正在拍摄的机器,摄像师们正在重点跟拍。

她急了,嚷道:"陆非寻!"

陆非寻停下脚步。

"你忘了吗？我们说好的。"

"说好尊重你的选择？"陆非寻对着镜头扫了一圈，"摄影机都拍到了，是我主动帮忙，现在是我的选择。"

陆非寻故意似的，轻轻说："是我管不住自己，主动来帮你了。你让观众们有问题就来找我。"

陆非寻表情高冷，说的话却很贴心，听得苏靛蓝的心怦怦跳。

一个小时后，苏靛蓝顺利把两块紧夹布料的雕花木板从靛蓝青染液缸中取出，蓝底白花纹的"蓝夹缬"呈现在面前。

中年男人看到苏靛蓝完成的效果这么好，口中喝的茶差点喷出来。

苏靛蓝笑着说："我以前学过染布。"

她完成苍南夹缬传承人布置的任务后，又匆忙赶往另一个地点。走之前，她向摄像师东哥打听："陆老师呢？"

"陆老师在做任务。"

此时苏靛蓝恰巧路过一个院子，看见陆非寻正坐在里面，他那认真和老师傅学习花丝镶嵌技艺的样子撞进了苏靛蓝眼里。

老师傅将拉出来的素丝交到陆非寻手中，陆非寻将三四股素丝搓制成各种花丝。

东哥说："苏老师，刚才陆老师帮了你，你要不要过去帮帮忙？这个花丝镶嵌比较考验人的耐性与眼力，对于男人来说，有点太为难人。这个活看起来比你刚才做的要轻松，实际上难度更高，现在北京的博物馆里的那顶明万历皇帝金丝翼善冠，就是用这种细金工艺做出来的。"

苏靛蓝站着一动不动，目光一直落在陆非寻身上。

他用修长的手细细揉丝，最后掐成精细的图案，再用镊子填进宽口杯里。他的动作很轻，一丝不苟，严谨的工作态度让他整个人都显得气度不凡。

苏靛蓝摇摇头："不用了，小东哥，陆老师不需要我，我看他做得挺好的。"

苏靛蓝离开后，陆非寻的跟拍摄像师说："陆老师，刚才苏老师路过,停下来看了你几分钟,可能是想进来帮忙。"

帮忙?

陆非寻回头,门外哪里有人?

"是吗?"陆非寻沉笑。

两个紧挨的少数民族村落里,节目组一共准备了手推绣、缂丝、绒花、皮影、扎染、打树花、瓯塑、花丝镶嵌、雕版印刷、剪纸、苍南夹缬、蜡染、篆刻、斑铜工艺等三十几种非遗技艺,任务难度相当,做起来一个比一个耗时。

从上午进村,一直到傍晚六点,苏靛蓝才做完四个任务。她打听了一下,其他人的进度也差不多,目前拿到传承文书最多的人是罗超,与她一样,也是四份。

苏靛蓝问东哥:"今天录制有时间限制吗?最晚的集合时间是几点?"

东哥看了看表:"刘导说八点在村口集合,现在还有两个小时的时间。"

"两个小时……"苏靛蓝皱起眉头。

她上一个任务是做绒花,听起来是挺简单的,谁知道绒花工艺竟然是先把蚕丝煮熟,然后染色,还需要编铜丝,将熟绒勾条。在绒花的制作工艺里,熟绒勾条这一步骤一做就是一整天,与陆非寻接下的花丝镶嵌任务不相上下。她辛辛苦苦地将半成品的熟绒勾条以后,还要打尖、传花,所有工序下来,花了近四个小时才把绒花制作的任务做完。

苏靛蓝想赢,于是问道:"小东哥,离这里最近的任务点是什么?你给我指个路呗。"

"这……刘导在对讲机里听着呢,我可不能说。"东哥笑眯眯地拒绝,眼睛却一直往山上瞟,还眨眨眼睛。

苏靛蓝秒懂,拔腿就往上面跑。

在一栋稍显破旧的院落里,一位年过七旬的老手艺人正在抽旱烟,悠哉地等着人来。没人来他也不急,反正已经闲坐一整天了。

"老师傅,您也是手艺人对吗?"

老人看了苏靛蓝一眼:"女娃子?"

因为录节目的缘故,苏靛蓝做了造型,看起来俏丽可人的,像街拍的时尚小姑娘,压根不像手艺人。

老人放下旱烟摆手拒绝:"这门手艺你做不了,你还是下去吧。"

东哥道:"苏老师,剩下的任务点有些远,赶过去要半个小时,而且难度也……"

说实话,都到录制尾声了,剩下的都是挑拣下来和挑战失败的手艺,哪个会容易?这里是因为地方太偏了,所以没人特意从苗村赶过来。

苏靛蓝笑眯眯地说:"您先给我讲讲是什么手艺可以吗?"

"哎,你这女娃子怎么就不听劝。我就实话和你说了吧,看到院子里这个炉了吗?烧铁水用的,我这门手艺是打树花!"

"打树花?"

老人敲了敲旱烟斗,弹出烟灰,慢悠悠地说:"就是你们年轻人说的火树银花,最近一个大火的电视剧里不就有嘛!我孙女老跟我嚷嚷,'爷爷,你的手艺上电视了。'走吧,我真的不适合女娃子来做。"

"古代的烟花?"

"对。"老人往烧铁炉看了一眼,"把铁水洒到天空上,或者打到墙上,让铁水散开成小水滴,打成树花的样子,所以才叫打树花。这铁水有一千六百多度,不小心就把你给烫伤了,要是毁容了怎么办?"

"……好吧。"

老人以为苏靛蓝放弃了,叹了一口气:"我等了一天,看来是没办法带着手艺上电视了。不说你怕不怕烫,光那一勺子铁水就有六七斤重,就算有防护措施,你这细胳膊细腿的也抬不起来,走吧……"

"我想试试,就算真的失败了也没关系。"

老师傅吃惊:"你真要试?"

苏靛蓝走过去,真心实意地示好:"就当让它上个电视吧,好不好?"

东哥忍不住插话:"老师傅,苏老师的意思是她试试,能成功就成功,不能就算了。摄像机在这拍着呢,会往外播的。"

"成,那你就试试。"老师傅态度大变,开心地放下烟斗,跑去准备东西。

苏靛蓝笑着说:"谢谢小东哥。"

"嘿,谢什么?明明是你好心想帮老人家。不过你真不打算竞争奖励了?实在不行,咱们现在赶去另一个地方,可能还来得及。"

苏靛蓝眨眨眼:"争呀,虽说力气不大,但一定会好好学的。万一真能打出一道铁花呢?"

小东哥给苏靛蓝竖了个大拇指。

苏靛蓝看到老师傅拎出来的一桶铁水时,明显感觉到了难度。

陆非寻踩着夜色走进院子,一眼就看到夜幕中围着铁水的两个人。

烧得滚烫的铁水发出红光,把老艺人和苏靛蓝的脸颊照得红亮。苏靛蓝弯着腰,望着眼前的大桶发呆。

"这柄木勺是打树花用的,和普通木勺不一样,是经过特殊处理的。你握住手柄这里。"老师傅在认真指导,"打树花讲究技巧,没经验打不成,你得先练练。

"还有,这门手艺最讲究一个站功,打树花时必须站得稳,要不然铁水一洒,全浇到你身上了。打的时候方向也有讲究,一定要打得干脆利落,还要打得细,铁水要在空中散开,还要散得又小又匀,这样铁水掉下来的时候已经冷却了,才不会烫到你……"

老师傅讲得认真,苏靛蓝听得仔细。

周围温度太高,陆非寻走近时,甚至能看到她额头上细小的汗珠。

苏靛蓝拿着木勺,尝试着舀起满勺铁水,顿感又热又沉。她本能地退后两步,谁知就在这一瞬,竟不小心撞进陆非寻的怀里。

苏靛蓝回头一看,惊叫道:"陆老师!"

"需要帮忙吗?"

"你什么时候来的?"

老师傅高兴起来:"哎呀,这小伙子来得好!这活确实不适合女娃子干。"他看着陆非寻,"你来和我学!"

"老师傅,这不行……"苏靛蓝连忙拒绝。

"你就听我的!要不这样,即便他打成了,我还是把传承文书给你,绝对不让他抢你的功劳!"老师傅急忙说。

"我不是这个意思。"

老师傅才不听,热情地对着陆非寻说:"我把传承文书给她,行不?"

"嗯。"

老师傅又对苏靛蓝说:"你看,人家小伙子都说行了。"

面对淳朴的老手艺人,苏靛蓝只好强颜欢笑:"好,好……谢谢您……也谢谢陆老师。"声音小得跟苍蝇似的。

她心想,完了,又要上热搜了。

陆非寻沉默不语,眸子里却带着笑意。

"这回真的要被网友们打死了!"苏靛蓝小声嘟囔道。

对于苏靛蓝来说,自己被骂成什么样都没关系,唯独不想连累到家人,她不愿自己在乎的人因此受到伤害。她无所畏惧,但心有牵挂。

"不会。"陆非寻语气温柔。

"胡说,怎么不会!"

陆非寻挑着眉:"都是我主动的。"

苏靛蓝欲言又止:"你……"成心的吧?

那一头,老师傅拿出两套节目组特意准备的防护服,积极得很。

"你们穿上,我带你们去打树花的地方!"老师傅这才真正开始传授打树花这项非遗技艺。

要想真正打好树花,起码需要几十年的功力。而这次节目组设置的任务要简单许多,只要把树花打起来就可以。

苏靛蓝和陆非寻穿好防护服,两个人戴着头盔,跟行走太空似的。

陆非寻面色从容,心情不错。

苏靛蓝的心事被遣散,看着两人的样子,也忍不住抿着嘴笑:"节目组真是……"

陆非寻把木勺递给苏靛蓝:"先练练。"

两个人先用水来试验,木勺里舀满清水,朝着天空洒去,尽量找对角度,不让水洒到自己身上。练了大概四十分钟,苏靛蓝累得气喘吁吁:"每一门手艺都不容易啊!"

陆非寻看着一旁的铁水:"这门技艺也传承几百年了,古人的智慧和技艺真是令人惊叹。"

"我终于明白《留住手艺》特意安排这一期的目的了。很多非遗技艺在浅尝辄止的学习过程里,就能感受到属于中国的美和高超到令人惊叹的中国匠人工艺。"

距集合时间只剩半小时的时候,东哥过来提醒:"得赶紧做任务了。"

苏靛蓝和陆非寻走到空旷的地方。老师傅也把铁水送过来,手把手地示范了几次之后,就把勺子交到陆非寻手里。

苏靛蓝说:"陆老师,加油。"

"嗯。"

"注意安全。"

陆非寻沉声:"不用担心。"在香云纱染整工艺里,有一个步骤就是绷布,非常锻炼臂力。晒莨这个环节也对臂力有很高的要求,所以控制力道是制作香云纱的基础技巧之一。

苏靛蓝也拿起木勺,她也要打树花,不过只是辅以配合。

在工作人员和老师傅的注视下,苏靛蓝和陆非寻终于开始挑战。木勺伸进桶里舀出铁水,手臂使劲朝上一扬,漫天的铁花洒落下来,像是一场盛世烟火。山顶上洒开铁树银花,点缀了整个夜空,美得惊心动魄。

苏靛蓝站在树花之下,抬头看着头顶的火花,感慨道:"真美啊!"

陆非寻将最后一勺铁水往天空上打,铁花纷杳如流星坠落,又像是烟花般包围着苏靛蓝。俩人站在核心圈子里,在树花落下的一瞬,仿佛与世隔绝。

苏靛蓝触景生情:"陆非寻,你陪喜欢的女孩子放过烟花吗?"

"没有。"

"嗯?好无趣。"

陆非寻略一沉吟:"但是我为欣赏的女孩打过火树银花。"

苏靛蓝微微一愣。

"就在这一刻。"陆非寻声色冷清。

火花完全落下的一瞬,苏靛蓝像是早恋被老师抓到的孩子,心慌意乱地看向别的地方。

摄像师把刚才的画面全拍下了,苏靛蓝看了看腰间的耳麦,又回想那刚才的对话……

完了,又要出事了……

第八期节目,苏靛蓝如愿拿到了第一名。

回酒店的路上,苏靛蓝一直心不在焉。大家都在开玩笑:"靛蓝终于赢一局了,高兴得说不出话来啊?"

苏靛蓝红着脸,心情跌宕起伏。

车上,工作人员把奶茶分给嘉宾们,轮到苏靛蓝时她忘了接。这时一双干净、骨节分明的手伸出,陆非寻替她先接了下来。

"陆老师,这个服务工作做得不错啊!"

"应该的。"

"小苏终于赢了一盘,确实该有这个待遇!"关剑军开起了玩笑。

苏靛蓝更不敢开口了,悄悄用余光看向陆非寻,发现他并没有把奶茶给自己的意思。

"陆……"苏靛蓝把话吞回肚子里。

他什么意思?一个人喝两杯?

临近到了酒店的时候,陆非寻终于把奶茶递过来:"喝吧。"

"嗯?"

陆非寻不再说话,而是看向车窗外。

苏靛蓝只好把奶茶接下来。

陆非寻拿了那么久,奶茶已经不冰了,杯上还裹着陆非寻掌心的温度。

陆非寻终于再度开口:"喝太冰的不好。"

苏靛蓝的心砰地炸了,紧接着稀里糊涂地过了好几天。

第九、十期节目回归棚拍,庄清清要来探班。

一大早,庄清清从苏州直飞湘城,但到达电视台演播厅时已是晚场了,节目都已经录制一半了。

因为节目火爆,演播厅里坐满了粉丝。苏靛蓝请工作人员给庄清清留了座位,庄清清坐下之后,发现自己身边竟然坐着一位清秀的帅哥。

庄清清喃喃道:"不愧是好闺蜜,真够义气!给我留了黄金第一排不说,还帮我安排了一位小鲜肉邻座。"

楚译听到这句话,转头看了庄清清一眼。

今天是个人比拼环节。台上台下互动时,庄清清举着灯牌疯狂大喊:"苏靛蓝加油!苏老师我们爱你,你是最棒的!!"

现场气氛热烈,庄清清来劲了,使劲喊了起来:

"梁波老师加油!"

"符金花老师加油!"

"关剑军老师加油!"

庄清清给三位嘉宾助威,唯独故意不给陆非寻加油。

楚译在一旁皱起眉头。他今天也是来探班的,没想到遇见这一幕。这是?遇到非寻哥的毒粉了?

楚译不甘示弱地嚷道:"陆老师加油!陆老师你最棒!"

庄清清白了他一眼:"苏靛蓝!苏靛蓝!"

楚译气势汹汹:"陆非寻!!陆非寻!!"

庄清清终于忍不住转向楚译:"帅哥,你怎么回事?你是在故意针对我吗?怎么我一替别人加油,你就要盖过我的声音呀?"

"针对你?"

"对啊!"

"我为自己支持的嘉宾加油,不行?"

"你一个大男人支持陆非寻?"庄清清一脸欲言又止的表情。

楚译一口鲜血涌上来——现在的女孩脑子里都装着什么?

"我是直男,你可别乱猜。"

庄清清一下子看愣了,有点害羞地说道:"我也是支持我闺蜜,你让我好好加个油怎么了?!声音大得……都把我的声音压住了。"说到后面,气势越来越低。

"闺蜜？庄清……"

"你是？"庄清清也反应过来了，"你是陆非寻的助理？好像……姓楚？"

"你知道我？"

庄清清突然脑袋卡壳了。

"原来你就是靛蓝的闺蜜，庄清清？那个当众殴打非寻哥的女孩？"

庄清清竟然不好意思说话了，捂着脸低声说："完了完了，太丢人了！"

楚译又不小心听见，突然觉得很好笑："真有趣，和传说中的差不多，确实是呛口小辣椒。"

庄清清忽地抬起头，生气道："是谁这么形容我的？啊啊啊，苏靛蓝这个大坏蛋！就不能给我留点面子吗？"

楚译看了庄清清一眼，她穿着鹅黄色上衣和牛仔小短裙，青春靓丽，不由得感慨："看不出来，果然人不可貌相。"

"啊，我那次打陆非寻，真的事出有因！"庄清清想了想，又改口道，"好吧……我承认自己是冲动了一点，可我那次也受到教训了，以后都不会了。"

楚译被逗笑了，露出一对可爱的小虎牙。

庄清清平常就喜欢阳光款的男孩子，马上看呆了。

楚译说："不打不相识，非寻哥现在应该会感谢你。"

"什么意思？为什么还要谢我？"

楚译欲言又止，笑了笑却没再说什么。

节目录制还在继续。

最后两个互动环节，楚译和庄清清之间异常安静。直到最后台上的六位嘉宾都出作品以后，两个人才开始讨论起来。

苏靛蓝和陆非寻录制结束从台上下来，一眼就看到庄清清和楚译这两个八竿子打不到一起的人在吵架。

苏靛蓝吓了一跳，赶紧跑进观众席："清清，你怎么和楚译吵起来了？"

"啊？"庄清清一脸无辜回头，"我们没吵啊！"

楚译附和："确实，我们没吵。"

"那你们？怎么还指手画脚起来了？"

"我们只是在讨论谁是第一名啊！靛蓝，最后大比拼时你要争光！我说你铁定能拿第一，他非要说只要有陆非寻在，陆非寻一定是第一名！"

"非寻哥当然是第一，非寻哥念书的时候就没考第二过！"

陆非寻有些不自在："也没有那么夸张。"

楚译急吼吼地纠正："那是因为有一次你发烧了，没去考试！"

庄清清捂住嘴巴，再一次见识了陆非寻的厉害。

陆非寻看了庄清清一眼，难得地点头问好。

庄清清受宠若惊，耳朵都红了："陆……陆……"

苏靛蓝把庄清清拉到身边："清清！"

庄清清小声说："靛蓝，我没看错吧？陆非寻主动和我打招呼了！"

这是庄清清第三次见到陆非寻，第一次俩人打架了，她把陆非寻给挠了。第二次她坐在座位上，而陆非寻在讲台上，高不可攀，她是学生，他是客座教授。现在，大家和气地站在一起，像是久识的朋友。

庄清清想了想，对陆非寻礼貌地打招呼，还激动地鞠躬："对不起，陆教授！以前是我不懂事！"

"没事。"陆非寻声音冷清，"过来看靛蓝？节目已经录制完了，我请你们吃饭。"

庄清清没想到陆非寻其实这么平易近人，赶紧答应："好啊！唔……"

苏靛蓝赶紧伸手捂住庄清清的嘴，一口回绝："对不起，我们俩有约了，谢谢陆老师。"

庄清清一脸搞不清状况。

苏靛蓝不愿久留："走吧。"

"饭不吃了？"庄清清又被捂住嘴，"唔唔！"

苏靛蓝不容分说地把庄清清拖走了。

楚译问道："非寻哥，你和靛蓝闹别扭了？怎么感觉她在避着我们？"

观众此时陆续离席，黑压压的人群中，陆非寻喊住了苏靛蓝。连旁边的工作人员都听见了，苏靛蓝不得不停下脚步。

陆非寻一本正经地说道:"谈一谈下期节目?"

最后两期节目是嘉宾组队对战环节,六位非遗传承人将两两组队,结合彼此的优势,进行创新性技艺比拼,决出《留住手艺》节目的最终特别作品。届时,节目组也会开通投票环节,投票取得的收益将直接设立非物质文化遗产传承基金会,以行动去支持非遗。

这是《留住手艺》整个节目中最重要的环节,大家都很看重。关剑军和罗超已经组队,梁波和符金花也一直从第一期到目前都在一起,已经有了组队的意向。目前只剩下陆非寻和苏靛蓝。

于是苏靛蓝点点头。

"在这谈?"

"去化妆室!"苏靛蓝赶紧说。

化妆室里有茶水间和沙发,庄清清、苏靛蓝坐着,陆非寻和楚译站着。苏靛蓝仍然是一副礼貌且疏远的态度:"陆老师,你有什么想法?"

陆非寻笑了:"这里没别人。"

庄清清左看右看,不懂陆非寻这宠溺的语气是怎么回事。

陆非寻说道:"下期我们组队。"

苏靛蓝沉默。

"你不是说,想要做出成绩吗?手艺人最需具备的是匠心精神,要坚持手中的手艺,还要守住初心。"

苏靛蓝依然沉默。

"矿物颜料是颜料,香云纱则是植物染料染整,两种非遗技艺之间存在共同点,在物理形态上却又截然不同。基于共通点进行创新,最容易做出成绩。"陆非寻停了停,"所以作为匠人,最应该考虑的是作品。那么,你要不要放下顾虑和我合作?"

苏靛蓝想独立地获得大众的认同,因此在没有变得足够优秀之前,她并不想与他并肩而行。但陆非寻的话很对,她如果拒绝组队,反而违背了初心。

苏靛蓝思前想后,决定豁出去了:"你说的没错,年轻非遗传承人的思路相通，而在目前所有参与节目的非遗技艺里，只有香云纱与矿物颜料的共性最大，所以碰撞出新颖作品的可能性也最大。"

苏靛蓝咬咬唇，问陆非寻："你有什么想法？在之前的节目里，我们已经尝试过融合了。我们做过小挂画，还做了矿物颜料手绘……"

"打破原有思维，另辟蹊径创新。"

"什么？"

"观众投票环节，最重要的是给观众足够的刺激。与其说是作品，不如说是商品，用营销思维带给观众新鲜感，打动观众的心。"

楚译一听，立刻非常兴奋："销售战，非寻哥最擅长这个！你们可以卖产品，卖创意，卖实用性。"

经过前十期的节目，矿物颜料和香云纱的现有形象已经深入人心，想要给观众新鲜感，就要做出不一样的作品，其实很不容易。

"还需要考虑一个问题。"

"什么问题？"

"消费者的理性。"

苏靛蓝顿时醍醐灌顶："明白了！《留住手艺》的观众各年龄阶层都有，作品要亲民，要争取到更多的投票，因为票款会捐献给现实中的非遗项目。对于大年龄的观众，他们会最先考虑到'创造出这个东西有什么用'，所以物品要具有实用性。而年轻观众……"苏靛蓝思考了一下，"年轻观众的喜好最容易捕捉，文创概念打得好，颜值足够高，定位时尚，再赋予作品故事性，就容易获得他们的支持。"

"嗯。"

苏靛蓝打开了思路："矿物颜料的制作核心是矿物原石，香云纱的制作核心是薯莨汁与河泥，它们都来自大自然。德顺堂里有很多老师傅，这些年也没有放弃过创新。他们不仅用薯莨汁来染色，还尝试用其他天然植物染料来做文章，如姜黄、郁金、金樱子、橡椀等等。我们不如做一个既有矿物颜料又有植物染料的二合一颜料盒怎么样？"

陆非寻笑了笑："可以。就叫草·石本心？草是指植物染料，石是指矿物颜料，心之原本，回归本心。"

"我看这个行！"当了好久空气的庄清清激动地跺脚，"不是有句话叫'洗尽铅华见本心'嘛，你们俩就借这个颜料盒来体现'不忘初心，方得始终'的精神！"

陆非寻表示赞同："原料上要用心，还要找一个噱头。"

"噱头？"苏靛蓝开始认真思考起来，"矿物颜料的噱头就是它的作品以及原料的珍贵性，植物颜料的噱头是……"

"这些都不是噱头，我们要找一个与节目相关，又能体现出这个作品独一无二的制作细节。"

"那我们可以亲自去山里找原料？"

"嗯，这个可以。"

苏靛蓝兴奋道："我们自己去收集原料，在节目中呈现出来，观众们才能更明白它们的来源。一门手艺，只有观众真的从底子里了解它，才会记住它。只有亲眼看见过程，才会对这样的作品感同身受，才会更有认同感。"

"好。"陆非寻应允得很痛快，苏靛蓝也还在亢奋中，完全没注意到他脸上的表情。其实一个性格冷淡的人，一下子说了这么多话，不太寻常。

苏靛蓝的思路继续发散："我们的'草·石本心'计划做十种颜色，一半是矿物颜料，一半是植物染料。植物染料里要有薯莨，其他四种植物染料任选。最后搭配一颗矿物原石在这组作品里，做成精致的手链或吊坠，你觉得怎么样？"

"可以。"

"在矿物颜料的选择上嘛……矿物颜料里有五种矿物色最具代表性，分别是石青、石绿、石黄、赭石和朱砂。这五种颜色差别大，也能体现出矿物颜料的多样性，还色彩鲜亮讨人喜欢，我想用它们来做这个原料盒。"

"那我选花青蓝、槐花绿、竹管藤黄、薯莨褐、茜草红，这些是对应矿物颜料版的植物颜料色。其中薯莨、槐花都是比较容易找到的原料，野生的茜草却多出现在河北、河南和西北人烟稀少的地方，在城市化程度高的地区找不到这些东西。而矿物颜料的矿石需要到山区寻找，那里林深茂密，原生态森林植被丰富，多数也能遇到这些植物原料。"

苏靛蓝心里浮起一丝感动，想说什么，却被陆非寻打断，他的声音显得十分冷清："不是为了你。"

楚译听见，在心里补了一句：骗鬼呢。

陆非寻一锤定音："那这件事情就这样定了。"

苏靛蓝没多想："好！我们选个时间去找原料，顺便出个大自然色彩里的过渡色卡，把草本植物染料和天然矿物石颜料做对比，做出这套'草·石本心'颜料盒。把旧传统和新创意结合在一起，让两门传统手艺都重新焕发出生机！"

楚译摇着头，目送苏靛蓝和庄清清离开。

等到人一走，楚译忍不住道："非寻哥，看不出来啊！"

陆非寻盯了楚译一眼。

楚译摸摸鼻子："人家被你套进去了，还要帮你数钱。你不是想找原料，其实是想跟她单独约会吧？还去深山老林里，啧啧……"

"话这么多，是想加班了？"

楚译虎躯一震，马上闭嘴。他想了想，又说道："不过，非寻哥，你是真的要出作品，想认真参加节目了？"

"嗯。"

"非寻哥，你变了。你这是被靛蓝打动了，还是被传统手艺打动了？"

陆非寻又盯了楚译一眼。

楚译吓得直接跑走："别别别，我这回真不说了！"

花青

告白

苏靛蓝陪着庄清清在湘城玩了两天,楚译也跟着凑热闹,三个人嘻嘻哈哈地在步行街上打闹。

庄清清走之前叮嘱苏靛蓝:"靛蓝,好好录节目,一定要记得和叔叔的三年之约。"

"好啦,我知道!"

其实苏靛蓝也有私心,矿物颜料这一门手艺真的要复兴,最终还是要靠颜料来传播。只有被人记得,这门手艺才能活起来。所以传统技艺比拼环节的作品,一定要新颖,一定要独特,一定要有内涵!

回酒店的路上,苏靛蓝突然收到一条信息,她反复看着屏幕上的图片,欣喜若狂地跑回酒店。

"陆非寻!"苏靛蓝跑得气喘吁吁,"这张照片在哪儿拍的?这上面是蓝铜矿!"

"在山里。"

苏靛蓝眼带疑惑。

陆非寻神色如常:"托朋友找了一阵子。"

苏靛蓝心里的意外变成了感动:"一般矿物颜料的矿石都出现在人迹罕至的山里,或者在已经开采的矿带上,现在都很难找了。像这种天然矿石,就算在路上被人看见了,一般人也不认识,只有熟悉矿物颜料的画家、矿工才能找得到……"有多难找,只需要简单想一想就知道。

"想去吗?"陆非寻打断了她的感动。

苏靛蓝忽地抬头:"嗯?"

"去找矿。"

苏靛蓝斩钉截铁地答应:"去!"

陆非寻朋友传来消息,矿石是在南方一片名叫鹦哥岭的原始森林里发现的。鹦哥岭是华南地区面积最大且连片的热带雨林,整片林区至今没有对外开放。

临出门找矿前,苏靛蓝还想着颜料盒的事情:"陆非寻,听说原始森林里有很多危险,去找矿石也比较辛苦。"

"嗯。"

"你……怕不怕?"

"鹦哥岭垂直带谱完整,生态类型也丰富。这座山里有许多植物颜料的原料,同时也能一次性把植物染料的原料找齐。"

"嗯?"

"所以不用想太多。"

苏靛蓝听完松了一口气,彻底变成了狂热的找矿分子。

与节目组打过招呼以后,节目组派了一位摄影师与二人一起赶赴机场。

苏靛蓝和陆非寻背着登山包一路颠簸前行。在飞机上,两个人的座位并排挨着,陆非寻闭目养神,苏靛蓝则心潮澎湃。

"不休息一会儿?"陆非寻突然睁眼。

"谢谢你。"苏靛蓝想了想道。

陆非寻抿唇一笑,什么也没说,重新合上眼。

陆非寻睡去以后,苏靛蓝的目光变得格外温柔,轻易便让人软得像一汪清水,可惜陆非寻看不见。苏靛蓝失落地笑了笑,看着他的眼神变得渴盼了起来。她其实真的好喜欢陆非寻,但是不能主动,这份心意甚至都不可以让他知道。

她是新时代的非遗手艺人,作为年轻传承人的代表,对外展现的应该是匠心精神,以及对手艺的坚持和热爱。信念是抵御时代变化的武器,她应该是维护这份纯真精神的人。冥冥中仿佛有条看不见的线,让她无法跨过去。

赶了一天路，飞机转汽车，苏靛蓝和陆非寻终于在傍晚的时候到达鹦哥岭镇。在镇上休息了一夜之后，陆非寻请了一位当地人做向导，于是连同随行的摄影师一起，一行四人开始爬山找矿。

山岭脚下，苏靛蓝穿着薄荷绿色的冲锋衣，长发扎成马尾，整个人看起来爽朗干净。陆非寻也穿着浅灰色的冲锋衣，肩上背着登山包，身上带着几分常见的冷峻和严肃。

做向导的人叫山哥，二十七八岁，黝黑壮实，性格热情，从镇上出发一直到山脚都在说话："帅哥，你让我做向导就是找对人了！我从小就爬鹦哥岭，来这儿的科研队第一次上山就是我和我爸带上去的。"

山哥说完，忍不住偷看苏靛蓝："苏小姐，你上去的时候一定要小心走。上面的路比较滑，也没有栈道，对于我们男人来说可以，对女孩来说就太难爬了。"

苏靛蓝笑着点头。

山哥看着苏靛蓝出神，回神后又担心会吓到苏靛蓝，于是拍拍胸脯道："难走也不怕，有我在呢！你需要帮忙的时候就和我说，别说让我搭把手，就算是背你上去都可以。"

陆非寻回头看了山哥一眼，冷冷地说："快走吧。"

一行人开始上山，摄影师因为要跟拍，一直走在最后面。

从山底爬上山腰的路并不难走，鹦哥岭虽然规划成了保护区，但是也偶尔有村民来上山采药。

"山里有很多好东西，光是保护动物就有几十种呢！不过我们村民不打猎，我们最爱的就是这山里的石斛。野生石斛的药用价值很高，不少人来我们这里收购，卖得可贵了！"山哥说话的语调高昂，令本来枯燥难走的路也变得轻松热闹了许多。

苏靛蓝问："山里的植物多吗？"

"多啊，几千种植物呢！你们来这里就对了，什么草都能找得到。"

"那石头呢？"

"你们来山里找石头？"

"嗯啊。"

"那我就不知道了，不过山里的石头很多，要什么样的都有。"

苏靛蓝激动地把手机拿了出来："这样的石头，山哥你见过吗？"

山哥停下脚步："好眼熟啊，好像在第二峰那边。"

"第二峰？"

"是啊，我们现在爬的是主峰，得上了主峰才能去第二峰。你们要找的就是这种石头？"

于是苏靛蓝给山哥解释了矿物颜料的事情，山哥恍然大悟："这么说来你们是艺术家？我还是第一次听说矿物颜料这种东西！这东西古时候就有了？那古人也像你们一样上山找矿石吗？"

"对啊，古时想要画画的人需要自己上山找矿石，然后拿回去研磨成粉，自己制作颜料。以前有个旅行家叫徐霞客，他在写《徐霞客游记》时走遍了大江南北，他自己就是个找矿高手。"

山哥的眼里多了几分崇拜。

苏靛蓝接着讲："徐霞客在云贵高山地区发现了品质很好的朱砂矿，他把这些朱砂矿石带回去以后，还做成了朱砂颜料送给朋友们用。"

"后来呢？"

"后来很多古代文人的颜料都做得很好，其他人就上门来求，最后求的人实在太多了，他们只好象征性地收一些制作费。到了最后，卖颜料的钱甚至比卖画还多，于是就慢慢有了颜料匠这一个行业。"

"原来这个行业是这么来的。"山哥听得入迷了，一不留神突然脚下一滑，整个人往后摔。此时苏靛蓝和陆非寻正走在他后面，只见山哥直直地朝苏靛蓝这里滑下来。千钧一发间，陆非寻伸手护住了她，并顺势把她拉进了怀里。

"小心！！"陆非寻的声音传入了苏靛蓝的耳朵里。

而另一边，山哥勉强抓住了身旁另一棵大树的树干，松了一口气。他的脸一阵发白又一阵发红："苏小姐，对不起啊！"

事情发生得太突然，苏靛蓝的脑子一片空白。回过神来后，她抬头看向陆非寻。

陆非寻的眸光深邃，似乎有点不悦。

他走到山哥身后，恰好护住苏靛蓝："接着走吧。"

之后一路上，陆非寻无微不至地保护苏靛蓝，一直将苏靛蓝护在身边。

山哥好几次回头看苏靛蓝，觉得没脸再搭讪，但同时心里也有些不服。他不是故意摔的，但是如果刚才陆非寻不把苏靛蓝拉开，也许他就真的抱住苏靛蓝了。他觉得在那种情况下，苏靛蓝应该也不会生他的气。

"小苏，你和这位先生是男女朋友吗？"

"啊？"苏靛蓝愣了一下，没想到山哥会问这个。她看了陆非寻一眼，陆非寻板着脸不说话。

苏靛蓝只好回答："不是啊。"

之后山哥总是有意无意地带着陆非寻走坑坑洼洼的路。苏靛蓝走得慢，等到陆非寻爬上来以后，苏靛蓝才跟着上来。山哥总是在苏靛蓝要爬上来时，才突然指出一旁更好走的小道说："小苏，我记错路了，往那边走半米，有一个小坡可以慢慢走上来，不用爬得那么辛苦。"

苏靛蓝觉得奇怪，这种纯天然的热带雨林，根本没有路可以走。如果山哥不指出来，他们也不知道还有更便捷的路。

陆非寻淡淡地看了山哥一眼。

山哥被这冷清的眼神吓了一跳，看见陆非寻英俊的样子心里很不是滋味——都是男人怎么差别那么大？既然不是男女朋友，为什么要破坏自己和苏靛蓝的缘分？

后面山哥没有再故意带错路，不过偶尔还是忍不住给陆非寻使绊子。

"休息一下吧。"大家爬了两个小时后，陆非寻提议道。

山哥选了一个平缓的地方停下来，看了苏靛蓝一眼，然后拿出一个杯子，热情地走到苏靛蓝面前："小苏，要不要尝尝？"

苏靛蓝疑惑地看着山哥："嗯？这是什么？"

"这就是我刚才说的石斛。铁皮石斛晒成干，然后拿来泡茶喝，药用价值很高,还能强身健体,喝一下恢复体力。"

苏靛蓝摇摇头:"谢谢啦。"

她婉拒的话还没有说完,就看见陆非寻干净修长的手递来一个崭新的保温杯。

"嗯?"苏靛蓝回头看陆非寻。

"蜂蜜水,恢复体力。"

苏靛蓝脸一红,下意识地接过陆非寻的保温杯。

陆非寻找了一旁的大树,随性地靠上去,平常的端正变成了此刻慵懒的洒脱。

山哥看到这一幕,心里更加不是滋味,但还是笑笑:"蜂蜜水也好,你们女孩适合喝甜一点的东西。"

苏靛蓝对山哥笑了笑,然后回头看陆非寻。他正低着头调试GPS,让人看不清情绪。

这会儿,扛着十几斤重的摄影器材的摄影师终于气喘吁吁地爬了上来。他被山哥坑惨了,汗如雨下,连连说道:"陆老师、苏老师,我这素材够用了。我不行了,你们还打算走多远?在山上待多久?"

"我们……"苏靛蓝有些不好意思,"不瞒您说,我们打算找到了再下山。"

摄影师腿都在抖,叹了一口气,准备接受命运的审判。

"要不然您先下山吧,找矿很苦的,而且确实不需要那么多人一直跟着。"苏靛蓝突然笑着说。

摄影师顿时松了口气,欣喜若狂:"那就先谢谢苏老师了。"

摄影师与大家告别,看着机器沿着原路返回,走之前还用余光撇了山哥一眼。山哥吓得不敢说话。

原地休息半小时,大家再次出发。没了机器的跟随,陆非寻突然握住了苏靛蓝的手。

苏靛蓝的心跳得很快:"陆……"

陆非寻的声音平缓:"山路难走。"

他都这么说了,苏靛蓝也只好让自己不要多想。

山哥回头一看，目光落在两个人牵着的手上，心里翻江倒海："再爬两三个小时，应该就能到主峰的山顶了。后面的路越来越难走，要爬好几个垂直的陡坡，陆先生你没经验，最好放开手走。"

"我是登山爱好者，攀登过美国纽约州的阿迪朗达克山脉。"

山哥颓了，只得专心带路。

山路陡峭，苏靛蓝握着陆非寻的手，感受从手心传来的力量，心仿佛也被填满了。

苏靛蓝爬到接近山顶的时候气喘吁吁，双腿打战，山哥也累得不行了，只有陆非寻看起来还如往常一样。

山哥在一块石头上坐下来喝水，皱着眉头看着天空。

现在停下来的地方已经很高了，一眼望去全是茂密的森林，已经完全看不见来时的路。

山哥皱着眉头："不好，要下雨。"

苏靛蓝也慌了。

"鹦哥岭是热带雨林，这种地方天天都下雨，不落几滴雨反倒奇怪。但是今天这云不正常，这是要下暴雨的节奏。"

"下暴雨？？"

"你们带帐篷没有？万一真下暴雨了，我们可能要在山上过一夜。"山哥的眉头越皱越紧，"下雨后山上全是蚂蟥，一不小心就会被咬到，我们最怕的就是这种东西！"

陆非寻镇定得很："这里离二峰还有多远？"

山哥想了想："爬到山顶再过去，还需要两个小时。"

苏靛蓝的心一紧："现在已经下午两点了，赶过去还要找，来得及吗？"

"说不好，这雨就要下了，还不知道要下多久。"

陆非寻背起双肩包，率先站起来："不歇了，走吧。"

苏靛蓝也跟着站起来："我们先上主峰吧。"

在场唯一的女孩都这么说了，山哥就算再不想往前走，也不好意思开口了。于是他也站了起来："行吧，我接着带你们走。"

光是这一趟上山，陆非寻就给了他三千块的向导费。山哥也感觉到自己和他们不是同一个世界的人，现在看着苏靛蓝时，眼里除了欣赏，还有了几分敬佩。

"你们手艺人真能吃苦，换作别人早喊着要下山了。你们知道下雨后的蚂蟥有多厉害吗？要是被咬得多了，还会失血过多，直接倒在山上了。"

"靛蓝。"陆非寻叫住了她。

"嗯？"

苏靛蓝停下脚步，陆非寻蹲下来帮她扎裤腿："做好预防工作。"

山哥一阵酸溜溜，陆非寻确实比他有经验很多。于是山哥只好自顾自地蹲下来，自己帮自己扎裤腿。

山哥也觉得自己太丢人了，为了找回面子，对苏靛蓝说道："我经验足，这雨还得一个小时以后才能下呢。我先带你们去爬主峰，我们走快点，说不定能在下雨之前赶到二峰。到了二峰大家先避雨，雨停了再找石头。"

天气阴阴沉沉，苏靛蓝的心情也格外沉重。大家没再多说，开始加快步伐爬山。

四十分钟后，大家到达了主峰。沿着崎岖的山路继续走了半个小时，天上开始哗啦啦地下雨了。雨下得不算大，但山里空气湿润，温度骤降，雨水打在脸上冷得不行。

苏靛蓝抹了一把脸上的雨水，认真地看着眼前的路，一步一步往前走。

山哥的表情也越来越凝重。他突然打了个激灵，觉得裤腿里很痒，于是赶紧停下来撩裤腿。一秒钟后，他从腿上扯了一只吸满了血的蚂蟥下来，恨得牙痒痒的："这该死的蚂蟥！"

他又走了一段，觉得另一边腿又痒了，果然又找到一只蚂蟥，顿时大喊："不行，这活我干不了了，我不走了！"

雨越下越大，山哥看着自己因为大意而穿得单薄的衣服，生气道：

"为了赚这趟钱,我不要命了我?这山蚂蟥光咬我一个人!"

他看着陆非寻,气哼哼地说:"我知道你有钱,但是有钱我也不陪你去了!"

"向导费再多给两千。"

山哥眼睛一亮,往地上呸了一声:"我只带你到二峰,之后找个地方去躲雨,后面的事我不陪你们干了。你们愿意找就再慢慢找,明天我再带你们下山。"

"可以。"

山哥好心劝苏靛蓝:"现在化工颜料那么多,你也别这么折腾了。矿物颜料画出来的东西再好,可是能当饭吃吗?费这么大劲,你们有钱人就是喜欢折腾!"

苏靛蓝冷得发抖,但神情坚毅:"山哥,谢谢你。"

有时候坚守一份东西,并不是为了自己。多少年来,做矿物颜料的师傅们遇到多少困难都没放弃,现在不过就是下了一场雨,她怎么会放弃?

苏靛蓝看向陆非寻,陆非寻目光如炬,清冷的身上更有一种稳重感。他没有要走的意思,苏靛蓝感到莫名安心。

既然钱也加了,山哥无话可说,只好带着一肚子苦水往前走:"这地方我熟悉,再往前走十五分钟就有几个山洞,我一会儿到最大的那个山洞里去避雨,你们是避雨还是找矿石都随意。如果找到了我们就能早点下山,说不定还能回到镇上好好睡一觉。"

苏靛蓝客客气气地说:"麻烦你了。"

大家又走了十五分钟,果然看到一个山洞口。山哥松了一口气,赶紧钻进去,进洞了以后,他还骂骂咧咧的:"太倒霉了。"

陆非寻并不搭腔,反而脱掉了身上的冲锋衣。冲锋衣防水,里面带绒的那一面衣服是干的,被他捂得很暖。陆非寻把薄绒衣脱下,递给苏靛蓝。

苏靛蓝正抱着胳膊发抖,看到伸过来的衣服,突然鼻子一酸:"你这是?"

"穿上。"

"我不要,没事,我不冷。"苏靛蓝一边发抖一边笑着说。她小巧的嘴唇颜色苍白,笔挺的鼻梁上都是水珠。

陆非寻语气低沉:"天气冷,别着凉了。"

苏靛蓝还在坚持,陆非寻突然蹲下身,伸出手帮她刮掉鼻子上的水珠。他温热的手停在她脸上的一刹那,苏靛蓝仿佛心脏骤停。她完全呆住了,任由陆非寻替她脱掉湿的冲锋衣,为她穿上他的绒衣。

温暖的感觉袭来,苏靛蓝轻吸鼻子,难抑感动。

陆非寻没有过多停留,站起来走到洞口边缘,穿着单衣向外看雨。从苏靛蓝的角度看去,洞外青翠的绿色衬着这道背影,更显得他傲岸脱俗,风骨铮铮。

山哥也看着陆非寻,感到自惭形秽。

过了一会儿,苏靛蓝的身体终于暖和起来,脱下衣服还给陆非寻。

陆非寻拒绝,苏靛蓝执意要还。

陆非寻看了一眼她脱下来的衣服:"我要出去找矿石,你也一起?"

"好,可是你的衣服……"

"我没事,女孩要注意保暖。"

苏靛蓝心里有种复杂的感情在翻滚。两个人就这么互相对望了半晌。

山哥开口道:"要不然小苏和我躲雨,你自己去……"电光石火间,他忽地对上了陆非寻锋利的眼神,想说的话又卡在喉咙里,"算了算了,你们还是一起去吧。"

苏靛蓝坚定地说:"我跟你一起去。"

走出山洞时,苏靛蓝主动抓着陆非寻的手。

二峰的地质与主峰不一样。山峦本来就是地壳运动形成的断层,地壳运动的过程中带出矿石也很正常,这里可能真的有蓝铜矿。不仅如此,陆非寻还发现了其他惊喜。

苏靛蓝站在雨中,看见陆非寻伸手去掰下一段蔓藤:"这是什么?"

"海藤。"陆非寻解释,"竹管藤黄的原料。"

"你要蔓藤带回去熬煮吗?"

"藤黄的采集方法和采漆差不多,在树干三米高的地方斜切一个口,在伤口处插上一根竹管采集树汁。现在下雨没办法采,只能等雨后了,走吧。"陆非寻放开蔓藤。

苏靛蓝抬头看着天空,黑压压一片,雨点越来越大。身后的山洞早已不见,苏靛蓝一直想着山哥说的话。

"陆非寻,你说我们能找得到吗?"

"嗯。"

"如果能早些找到,我们就能赶在天黑之前下山了。"苏靛蓝看着陆非寻身上单薄的衣服,"这样大家就不用在原始森林里待一夜了。"

苏靛蓝开始聚精会神地找,双手拨开草丛,频繁蹲下又站起,期间险些被蚂蟥咬到。

陆非寻看着苏靛蓝,她明明害怕到咬着唇,但却一脸倔强的模样。他脑海里浮现出她在大学校园里堵人的样子。他笑了一下,漫天大雨里,他也不觉得那么冷了。

突然,苏靛蓝蹲下来大喊:"陆非寻,我找到了!你来看看这是不是?!"

陆非寻俯下身,见苏靛蓝手里握着一块比鸡蛋还小的石头,在阴暗的光线里,隐约露出了紫蓝的颜色。

"真好。"

苏靛蓝非常兴奋:"这附近一定还有!"

两人围绕这片区域找了将近半小时,找到三块这样的石头。

雨越下越大,砸得人看不清周围,陆非寻拉住处于兴奋中的苏靛蓝:"雨太大了。"

"嗯?"

"先回去,在山里住一夜,明天雨停了再出来找。"

"好!"忽然,苏靛蓝感觉到陆非寻的手一片滚烫,"你发烧了吗?"

陆非寻不说话。

苏靛蓝紧张地去摸陆非寻的额头,冰凉的雨水灌下来,指尖除了冷什么都感受不到。

"我不找了，我们赶紧回去。"

两人回头时，发现雨下得太大，已经完全迷路了。

陆非寻声音嘶哑："那边有个山洞，咱们先过去躲雨。"

苏靛蓝着急去拉陆非寻的手，他的体温烫得她脑里一片空白。苏靛蓝在心里说了一百遍对不起。

陆非寻走进山洞，将身上的冲锋衣脱掉，从背包里拿出保温杯，靠坐在岩石上喝水。

苏靛蓝再次去摸陆非寻的额头："你真的发烧了！"

"没关系。"

苏靛蓝自责道："都是我不好，如果不是因为你把衣服给我穿，你不会发烧的。"

陆非寻皱着眉头，看着苏靛蓝自责的样子，他想安慰她，头却昏昏沉沉的："雨太大，我休息一会儿。"

陆非寻说完，很快睡着了。

苏靛蓝看着他沉睡的样子，伸出手想碰碰他的眉头，却停在原地。

所谓近乡情怯，大概就是如此。

苏靛蓝抿了抿唇，把衣服脱下来盖在陆非寻身上。一阵湿冷的山风袭来，她一下子就被冻出鸡皮疙瘩。于是她抱着胳膊，轻轻靠在陆非寻身边。他的体温烫得吓人，身上的衣服不足以御寒，在睡梦里眉头紧锁，唇色泛白。

这是她第一次见到他这么狼狈的样子，可正是这样，才说明他有保护她的力量。

他把她照顾得这样好，可她能为他做些什么？

苏靛蓝咬咬牙，趁陆非寻睡着了，轻轻地抱住他。

陆非寻在睡梦中感受到一阵温暖，清香入鼻，紧锁的眉头渐渐放松。

不知过了多久，陆非寻慢慢转醒。

外头的天色已经黑了，洞内更是没有一丝光亮。陆非寻感觉到怀里有个人，低头一看，看到苏靛蓝正穿着单衣抱着自己，而自己身上盖着所有的绒衣。

陆非寻心里有莫名的情绪在翻滚，在野蛮发芽。

苏靛蓝从梦中惊醒："你怎么样了？烧退了没有？好了点没有？"

陆非寻眸色冷清，眼底却烙着一片热火。没等苏靛蓝把话说完，直接把她再按回怀里。

苏靛蓝被巨大的力道往前带，撞进陆非寻胸膛间。她慌张地想要逃离："我去给你拿水。"

陆非寻沉默地拦截，感情喷薄而出，直接低头吻住了苏靛蓝的唇。

苏靛蓝惊得睁大了眼睛！

陆非寻伸出手覆在苏靛蓝的眼睛上，同时撬开她的唇，舌头滚了进去。苏靛蓝完全蒙了，被动地承接，呼吸交缠。她的手拽着他的衣领，越拽越紧，最后沉沦在这个吻里。

不知过了多久，陆非寻松开了她。

苏靛蓝红着脸，跑到另一边坐下。

陆非寻看见她这样，声音沙哑，透着点无奈："靛蓝。"

"没关系！"苏靛蓝急忙说，"我知道你发烧了，自己也不知道自己在做什么。我……我会当作什么也没发生，你也不要在意。"

陆非寻心里有些堵，低哑磁性的嗓音在山洞内回响："苏靛蓝。"

苏靛蓝低着头，看不清表情："我知道你只是一时兴起。"

陆非寻皱着眉，直接拖着疲惫的身体站起身，走到苏靛蓝面前。在她抬头看他的一瞬间，陆非寻俯下身再次吻下来，稍带凉意的薄唇决然地碾过她的唇。

如果说刚才是意外，那么这次绝对是刻意的！

苏靛蓝用力推开他："你……你知道你在做什么吗？！"

"我知道。"

"你知道什么？！"苏靛蓝简直要气得哭出来。

"我喜欢你，想要你，想拥有你。"陆非寻深沉的目光中带着野性，"我向来清醒，知道自己想要什么，在做什么。"

他素来冷静，可刚才看见她将单薄的身体缩成一团，紧紧地抱住自己，那一瞬间，心里仿佛有一团火燃了起来，一切理性与克制，他都不想再遵从。

"苏靛蓝，你愿不愿意和我在一起？"

"什么？"

"当我女朋友，和我谈恋爱，和我结婚。"

苏靛蓝彻底傻掉了。

山洞外的雨淅淅沥沥，陆非寻凝视着苏靛蓝。

她的脸变红又褪了色，彻底失声了。她不断想到两个人在德顺堂的日子，而这一刻仿佛像梦一样。

苏靛蓝沉默了一整夜，雨淅淅沥沥下个不停，陆非寻也不说话，两个人无声地坐着。

直到晨光熹微，光线从洞外落进来，苏靛蓝才终于开口："天亮了，外面雨也停了，我们去找山哥吧。"

她犹豫了一下，还是伸出手去摸陆非寻的额头："你还烧不烧了？"

陆非寻牢牢把这只手握住。

苏靛蓝想抽开，却被紧扣着。她诧异地望着陆非寻，看到他如雾霭般沉沉的目光。她挣扎了两下，最后任他十指紧扣。

陆非寻反而笑了："这算答应了。"

苏靛蓝不说话。

陆非寻突然温柔地抱住她，他的下巴紧贴在苏靛蓝的额间："就这样定下来，同意了，好吗？"

"嗯……"

苏靛蓝的心跳紊乱，经久不息。

回到原来的地点，山哥早就从山洞里出来了，正在焦急地等待苏靛蓝与陆非寻。

见到人后，山哥迎上来："你们没遇到危险吧？我还以为你们出什么事了。这一趟太遭罪了！"说完，他突然看到苏靛蓝和陆非寻紧扣的手,"你们……"

陆非寻没有理会:"走吧,矿石找到了。"

"你们……"

苏靛蓝也红着脸说:"山哥,我们赶紧下山吧!"

下山时,陆非寻采了一些蓼蓝草和茜草送给苏靛蓝。

苏靛蓝手里捧着一大把植物染料的原料,她看着手里绿色的叶,蓝色和红色的花,脸上藏不住的愉悦。

山哥怪里怪气地说:"这草挺好看,你们搞艺术的人果然不太一样,还挺有野趣的啊!"

苏靛蓝只笑不说话。

回到镇上,山哥拿到酬金就走了。苏靛蓝与陆非寻回到酒店换洗,第二天匆匆赶回湘城。

这一次的准备时间很长,第十一期节目在一周后才开始拍摄。节目里其他嘉宾都放假回家,或者各自准备比拼作品去了,大多数都不在酒店里。

陆非寻退了烧,但是仍然咳嗽,苏靛蓝煮了一碗姜汤端进他的房间。

"这是什么?"

"姜汤。"

陆非寻皱了皱眉。

"快点喝了它,喝了才能好得快!"

"不喝。"陆非寻压低了声音,"我可以被爱治愈。"

苏靛蓝一脸红晕:"可是我比较相信科学。"

陆非寻看着她的表情,再看看碗里黑乎乎的汤汁,叹了一口气,终于让步:"端过来吧。"

苏靛蓝开心地走过去,结果却被搂进一个宽厚的怀抱中。陆非寻当着她的面喝了一口,然后又低下头,扣住她的脑袋亲了下来。

温暖的姜汤滚入苏靛蓝喉间,苏靛蓝眼睁睁地看着陆非寻的魔鬼操作,懵得说不出话。她的心怦怦跳,根本抵挡不住这种攻势!

陆非寻一挑眉毛:"一起喝。"

苏靛蓝一边擦嘴一边红着脸低头，低得都快靠在陆非寻的胸膛上了："你不能这样……"

"药还要喝吗？"

苏靛蓝彻底把头埋在陆非寻的怀里："你再敢……这样耍流氓试试。"

陆非寻沉沉地笑出声，把她的下巴轻轻一抬，按在窗边又抵着墙轻轻吻住。

苏靛蓝抓着他的衣服，感受着他身上的温度，心驰神往。

节目开拍前的一天，刘东昇来找苏靛蓝："小苏老师，最近《留住手艺》前三期播出反响特别好，你能不能和观众做一些互动？"

苏靛蓝不解地看着刘东昇，刘东昇只好笑道："上次不是把你和小陆拿来做噱头，网友组了个CP嘛，最近有很多网友呼吁，希望为你们办点线下活动。"

刘东昇怕苏靛蓝不答应，苦口婆心地劝道："节目组想让你和小陆一起做个公众号和短视频直播。我知道你在网上……但是小苏啊，你们是非遗传承人，咱们做节目的初衷就是想让更多人了解非遗，支持非遗。这么多好手艺为什么起不来？就是因为关注度不够，经济效益不够高，资本不肯进来。只有大家都重视了，这些传统手艺才能活起来……"

"刘导，您说的这些我都知道。我也有做非遗线下互动的打算，借助节目的力量去推广我们的非遗文化。"

"那就再好不过，那你和小陆克服一下困难？你们俩一起……"

后面刘东昇说的话，苏靛蓝没怎么往心里去，她现在满脑子都是陆非寻。

最近她催促陆非寻吃药都会被捉弄，偶尔牵手，偶尔拥抱，她觉得喜欢，但又感觉这种相处方式太陌生，所以这两天干脆躲着陆非寻。

此刻苏靛蓝终于下定决心："那我去问问陆老师吧。"

刘东昇很高兴地走了，苏靛蓝却有些发愁。

她踌躇了一下，还是跑去敲陆非寻的门。

看见躲了自己两天的苏靛蓝，陆非寻的眼睛笑得弯弯的："你怎么来了?"

"来找你商量点事。"

陆非寻张开双手。

苏靛蓝:"嗯?"

"抱一下。"

苏靛蓝脸又红了:"你……你到底是去哪学的这些招?怎么这么不正经。"

陆非寻音色寡淡:"网上。"

"哎……"苏靛蓝只好把话题带回到节目上,"刘导想让我们一起做线下互动。"

"好,完全可以。"

苏靛蓝很诧异:"你怎么答应得那么快?!"

"因为是女朋友在提要求。"

苏靛蓝再一次陷入沉默中。

陆非寻看着苏靛蓝纠结样子,嘴角一直往上扬:"你不是一直都很想把矿物颜料做大做好吗?这是一次很好的机会。线下互动,对于上节目来说,又多了一种推广宣传的渠道。"

"我知道,但是……"苏靛蓝低着头,一直在犹豫要不要说出心里话。

"怎么?"

苏靛蓝鼓起勇气:"我知道你并不喜欢上节目。"

"没关系。"

"嗯?"苏靛蓝抬起头。

"因为是你,所以我可以。"

苏靛蓝被这不算情话的情话搞得鼻子发酸:"喂,你的每一任女朋友,你都这么宠着吗?"

陆非寻不说话,只是伸出手,苏靛蓝落入了一个温暖的怀抱。

过了好久,陆非寻才说道:"之前没有谈过恋爱,这些年让我动心的人只有你。"

苏靛蓝突然捂住心口挣脱,坐在了窗台边。

"过来。说点正事。"

苏靛蓝只好又扭扭捏捏地走过去。

陆非寻帮苏靛蓝做分析,决定要用什么样的形式和观众进行互动。

苏靛蓝说:"我觉得可以用非遗小课堂的形式,这样利于传递一些知识点,干货比较多。"

"嗯。"

"还可以像你刚才说的那样,用一些新颖的传播方式,例如短视频APP,或者直接做直播交流。"

"都可以。"

苏靛蓝双眼闪闪发亮:"还可以进行跟拍。"

陆非寻补充道:"非遗活动走进福利院。"

"嗯?"

"文化传承与爱心公益相结合,具有双重的社会意义。"

苏靛蓝不禁感慨:"陆非寻,你真的好厉害!"

陆非寻本来一本正经,但他看到苏靛蓝一脸崇拜的样子,心好像被什么东西撞得软了一下,笑着摸了摸苏靛蓝的头。

茜草

创新

经过全网线上与线下的宣传,在节目组的精心组织之下,苏靛蓝与陆非寻的青年传承人"非遗小课堂"正式开班。

在搭建好的直播间里,苏靛蓝和陆非寻坐在一幅青绿山水画背景板前,一侧是两人一会儿要上课用的工具,操作台上放着加热炉、锅、镊子、胚绸等。

直播平台上,闻讯而来的观众一直在踊跃留言。

"不是吧,真的开非遗课堂了,这还是第一次有传承人给我们上课呢。"

"好激动!是男神陆老师亲自来讲课啊!我要开始做笔记了!"

苏靛蓝看着屏幕上不断刷新的弹幕,拿着稿子的手抖了一下。

桌子下,一双温热的大手探了过来,牢牢握住苏靛蓝的小手。苏靛蓝装作不经意地看了陆非寻一眼,又匆忙移开视线。她心里明白,他的掌心传递给了自己安定的力量。

直播正式开始,苏靛蓝和陆非寻与观众们打招呼。

"观众朋友们,大家好,我是《留住手艺》的矿物颜料非遗传承人苏靛蓝。"

"陆非寻。"

苏靛蓝的介绍真诚又热情,而陆非寻的风格依旧简短利落。

屏幕里的弹幕一直往上刷,观众们一起尖叫:"啊啊啊啊……"

苏靛蓝紧张的心情反而被这些网友搞没了,轻轻笑出了声。她赶紧绷住脸,但是嘴角一直往上翘,这副模样更招人喜欢了。

弹幕里有香粉觉得陆非寻话太少："陆老师，我是您的粉丝啊！您可以多说几句吗？"

陆非寻："好。"

弹幕："啊啊，陆老师，您放心我一定好好听。我热爱中国传统文化，我热爱非遗传承人，尤其是爱您这么优秀年轻的传承人。"

陆非寻面无表情："课上完后，大家再互动。"

弹幕安静了下来，原本刷新个不停的留言，突然只剩下一片马甲名。大家一起发空格表示互动，整个直播间热闹又异常安静。

看不见扰人心思的留言，苏靛蓝慢慢镇定下来。她那清澈的声音在直播间内响起："今天我们为大家讲述矿物颜料与香云纱的前世今生，还会教大家制作扎染工艺品，用天然的颜料自制彩帕伴手礼。"

苏靛蓝看了陆非寻一眼，微笑着说："染整环节，会由陆老师亲自为大家示范。"

本来安静的弹幕顿时又炸起来了："啊啊啊！陆老师好帅！！"

授课正式开始，整节课几乎都是苏靛蓝在讲，陆非寻偶尔配合。

"中国古代染色所用的染料，基本都以植物染料和矿物染料为主。在天然染色的过程中，使用植物染料的次数最多，植物染料的用途也是最广泛的。矿物颜料可入画，植物染料可入衣，两者看起来相隔很远，但其实同属一家。只不过在时间的沉淀下，经过融合与发展，形成了完全不同的制作技艺。

"非遗的特别之处就是，这些技艺大多数都是古代人民的思想结晶，是衣食住行文化的体现。香云纱是闽南手艺人的杰出创作，备受沿海地区渔民的青睐……

"下面我们请陆老师为大家介绍一下植物染料的知识。近年来陆老师的德顺堂也在研制香云纱新品，让他为我们科普一下植物染料的种类。"

桌子下面，苏靛蓝轻轻碰了碰陆非寻的手背。而陆非寻反握住她的手，紧紧扣住还捏了捏。苏靛蓝的心都颤了，生怕被工作人员发现。

直播镜头下，陆非寻面色平常："古代可以用作染料的天然植物很多，树根、树枝、树皮、果实、果壳等也可以拿来做染料，鲜花、干花、花叶以及一些中草药、茶叶、野草也可以拿来做染料。其中一些还可以用作绘画颜料。"

弹屏又骤然猛增："啊啊啊！陆老师科普的样子好帅！满满的干货！我都迫不及待开始看后面的示范环节了。呜呜呜，为什么这不是录制播出呢？没办法快进啊！"

陆非寻声色淡定，宛如在课堂里讲课，绝不多说一句，也绝不漏掉任何一个知识点："一些果皮、果汁甚至是一些动物及其附属品，例如紫胶虫、墨鱼汁等也可以用来染整。古代人们染制灰色，还会用草木灰和淤泥染制，这是最古老的染色方式。

"古人将沉淀多年的淤泥涂抹在棉布上，随后放在阴凉处封闭两天，染整之后取出，洗净后就能得到灰褐色。

"你们常吃的石榴也可以用来染色。吃完后将石榴皮留下，放入水中煮开，再下棉布，佐以搅拌，能够得到淡黄色的棉布。除了石榴皮，古人还会拿槐米染黄色。古时槐花飘香的季节，常有人拿钩子在树下采槐米，用来染布。"

苏靛蓝一脸欣赏地看着陆非寻。

"高粱壳、石榴花、茜草根、指甲花可以染淡红色。栗壳，莲子壳和乌桕可以染黑色。顺便提一下，在古代，黑色也叫足青、包头青。这些土法染布，都是人们在生活中积淀下来的知识。"

非遗小课堂结束，进入示范环节。

弹幕："没想到陆老师第一次露一手，竟然是在互动环节，啊啊啊！好激动嗷！"

网友们频繁刷屏，苏靛蓝退到了一边。

直播镜头下，陆非寻走到操作台前，教网友们怎么制作伴手礼："扎染技艺与染整技艺结合在一起，可以产生奇妙的化学反应。"

说着，他拿起一张棉布，用事先备好的橡皮筋扎出几个花样。同时，继续用清淡的音色进行讲解："扎染有六种基本方法，折叠扎法、环形扎法、辫子扎法、打结扎法、多点扎法、夹染扎法。"

陆非寻挨个示范,打开炉灶,将石榴皮下锅熬煮。不一会儿,锅里的水渐渐变黄。他把扎好的棉布放入锅里,做完之后忽然看了苏靛蓝一眼。

苏靛蓝本来正看得津津有味,突然被这道意味深长的目光吓了一跳。她赶紧对陆非寻露出笑容,有点乐得清闲的意思。

"苏老师。"陆非寻并不打算放过苏靛蓝,"你过来帮我拿着镊子。"

苏靛蓝听到陆非寻的话,心里松了一口气:"好!"

镜头拍不到的时候,苏靛蓝埋怨地看了陆非寻一眼。

陆非寻看着她气恼的样子,觉得好笑,慢条斯理地说:"帮我看着炉灶,再煮十分钟,一会儿用镊子取出来。"

"好。"

弹幕再次飘过:"苏老师今天其实也很少话啊,你们发现没?"

"苏老师对陆老师没什么意思,大家都是非遗传承人,哪像一些人想的那样!"

"你们这些人,搞得老师们都不好相处了。"

弹幕上两派人各执一词,苏靛蓝看到屏幕上不断刷新的评论,忍不住偷偷看了几眼。幸好大多数人更关注非遗技术本身,比起八卦情感,他们更关心今天讲到的知识点。苏靛蓝心里涌起一丝小庆幸。

苏靛蓝的目光挪回到陆非寻身上,突然惊了一下——他站在光影里,正低头处理一块棉布。他做得很细致,那一脸认真的模样,英俊得无与伦比。

陆非寻处理好,风轻云淡地走回来,将棉布放到烧滚的锅里,并对着镜头说:"夹染扎法。"

弹幕上的争执已经结束,大家都很关心锅里的棉布怎么样了。这就像是一群学生在上化学实验课,大家第一次近距离接触这些传统技艺,很想知道最后能得到什么样的成品。

在直播间几十万人的注视下,陆非寻接过苏靛蓝手中的镊子,把他最后放进去浸染的棉布取出。

一共六团棉布,依次是刚才介绍过的六种基本扎染方法。陆非寻挨个将前五个解开，把棉布摊平，各式各样的纹路出现在棉布上。

这回不仅是弹幕炸了，连现场协助直播的工作人员也觉得很惊奇。

编导说："没想到石榴皮也能染布，还能整出这么多花样。"

"以前古人穿的衣服，上面的花样也是这样做出来的？生产技术不发达的年代，真的都是靠巧思和耐心。"

"中华文化太神奇了！"

一番感慨后，大家注意到，还有一个棉团没有摊开，正是采用夹染扎法染制的那个。

苏靛蓝看了一眼屏幕上的弹幕，小声提醒："陆老师，还有一个。"

"嗯。"陆非寻冷静解开。

苏靛蓝看到这块棉布上的花样时，感到整颗心脏都骤停了。

无论是现场的工作人员，还是在线观看直播的观众们，大家也都惊呆了。

只见这块淡黄色的棉布上，隐约出现了"靛蓝"两个字。

现场没人敢问这是什么意思，但弹幕一秒钟内刷了几百条："啊啊啊啊……"

最后这场直播怎么结束的，苏靛蓝都记不起来了，只觉得从那一刻起整个人都晕晕沉沉，仿佛踩在云端里，一切都变得好不真实。

走出直播间，苏靛蓝在走道里拦住陆非寻。四周没有人，只有苏靛蓝疑惑又紧张的声音："你知道你在做什么吗？"

"知道。"

"你怎么能……"苏靛蓝红着脸，绞尽脑汁想形容词，"怎么能弄出靛蓝两个字呢。"

"为什么不能？"

"因为这是我的名字啊！"

陆非寻脸上却挂着淡淡的笑意："所以呢？"

苏靛蓝急得想跺脚，用心解释："我怕大家会误会。"

"误会什么？"

苏靛蓝被问住了。

"误会我们的关系？本来也是真的。"陆非寻说完，牵住了苏靛蓝的手。

苏靛蓝感受着手里的温度，愣了一下，没有推开，反而勇敢地反握住陆非寻的手："唉！不过大家知道以后，我又要挨骂了。"

"不会，一切都是我在主动。"

两个人一直牵手往外走，出了湘台大楼，外头绿意葱葱。

苏靛蓝突然停下脚步问陆非寻："陆非寻，你想公开吗？"

"你想不想？"

"不想。"

"为什么？"

苏靛蓝突然低下头，露出为难的神色，看着让人觉得心疼。

陆非寻喉结滚动："你不想让别人知道我是你男朋友？"

"不是。"苏靛蓝用心解释，小声地说，"感情是自己的事情。一方面是现在情况特殊，不想再给我爸添麻烦；另一方面是和你在一起谈恋爱，容易让人觉得不太真实。"

"苏靛蓝，我也只是个平凡人。"

"那也是很个优秀的平凡人。"苏靛蓝抬起头，眼里有笑意在闪，"我只是觉得恋爱也像是做手艺一样。从前师傅教徒弟，徒弟还没出师时，从不对外宣称自己是传承人，只说自己是哪门手艺的学徒。就像我现在一样，我还不算矿物颜料传承人，只能一直自称手艺人。"

"然后呢？"

"实力不足时，会容易没有底气，总觉得自己还不够好。对自己有要求，大约是每一位手艺人的通病。有匠心就会精益求精，不想妥协，不想低头，总觉得还可以做得更好一些。"

苏靛蓝目光真诚，看着陆非寻："谈恋爱也是这样，总觉得还可以等一等，等自己变得更好时，再光明正大地站在那个人旁边。至少在世俗的意义里，恋爱双方的社会地位不应当有太大的差距，起码要旗鼓相当。"

陆非寻愣了一下,沉默地伸出手,轻轻点了点苏靛蓝的额头:"你病得太深了。"

苏靛蓝不干了,笑道:"我怎么就病得太深?"

"职业病。"

"我没有职业病……"

"恋爱也谈匠心精神。"

"精益求精才会做事情认真啊,说明我很认真地在面对我们的感情,我想要和你一起走得更远。"

陆非寻心中微微动容,伸出手捏了捏苏靛蓝的脸。

苏靛蓝摸了摸自己被陆非寻揉乱的头发,脸也被捏红了,嘟着嘴,一脸娇嗔。

陆非寻沉静的眼底波澜晃动,从感动变成想笑。

苏靛蓝问:"你想公开了?"

陆非寻轻轻一声:"嗯。"

有个人那么努力,那么可爱,那么好,他也有私心,也会想让全世界都知道,那个人是属于他的。

线下互动效果特别好,当天就上了热搜。梁波和符金花在酒店下面的公共区域散步,碰到下来买东西的苏靛蓝,于是喊住了她。

梁波笑眯眯地问:"靛蓝丫头,听罗老师说,小陆跟你表白了?"

符金花劝道:"哎哟,你怎么问年轻人这个问题哦!"

"怎么了嘛,老姐姐,那我该怎么问?罗老师不是说网上都传开了嘛,说小陆染了一块布,上面搞了个靛蓝的名字。"梁波转向苏靛蓝,"你们是不是在一起啦?"

苏靛蓝支支吾吾:"梁老师、符老师……"

符金花连忙来解围:"你别再说了,把人家小丫头的脸都弄红了。"

"陆老师那只是在做实验呢!"苏靛蓝害羞地解释,生怕梁波和符金花问下去,她就真的忍不住承认了。

苏靛蓝回到客房区,想了想还是先去找陆非寻。进了房间,她看见陆非寻在打电话，于是安静地等。

房间里只有陆非寻的声音："嗯……不是。德顺堂旗下没有这个品牌。好。"

半个小时以后，陆非寻挂断电话，往苏靛蓝这里走来时眉头紧皱着。

"怎么了？"苏靛蓝坐在沙发上，抬头看陆非寻。

"没事。"

苏靛蓝回忆刚才听到的内容，担心地问："你工作上遇到麻烦了？"

陆非寻没回答，反倒问："你怎么来了？你想我了？"

苏靛蓝顿时两眼放空："啊？谁想你了?!"

"要不然为什么特意过来？"

"我路过不行吗？"

陆非寻一扫刚才的阴霾，笑着问："你的房间在楼下，请问怎么从七楼路过到八楼，嗯？"

"陆非寻！你……你没听过一句话叫作看破不说破吗？"

"好了。"陆非寻靠近苏靛蓝，低声说，"我也想你了。"

苏靛蓝一肚子的火气，蓦地被暖化成一潭春水。

第十一期录播在即，刘东昇在嘉宾微信群里和大家聊天："只剩下最后两期节目了，各位老师的作品都完成了吗？"

群里大家积极回复，几乎都说完成了。

罗超最活跃，也最会讲客气话："这次我和关老师的作品，绝对会让大家眼前一亮！"

刘东昇听了很高兴，发了一段语音："期待罗老师和关老师的作品！"说完又问，"小苏和陆老师那一组呢？"

群里只有这一组没答。陆非寻话少，但是苏靛蓝为人开朗，不会故意不回答，除非……

果然，苏靛蓝说："刘导，我们还差一点，不过录制当天一定会给观众交出满意的答卷。"她回复的也是语音，大家放出来听的时候，只觉得这声音软糯清甜，听着就是一种享受。

刘东昇叮嘱:"别出岔子。"

苏靛蓝回复了一个笑脸表情:"好的,不会。"

因为明天的录制时间是早上八点,苏靛蓝已经换好睡衣,打算今晚都不出去了。她走到小客厅去把今天收到的箱子打开,里面是一份包装严实的纸刻材料。苏靛蓝定制了一个纸刻礼盒,今晚需要连夜赶工把它做出来。

纸刻起源于剪纸艺术,在剪纸的基础上充分运用刻刀的优势,剪刻出更加细腻的刻纸作品。后来市面上常见的镂空包装盒就是源于纸刻艺术。

苏靛蓝正准备开工的时候,门铃响了,她赶紧把东西放下去开门。

看到门口站着的身影时,苏靛蓝有点慌:"陆非寻?"

"在做什么?"

苏靛蓝心虚:"没有,准备睡了。"

陆非寻看了一眼苏靛蓝身上的睡衣,捕捉到她气喘的状态,低声说:"群里的消息,我看见了。"

"嗯?"

"作品不是完成了吗?"

从鹦哥岭回来近两周的时间里,他们一直在准备手艺比拼的作品。可以说除了与观众互动以外,其他时间都花在制作颜料盒上了。今天下午,两人在湘台录制创作过程时,苏靛蓝还亲手将矿物颜料与植物染料放进锦盒中,为这一次创作画上句号。

陆非寻想了想:"是又有了新的想法?"

苏靛蓝迎上他探究的目光,腼腆地说:"我是在放烟幕弹呢,先告诉他们还没做完,后面给刘导一个惊喜。"

陆非寻微皱眉头。

苏靛蓝又赶紧说:"大家已经相处那么久了,刘导人挺好的。其他传承人老师都年纪大了,大家都说的是实话,不太好玩,所以……我想给他们留个悬念。"

"嗯,也好。"

苏靛蓝终于松一口气，问："你特意下来，就是为了问这件事吗？"

陆非寻笑了："不是。"

"那是为什么？"

陆非寻突然伸手摸摸苏靛蓝的头："睡前下来看看你。"

苏靛蓝心里一暖，被甜得晕晕沉沉。

陆非收回放在她头上的手，往前一拢，将她拽进怀里。下一刻，温热的吻落下去。他人是冷淡的，吻却是温暖的。低沉而有磁性的声音在苏靛蓝耳边响起："晚安。"

苏靛蓝被亲得心怦怦跳。

陆非寻离开后，房间里又恢复安静，苏靛蓝缓了好一会儿才重新找到工作的状态，把藏起来的纸刻材料包拿出来。她手上拿着刻刀，感觉唇上暖暖的，仿佛还有陆非寻的味道……

明天录制的确有个惊喜，只不过这个惊喜不是给刘东昇准备的，而是给陆非寻准备的。

第十一期录制因为有投票互动环节，所以开设了直播通道，同时还邀请了近千名幸运观众来现场观赛。湘台把这次录制安排在最大的演播厅里，此刻灯光全开，仿佛走上了星光大道。这是中国传统手工艺者历年来受到的最高礼遇。

节目请来当红主持人何晏做主持人："现在有请我们的手艺人上台！"

六位手艺人盛装登台。

苏靛蓝穿着一条月白色红梅旗袍，旗袍将她漂亮的身段勾勒出来，台下的观众也被惊艳到了。

大家分组站好。因为彼此都很熟悉，穿着一身隆重的黎族服饰的符金花对苏靛蓝说："还是年轻人好看，但是比手艺，我和老梁不会输的，你和小陆要加油啊。"

罗超也说道："我和关老师这次也拿出了撒手锏。节目组给了十四天的制作时间，我们花了十天的时间，走了六家博物馆，这次的作品肯定诚意最满，分量最重！"

何晏第一次接触到这么多非遗传承人，所以也觉得很新鲜，语气充满好奇："观众们一定很想知道各位老师都给大家带来了什么作品，刚才老年组的老师和中年组的老师都发表了对战宣言，那么我们的青年组传承人呢？"

《留住手艺》虽然是一档全民文化综艺，但年轻观众还是占了大部分，于是听到何晏的话，台下的"香粉"和"颜粉"们热情地鼓掌，四周传来了阵阵欢呼声。

此时，何晏在舞台上看着苏靛蓝和陆非寻，把话题往他们身上抛："苏老师、陆老师，你们看台下观众的呼声那么热烈，有没有什么想说的呢？"

苏靛蓝看了陆非寻一眼，陆非寻站得笔直如一棵青松，他冷淡的眼神看过来，示意由她做代表。

苏靛蓝拿过话筒，对观众说："希望大家能够期待我们今天带来的作品。符老师和梁老师去了民间采风，罗老师和关老师去博物馆里挖到了宝藏，而我与陆老师……"苏靛蓝卖关子，轻轻笑了一下，"我们俩跑到热带雨林去探险了。"

何晏颇具专业水准地应和："哦？热带雨林？"

苏靛蓝笑得脸颊微红："矿物颜料与香云纱都出自大自然，所以今天我们作品的所有原料都来自大自然。它们是我和陆老师亲自到深山老林里找出来的。"

何晏恰到好处地接道："哦？有没有发生什么故事？"

台下观众尖叫声四起。

苏靛蓝下意识地看了陆非寻一眼，轻轻说："的确有很特别的故事。"

陆非寻的站姿变了样，他凝视着苏靛蓝，清冷的眼多了几分炙热。

苏靛蓝继续说道："那是一段特别难忘的经历，所以这个作品对我们也有特别的意义。"

台下传来阵阵尖叫，何晏急忙控场。

苏靛蓝俏皮地转了话头："因为想到是要献给全国支持非遗文化的观众的礼物，所以特别用心，这才是这个作品最大的意义，也是对我们来说最特别的创作故事。"

台下近千名观众一起自发鼓掌,气氛逐渐热烈了起来。

接下来的环节是播放创作纪录片。大屏幕亮起,全部观众都可以看到传承人们这些天的创作过程。

符金花和梁波到泾县去找一种特殊的纸,他们这次的作品主题是纸绣,即把纸和刺绣结合在一起,在纸上绣出精美的黎族图案。这是两项非遗技艺的首次结合,十足新颖,完全看不出创意出自两位头发花白的老人。难怪符金花一改第一次上节目时的愁相,《留住手艺》这档节目焕发了她的艺术生命力,也让她和梁波重新找到作为手艺人的自信。

罗超和关剑军的创新作品是錾刻三足鼎。纪录片里,两个人出发去往不同的博物馆。在博物馆的昏黄灯光下,他们在无数青铜器前留下剪影。关剑军用手机拍下一个战国时期的錾刻青铜器,上面有一百多个人物造型,呈现了一个热闹的生活、劳作的场景。而罗超则精心用竹篾和铁片一起编制了一只三足鼎,这个足足一米多高的鼎花费了他不少心思。关剑军把文物上的花纹,錾刻到鼎上。在镜头特写下,展现了关剑军非凡的錾刻技艺,和罗超精湛的编织水平。

前两组作品展示后,观众们已经受到了极大的震撼,有人开始为苏靛蓝和陆非寻的作品担心起来。

何晏说:"听说矿物颜料和香云纱这两种东西已经在节目里进行过创意结合了,苏老师和陆老师这一次的作品能不能给观众眼前一亮的感觉?我觉得难度很大啊。"

何晏很想让陆非寻说点什么:"陆老师,你有没有信心。"

陆非寻:"有。"

何晏第一次遇到这么少话的嘉宾:"可以请您谈一谈创作思路吗?提前透露一下。"

"打破常规,元素重组。"

何晏很惊喜:"陆老师的意思是会一改我们常见到的矿物颜料与香云纱的状态?保留核心元素,以全新的形态出现?"

陆非寻清了清嗓子,低沉的声音投进扩音器,传到在场每个人的耳朵里:"中国的传统文化在几千年的传承过程中,除了有坚守,还有融合。"

何晏:"哦?"

大家也都竖起耳朵听。

陆非寻继续说道:"每一个朝代,即使是同一种艺术形态的作品,也会出现不同的创作元素,这些创作元素体现了当时的文化趋势。如雍正年间的花瓶单一素色较多,纹样简洁优雅,而乾隆年间的花瓶色彩隆重,纹样复杂,有种富贵之美。现在是二十一世纪,人们图新、图变,生活有日新月异的变化,所以对于艺术的审美也不尽相同。在这种包容的态度下,传统艺术的呈现方式也有更多的载体与可能性。"

何晏被陆非寻的学识震惊,笑道:"看来青年传承人会给我们带来完全创新、打破常态的作品。而且,陆老师不是少话,而是大家没谈到点子上。我知道了,下次想听陆老师的声音,得多谈谈学术问题。好了,让我们来看看最后一个纪录片。"

苏靛蓝在旁边笑了,台下也传出阵阵笑声,演播厅内的气氛顿时特别好。

随着纪录片的配乐响起,画面里首先出现两道秀欣的身影,陆非寻和苏靛蓝背着登山包走向机场安检口。镜头切近成特写,苏靛蓝素颜办登机牌,陆非寻则站在一旁,此刻这二人不像手艺人,而更像是探险家。随后还出现了他们在山路上艰难跋涉的样子,这是他们出发当天节目组跟拍下来的画面。

紧接着镜头一切,播放找到矿石后苏靛蓝与陆非寻一起在工作室里制作颜料的画面。苏靛蓝将从深山老林里找到的蓝铜矿洗净、敲碎、研磨、过滤,几十道重复枯燥的工序之后,终于得到了那么一丁点矿物颜料。

而一旁,陆非寻则将薯莨块压榨成汁,做成膏状染料。他的身侧还有缪蓝草和茜草、藤黄汁液。画面里,陆非寻把缪蓝草发酵成泥状,沤好之后加入石灰乳再次进行发酵,沤靛之后经过几百次的重复搅拌,器皿里的绿水渐渐变成蓝水,终于得到蓝色的靛浆。

整个纪录片里,记录了他们制作矿物颜料与植物染料的颜料盒的过程。

何晏感慨道:"真看不出来,一个小小的颜料盒竟然花费了手艺人这么多的工夫!"

这段纪录片播出以后,现场气氛也达到了一个小高潮。屏幕上摘选了一些参与直播互动的观众留言。

"没想到这次真的没以香云纱的形态出现,薯茛汁直接做成可以使用的染料了,特别新颖。"

"画面里看到他们背登山包的背影,竟然觉得有点感动。"

"真正对苏靛蓝改观了,纪录片一定是她的真实生活状态。那么清瘦的女孩,平常做手艺的时候,从不抱怨,也不喊辛苦。"

"苏靛蓝和陆非寻真般配啊!"

苏靛蓝看到最后一句评论时,偷偷看了陆非寻一眼。陆非寻则直视屏幕,留给苏靛蓝一个英俊的侧脸,她不禁轻轻微笑。

何晏期待地说:"现在三段纪录片都放完了,请六位传承人老师站到对决台上。有请工作人员送上我们今天的比拼作品。"

整个舞台瞬间被照得灯火辉煌。在这样盛大的仪式中,六位传承人的作品被请了出来。

何晏介绍道:"首先请符金花老师和梁波老师揭开自己的作品。"

符金花和梁波并肩走到舞台上,两个人合力把装裱好的纸绣作品展开。

这时,一幅八十厘米宽,两米长的绣龙作品展现在舞台上。

梁波慷慨激昂地说:"以前我只知道拿宣纸来写字,这一次我们却用宣纸来刺绣。我们算不上能人,但也借着这个舞台,想把流传了千年的宣纸书画艺术和刺绣工艺展现给大家,让大家看看我们中国人的创造力和想象力,还有我们手艺人在运用材料上的适应能力。"

符金花也说道:"这条龙的图案出自我们黎族的龙被,是我们黎族织锦中的珍品。因为制造的难度大、需要的技术太高超,所以现在用脚踏织机织造龙被的技术已经失传,刺绣龙被的技术方法也一起失传了。

而这幅纸绣上的龙被花样,是我这些年模仿现存的龙被摸索出来的成果。今天把它放在台上,也完成了我多年的心愿……"符金花说着擦了擦眼睛。

台上台下都响起了雷鸣般的掌声,何晏讲了一些总结词,将符金花和梁波请下舞台去休息。

紧接着罗超和关剑军来揭开第二组作品。

錾刻三足鼎体积硕大,红布揭开的一刹那,离舞台近的观众发出一片惊叹声。何晏循例采访了罗超和关剑军,二人也发表了自己的创作感言。

随后,何晏清了清声音,故意留悬念:"接下来是我们最后一组作品的展示时间,大家感不感兴趣?"

台下顿时发出巨大的应和声:"感兴趣!"

"想不想看?"

"想!"

现场观众高声呼喊:"陆非寻!陆非寻!""苏靛蓝!苏靛蓝!"

何晏笑着说:"看来大家很期待啊!那我们就不耽搁了,有请苏靛蓝老师和陆非寻老师带来自己的作品!"

年轻传承人这一组的作品小而精,苏靛蓝小跑着去舞台边缘取作品。"草·石本心"颜料盒真正的完成时间是在今天凌晨三点。早上七点,苏靛蓝过来化妆时才将它送到节目组的手中,陆非寻并没有看见它最终的样子。

苏靛蓝小心翼翼地把它带回到台上。

何晏说:"请陆老师和苏老师为我们揭开它。"

苏靛蓝紧张地捏着红布的一角,抬头看了陆非寻一眼。陆非寻回望着她,眼中带着安抚。台下观众在倒数:"三、二、一!"

终于,在万众瞩目间,覆盖作品的红布被扯下,露出一个精美的纸刻盒子。盒子下面是用香云纱做的锦盒,深褐色的绸缎质感,衬着纸刻的花纹,仿佛经过千年时光穿梭而来。上面装饰着八角花瓣形团扇花纹,扇面被人精细地刻出了傲骨铮铮的竹枝、娇艳欲滴的海棠和栩栩如生的蝴蝶……

有人认出了这种工艺，问道："这不是纸刻吗？好漂亮啊，连包装都那么有新意。"

而此刻，陆非寻却盯着扇面出神。

苏靛蓝在台上轻声说："这就是我们带来的作品，作品名叫'草·石本心'。颜料盒的最外层包装是纸刻技艺，是我们亲手制作的盒子。上面这柄扇子的原型是陆老师收藏的宋朝团扇，这也是我送给陆老师的一份惊喜。"

台下的观众开始尖叫，直播观看人数也直线暴增。

苏靛蓝诚恳地说："因为这柄团扇，我与陆老师真正结缘。相信随着节目的播出，会有越来越多的人关注到我们的过去，也许也会有人知道我曾经三顾茅庐，请陆老师帮忙修复《东江丘壑图》的故事。当时在修复古画的过程中，我面临着一道巨大的难题，在显示屏色差的作用下，手艺人要怎么还原出和文物一样的织物颜色呢？最终是陆老师慷慨解囊，贡献了这柄对他意义重大的文物。因为有了这柄团扇对照练手，我才能协助博物馆完成《东江丘壑图》的修复工作。"

苏靛蓝说话的时候眼神里带着光，有种让人心生向往的力量。

她对上陆非寻的双眼，露出笑容："这柄团扇对陆老师意义非凡，对于我更是这样。它是我心中矿物颜料与植物染料沟通的媒介，让我真正找到了颜色与绸面之间的对话桥梁。所以，在这样重要的场合和作品上，我想用这份特殊的设计作为谢礼，感谢陆老师。"

说着，她当着那么多人的面，给陆非寻鞠了个躬："你是我亦师亦友的知己，谢谢你，很幸运我可以和你一起并肩前行。"

陆非寻目光滚烫地看着苏靛蓝，眼中似乎包含着千言万语……

水红

决赛

第十一期节目的录制在轰轰烈烈的喝彩声中结束,投票评选还在继续。苏靛蓝走进化妆室,忽地被身后伸出的手臂环抱住。她在眩晕中被带进了换衣间,随即小隔间的门也被猛地关上了。

陆非寻抿着唇看苏靛蓝,眼神深沉且泛着流光:"蓝……"

苏靛蓝心跳加速:"外头有人……"

陆非寻喉结滚动,用力抱住她。她被辖制在他的身体与墙壁之间,仿佛能感到他身上的热度在肆意地席卷着她,萦绕在每一个呼吸间。

陆非寻的声音颤抖:"我曾以为自己这辈子不会有失去控制的时候,直到刚刚在台上。"

苏靛蓝呆呆望着他。

"原来喜欢一个人,真的会喜欢到心搏骤停。"

苏靛蓝像被天上掉下的巨大蛋糕砸到,愣愣地站着。

眼前这个人,在什么场合都是淡淡的,唯有在她面前才这般炙热。

他曾经把冷漠给了她,而他最热烈的感情,也在此刻给了她。

苏靛蓝眼含泪光,最后才鼓起勇气说:"陆非寻,其实我很喜欢你,可能比你喜欢我还要更喜欢你。在你喜欢我之前……在更早的时候,我就喜欢上你了。"

陆非寻低头看着苏靛蓝,她迎着他热烈的目光,毫不退缩。

第一次,她这样勇敢。

如果说曾经的她无知者无畏,胆大包天敢偷袭他、拥抱他,那么当真正爱上他之后,她才更明白了他的好,明白了彼此的差距,也真正开始长大。

"从前我的眼里只有矿物颜料,直到遇到你之后,眼里才有了别的色彩。现在的我,每天睁开眼都会想到你,想到已经和你在一起了,总觉得这样的生活特别不真实。原来有一天,我也可以伸手就拥抱到喜欢的人……"

她在慢慢蜕变,曾经遥不可及的人,竟也可以坦荡勇敢地站在他身旁。没有外因所迫,只有发自内心的向往。

苏靛蓝深吸一口气:"我太幸运了,正因为如此,才想当着所有人的面感谢你。谢谢你让我的人生变得这样美好,所以更想在这一刻认真地告诉你,我喜欢你。"

陆非寻低声说:"不该是喜欢。"

苏靛蓝心里一动,目光柔软地望着陆非寻。

他深深地看了她一眼,喉结滚动,许久才道:"是我爱你。"

这么万事藏于心的人,他说"我爱你"。

《留住手艺》收官在即,第十一期进入制作期,节目组要等待短信投票结果,所以在第十二期录制的时候才会宣布哪件作品最终获胜。刘东昇想把非遗的热度炒起来,刻意把第十二期的录制安排在第六期节目播出之后。他打算用节目的剩余资金,租一个体育馆,大办颁奖典礼。

苏靛蓝看着黎莉送到手里的拍摄通告:"下一次录制时间在下个月二十号?"

"是啊。"黎莉笑着说,"刘导说这两个多月大家拍摄辛苦了,这次给大家放个长假,回家休息一阵子。"

的确,节目组除了第十一期录制之前给他们近两周的创作时间外,还没放过这么久的假。

黎莉问:"苏老师不想回家?"

苏靛蓝是除了节目组工作人员外,待在湘城最久的嘉宾,也是最拼的嘉宾。

"当然想回家。"苏靛蓝笑着回应黎莉,把手里的拍摄通告表收起来。

另一头，梁波和符金花拿着通告表也是满脸笑容。

梁波说："终于可以回家抱抱孙子了。这一次为了找做纸绣的宣纸，虽然回了一趟泾县，但是根本不算回家，就跟大禹治水三过家门而不入似的，那时心里挂着事呢。"

符金花也点点头："想赶紧回家一趟，这外面再好，金窝银窝也不如自己的老窝强啊！"

梁波回头问苏靛蓝："靛蓝丫头，你回不回苏州？"

苏靛蓝想到陆非寻，迟疑了一下："应该回吧？"

要是三个月之前，苏靛蓝肯定说回苏州，可现在她却想看看陆非寻有没有别的安排。

苏靛蓝去找陆非寻，看见陆非寻站在窗前接电话，低沉的声音从风中传来："严查。没什么理由，出了事必须负责……你建议我以德顺堂的名义发公告，承认这批货是德顺堂生产的？不可能，德顺堂绝不可能生产次品。"他的声音里裹着不耐烦。

苏靛蓝一直等陆非寻接完电话才问："楚译那边出事了？"

"一点小麻烦。"

苏靛蓝想起上一次听到的电话，小心翼翼地问："能处理吗？要不要帮忙？"

"我能处理。"

"那就好。"苏靛蓝没有坚持，只是亲昵地朝他笑，晃了晃手里的通告表，"你拿到了吗？我们有二十一天的假期，一起出去玩？"

陆非寻伸出手，把苏靛蓝拉进怀里，下巴抵着她的头："抱歉。"

"嗯？"

"我让楚译定了今晚的机票。"

"这么急？回广东吗？"

"下一次回来录制节目的时候，我陪你去爬山，湘城这边有座山风景不错。"

"好，说话要算话，你要记得哦。"

"我对你说的话,绝不食言,但其他男人的话就不要信了。"

苏靛蓝被陆非寻的话逗笑了。

第二天一早,苏靛蓝回到苏州,庄清清来接机,同时过来的还有苏庆云。

"小靛蓝,欢迎荣归故里!"庄清清猛地扑过来。

苏靛蓝紧紧抱住庄清清:"荣归故里这个词用得也太夸张了,说得好像我已经成功似的。"

"可不是吗?现在国内文化类综艺节目就数《留住手艺》最红,再多放两集你该有人接机了!"

"好好,最好有人接机,让我享受一把红的感觉。"

"啧,给你个梯子,你还真爬上来了。"

苏靛蓝笑着瞪庄清清,目光一转,落到苏庆云身上:"爸。"

"靛蓝。"苏庆云今天特意打扮了一下。

苏靛蓝眼睛一酸:"我坐早班机回来,你不在家里睡觉,怎么也来接我了?"

苏庆云脸上掩不住开心,又有点紧张:"睡不着,失眠了。你昨天和爸说要回来以后,爸就想来机场等你了,爸太久没见你,你这次……"苏庆云停顿了一下,"你这次做得不错!"

苏庆云从来没在做颜料这件事上夸过苏靛蓝,她愣在原地,有种被幸福击晕的感觉。

庄清清拍了苏靛蓝一下:"愣什么呢,叔叔夸你呢!"

苏靛蓝的眼睛湿润了:"嗯,谢谢爸。"

苏庆云说:"最近很多人来工作室问颜料,闹事的人少了,关心的人多了。有些人虽然不买,但拿手机拍照,说要帮咱们宣传。还有些人带着孩子过来,说让孩子来体验一下传统工艺。这些都是节目带来的正面影响啊!"

"还有,我看第三期节目了,你在台上敲矿石时那是什么姿势!锤子握得太用力了,你要小心一点,省得砸手。还有一件事,你一个女孩子，怎么也不懂注意一下形象？我们做颜料的人再稀罕原料，你也不能趴在舞台上捡东西啊！"

庄清清哈哈大笑，苏靛蓝则被教训得连连应好。

出机场时，苏靛蓝吸了吸鼻子，呼吸着苏州的新鲜空气，感慨回来的感觉真好。

庄清清叫了一辆车，上车的时候，突然有位年轻女孩跑过来，朝苏靛蓝问："你是……《留住手艺》的非遗嘉宾，苏靛蓝？"

庄清清笑了："嘿，说什么来什么。"

女孩十分激动："真的是您?！靛蓝姐姐，我是你的脑残粉！"说着，她又掏出一张陆非寻的宣传照，"可以请您签个名吗？"

庄清清嘴角抽搐："小姑娘……这是陆非寻的照片，你是他的铁杆粉丝吧？"

女孩害羞道："我……我临时转阵营了，可以吗？"

庄清清哈哈笑个不停："那你可能要失望了，你要是粉陆非寻，还有机会当他的老婆粉。你要是粉苏靛蓝的话，我和你说……她自己都是陆非寻的脑残粉。"

女孩顿时脸蛋爆红："啊啊啊，姐姐们！"

苏靛蓝看着庄清清打趣女孩的模样不禁微微一笑，空气里都是欢乐的味道。

广东，伦教镇。

大清早，楚译就把陆非寻带到一个仓库里面："非寻哥，这就是我去市场上收集的那批货。我检查了上面的防伪商标，和德顺堂的一模一样。"

防伪商标与正品一致，假的都成了真的。这样质量低劣的香云纱流入市场，一旦被有心之人拿来做文章，将会酿成一次更大的企业品牌危机。

"这批货是什么时候发现的？"

"一个星期前，就是我第一次给你打电话的时候。对方没有直接用德顺堂的商标,而是另取了一个品牌名,叫作德顺香纱。"

"销售渠道怎么样?"

"对方打着我们德顺堂的名号,价格又比德顺堂低了四五成,很受小零售商的欢迎。目前,我们的直营销售额已经下降了30%。"

陆非寻看了楚译一眼:"把你身上的衣服换了,我们到镇上走一趟。"

"现在?"

大街上,楚译不知道从哪找了套念大学时参加运动会的校服穿上,鸭舌帽一戴,还真像那么回事儿。

"非寻哥,我们真要这样子穿着上街啊?"

陆非寻看着楚译遮住了的大半张脸,自己也连忙戴上帽子:"走吧。"

陆非寻和楚译开车去了伦教镇最大的商场。

一踏进商场,楚译就别扭地弄了弄帽子,说道:"怎么感觉咱们跟做贼似的?这些店我已经让人来调查过了,他们卖的布料上都贴着咱们德顺堂防伪商标。我们当务之急是赶紧去工商局举报对方售假。"

陆非寻目不斜视,往前走:"举报要拿出证据,你怎么证明对方是假品牌?"

"我们德顺堂没有这条生产线。而且两批货质量不一样,我们生产交货的香云纱成色很好,对方则极差!"

"可是对方贴着德顺堂的防伪商标。"

楚译皱着眉头:"这年头防伪商标也可以造假了……"

"这批防伪商标是正品,扫码后出来的还是德顺堂的生产批号。"

楚译沉默了。

陆非寻带着楚译随意走进一家店铺,小店老板是一位有些发福的中年女人,腰间背着一个挎包,正在柜台前低头数零钱。她见到陆非寻和楚译一副学生样,只抬头看了一眼,就又专心接着数钱去了。

楚译笑着上前:"老板,你这有便宜的香云纱卖吗?"

中年女人头都没抬:"有啊,你们要买?"

陆非寻冷冷地说:"要最好的牌子。"

中年女人哼了一声:"好牌子,还要便宜?你们逗我玩呢?"

楚译故意说:"我们是真想买,还要买很多。"

中年女人终于抬起头,仔细打量着楚译:"你们一看就是刚大学毕业的孩子,哪来那么多钱买很多?你们当香云纱是白菜啊?"

"我们想创业,来进货!"

中年女人半信半疑问:"要多少?"

陆非寻淡淡地说:"二十万。"

中年女人顿时心动,一番讨价还价后,终于做成了这笔生意。但就在楚译准备付定金时,陆非寻伸手拦住了楚译。中年女人眼看煮熟的鸭子飞了,百般不情愿:"不是都谈好了吗?又怎么了?"

陆非寻对上中年女人愠怒的脸,淡淡地说道:"我们要到这个'德顺香纱'的生产地看一看。"

中年女人的脸色一变。

楚译在一旁补刀:"是啊,谁知道你是不是在骗我们?万一你们拿了钱就跑呢?我们去哪找你们?不看生产地,谁敢下单?"

中年女人转怒为笑:"你这小伙子想得还挺多!行吧,那我就带你们去看一看。"

伦教镇边缘的一个小作坊前,中年女人停下脚步介绍:"这就是生产'德顺香纱'的地方。这可是正宗的香云纱,虽说是德顺堂下面的小作坊,可也是大牌子。"

陆非寻从院外看进去,隐约可见人头涌动,不少人在里面干活,却没任何说话声,看来是忙得没空说话。里面干得如火如荼,可知订单量不小。

陆非寻和楚译对视一眼,还看到一些人走姿缓慢,还有个别工人面黄肌瘦,根本没力气撑开胚绸,所以只是敷衍地把过了薯莨汁的胚绸摊在地上晾晒。整个作坊内工序混乱,产品粗制滥造。

这样生产出来的香云纱,竟然挂着德顺堂的防伪商标在售卖!

楚译看得一阵火大。陆非寻也心中震怒,转身就走。

中年女人不明就里:"嗯?你们不进去看看了?"

陆非寻回到德顺堂，把自己一个人关在书房里。下午四点，终于把楚译喊到书房来："工商局还没下班，你亲自过去一趟，就说举报三无黑作坊。"

楚译回想今天看到的一幕，心里也郁闷得不行，立马说："我这就去！"

楚译去举报之后，工商局立刻行动，查到那个小作坊确实没有生产资质，于是当天便查封了它。可没想到的是，一天后出了更大的事情……

苏州，庆云堂矿物工作室。

苏靛蓝突然接到一个陌生的电话。

"靛蓝吗？出事啦！"

苏靛蓝愣了一下，努力辨认对方的声音。对方也听出了她的迟疑，直接报上了自己的名字，原来是在传媒公司上班的高中同学。

苏靛蓝问："怎么了？？"

同学焦急地说道："我今天刚来公司上班就接到一个活，有人让我们发一份通稿，我仔细一看，竟然是关于陆非寻的！我知道你们俩现在在做节目，还是一个组的，关系挺熟吧？所以我就想着来提前告诉你一声！"

苏靛蓝下意识地站得板正："发生了什么事？"

电话那头的同学说："陆非寻的关注度很高，所以我们公司也喜欢推送关于他的新闻，但是我看这个通稿的内容不对。"电话那头传来点击鼠标的声音，"稿子以爆料人的口气写，说陆非寻经营德顺堂的手段不光彩，恶意举报正在崛起的香云纱品牌。此举不是为了维护香云纱产业，而是为了清洗竞争对手，独占香云纱的销售市场。"

苏靛蓝皱起了眉头。

同学的语气变得小心翼翼："靛蓝，你和他在一起录了那么久的节目，他不是这样的人对吧？"

苏靛蓝坚定地说："嗯。"

同学把心放回肚子里:"那我就放心了,是好人这个忙我就没帮错。可是这篇推文我没办法撤下来,我看了一下,这条通稿是全网刊发……"

结束通话后,苏靛蓝迷茫地看向窗外。

商场如战场,这些道理她明白,但是事情为什么会变成这样?

苏靛蓝给陆非寻连拨了两个电话都无人接听,心惊胆战之下,她赶紧买了最早一趟航班去广州。

下午到达广州,苏靛蓝转车去伦教,轻车熟路赶到德顺堂。

一些媒体已经在外头蹲守了,看见苏靛蓝眼前一亮:"《留住手艺》的苏靛蓝?"

苏靛蓝赶紧躲起来,全副武装地捂住自己,凭借对地形的熟悉从后门钻进去。

作坊里气氛压抑,会议室里坐满主管与公关部的人。

陆非寻穿着灰衬衫与西裤,气度沉稳地主持着会议。投影屏幕上,满屏的负面报道。

楚译在介绍现状:"这次的事情波及范围比上次更广,因为非寻哥近期名气比较大,所以圈外人也知道了,这对我们的企业形象极其不利。"

"作为一个代表行业的百年老作坊,名誉比生命还重要。"苏靛蓝站在外面,把口罩摘下,安静地听着里头传出的陆非寻的声音,"如果这次危机不能及时解除,德顺堂的正统地位将会一落千丈。"

百年作坊本来就容易机构老化,这一两年他花了很大的力气,才让德顺堂以现代企业的面貌走上正轨,在坚持传统工艺生产的同时,也在制度上做到了紧跟时代。现在眼看着香云纱的关注度上升,整个行业迎来了利好时机,却出现了这样的事情。

陆非寻冷冷地看着前方:"在此之前,德顺堂也经历过质疑,我相信你们都有处理舆情的能力。希望大家群策群力,劳而不怨,尽快把这场风波平息。"

陆非寻说完,目光落在门外。在看见苏靛蓝的一瞬,他冷静的情绪出现了短暂波动,大家也随即顺着他的目光往外看去。

有人喊道:"小苏?"

苏靛蓝顿时有些不好意思:"在网上看到你们的新闻,陆非寻的电话又打不通,因为担心,所以就赶过来了。"

陆非寻突然说:"散会!"

所有人都走掉后,陆非寻走到苏靛蓝身前:"你怎么来了?"

苏靛蓝不安地看着陆非寻,语气中满是关切:"情况还好吗?"

"还好。"

苏靛蓝正想问下一句,突然被陆非寻重重地拥进怀里。

她吓了一跳:"外面有人!"

"担心我吗?"

"嗯。"苏靛蓝轻轻说,"飞过来只需要两个小时,所以就想过来看看。"

"我可以处理的。"

"每一次你都这么说,但是我依然会忍不住要担心,因为这是人之常情。"

"嗯。"

陆非寻低沉的声音在苏靛蓝耳边荡开,像是最亲密的呢喃,她的心一下子就化开了。她紧紧捏住陆非寻的衣角,用力地抱住他:"这几天我留在这里陪你,如果有用得上的地方,一定要告诉我,让我来帮你,好不好?"

陆非寻停了一下,说:"好。"

他的声音带着安抚人心的力量,苏靛蓝莫名相信,无论这场战事来得多凶猛,他都一定能解决。

两个人待了一会儿,陆非寻看见苏靛蓝脸上有疲态,心疼道:"我带你去休息。"

记者守在外头,陆非寻一概不接受采访,只是发了一则企业公告进行回应:

第一,三无作坊的取缔是工商局执行政府行政职能,本企业表示支持。

第二，陆非寻先生作为德顺堂的负责人，一直兢兢业业，恪守匠心，严控质量。

第三，将会对恶意散播诽谤的人进行追诉，维护德顺堂企业及陆非寻个人的声誉。

这一次的事情来得突然，没人想到陆非寻会用这么凌厉坦荡的手段处理这件事。作坊外的记者们采访不到想要的素材，终于陆续散去。

晚上，楚译松了一口气："非寻哥，出去走走？"

陆非寻揉揉眉心："我一个人出去透透气。"

谁知他刚走出大门，就从不远处的巷子里冲出了一个男人。那人抱着必死的决心，爆发出了极大的力气，把陆非寻往巷子里拖。陆非寻挣扎了几下，正在撕扯间，两人进到了一条黑漆漆的巷子里，男人突然朝陆非寻跪了下来。

"陆总！贴你们德顺堂的防伪商标是我们做得不对！我们利欲熏心，而且法制意识不强，被人当枪使！但是，但是你不能这么对我们啊！"

陆非寻低头看着对方，一个五十多岁的男人，皮肤黝黑、身形消瘦，他跪下来的一瞬，目光里藏着死意。

陆非寻连忙扶起他："你先起来。"

男人咆哮着不肯起身："你不答应放过我们，我就不起来！我知道你到我们作坊去看过了，肯定也见到了我们的工人，我不敢奢求什么，只求你能放过我们。那些工人都不是健全人啊！他们里面有聋哑人，还有患了先天性疾病的残疾人，我也有心脏病，干不了重活……我们一辈子受尽人家的白眼，好不容易活到了这一步……"

男人说得声泪俱下："我们一开始也想着凭自己本事赚钱吃饭，但是没技术，做出来的香云纱不好，只想着有办法能卖出去，所以才打了你们的名号。现在你也查到我们了，工商局也已经来过了，那就别再告我们了行不行？放我们一条生路吧！我们已经没有饭碗了，再追究下去，我们就要妻离子散，家破人亡了！"

陆非寻站在夜色里,头上有薄薄的月光洒下来。他第一次被年长的人跪,且是在这样的夜晚。

他极力保持冷静:"你是成年人,知道做事需要承担责任的道理。"

"我知道,我都知道……但是你看看我们,求你看一眼我们……"男人抬起头,忽地往后面看去。巷子深处很黑,他喊了一声,里面竟然慢慢走出来好些人。

男人说道:"这些孩子都是我们作坊的工人,他们都是残疾孩子啊。就在前两天,他们刚拿到人生第一笔创业分红,他们每个人都还在美梦里,觉得自己的人生终于有了新的方向。可是昨天过后,每个孩子的天都塌了。"

陆非寻视线落在他们身上,身体稍僵。

这些作坊工人不过十七八岁,正是最好的年纪。他们有些断了一只手,有些拄着拐杖看着他,眼神里有期盼、绝望、迷茫、恨意。

"你如果坚持起诉我们,我们只有死路一条……"男人用祈求的目光看着陆非寻,又对后头的孩子打了个手势,于是全部孩子都朝陆非寻跪了下来!

陆非寻一动不动,却被这一幕震撼,拳头紧握。

男人抹了一把眼泪:"我们有错我们认,作坊被取缔,我要去坐牢,都是罪有应得。但那个作坊也有这些孩子的份。那是我们的家,是我们重新做人的希望……我只求你饶他们一命,放过他们!陆总,求你了!孩子们,我们给陆总叩头!"

"楚译,陆非寻呢?"

"非寻哥说出去透透气,已经一个小时了,还没回来呢。"

苏靛蓝担心道:"我去找他。"

她匆匆往外跑,走到德顺堂大门口时,看到陆非寻正一个人静静地靠在一棵大树下。树叶枝繁茂密,把月光遮得严严实实,也将他那高挑挺拔的背影衬得无比冷清。

苏靛蓝走上前:"非寻!"

陆非寻回过头，目光深邃，让人看不出他在想什么。

两人沉默片刻，陆非寻道："怎么出来了？"

"楚译说你已经出去一个小时了，我来找你……"

"外面风凉，回去吧。"

"那你呢？"

"我再待一会儿。"

苏靛蓝目光里藏着担忧，看着陆非寻欲言又止，最后只轻轻说道："那你别太晚了，还是要早点回去。"

"嗯。"

苏靛蓝走了几步，想了想，回过头对陆非寻说："事情总会过去的，有句话叫清者自清。在我心里，你从不会因为外界的评论而对自己产生怀疑，你一直很清楚知道自己在做什么，你是我的榜样。"

陆非寻看向苏靛蓝。

苏靛蓝继续认真地说："作为我的榜样，你要加油！"

陆非寻雾霭沉沉的眼底终于有了笑意，他伸出手，揉了揉苏靛蓝的头发："谢谢。"

"谢我什么？"

"给我打气。"陆非寻顿了顿，"还有特意赶过来陪我。"

苏靛蓝吸了吸鼻子："应该的。"

"希望我不会让你失望。"

第二天一早，苏靛蓝在睡眼蒙眬中看见新闻头条推送，吓得她一激灵，鲤鱼打挺般地坐了起来。

陆非寻开发布会了？

苏靛蓝打开链接看发布会的现场直播，只见场内不断亮起闪光灯，陆非寻泰然自若地坐在正中。

记者问道："陆先生，刚才您说德顺堂要开一条新的生产线，专门经营香云纱的周边产品？"

另一位记者问："请问陆总，这是您从《留住手艺》栏目上找到的新的经营灵感吗？尝试走博物馆文创路线，用这种方式把香云纱推广到千家万户？"

整个发布会很简短，只有十分钟，陆非寻发言不超过五句话。

楚译难得地穿上西装，站在陆非寻身旁独当一面："该说的我们都说了，德顺堂会坚守百年老作坊的经营作风，为香云纱行业做出更大的贡献。我们永远只有一个理念，做最好的香云纱，让文化传承下来，在市场中绽放光芒。"

整个视频戛然而止。

苏靛蓝急忙跑出西厢的小院子，发现整个作坊里的人都在讨论这件事。

"没想到这次事情闹得那么大，小陆总真的出名了，连带咱们德顺堂都那么多人关注。"

"是啊，不过咱们订单那么多，香云纱生产量又小，这两年的单子都供应不过来，哪来的人手和精力去做新的生产线啊？"

"小陆总在前院呢，好像有人带了一帮孩子来应聘。"

苏靛蓝急匆匆与他们打了招呼，一个劲儿地往前赶。

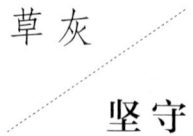

草灰

坚守

苏靛蓝赶到前院的时候，恰好只看到一群人离开的背影。她来晚了。

苏靛蓝问陆非寻："你最近在做企业改革吗？"

"算是吧。"

楚译在一旁扯了扯领带，这身衣服让他特别不自在。

这一次的事情来势汹汹，让楚译也学到不少："也不知道非寻哥是哪根筋抽了，想一出是一出！被污蔑借着传承非遗的名号恶意打击竞争对手，这事儿还没完呢，又当众宣布开辟新的生产线。转移注意力也不是这么转移的啊！"

苏靛蓝看楚译还能开玩笑，松了一口气，抬起头静静地看着陆非寻。

陆非寻今天穿着正式的西装，一如两人在录制第一次节目时那样，整个人自带光芒。

苏靛蓝笑着说："能把大家的注意力转移掉，这也是一种成功呀。再说了，发布会我看了，讲得挺好的，现在非遗传承就是需要新的血液注入，换一种方式也可以。"

楚译说："我不反对卖小件香云纱，但是你看看刚才来应聘的都什么人啊！歪瓜裂枣，他们是……"

"好了。"陆非寻打断楚译的话。

楚译讪讪地收住话题，只道："非寻哥，那群人的工资签得再低，也是自找麻烦，降低经营成本也不是这么个降低法。要我看，就干脆别设置新生产线了，网络上这些风评只要不影响到德顺堂的经营，订单量不下降就不用搭理。"

陆非寻冷清的目光落在喋喋不休的楚译身上，问："你很闲？"

楚译听到这三个字顿时如惊弓之鸟："我去干活。"

楚译走之前依然意难平："黑作坊的那些人把咱们整得那么惨，盗用咱们商标，还降低咱们的品牌价值，幸好咱们反应快，才没酿成重大事故，就这样非寻哥你竟然决定撤销起诉？！假如不给他们一点颜色瞧瞧，以后谁都敢盗用咱们德顺堂的商标了！"

"好了。"苏靛蓝出来打圆场，对着楚译笑，"别生气啦！他一定是有自己的想法。"

楚译看着苏靛蓝的笑容，气鼓鼓地走了。

楚译离开后，陆非寻依然一动不动，苏靛蓝正想让他一起出去走走，忽然见他凝视着一个方向，表情淡漠。苏靛蓝顺着他瞩望的方向看去，看见了一个陌生又熟悉的身影。

陆时庭穿着一件淡蓝色的衬衫，袖子挽到手肘处，搭配黑西裤，显得气质十分儒雅。兄弟俩尽管气场不同，但同样的优秀和骄傲。

陆时庭看到苏靛蓝，先问："这位是？"然后温和地笑了，"记起来了，苏小姐。"

陆非寻倏地伸出手，把苏靛蓝牵到身后。

陆时庭的目光落在陆非寻的动作上，轻笑出声："关系这么亲密？谈恋爱了？"

陆非寻平静地看着陆时庭："你来做什么？"

"非寻，"陆时庭把笑容收起，佯装生气，"怎么能这样对哥哥说话？我回家来看看也不行？"

"爸在疗养院，你有空不如多去疗养院陪陪他。"

"我就是刚从疗养院回来。德顺堂出了这么大的事情，你都不去跟爸说一声，听说你还要建新的生产线？"

"企业的正常管理。"

"正常管理？这一年来，德顺堂在你手里出了多少次事情？你就是这样管理它的？"

陆非寻目光突然变冷："德顺堂一年出了多少事情，你的确比我更清楚。"

陆时庭的语气也变得严厉："你就这样对我说话？如果你没办法管理好的德顺堂，就早点滚回去画画。我记得你在国内几家大学都是客座教授，如果做手艺不行，那你就去教书，没必要蹚香云纱这蹚浑水。"

"你的意思是把德顺堂交给你？"

"德顺堂是陆家的企业，你管不好，的确该回到我手里。"

陆非寻笑了一下："然后让你毁了整个香云纱行业？"

陆时庭像被戳到了痛处，极力抑制脾气，缓了一会儿也笑起来："爸迟早会看清，究竟谁才是香云纱的传承人，而谁才是毁了香云纱行业的人。"

苏靛蓝站在陆非寻身后，感受到他平静之下的怒火。就在苏靛蓝以为两个人要吵起来时，气氛又变得诡异起来。

陆时庭似笑非笑地看着刚才那群年轻孩子离去的方向，缓缓道："好久没来，没想到这里还是一样的乌烟瘴气。看来你那套现代企业管理流程，对于传统企业不行。"

陆时庭临走之前，忽然对着苏靛蓝说："苏小姐，我这个弟弟做事一向来不靠谱，看起来一本正经，其实不懂事，你看他害死自己的母亲就知道了。作为哥哥，我奉劝你还是离他远一点，尤其要小心，他又开始碰香云纱了。"

苏靛蓝听得心惊胆战，下意识地看向陆非寻。

陆时庭接着说："否则，也许下一个死的人就是你了。"

陆非寻一贯淡漠，似乎不为所动，就这样目送着陆时庭离开。

人走之后，苏靛蓝担心地拉了拉陆非寻的衣袖。陆非寻终于看她，眼里有一闪而过的慌乱。

苏靛蓝轻声说："你不要太在意他的话，他对你有怨气，伯母的事情不是你的错。母亲是你们两个人的母亲，你当年在河滩旁的作坊里专心染布，没有听到呼救声，这件事情你已经愧疚了十年……"

"嗯。"

"你现在好不容易才走出来,我们要珍惜现在的生活。如果当初发生那件事时,你不是在染布,而是在学习呢?难道我们就一辈子不再学习了吗?只要是母亲,都不愿意孩子戴上这样的枷锁。所以你不要在意他的话,我也不会在乎,更不会因为这件事就害怕你、远离你。如果香云纱是你喜欢的东西,就坚持下去。"

陆非寻意外地看着苏靛蓝。

苏靛蓝接着说:"用现代企业的管理方法来经营香云纱也不是不可以,只要坚守初心,说不定咱们这个行业还会因此焕发新生呢!不管别人怎么说,只要我认为对的事情就会坚持。所以你想做新的生产线,就勇敢地去做吧。"

陆非寻突然握住苏靛蓝的手,苏靛蓝吃惊了一下,脸颊马上变红。

"非寻哥!"楚译不知道又从哪儿蹿出来。

"你……你们!"楚译望着陆非寻和苏靛蓝十指紧扣的手,感觉像见鬼一样。

德顺堂出事的这两天,大家都忙得不行,根本时间没细想苏靛蓝为什么会特意来这里。再加上陆非寻和苏靛蓝在人前也没有特别亲密的动作,所以……

"你们现在是什么情况?为什么这样?"

陆非寻淡定地看了楚译一眼,松开苏靛蓝的手,改为揽着她的肩。

苏靛蓝安静地站着,这并肩而立的画面,看着都很养眼。

楚译有点崩溃:"啊?!"

苏靛蓝红着脸,轻轻说:"那个……楚译,对不起啊,我不是故意瞒着你的。"

楚译也忘了自己因为什么事再返回来了,只是郁闷地看着他们:"你不是故意瞒着我,但非寻哥他一定是!我要去消化一下。"

现在楚译满脑子都是"我是谁?我在哪里?我错过了什么?"

"我上次去湘城探班的时候,你们明明还没什么,现在怎么就突然在一起了!"楚译崩溃地走了。

德顺堂的书房里,楚译又抱着一摞报纸往里跑,慌慌张张把东西丢在陆非寻面前。

"非寻哥,你看这些东西!我就说了那些人不能用!这些害人精,这次又给我们惹了这么大的麻烦!"楚译的表情非常严肃。

陆非寻把报纸拿起来,上面的标题赫然打着"黑心企业家"的标题。几张照片占据了版面中最显眼的位置。照片上,一个破烂的小作坊里,一群身材消瘦的人在里面做工,背景是杂乱无章摆放着的香云纱,像垃圾一样堆在地上。而另一张照片是偷拍的角度,还是同样一群身材消瘦的工人,大约十六七岁的样子,背景却变成了德顺堂。

三无作坊的工人隔两天出现在德顺堂,还个个一脸喜意,意味着什么?说这个黑作坊和陆非寻没关系,谁信?

楚译生气地说:"这些都是黑作坊的工人,现在所有人都说黑作坊的幕后老板就是你!说你为了暴利,生产了大量劣质的香云纱,打着德顺堂的旗号,以次充好卖出高价!说非寻哥你监守自盗,把德顺堂的防伪商标给了黑作坊,简直是为了赚钱连脸都不要!"

报纸上曝光的岂止这些?证据一环扣一环,里面说到黑作坊被取缔以后,陆非寻对外塑造了一个正直的形象,还宣布德顺堂增加一条新的生产线,结果黑作坊的原班人马入职德顺堂。不仅如此,连说好的追究法律责任,最终也撤诉了。

"这就算是一个坑,我们也依旧往里跳了,现在爬都爬不出来!"楚译很郁闷,"我这就去起诉他们,然后再开一次记者招待会,澄清我们在用人之前,不知道这些人都是黑作坊出来的员工!"

"不用了。"陆非寻冷冷地说。

楚译挑着眉,难以置信:"不用?"

陆非寻沉默半晌,平静道:"我知道。"

"你知道?"楚译顿了顿,"非寻哥,你是说你知道他们是黑作坊的员工?"楚译气得脸色发白,"那你还用他们?非寻哥,你是疯了吧?!"

楚译气急了,摔门就走。

现在不管怎么进行舆情危机处理,都已经挽回不了恶劣的影响。这一次的事情已经不是简单的诽谤抹黑,事实上已经构成了完整的证据链,无论是谁出来否认,都只会被认为在欲盖弥彰!

苏靛蓝急匆匆地跑过来,看见陆非寻静静地坐在窗边。

"陆非寻,这件事是真的吗?"

陆非寻看向苏靛蓝:"你信我吗?"

苏靛蓝动了动嘴,神色认真:"信。"

陆非寻冷冷的目光,终于变温柔了一点。

"但是……为什么会这么巧?"苏靛蓝突然想到上午陆时庭说的那些话——他迟早要让人知道,到底谁才是毁了香云纱行业的人。

苏靛蓝不想被误会在离间兄弟感情,只好问:"是因为上午楚译说的那个理由,因为他们这些人工资低,为了降低成本,减小开辟新生产线的风险,所以才用他们的吗?"

陆非寻沉默,苏靛蓝理解成默认。

苏靛蓝想了想,劝道:"从小我爸就告诉我,做手艺跟做人一样,不能急。你也不要急好不好?如果真是因为这个原因,新的生产线可以推后一些,等时机成熟了再做。到时候有了承担风险的能力,你也可以选一些更好的师傅。"

"不是这个原因。"

"嗯?"苏靛蓝看向陆非寻。

陆非寻不善解释,苏靛蓝看见他深深蹙眉,就劝道:"好了,我相信你,如果你坚持用他们,我们就用。"

陆非寻决定用他们,是为了帮陆时庭收拾烂摊子。陆时庭为了对付他,把一群残疾孩子扯进来。他可以痛快抽身,可那些没了希望的孩子怎么办?

陆非寻最后说出口的时候,也只有淡淡一个字:"嗯。"

图文搭配的报道闹得很大,陆非寻人品的话题在网上挂了整整两天,最后刘东昇为了不影响《留住手艺》的收视率,托些关系才压了下去。话题度一下去,陆非寻的死忠粉又组织了一次控评,这才把恶劣的局面扭转了一些。

苏大和湘大的艺术生也发布了许多陆非寻曾经在学校开讲座的照片，照片上的他高雅又冷清，仿佛不食人间烟火一般。

"这样的陆教授，如果真贪图钱财，那他做什么非遗文化？直接自己画画好了。"

"一群俗人，不知道艺术家的价值。"

在这场正负面评价的拉锯战中，德顺堂的风波也慢慢平息。

可是，苏靛蓝看着所谓的新生产线开工，心里又像压了块石头似的无法喘息。

为了安排新签下来的这批工人，德顺堂的草场旁边搭了三间临时板房。陆非寻布置的工作任务很简单，让他们协助晒场的工人晒莨。

晒莨看着简单，实际上是一份技术活。将近二十米一匹的莨绸、莨纱搬到草场上，要经过数次绷直，让每一面浸染了薯莨水的绸面接触阳光，充分产生化学反应。随后还要再次搬回作坊，过河泥、再洗、再晒。

现在已经是晒莨季的尾声，持续晴朗的好天气不多。有时下雨弄脏了正在晾晒的莨绸，那就需要再次返工，重新把半成品的香云纱放到大锅里熬煮，重新进行封莨水的染整程序，以防成品出来上色不均，随后还要再重新晒莨，整个过程中一丝一毫都马虎不得。

每一次晒莨都是精细劳作，每一个环节都蕴藏着工匠们反复无数次劳作的心血。

这批新工人看着热情，但在晒场帮忙的时候却毫不讲究——布料绷得不直产生了皱褶，有时甚至随意一摊。作坊里经验丰富的老师傅一个劲地帮他们收拾烂摊子，简直苦不堪言。

苏靛蓝路过晒场的时候，看见几个工人合力扛着一摞浸湿的香云纱走到草场边缘，他们走得很慢很慢，到了地方二话不说就把香云纱摊开。

"德顺堂的晒莨场好大，但是量也大，这么多莨绸晒一起有点挤啊！陆总对我们那么好，我们得帮他多干点活。这莨绸往外挪一挪，不一定非要往内场晒，做人要懂得变通嘛！"

大家热热闹闹地说完就开始铺莨绸，一半在草地内，另一半则直接铺到了草地外的沙地上。

苏靛蓝着急地往那边赶："你们不能这样晒！"

这些少年愣愣地看着她。

苏靛蓝赶紧制止他们："晒莨是有讲究的，并不是在哪都能晒。德顺堂的草场有专人养护，你们知道为什么吗？"

"有钱呗！"

苏靛蓝抠紧自己的手心，耐着性子解释道："是因为晒莨这个环节对场地有严格要求，莨绸只能平铺在一到两厘米高的草地上进行晾晒。草软了会承受不了莨绸的重量，草硬了则会划伤莨绸。"

"那我们晒在地上为什么不行？"

"在高温下，草地会蒸发出水雾，莨绸可以汲取一定水分，起到一个软化布料的效果，这样晒出来的香云纱才会软！同时，不让香云纱直接与地面接触，可以保持绸面的干净整洁。另外还有一个最大的好处，就是加大阴阳两面的温差，保证香云纱阴阳两面色差的效果！"

"竟然……竟然是这种原因。"这些少年看着被他们乱晒的香云纱，脸色一阵红一阵白。

一旁老师傅们赶过来，看到被直接摊在沙地上的香云纱也是又气又躁："我受不了了，我要去找小陆说，这群孩子不是来干活，而是来捣乱的！想让他们先学习本事，也得看看是不是这个料！这种资质根本就……不说工资开得低，白送我看都不能要！"

苏靛蓝看着地上的香云纱，也有些心疼："我去帮你们说服陆非寻。"

苏靛蓝跑去找陆非寻时，陆非寻正与设计师见面。

茶室里余香袅袅，设计师看到苏靛蓝过来，眼前一亮，坏笑着朝陆非寻说："陆总，今天见面很愉快，期待我们的合作！先告辞了。"

"陆……"苏靛蓝轻轻喊他。

桌上放着一份设计书，这算是商业机密，但陆非寻不介意苏靛蓝的在场。而她也并不想探究，只是不断回忆着在晒场发生的事情。

"这条新的生产线能不能不做了？你……把那些工人辞退了吧，他们确实不太适合从事这门行业。做手艺的人，最基本要具备责任感，肯学，肯做，这个要求放到哪个行业都实用。假如传承的人都态度不端正，那么传下来以后，这门手艺一定会变样的。"

"发生了什么事？"

苏靛蓝犹豫了一下，把事情说了，又道："企业经营虽然很重要，但是我们无论在什么情况下，都要先把关工艺啊，对不对？"

苏靛蓝很少用这个语气与陆非寻说话，此刻她音调软软的，却带着一股不认同。

"我明白你是管理者，你的责任很大，但是要两相顾及，不能为了把行业做活，就忽略了我们一直以来最坚守的东西。如果连我们都放弃了这条准则，那么整个行业会怎样？我们是把关的人啊，难道我们要把有瑕疵的文化传到世人手里吗？"

"靛蓝，没有人从一开始就会做香云纱，他们只是需要时间学习。"陆非寻漆黑的瞳眸像黑洞一样盯着她。

苏靛蓝说："我知道，我们可以给他们时间成长，但是有些人似乎天生就不适合做这些。非遗传承的师徒制里，老师傅还有选择徒弟的权利呢，可现在刘叔他们没得选。如果你坚持留下那些工人，时间长了，我怕刘师傅他们会伤心。"

陆非寻略一沉吟："再给他们一点时间试试看。"

苏靛蓝欲言又止，她想了想，还是说道："现在也有很多人在打着非遗文化的名号做产品，把非遗当作噱头和卖点。我知道市场化是趋势，艺术品也会变成商品，但是我们有没有想过一个问题，当我们一直守护的东西变成了商品，当荣誉变成了招牌和赚钱的工具，这个东西它还纯粹吗？"

"这个情况很复杂，不能一概而论。"

陆非寻态度很坚持，苏靛蓝有些生气。

"我知道你是企业家，但你不能只从企业家的角度去考虑事情。你忘了第二期录制现场，罗超老师那一只故意露出标价的篾编花篮了吗？

我们并不是没有见过这种情况，现在很多非遗技艺都丧失了自身的灵魂，不再代表中国传统文化的底蕴，而是变成了没有灵魂的、彻头彻尾的商品。你也要把香云纱变成这种东西吗？"

她在那些动作慢吞吞的少年身上，看不见任何希望。

"市场上有很多号称是非遗产品的劣质仿冒品，它们打着手工劳作的幌子，实际却是机器生产的。这些东西以低价争夺着真正非遗产品的市场，挤压用心做非遗的手艺人的生存空间，把我们坚守和保护的东西，变成垃圾和恶俗的商品。我们不能让我们守护的技艺也变成这样，所以你再考虑一下，好不好？"

陆非寻很冷静道："非遗是很大的艺术概念，它需要保护和传承，可是没有创新和发展，生存就会变成致命问题。"

苏靛蓝极力克制："可是我们要把保护放在第一位啊！"

"保护这个词对应着濒亡，非遗文化被市场淘汰了，所以才需要被拯救和扶持，这本身就是一种困局。如果只谈保护不谈发展，太过片面。"

"陆非寻，你不可以一直用这种视角看待问题，我们是传承人，传承这份文化，守住这份文化传给后人，才是我们的责任！如果连继承一门技艺的传承人都只考虑跟着时代潮流走，把东西变得浮躁和市场化，那么这一行还有什么希望可言？"

苏靛蓝的呼吸有些急促，心口也像被人紧紧捏着似的："我发现我们两个人对传承的认知有根本性的不同。如果盲目追求变现、追求速度、追求关注，任由工匠技艺变得马虎，我们身后的行业会死掉。"

苏靛蓝留下这句话后走了出去。

陆非寻一个人看着窗外的庭院。庭院里的树很秀气，透着勃勃生机，这座宅子已经很老了，但因为有了人，所以有了生气。

传统文化是什么？如果它只存在于偏僻的小山村里，只由一位八九十岁的老人守着，没人关注，那就是死气沉沉的。但如果让它出现在大都市最高档的展示柜中，把它变成年轻人的向往，那么它才能活过来。

他坚守传承，但同时也觉得革新才是最正确的方式。撇去帮陆时庭收拾烂摊子的原因，他其实也想尝试新的做法。

苏靛蓝回去以后，一个人闷了很久，也想起苏庆云和她说过的一件心事。

化工颜料盛行以后，苏庆云时常愁眉苦脸的，总说矿物颜料经过了千百年的检验，性质稳定，永不褪色。可是化工颜料呢？只有几十年的时间，还不知道以后会怎么样……

这是一个匠人最诚挚的担忧，也是"原汁原味"传承的必要性和意义。创新就意味着冒险，就跟基因编辑一样，一旦基因池混入了不稳定因素，经过蝴蝶效应之后，可能引发的是整个领域的地震。

因为有心事，苏靛蓝不想见陆非寻，这几天反倒常常去作坊。

一个阴天，天上突然开始飘细雨，几位在作坊的里干活的老师傅一看就慌了，声嘶力竭地喊："快收莨绸，要不然这批货要出事！"

那么大的晒场，一时半会哪能收得完？大家都急了。

苏靛蓝也很焦急，开始冒雨往晒场跑。

到了晒场，苏靛蓝看见十几个少年一瘸一拐地往草场中央跑。他们咬着牙把收好的莨绸往仓库拖，还有人干脆把衣服脱了，盖在一摞摞莨绸上。几个人齐心协力把东西往里扛，冷风刮来，冻得他们脸色发白。

这些人里，有一些她不曾见过的生面孔。有些少年只有一条胳膊，有些少年挂着拐杖，只剩下一条腿。他们走得那么艰难，却不曾放弃保护这些香云纱。

苏靛蓝冲上去帮他们，雨砸在脸上，那一瞬间她什么都明白了。

雨停后，苏靛蓝跑去找陆非寻。

屋檐往下淌着水，陆非寻坐在窗边，苏靛蓝隔着玻璃看他，一刹那如痴如狂。

"陆非寻！"苏靛蓝冲了进去。

陆非寻抬头，眼底有波澜。

"我误会你了，你不是为了降低成本才用他们，你是想要帮助他们，所以才特意开辟了这条新生产线。你没有放弃对工匠技艺的坚持,你只是要帮他们解决就业问题!对不对?"

陆非寻眼底浮现意外,默认了。

苏靛蓝动了动嘴唇,什么话都说不出来。

陆非寻问:"还生我气?"

"当然……当然要生你气!"她这两天一直很难过,没办法认同陆非寻的做法,可到了最后才发现,最善良最心软的人却是他。

苏靛蓝只好说:"为什么不把真实情况说出来?刘师傅他们也会支持你的。"

"本来也是因为私人原因,上不得台面的。"

这件事的处理方式,影响了德顺堂的整体利益。可他当时想了一夜,只想到这个办法。

"因为时庭大哥吗?"

陆非寻又沉默了。

苏靛蓝难受地说道:"可这本来就是一个圈套!现在网上还有人说你上节目是为了变现,所有人都在误解你,你难道一点都不在乎吗?"

"在乎。"陆非寻冷淡的脸上,出现一丝情绪波动,"我不在乎别人,只在乎你。"

这还是他第一次体会到被喜欢的人冷落几天的感受。

苏靛蓝马上红了脸:"你可以来找我解释嘛。"

陆非寻突然起身把苏靛蓝摁进怀里,轻轻地说:"那天和你吵架,惹你不高兴了,后来又怕说得多,错得更多。"

苏靛蓝吃惊地抬头望着陆非寻。

陆非寻说:"两个成长背景不一样的人,三观一定会有所不同。我不惧怕不同,却担心让你失望。我留过学,现在勉强能称为是个企业家,看起来年轻有为,却是第一次当别人的男朋友。我以后就有经验了,会好好和你解释。"

苏靛蓝心里有个柔软的地方被戳了一下,抬头看向陆非寻。

陆非寻温柔地说:"我想好好做一件事,让你为我自豪。"

他让苏靛蓝坐在身旁，翻开一本东西让她看。

苏靛蓝看了一下："这是德顺堂新产品的设计书？"

"新的生产线已经规划好了，专做香云纱的文创品牌，名字叫新生。"

苏靛蓝认真阅读，设计书上做了设计理念介绍——以文创产品的形式，专注于小件商品的衍生生产，以大众能广泛接受的价格，让香云纱走进千家万户。

设计书上罗列了十件新品，包括香云纱做的手提包、零钱包、卡包，还有文创T袖等，设计图都特别精巧可爱。手提包上绘制了东江丘壑图、青绿山水图、花鸟图等不同图案，零钱包上是那柄宋代团扇纹样。这些与两人息息相关的回忆，都成为文创产品的元素。

"设计得很有艺术感，很漂亮，我都想买了。"苏靛蓝感慨道。

陆非寻握住苏靛蓝的手反复摩挲，指尖停在团扇图案上："送给你。"

苏靛蓝怔怔地看着他，连呼吸都变得不那么顺畅："非寻……"

她突然捧住陆非寻的脸，主动吻他。

这是她第一次这么主动，陆非寻身体一僵，紧紧扣住苏靛蓝的腰，一股冲动从尾脊往脑袋里蹿。他向来冷静，此刻却热血沸腾，排山倒海而来的颤栗感令他难以控制。

苏靛蓝强吻完陆非寻，轻轻放开他，低下了头。

陆非寻紧紧扣着苏靛蓝的手，握了许久都不愿意松开。

两个人就这么十指紧扣，安静地陪伴着彼此……

德顺堂的新品公布以后，网友们都沸腾了。

"哇，也太好看了吧！"

"不是说陆非寻是黑心商人吗？这个定价为什么这么实在！"

"产量好低，限量商品，好想抢啊！香云纱的文创为什么做得那么好看！我还看出了矿物颜料的影子，结合在一起真的好美！"

同时，德顺堂的社交平台官方账号还发布了这一系列新品的"背后的故事"。

德顺堂一直是高端面料供应商,这是第一次面向个人出产品,大家都特别感兴趣,但是看到新产品背后的故事时,所有人都震惊了。

故事以采访的形式进行,采访了十位工人,他们大方地露出了身体的残缺,讲述自己在德顺堂的成长,讲述自己在新品上的贡献。他们在草场上帮忙晾晒过香云纱,在下雨天抢救过这些文创产品的面料,他们在每一个温暖的清晨,小心翼翼地呵护这些香云纱……

原本抱着看热闹心态去的人,忽地了解到这批新品的分量。

"陆非寻知道黑作坊是残疾人在经营,所以在黑作坊被查封后,他直接把这些人聘到旗下,给他们工作机会,还教他们怎么做香云纱。"

"做善事还能直接做出一个新品牌来?真的太厉害了,这才是能人!"

"有颜值,有能力,面冷心热,温柔又多金,这样的男朋友给我来一打!"

一时间,所有的负面新闻都烟消云散,之前的关注与指责,反倒成就了这批新品,变成了免费的宣传资源。

陆时庭坐在家中,修长的腿交叠成惬意的姿势,看见这些消息时,他整个人忽然紧绷,脸上浮现出阴恻恻的怒意。

他站起身来,盯着手机看了半响,拨通了一个电话……

德顺堂的新品如期上市时,苏靛蓝和陆非寻也接到了栏目组的通知,要回湘城录制最后一期《留住手艺》。

假期结束前两天,苏靛蓝终于回苏州陪苏庆云。

苏庆云坐在茶桌前,有些失落:"放假那么多天,你一直在外头跑,最后两天才回来。楼下宋叔的侄女听说你回来了,想来找你签名,来了几次都找不着人。"

苏靛蓝心虚:"爸,朋友出事了,我去帮忙。"

苏庆云苦口婆心地劝:"咱颜料匠能有今天不容易,都是你一点一点辛苦搏来的名声,一定要记得做好咱分内的事。"

苏靛蓝乖巧地点头:"嗯。"

"现在关注矿物颜料的人越来越多,但你别忘了自己当初怎么说的,你说要在三年内把这门手艺做活,让庆云堂转亏为盈,证明这门手艺真的能养活你自己,否则你就接着报名考试,当你的老师去!"

"爸,这些事我没忘啊。"苏靛蓝笑着撒娇。

苏庆云故意板起脸,眼底泛着心疼:"你听爸的,能有今天不容易,不要做让自己分心的事情。恋爱什么时候谈都行,不要挑这个时候。爸也多帮你,尽量……不拖你后腿。"

苏靛蓝吓了一跳:"爸……"

苏庆云没什么特别反应,似乎就是随口一提:"爸当了一辈子颜料匠,可是对这门手艺的推动作用,还不如你在短短这几个月里做得多。你承受了许多诋毁,才换来今天这种局面。现在看起来热闹,可这些东西也是一时的。"

"你如果不认真做这件事情,过两年大家就把这些全忘了。就像我们当时那个年代一样,红过、火过、也冷过,以前再辉煌,现在不还是一样平平淡淡?现在这个时代啊,新鲜的东西太多了,跟不上大众的东西最后还是会被淘汰……"

苏庆云说着,深深地叹了一口气。

雄 黄

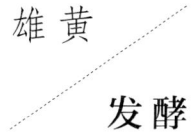

发 酵

最后一期节目录制前,苏靛蓝接到了导演刘东昇的电话。

刘东昇问:"小苏,录制现场这边出了点问题,有几个娱记堵着节目组,想采访你关于上期做的颜料盒的事情。有人说你抄袭?"

"抄袭?!"

不管在哪个行业,抄袭都是致命的问题,是创作人一生的污点。

刘东昇单刀直入地问:"最近市场上确实有个颜料盒比较火,牌子叫温莎玛丽,他们的新品和你上期创作的颜料盒的确有些像。我们的节目现在已经播出过半,在社会上反响较好,也带动了一些相关行业的经济。我明白你们的难处,像罗老师经营着一个小店,确实有变现的需求……"

苏靛蓝礼貌地打断刘东昇:"刘导,我没抄袭。我确实憧憬过让矿物颜料变得更有市场一些,至少能养活从事这行的手艺人,但我不会因为这样,就去抄市场上有商业价值的产品。"

刘东昇踌躇了一下,决定相信苏靛蓝:"小苏,我一直觉得你懂事,既然你这样说,我就放心了。我们各界都要尊重手艺人的创作成果,《留住手艺》是一个有灵魂、正能量的节目,我不希望节目出现太多的负面新闻。有很多人质疑节目组捧你们这些文化明星出来是为了让你们赚钱。在我心里,如果文化用钱来衡量,那这个社会就没希望了,你明白吗?"

"我明白,刘导,我不支持这样的事,也永远不会做这样的事。"

"你没让我失望。行,那就先这样。"

苏靛蓝听着电话里急促而短暂的嘟嘟声,有一瞬间的恍惚。随即她马上打开手机浏览器,搜索"温莎玛丽"这个品牌。

她作为美术生,知道"温莎牛顿"这个牌子,但第一次听说温莎玛丽。搜索之后,苏靛蓝有些吃惊——这个拥有外国名字的颜料牌子,竟然是土生土长的本地品牌。温莎玛丽自称秉持世界一线绘画颜料的定位,可往期生产的颜料盒却都有借鉴迹象。

苏靛蓝看了看网上的购买评论:

"颜料盒很漂亮,但是质量很差。第一次买的时候还以为是国外的温莎呢,毕竟长得一模一样,查了以后才知道不是。"

"这个牌子的复制能力堪称一流,今天别家出新品,第二天它就能造出一模一样的来。"

苏靛蓝查完以后眉心微蹙,看样子是她和陆非寻联手创作的"草·石本心"被抄袭了。

《留住手艺》大火以后,很多节目联名款被推出,节目组授权费也拿了不少。苏靛蓝一心做手艺,没刻意关注这些。现在她记住了"温莎玛丽"这个牌子,并且印象不算好。

早上八点,苏靛蓝到达湘城电视台彩排现场。

黎莉一边把通告表递给苏靛蓝,一边问:"苏老师,假期过得不开心吗?怎么又走神啦?"

苏靛蓝接下录制通告表,对着黎莉笑:"没有。"

黎莉背过身,马上跟其他工作人员说悄悄话:"苏老师哪都好,人勤奋,也能吃苦,就是太小家子气了,总感觉玩不开。哎,还是我的陆老师好……一看就出身好,人又帅。"

工作人员小声劝:"你说话小声点!"

"没事,她听不到。"黎莉接着惦记陆非寻。

工作人员问:"你上周不还在网上站队了吗?跟风骂陆老师,说什么知人知面不知心。"

黎莉红着脸反驳:"我,我那也是被误导了……总之我不管,我们节目就要到尾声了,我打算试一下,倒追陆老师,说不定能愿望成真呢!"

一想到自己能成为陆非寻的女朋友，黎莉就激动得要飘起来。

她话刚说完，周围传来整齐的问候声："陆老师好！"

"你们好。"

黎莉赶紧整理头发，兴奋地朝陆非寻看过去。

经历了"行业清洗"传闻的陆非寻，看起来多了几分烟火气息，更加成熟，也更让人心动。

黎莉赶紧跑上去问好："陆老师，您回来啦！"

陆非寻只是点头回应。

黎莉殷勤地说："我去给您拿录制通告表！"

"不用了，谢谢。"

黎莉眼睁睁看着陆非寻越过自己，然后朝苏靛蓝走去，她的笑容僵在了脸上。

角落里，苏靛蓝一抬头就看到陆非寻停在自己身边，不禁莞尔一笑。

陆非寻伸手拉了张椅子，在苏靛蓝身边坐下来。一米八几的身高，坐下来时双腿修长，英俊不凡，跟从电影画报上走下来似的。

黎莉看见陆非寻那么冷的一个人，竟然主动靠近苏靛蓝，那双修长的手，自然地帮苏靛蓝挽起耳边一缕落下来的头发，黎莉瞪大了眼睛。

苏靛蓝看见陆非寻后本来就在笑，这会儿更是眼睛一弯，轻轻对陆非寻说："看录制表了吗？我们早上八点就要开始彩排，下午六点观众进场，七点就要开始录制最后一期节目了。"

陆非寻沉声："嗯。"

黎莉一直在偷听，听到陆非寻这声回应后，觉得他对苏靛蓝的态度与对自己的态度天差地别，顿时心里愤愤不平。

陆非寻这样的男人，是女孩们心里的白月光，一般人高攀不上，为什么会对苏靛蓝那么好？苏靛蓝家里穷，除了会一门手艺，长得好看一点，哪里配得上陆非寻？陆非寻竟然这样主动靠近她？

黎莉无心工作，一直偷偷关注苏靛蓝，导演让大家出去开会，她故意磨蹭几步落在最后。

黎莉看到苏靛蓝趁着所有人都走了，迅速偷抱了陆非寻一下。黎莉还来不及瞪大眼睛，就又看到陆非寻猛地扣住苏靛蓝的后脑勺，反吻住了她。

这两个人竟然在——接吻！

冷冷淡淡的陆老师，竟然那么主动！！

黎莉脑子一片空白，掩面落荒而逃！

最后一期的门票在十五天前开始预售，邀请了很多演艺嘉宾，十分正式。此时万人体育馆中央，一个巨型舞台早已搭建好，台上六位嘉宾齐聚一堂。

因为只是彩排走位、对流程，所以刘东昇没有要求大家做指定动作，于是大家聊起了天。

关剑军问："最近大家工作怎么样，还顺利吗？"

符金花一看到苏靛蓝就高兴，笑得合不拢嘴："最近好着呢！还有爱心企业家来找我合作，说要帮我开实体店，以后我织绣一幅作品，他们就帮我卖一幅作品，价格还给得高。不仅这样，还说出钱让我开培训班，收一些徒弟跟我学黎族织绣，徒弟做出来的东西，他们也照价收。"

"老姐姐，这样一来你不就有盼头了？"梁波笑道。

符金花说："那当然了，有盼头了，终于有盼头了……"想起一开始她来参加节目的初衷，她现在这样已经算是求仁得仁。

梁波也讲起自己近况："我这边的情况也好得很，省里面的领导都特意来关心我们了，现在厂里面把我返聘回去，让我教厂里的徒弟，说坚决不浪费我这门手艺！"

一直以来梁波就想上节目找个徒弟，现在何止是找到一个徒弟，简直是捡到了一批徒弟。

罗超也沾沾自喜："以前我的店里，一个月也就卖出个几千块钱的东西，现在店里每天都来几百人，围得水泄不通。我这次回去的二十天里，就卖出了几万块的东西。"

罗超看着陆非寻，问道："我在网上看到陆老师这个月过得也很精彩，麻烦总算解决了吧？"

陆非寻看了罗超一眼，淡淡应道："嗯。"

罗超感觉自己一拳打在了棉花上。

他突然把视线挪到苏靛蓝身上："苏老师，刚才我过来时听到工作人员议论……你缺钱？"

"啊？"苏靛蓝愣了一下。

梁波心头一刺，骂了一句："罗老师，你这人好歹算个文化人，怎么这样说话呢？"

符金花也看不下去，出来说："就是，这话问得也太不礼貌了！当众说人家缺钱，谁家不缺钱？你家不缺钱？"

罗超脸上挂不住，反驳道："我缺啊，但我的东西好歹卖得出去，小苏老师的东西能卖出去吗？就算能卖出去，她有多少产品可卖？现在矿石原料都找不到了。而且这话也不是我说的，今天不是来了一群记者嘛，说她缺钱，急着赚钱，所以连上期的作品都是抄人家的。就等着节目播出以后打出名气，自己也找个厂子做起来，卖化工颜料挣钱。"

台上气氛有些尴尬，连工作人员都看过来了，想知道苏靛蓝会有什么反应。

苏靛蓝倒是一直都维持着笑容，想了想决定正面回应："不是很缺钱，也不会做这样的事。"

罗超半信半疑："录制节目有一大笔嘉宾费，但是你们女孩子这个年纪，正是喜欢攀比的时候。你现在成名了，总要买点好看的衣服、名牌包什么的，回到苏州再买辆车，估计钱就没有了。"

苏靛蓝摇摇头："很少买衣服，也不买包。"

陆非寻看着苏靛蓝，俏生生的女孩站在台上接受别人的质疑，也不生气，心平气和地与长辈谈论着缺钱的事情。

她从来没喊过穷，但也确实没频繁换过鲜艳亮丽的衣服，也从来不拎极贵的包。因为长得白净漂亮，即使穿着简单，却也不会显得寒酸。

罗超讥讽道："你也不是不想要，而是买不起。"

苏靛蓝没再反驳，只是轻轻地笑了。

有时争一时意气，就算是赢，也输了体面。

随后彩排开始，嘉宾们陆续去走位。等大家都出去了以后，罗超把苏靛蓝留下来，说："小苏老师，刚才我说话唐突了，没经过思考，我在这里向你道歉。"

苏靛蓝感到意外，反应过来后急忙说："罗老师，没关系。"

"你别往心里去，我这人也没什么坏心眼，就是嘴臭。"罗超神秘兮兮地说，"其实做非遗，缺钱是常态，但也不是没有生财之道，我给你指条明路？"

"什么明路？"

"国家不是支持非遗嘛，每年都有很多资金。你知道我为什么辞掉公务员的工作不干了吗？就是因为这个有前途啊！你看我现在才四十六岁，就已经是公认的非遗传承人了，平常我可以申报扶持项目，还可以申请资金建立博物馆，这些项目经费一下来，中间的油水很可观。我平常不对人说这些，你也不许往外说！"

苏靛蓝从没往这边想过，感受着罗超的热情，她有些无措。

罗超接着说："以前我确实是没钱，但现在上节目出名了就不一样了。就说我这个月，申请的出书项目批下来了，拨了二十万元的经费。就我们那小地方，一天走遍全县城，深入生活用不了多少钱，最后肯定有多余的钱。"

罗超沾沾自喜："上面还给我配备了两个合同工使唤，如果能申请经费做民俗博物馆，是不是又能赚一笔？"

"罗老师！"苏靛蓝头皮发麻。

"怎么了？！"

"国家支持非遗文化，是因为它是珍贵的历史见证，是我们人文、历史文化从未断层的证明，是我们十四亿人的骄傲！因为很多非物质文化遗产不好保存，所以保护工作也很难开展。为了保留这些文化精粹，也为了留下这个活的历史见证，国家才会花费大量的人力物力对这些文化展开扶持。可是这些扶持不应该被我们视为赚钱的渠道。"

罗超没想到会有被年轻人一本正经教训的一天，顿时黑下脸："你这话说得，搞得我跟贼似的？你意思是我在占国家便宜？！"

苏靛蓝咬咬唇，没回答这个问题。

罗超心惊胆战，赶紧左看右看，警告道："我真是好心被当成驴肝肺，我把你当自己人才掏这个底！你自己也不是什么好东西，凭什么这么说我？你别以为我不知道你那些猫腻，你看着人家陆老师有点家底，就和他走得挺近的是吧？"

罗超怕被人听见他刚才的话，说道："刚才那些话你不愿意听就算了，出去别乱说，要不然我就对媒体说你勾引陆非寻！"

苏靛蓝动动嘴角什么都没说。

罗超看苏靛蓝这个反应，甩脸就走。

罗超走了以后，后台某个角落传来踢到东西的声音，苏靛蓝回头，看见一个陌生的女孩。

女孩没想到自己这就被苏靛蓝看见了，急忙说："对不起啊，苏老师，我刚来真的什么也没听到。我是来送货的，有人让我把这个拿给您。"女孩着急地把手里的袋子给苏靛蓝，说完就跑了。

彩排结束以后，嘉宾们都回到休息室了，现在罗超也在，看见苏靛蓝就别开眼。苏靛蓝也不提刚才的事情，而是习惯性地走到陆非寻身边。

陆非寻看了一眼苏靛蓝手里的袋子，自然问道："刚刚在外面聊什么？"

"没什么。"苏靛蓝红着脸，故意转移话题，"好像有粉丝送我礼物呢。"

陆非寻说："打开看看。"

苏靛蓝满怀期待地打开，看到里面奢侈品牌的标识时，吓得赶紧合上："是不是弄错了？"

梁波和符金花也被这里的动静吸引过来："靛蓝丫头怎么了？是什么东西？快打开看看啊！"

盛情难却之下，苏靛蓝只好把里面的东西拿出来，竟然是一款精致时尚的手提包。可以看出选的人很有眼光。

梁波说:"这个牌子的包得好多钱!我孙女也喜欢。"

罗超眼睛都直了,而苏靛蓝下意识地看向陆非寻。

陆非寻面色如常,只是嘴角微微上翘:"挺不错。"

苏靛蓝一瞬间就确定了送的人。

她摸了摸自己腰间的包:"我身上这只才一百多,这份礼物太贵重了。"

符金花高兴地说:"有人送说明你值得啊!送的人肯定很喜欢你,才愿意送你这么漂亮的东西。你是个招人疼的孩子,我要是有能力,也愿意把最好的给你!"

苏靛蓝眼睛里盛着一汪水,软软地看着陆非寻:"谢谢。"

大家看着这包,连关剑军都忍不住评价:"般配。"

罗超之前才刚骂过苏靛蓝穷,还说年轻女孩谁不喜欢鲜艳的衣服和漂亮的包包?这转瞬间,苏靛蓝就拥有了好东西。

罗超红了眼,冷嘲热讽地说:"还是年轻女孩好啊!长得漂亮就是有人愿意替她出头!"

陆非寻淡淡看了罗超一眼。

符金花冲着苏靛蓝小声说:"别理他,里头好像还有东西,快打开看看。"

苏靛蓝轻轻应了一声:"嗯。"

袋子里面还有一个小礼盒,打开是一条水红色的长裙。

梁波感叹道:"这裙子好,适合靛蓝丫头!要我说靛蓝丫头早就该穿这种裙子了,天天穿那么素净,容易被势利的人看不起!快去换上!"

符金花说:"今天晚上不是要上台录节目吗?我看就穿这个了!"

苏靛蓝望着陆非寻,心里头翻江倒海,无声地说谢谢。

傍晚七点,观众早已进场完毕,整个体育馆挥舞着蓝色荧光棒,晃成一片壮观蔚蓝的海洋。一切准备就绪,升降台慢慢把嘉宾们送上舞台。

六位非遗传承人站上舞台时，观众席传来阵阵喊叫声。

水红色的薄纱长裙衬得苏靛蓝娇艳明媚，光芒四射，而一旁的陆非寻则穿着简单的黑西装，气质矜贵，骄傲尽显，今夜两人显得格外登对。

台下，黎莉站在工作人员队伍里，看着这一幕久久出神。

今天记者过来闹事，是她故意透的风。她在一周前就发现有个厂家抄袭苏靛蓝的颜料盒创意，昨天顺势利用这件事在网上污蔑苏靛蓝，但是现在她有些后悔了，苏靛蓝配得上陆非寻，反而是自己配不上那个男人。

他们都是追梦人，心里有一样的目标，都在为一项伟大的事业而奋斗。他们有共同话题，也都经历过这个行业最暗淡的时刻。现在，他们理应站在台上，共同享受属于他们的盛会。

在晚会最高潮的时候，刘东昇作为导演站在台上，向所有观众宣布："经过三周的票选，现在最终获胜的作品已经票选出了，答案就在我手上。"

台下响起山呼海啸般的期盼声。

"《留下手艺》是我从业生涯里，做过最无愧于心的节目，我也很荣幸给这些手艺人搭起了一个与观众对话的桥梁。现在我宣布……"刘东昇停顿了一下，直到台下掌声淹没了所有人的理智，"最贴近时代和最受欢迎的非遗作品是——'草·石本心'颜料盒！"

苏靛蓝瞪大眼睛。

刘东昇恭喜苏靛蓝和陆非寻，和他们说："感谢你们，这个时代的年轻人，不计报酬做传统技艺的确很不容易，愿你们再接再厉。"

苏靛蓝激动地说："谢谢大家！"

晚会结束后，苏靛蓝抱着奖杯心事重重："陆非寻。"

"怎么？"

"我是不是在做梦？你掐掐我？"

得到了第一名，就意味着在节目组成立的非遗基金里，将获得一部分可观的收益。

陆非寻沉声道:"投票获胜,只能说明这一阶段我们比较受欢迎,并不代表我们将事情做好了。未来的路还很长。"

苏靛蓝吐吐舌头:"谢谢你给我泼的冷水,欢迎我的陆教授回来,终于又听到你的说教了。"

"不是说教。"比起今晚出的风头,陆非寻冷静了许多,"一开始我们的票数和梁波老师他们的票数不相上下,只是德顺堂新品的'背后的故事'上线之后,我们的票数才开始成倍增长。这意味着观众们认可的是非遗的公益行为,而不单纯是我们的作品。"

"嗯。"苏靛蓝轻声应道。

成功,并不意味着结束,更象征着另一种开始。

《留住手艺》录制落下帷幕,节目仍在播出中,热度还在持续发酵,有越演越烈的趋势。

苏靛蓝在离开湘城前,被陆非寻带去爬了趟山。巍峨壮丽的山顶上,两个人亲密地合了影,苏靛蓝闹着让陆非寻露出八颗牙齿与她合照,于是陆非寻被迫拍了张有史以来看起来笑得最开心的照片。

在山上看了云海与日出,两个人又去了大峡谷。峡谷中瀑布丛生,水流潺潺。

苏靛蓝说:"我们这算不算一起见过了祖国的大好山河?"

陆非寻凝视苏靛蓝,宠溺地碰了碰她的脸。

第八期节目播出当晚,苏州那边出了件大事。

苏庆云接到一通电话,对方自称消费者协会的工作人员,问苏庆云:"苏老师吗,好多消费者向我们协会反映问题,所以我们特意来核实一下情况。您最近是不是和一家叫温莎玛丽颜料有限公司的企业签订了合作协议,出了一款矿物颜料盒?"

苏庆云哆嗦了一下说:"对,怎么了?是出什么事了?"

工作人员说:"有人举报您售假。"

"我怎么就售假了?我什么都没卖啊!"

"您是不是签了授权协议书,和厂家一起合作开发新产品?"

"是啊,是签了一份授权书,他说会做个名人小罐茶那样的商品,叫作名人矿物颜料。我们只卖精品,不卖普通货,也不批量生产。我知道矿物颜料要做精装版,也没打算卖假货,怎么就被消费者举报售假了呢?"

"您参与生产了吗?"

"我……我最近是在给他们弄来着,但是我怎么可能卖假货呢?我这辈子都不可能卖假货!"

"好的,打扰您了,您也先别急,我们只是先调查情况。"工作人员极力安抚苏庆云。

苏庆云挂断电话,瘫坐在沙发上,连节目都没心情看了。

节目录制完了以后大家各回各家,苏靛蓝刚坐上回家的车就接到庄清清的电话。

"喂,清清?"

"你在哪呢?"

"我在回家的路上。"苏靛蓝笑着说。

"啊?你回来啦?"

"嗯啊,我还以为你这通电话是要来接我呢。"

因为害怕庄清清搞出盛大的接机场面,所以这一次苏靛蓝是悄悄回来的,谁也没告诉。

"什么啊,我都不知道你要回来好吗?"庄清清语气激动,"小靛蓝,你商业头脑不错啊!我还担心你打赌输给叔叔呢,看样子马上就要崛起当富婆了!"

苏靛蓝被夸得一头雾水:"啊?"

"啊什么啊?我都看见你和叔叔的产品啦,我现在就在画材店呢,架子上一排都是颜料,就你家矿物颜料放的位置最显眼!上面还标着一行大字:苏庆云,中国矿物颜料传承人,《留住手艺》嘉宾苏靛蓝之父,大师作,纯精品。一盒颜料卖两千八百八十八呢!"

"什么?"

"这么吃惊啊?上面还有叔叔龙飞凤舞的签名!我刚可问老板了,

老板说这颜料一个星期前就上市了,现在是卖得最好的颜料!学艺术的孩子都舍得花钱,尤其是现在这款节目那么火,人人都知道中国有门老手艺叫制作矿物颜料,知道千里江山图,知道敦煌壁画……现在这款产品跟明星似的,学画画的孩子们即使舍不得吃饭,也要把钱省下来,掏钱买!"

"这是骗人的!"苏靛蓝着急说。

"骗人的?可这上面明明有叔叔的名字啊!"

"你赶紧拍照发我,我这就回家问我爸!"苏靛蓝脑子一片空白。

庄清清也意识到事情的严重性,赶紧说:"好,我现在就拍!"

矿物颜料是什么东西?这门手艺之所以遇到困境,就是因为它纯天然,纯手作。既然是天然的东西,就必然会面临原料短缺的问题。不说这么短的时间内,苏庆云根本就研磨不出这么多矿物颜料,即使能够做得出来,也没那么多矿物原料支持大批量生产啊!

苏靛蓝从没听说苏庆云在做颜料生产线,那怎么会有这么正式的商品在市面上流传?刚才庄清清念出的广告语,明显是很成熟的商业包装。

苏靛蓝收到了庄清清发来的照片,包装盒上的确是苏庆云的签名。

她急忙回到家,家里死气沉沉的,苏庆云并不在。

"爸?"苏靛蓝喊了一圈,又去问梅婶和老宋叔,"你们看见我爸了吗?"

"老苏?最近老苏总爱一个人去河边坐着,我看着挺不对劲。"

苏靛蓝急道:"我去找他!"

梅婶说:"你怎么找啊?苏州是水城,有两万条河道,你知道他在哪条?"

苏靛蓝倔强道:"那也得找!"

苏靛蓝刚才查了那个大师颜料盒,市面上已经开始出现很多打假帖,还有人用了以后发现这就是普通的化工颜料,这已经涉嫌欺诈了!而出产这个颜料盒的厂家就是温莎玛丽!

又是温莎玛丽!!

苏靛蓝急急忙忙下楼，撞上正回来的苏庆云。苏庆云眼睛发红，一脸胡茬，看到苏靛蓝愣了一下，然后一声不吭地往家走。

"爸！"苏靛蓝喊。

苏庆云停也不停，苏靛蓝只得跟着他回家。一进家门，苏庆云便把自己关在了屋里。

苏靛蓝只好上去敲门："爸，我们谈谈！"

"让爸静一静！"

下午，苏庆云终于从房间里出来，跑去卫生间用水抹了一把脸，拿着一份合同去找苏靛蓝："我……他们让我签合同，说我和他们合作后，结合他们的商业推广模式，还能让咱们矿物颜料再大火一次。他们说会帮忙宣传，我看你那么辛苦就想帮帮你！"

苏庆云语气突然变重："可谁知道他们只是想利用我的名字卖高价颜料！我苏庆云这辈子都没做成什么大事，临到老了还犯这么大的糊涂。爸没用，爸去死算了！可是我每天走到那条河边，怎么都跳不下去！这门手艺还没有着落，我死是个错，不死也是个错！"

苏靛蓝抓住失控的苏庆云："爸，你别这样！事情还没到这个地步！"

"怎么没到这个地步？靛蓝，已经有那么多人因为我被骗钱了……爸从十八岁入行就立志当个清清白白的颜料匠，现在却给这一行抹了黑，这几十年的坚持功亏一篑！我有什么脸去见当年颜料厂的同事？我有什么脸再干这一行?！"

苏靛蓝看着苏庆云崩溃的样子，跟着一起哭："现在事情发现得早，我们还可以解决！不是签了合同吗？我想办法和他们解约就是了。"

苏庆云拿着合同的手都在抖："这事我也想过，但是没办法，没办法啊……"

"为什么没办法？怎么可能没办法？我给他们打电话，我帮你谈！"

苏靛蓝抓过合同，照着签约的信息把电话拨过去，那头很快接了电话，苏靛蓝把来意说了以后，那边突然就变脸了。

"解约？合作得好好的，为什么要解约？最近这款颜料卖得很好，每天都能销个几百盒。再说了,苏老师拿了我们的授权费怎么说?这世上没有白干的买卖,我们的钱可都打进苏老师的账号里了!至于你说的要求更是荒唐!要我们澄清,澄清什么?是说苏庆云没收我们钱没和我们合作吗?这都白纸黑字写着的!合同上也没注明颜料盒是矿物颜料,做什么样的产品内容这由我们定。我们是合法的,您不满意那就把我们告到法院去。对了,到时候要是输了官司,记得把违约金付一付!"那边啪的一声挂了电话。

苏靛蓝看着苏庆云,颤抖地问:"爸,你收钱了?收了多少?"

苏庆云目光闪躲:"一、一百万。"

"什么??"

"这钱,我……我已经……"

"爸,我们把这钱退回去吧,这钱我们不能拿!几十块钱的化工颜料,包装成了高档颜料卖出天价,这已经涉嫌欺诈了!这是要追究法律责任的!这笔授权费数目这么大,不还回去你根本没办法撇清关系!"

苏庆云心一横:"退不回去了,我全花了!"

"爸,这么多钱,能在苏州买一套房子了,全花了?"

"全没了,全没了!"苏庆云低吼,脑子里一片空白!

苏庆云猛地上前,打开柜子把两块三十厘米大的青金石拿了出来,绝望道:"这是我前两天在藏品市场收回来的。你也知道这年头好原料没多少了,见一次少一次,你现在把事业做得那么大,没了原料怎么办?爸能帮你的太少了,穷了半辈子,也就只能卖卖资历换一笔钱,买下这些东西留给你了。我本来也担心,也不想签那份合同,可是我看到了这些东西……"

苏靛蓝蹲在地上,看着两块成色上好的青金石。东西是真的好,换作是她,她也动心。

苏庆云越说越难受:"我见到它们的时候,它们躺在红木柜子里,就那么放着。老板说这东西现在找不到了,是清宫流出来的藏品。人家也有诚意,传家宝打了五折卖给我,如果是原价怎么也得要两百万啊!

"我也没想到他们签了合同会干这事,我当时想的就很简单,用这些钱买矿石，最后还是回到矿物颜料的传承上来。咱们没有资金和原料，拿什么去推动？你不清楚，但是爸知道，现在家里头这些原料已经撑不久了。没有原料谈什么传承，只能算挣扎！"

苏靛蓝眼眶发红，一动不动。

苏庆云接着道："要不然这钱我们不退了，爸做错事，爸去坐牢。你留着这些矿，咱们俩个总要走出去一个，你把这些东西传下去……"

"不要！"苏靛蓝突然站起来，忍着眼泪去翻自己的包，拿出一张银行卡，"这些钱是我这几个月挣的，我全都没有花。这些矿石我们也不要，我们退回去！事情总有解决办法，但不该拿的钱不能拿！我一直记得一句话，面对困难时最靠得住的只有自己的双手和信念，只要我们不放弃，这件事一定会有转机……"

苏庆云愣住，一声叹息："现在遇到事情，爸还不如你！"

石青

高攀

古玩市场里，苏靛蓝走遍了大大小小的藏品店，问有没有人要收藏青金石，行家们听到时眼前一亮，可问了价格后都纷纷摇头。金额巨大，折现无门，苏靛蓝铩羽而归。

见到苏庆云时，苏靛蓝总是笑容满面，可一个人的时候，她又总是一个人靠着墙发呆。

苏靛蓝连着几天冷落陆非寻，什么都顾不上了。

清晨，庄清清突然接到一个陌生号码，号码数字很漂亮。

庄清清疑惑地问："哪位？"

"是我。"

庄清清听见声音，打了一个激灵："陆教授？"

"靛蓝最近发生了什么事？"

庄清清语气一下子变得磕磕绊绊："这……靛蓝啊……什么情况？为什么您会给我打电话问靛蓝的事？"

庄清清没得到答复，听着电话那头的沉默声，她只得老老实实如倒豆子般说出来："最近靛蓝家确实遇到一点麻烦，她很烦恼。这件事出来后，她想趁着事情还没闹大之前解约，但是现在石头卖不掉，他们手里没有钱，叔叔也在到处想办法呢。"

"好。"陆非寻挂了电话。

庄清清对着电话一头雾水。

早晨六点的街头，早餐店里早已冒出袅袅炊烟，蒸笼里的包子也冒出热气。苏靛蓝站在路边出神，打算今天去典当行碰碰运气。

她抬头，忽然看到一个熟悉的身影。苏靛蓝以为看错了，直到那人缓缓朝她走来。那一瞬间，苏靛蓝的眼泪没出息地落了下来。

这些天再难她都没有哭过，可见到陆非寻时，她所有的情绪都压不住了。

陆非寻在苏靛蓝面前停下，皱着眉头看她。

苏靛蓝问："你怎么来了？"

"发生这么大的事情，为什么不告诉我？"

苏靛蓝沉默不语。

一百万不是小数目，她知道他或许有能力解决，可她并不愿意这样做。

苏靛蓝低声说："我不想麻烦你，你那边已经很乱了。你好不容易解决了黑作坊的事情，新的生产线又刚进入正轨，香云纱文创产品还在开拓市场的过程中，你也很忙……"

陆非寻忽然在大街上抱住苏靛蓝。

"你这样有些不把我当回事。"陆非寻低声埋怨道。

"你是我的榜样，你可以自己解决麻烦，我既然要站在你身边，当然也要学着自己解决麻烦，我不能依赖你一辈子。"苏靛蓝抬起头。

陆非寻把她摁在怀里，阻止了她后面的话："带我去看看合同。"

苏家，陆非寻坐在沙发上看完合同，语气淡淡地说道："这家公司的总部在广州，我托朋友私下问问情况。"

苏靛蓝的小脸皱成一团。

陆非寻趁苏庆云不注意，抬手摸了摸苏靛蓝的头发，温声道："我会尽量帮你们解决的。"

陆非寻回到酒店，给广州的朋友打电话。

广州的朋友道："温莎玛丽？这牌子听起来很耳熟，半年前这公司曾委托我代理他们的案子，但我没接。现在我和那朋友还有联系来着，我帮你问问。"

陆非寻问："关系怎么样？"

"嘿嘿，能说真话的那种，很铁。温莎玛丽风评不好，我当时让他离职，但这家公司好像靠设套子赚了不少钱，给他们员工开的工资也高。这事我去问问吧，看看怎么回事。"

傍晚，这朋友终于给陆非寻回了电话，第一句就是："这事麻烦大了，我问了，有猫腻！"

那头絮絮叨叨地说完，陆非寻的脸色变得阴沉无比。

"这事就不是为了赚钱去的，谁都知道这样做违法，赚的钱都不够赔，这事就是冲着苏庆云去的。据说针对的人也不是苏庆云，而是他女儿苏靛蓝。"

陆非寻握着电话默不作声。

"要不然也不会特意在包装上打苏靛蓝的名字。现在你们节目正火，节目还没播完，再过一两周热度会到达巅峰。他们现在已经安排了网络推手，准备把这件事情推出去了。"

"目的呢？"

"说要把舆论往苏靛蓝涉嫌商业欺诈上引导。你说苏靛蓝是不是惹上什么仇家了？"

陆非寻一口回绝："不会。"

"一般人操控不了这么大的局面，无冤无仇的为什么要这样做？那边好像放了口风，只要付三倍的授权费做违约金，马上就能解约。"

陆非寻眉心一蹙："辛苦了。"

"没事儿。"

结束通话后，陆非寻独自站在窗前看着陌生的苏州。

窗外是这座城市最美丽的景色，远处有高楼、江畔和摩天轮。俯瞰脚下，又有几处江南园林藏在市井之间，处处透着秀美精巧。

都说一方水土养一方人，陆非寻自觉地就想到苏靛蓝。

最初认识的时候，她有麻烦，逼不得已地缠着他，让他帮忙解决。而他现在允许她向他撒娇、耍赖了，甚至可以为她做一切令他为难的事，但她却不再开这个口了。

苏靛蓝这个人，自重得让陆非寻心疼。

晚上，苏靛蓝如约到酒店找陆非寻。

门打开，陆非寻赤裸着上身，腰间裹着浴巾，头发还往下淌着水。

苏靛蓝愣了一下，红着脸问："我是不是来得不是时候？"

陆非寻让出过道，让苏靛蓝进来："刚在洗澡。"

苏靛蓝的声音从鼻腔里发出："嗯……"

都穿成这样了，她要是还看不出来也太笨了。

陆非寻拿出吹风筒吹头发。苏靛蓝时不时往陆非寻那边看去，看见他专注的样子，她也忘记遮掩自己的目光了。

"在看什么？"

"啊！"苏靛蓝一惊，赶紧把视线挪回来。

陆非寻手上的动作停了一下，朝她看去。

苏靛蓝今晚穿着一条斜裙，不规则的荷叶摆将她的腿衬得十分修长，细跟高跟鞋又提升了她的气质，使她有别于平常。她一直都很漂亮，但今晚格外美。

陆非寻放下吹风筒，任由半湿的头发凌乱着。

苏靛蓝关心地问："你不吹了吗？还没有干透。"

忽地，陆非寻走到苏靛蓝身前，直接往前倾，苏靛蓝措手不及，整个人往后仰，倒在了沙发上，陆非寻再弯腰下来，将她牢牢掌控在沙发与他之间。

"唔！"苏靛蓝呼吸急促，陆非寻则沉默着。

苏靛蓝动也不敢动，看见他半湿的头发垂下来，漆黑的双眸就这样盯着自己："你，你起来……"

陆非寻身上的肌肉线条紧绷着，几分钟后，漫长如几个世纪般的对视终于结束。

"还看吗？"

苏靛蓝捂住眼睛偷笑，忙说："不，不看了。"

"嗯，再看就要出事了。"陆非寻的语气还如平常一样清冷，却透着一点躁意。他微微一笑，站直身子，"等我，我去换衣服。"

陆非寻进洗手间穿衣服，出来后已神色如常。

陆非寻拿出手机，打开软件："看一下机票。"

"我们要去哪？"

"去广州，面谈违约金。"

"那边同意解约了吗？"

"没有。"

"那我们？"

"要三倍签约价做违约金。"

苏靛蓝噌地站起来道："他们怎么不去抢呢?!"

三百万，普通人哪能凑到三百万？

苏靛蓝捏着拳头，站在房间里一言不发。

陆非寻见她这样，轻轻地揉了揉她的头发："一切都会解决的，我有办法。你现在看机票，我们订最早的一班过去。"

苏靛蓝百感交集，突然有点想哭。她对陆非寻说："今天下午，我拿着石头跑了好几家担保公司，他们都说这只能算是文玩藏品，建议我去拍卖行拍卖。我又去了房地产公司，想把房子卖了换钱，可房产中介告诉我，我家是小产权单位房，自住可以，没有房产证很难卖出去……我已经很努力地想自己解决问题了，但是我真的太差劲了。"

"靛蓝。"

"嗯？"

"你要记得一句话——但凡容易解决的困难，都不配叫困难。"

苏靛蓝怔怔地看着陆非寻。

陆非寻说："以平常心对待它。"

次日一早，两人飞往广州，到达温莎玛丽颜料有限公司。

公司负责接待的人姓侯，苏靛蓝称呼他为侯经理。这位侯经理看了苏靛蓝一眼，毫不客气地坐下来："我们公司是家好公司，最讲契约精神，虽然知道你是过来谈解约的，我们也一样见你。这事情也不是不能谈，但是现在我们的颜料盒卖得正好，你们要解除合作，我们的产品怎么办？我们的成本又怎么办？东西现在已经生产出来了，这钱谁来赔？"

侯经理不容苏靛蓝说话，接着道："我们前期宣传费也砸了不少，解约的话，这钱你们都得出。"

苏靛蓝礼貌地说道："侯经理的话不太对。如果是正常合作，我们当然不会解约。可您借着我父亲矿物颜料传承人的名号卖化工颜料，这已经违约了，那么产生的费用为什么要由我们来承担？"

侯经理被说得面色一躁，狠狠拍桌："你们想解约，还这个态度?!"

忽地一只手伸出来，按住了侯经理。

侯经理回头看到了一个面色冷峻的男人。侯经理认出了这是陆非寻。于是他讪讪地换了个姿势，对苏靛蓝说："没想到你真有本事，连我们本地的著名企业家都请来了。"

苏靛蓝正想开口，被陆非寻按住。

"既然都认识，"陆非寻在苏靛蓝身边坐下，对侯经理道，"那我们来谈一谈。"

侯经理态度顿时大转变，对着陆非寻笑："这事可以谈，您都出面了，当然可以谈。我们要这个数。"说着伸出了三个手指头。

"侯经理，看过《合同法》吗？"陆非寻问。

"看过。我们开公司的，当然看过《合同法》！"

"合同法里有一条：当事人订立、履行合同，应当遵守法律、行政法规，尊重社会公德，不得扰乱社会经济秩序，损害社会公共利益。这是合同有效的前提。"

侯经理脸色一变："我们怎么不遵守法律法规了？您是说我们和苏庆云签订的合同无效？"

"商业欺诈这个词，听过吗？"陆非寻又问。

侯经理彻底脸色大变，再次拍桌："你们什么意思，来找碴的是吧？不想好好谈是吧？"

"主体适格、内容不违法、形式合法是合同有效所具备的条件。贵公司的矿物颜料产品存在虚伪陈述的情况，将质量低劣的产品说成是优质产品。知道真实情况却故意不向消费者告知，未尽到法定的陈述义务,已经构成商业欺诈行为。在这种情况下,故意隐瞒事实情况使他人陷入错误的行为,可撤销合同。"陆非寻停了停,接着说,"我们一分钱都不会赔。"

侯经理的脸一阵红一阵白,半晌才道:"可笑,怎么能说明苏庆云不知情?即使你们把我们告上法院,苏庆云也择不了关系!我们就说他什么都知道,他想赚钱想疯了,这都是他给我们出的主意!我们公司是无辜的!你们还想解约?做梦吧你们!把我们公司拖下水,我们还得告你们呢!"

苏靛蓝与陆非寻默契地对视一眼。

侯经理还在发火:"你们别想着威胁我,威胁我没用!现在给你们一个机会,三百万,否则什么都免谈。"

"一百万,"陆非寻拿出一张支票放桌上,"苏老师的授权费我代为退还给你。"

"如果我不收,非要三百万呢?"

"我们会请律师介入,到时贵公司被法院宣判合同无效,一分钱都不会有。"陆非寻平静地说,"而且你们存在商业欺诈,产品以劣称优,损害苏老师的名誉,降低社会对其的评价,还需要支付一笔赔偿金。"

侯经理突然变脸:"一百万就一百万!算我们倒霉,和你们庆云堂的人合作!"

苏靛蓝眼睁睁地看着支票被拿走。

侯经理粗鄙的目光在陆非寻和苏靛蓝身上游走,最后停在陆非寻身上。他冷笑一声,留下一个意味深长的目光,急急忙忙地往外走。

马上,苏靛蓝就顺利地拿到了解约书。

离开前,陆非寻在办公室拐角处驻足,恰巧听到侯经理压低了声音在与谁通话:"得了,一百万也行了。你弟自己掏了一百万垫上这个款,他手上的活钱也算少了一大笔,我们见好就收。颜料盒现在也赚了不少钱,解约就解约了。"

走出温莎玛丽的办公大楼,苏靛蓝还有些恍惚,朝陆非寻问道:

"这件事就这样解决了？"

"嗯。"

"你为什么这么平静？"

"早有预料。"陆非寻似乎有心事，话也不多。

苏靛蓝站在人行道里，低头盯着脚尖："对不起，刚刚那笔钱，等我卖了那两块矿石还给你。回去以后，我找一家拍卖公司委托寄售。"

"不必。"

苏靛蓝抬头，注视陆非寻。

陆非寻感受到她不安的目光，慢慢道："那些是我在国外办展存的钱。"

"哦……"苏靛蓝低头说，"但是无论如何，我还是要早些把钱还给你。"

"我去打个电话。"

苏靛蓝看着陆非寻走到无人的地方，站在一棵光秃秃的树下电话。不知道为什么，苏靛蓝总觉得今天的陆非寻有点寥落。

陆非寻在给楚译打电话："帮我查一下他最近在干什么？"

楚译在电话那头问："谁？时庭哥？时庭哥的消息不用查，我正好知道。听楚琳说时庭哥最近都在广州市区，没事就找一位颜料厂的老板喝早茶，还玩起了新产业，说是什么奇石收藏，花了不少钱"

"好，知道了。"陆非寻挂了电话以后，静静地站着看眼前的车流，车子一辆辆驶过，汇成一条线。

突然，他的衣角被人拉了拉。陆非寻转过头，看到了苏靛蓝担忧的眼神。

陆非寻沉默着，看着苏靛蓝自责的样子，想解释却什么都说不出口，只能将薄唇抿成一条线。

这些麻烦其实因他而起，设局套住苏庆云是为了针对苏靛蓝，最终是要为难他。对方从一开始就是冲着他手里的流动资金来的。能让他掏出三百万固然好，不然，一百万也行。

"走吧。"

"我们去哪？"苏靛蓝问。

陆非寻低沉地回应："把解约书带回去。"

苏州。

苏庆云跟做梦一样："真的没事了？他们马上会回收那些颜料盒？"

"爸，真没事了，对方不仅会回收颜料盒，还会发布声明澄清这件事和你没关系。你下一次不要再稀里糊涂签合同了。"

"爸不会了，爸当时也是被那两块石头迷了眼睛。这么多年我就没给你买过什么好东西，也没什么能支持你……最后这事怎么解决的？他们不要那一百万了？随便几句话就给打发了？"

苏靛蓝不擅长说谎，哽了半天才说道："陆非寻帮忙垫上了。"

"什么？一百万，垫上了?!"

"爸，你别激动，我会想办法还给他的。录节目的时候赚了些钱，还有你借的一点钱，将近二十万我先给他了。"

苏庆云坐在沙发上一言不发。他这辈子最怕欠人情，当年为了苏靛蓝上学的事情借了别人钱，最后好不容易还上了，但也因为还晚了被埋怨，还丢了朋友。后来他再难再苦，也没再向别人开过口，宁愿自己下矿去挣。

在苏庆云心里，一个人有多少能力就做多少事。但凡做超过能力的事，一定会失控的。

"无缘无故，人家凭什么借咱们那么多钱？"苏庆云盯着苏靛蓝问，"这些钱不是小数目，你是不是……我们不能为了钱出卖自己。"

"爸，没有这样的事，你想哪去了！"苏靛蓝小声地说。

"那他喜欢你？在追求你？"苏庆云试探道。

苏靛蓝不说话，苏庆云心里咯噔一下："靛蓝，爸是过来人，你千万不能糊涂！古代讲究门当户对，我们家里什么条件你也知道，高攀不上人家。讲的好听是谈恋爱，但万一人家是在玩弄你的感情呢？"

"爸，他不是这样的人。"

"你们认识才多久，有一年了吗？对他了解深吗？就算他对你是认真的，谈恋爱可以，结婚以后你能保证彼此处得来吗？结婚不是恋爱，婚姻是柴米油盐酱醋茶。爸不是戴着有色眼镜看人，但两个人相处，看事情的想法要差不多。你们俩生活的环境不一样，观念也不一样，结婚以后能合得来吗？"

"我们还没到这一步。"

"不管到没到这一步，你们俩差距太大了，千万别犯糊涂！就咱们这穷酸家庭，就算他愿意接受你，那他的家人愿意接受你吗？就光说咱们家出了这么大的事，拿了人家一百万，就足够让他家人看不起你。如果我们再不赶紧把钱给人还上，人家肯定觉得咱们是贪图别人的钱。靛蓝，爸从小就教你做人贵在自知！"

"爸，我不是因为钱……"

"不管你是因为什么，赶紧断了这条心。听爸一句劝，你们不合适，咱家也配不上人家！"

苏庆云说完起身走进房间。

之后几天，苏庆云早出晚归，苏靛蓝暂时顾不上他，也忙着赚钱还钱。她对外接了一个小广告，代言画笔。

苏靛蓝一拿到代言费就立刻给陆非寻转账。

就这样忙了大半个月，苏靛蓝发现苏庆云身体不太对劲。夜深人静时，苏庆云的房间总是传来一阵阵剧烈的咳嗽声。在苏靛蓝的强烈要求下，苏庆云到医院检查，才知道是感冒加重成肺炎。

"不行，你得住院，你这病人怎么这么顽固呢？"医生看着苏庆云，忍不住说道。

苏庆云一直剧烈咳嗽，忽然喘不过气来。

医生急忙朝外喊："快来个人，病人呼吸窘迫，高烧不退，赶紧带去办住院手续！"说完，对着苏靛蓝斥道，"先去吸氧！你还愣着干什么？"

"谢谢医生！"苏靛蓝脸色发白，赶紧跑去办手续。

老宋叔来医院看苏庆云时，发现他在病床上睡着了，手上还扎着留置针。

老宋叔说："老苏最近太缺钱了，他跑出去打工，教孩子们写书法和画画，一节课教十来个孩子，补课费一百块。他觉得来钱慢，又去商场里发传单。到了晚上，还去回收站帮人分垃圾。现在到处都实行垃圾分类，缺人干这些活，他赚点辛苦费。"

　　苏靛蓝最近也忙着工作，忽略了苏庆云，现在听着老宋叔这些话，心里不是滋味。

　　老宋叔接着说："最近天开始凉了，他回来得晚，天天这么吹冷风就感冒了。老苏也倔，随便吃点药打发，总觉得自己身体硬朗自己就能好，但是天天这么累，睡都睡不够，怎么能好嘛！他估计都没想到转成肺炎了，等他醒了非得心疼钱不可！"

　　"靛蓝啊，"老宋叔欲言又止，终于说道："听老苏说你谈了个男朋友，就是节目上的那个？老苏说这个年轻人家境特别好，学识也高，你们家境差，他不想拖你后腿。他多赚点钱，万一你们真成了，他也不至于是累赘，害你被人看不起。"

　　苏靛蓝眼眶泛红："宋叔……"

　　"我们老一辈经历过太多的人情冷暖。老苏不想你受委屈，他给不了你太好的条件，但他想把自己拥有的最好的全给你。"

　　苏靛蓝的眼泪啪嗒地掉，送走宋叔，她忍不住给陆非寻打电话。

　　"非寻。"

　　"嗯。"

　　电话那头传来陆非寻温柔的声音，苏靛蓝一瞬间哭出了声。

　　陆非寻赶忙问："怎么了，有人欺负你？"

　　"没有。"

　　"那是家里出事了？"

　　"嗯。"苏靛蓝轻轻地说："非寻，以前我总觉得，人和人之间没什么不同，大家都是公平的，但我现在开始发现，好像人和人之间真的不一样。"

　　"怎么？"

　　苏靛蓝没有回答陆非寻，而是接着说："录制节目的时候，我哪怕看到全网群嘲,说我配不上你,我也不会特别难过。我觉得只要彼此喜欢,外界的事情都不是事儿。我只要知道我喜欢你,而你恰好也喜欢着我,这就够了。但是我现在慢慢明白,我们真的不一样。"

"谁和你说什么了?"

"没谁和我说什么,我只是突然感慨。我在想,你的家人他们肯定不会为了赚一点小钱,就把自己累成这样。非寻,我们之间的差距真的好大……"

陆非寻沉默片刻。

苏靛蓝说:"你放心,我没事,只是我爸病了,我心情有些低落。"

"对不起,我这边最近有点忙,没有顾上你。"

苏靛蓝攥紧手机:"不是的,你已经很好了,你也有自己的事情要做。是我太忙了,没有照顾好我爸。非寻……欠你的钱,我会尽快还你。"

"不用。"

"一百万呢。"

"就当我买了两块青金石,是送你的礼物。"

"不可以!"苏靛蓝深吸一口气,"这辈子,我可以和你谈恋爱,可以和你一起奋斗过,已经没有遗憾了。我们的感情和外在的东西没有一点关系,我喜欢你,崇拜你,能够并肩前行,这已经是最好的结果了。"

"苏靛蓝,不要胡思乱想。"

"嗯,知道啦。"

电话那头的陆非寻短暂沉默,眉心紧蹙。

苏靛蓝故意开玩笑说:"你不要对我那么凶。"

"我明天过去看你。"

"不要……"苏靛蓝犹豫道,"我爸不太同意咱俩在一起。他这辈子为我付出了太多,我不想让他在生病时还为我担心。所以,你先别来好不好?要不然我爸又要胡思乱想。"

"好。"陆非寻沉沉地应下。

"再见,我挂了哦,我还得去照顾他。"苏靛蓝笑着说。

半夜时，苏庆云不仅高烧没退，体温反而往上升，甚至出现呕吐症状。

值班医生皱眉道："病人有点缺氧，打点氧吧。他这个年纪生病容易引起脑血管扩张，致使颅内压增高，形成脑水肿。你们怎么回事，别以为感冒死不了人就掉以轻心，怎么能让家里人病成这样呢？"

医生说话的时候，苏庆云在昏睡中喃喃道："靛蓝，几点了？我还得去上工呢……爸最近赚了不少钱，帮你减轻点压力。"

苏庆云的病一直没有好转，反而有越来越严重的趋势。

苏靛蓝一直在医院里陪床，白天的时候医院里人来人往，有许多人认出她，还把偷拍照片晒到网上。还有人说：她确实家境不怎么好，医疗费都付得很艰难。

苏庆云的病情反反复复，苏靛蓝没有心思管这些闲言碎语。

谁知陆非寻竟然到病房来了！

短短时间内家里发生这么大的事情，苏靛蓝在看见陆非寻的一刹那，眼睛迅速泛红。

"你怎么来了？"苏靛蓝压低声音说。

"我来晚了。"

苏庆云躺在一旁，监护仪器已经搬了过来，看起来格外严重。

苏靛蓝说："最近我爸的情况很不好，医生说有并发心肌炎的征兆……"

陆非寻心疼安慰："一定会没事。"

苏靛蓝看了熟睡中的苏庆云一眼，疲惫地说："我们出去说。"

两个人走到外头，在空无一人的楼梯间里，苏靛蓝直接扑到陆非寻怀里。

陆非寻埋下头，低声说："对不起。"

"为什么要对不起？"

"温莎玛丽是冲着我来的，你们被连累了。"

苏靛蓝怔怔地看着陆非寻，一脸诧异。

"这半个月，我一直在广州配合处理举证事宜，现在售假的事已经进入了处罚阶段。"

温莎玛丽被相关部门数罪并罚,公司八成要倒闭。他做这些,只是想告诉所有人,他陆非寻也有想要保护的人,并不是一直没脾气。

陆非寻声音低沉:"我原来想等这件事情解决好再告诉你,但是太晚了。我也是第一次意识到,原来我的感情,会给身边的人带来麻烦。"

苏靛蓝软着声说:"没关系。"

"靛蓝,没和你坦白是我不好。"

苏靛蓝摇摇头:"这件事的本质问题还是我家的抗风险能力太差了。我爸想要做事业,可是我们没有输的资本。即使侯经理不是为了你而设这个局,也总会有别的事情困住我们。无论你告不告诉我,都改变不了这个事实。

"我现在最担心的是我爸……万一我爸真有三长两短怎么办?我就没有爸爸了。我一直记得一句话:父母在,人生尚有来处。父母去,人生只剩归途。我本来就是没有家的孩子,因为有了我爸才有了家。如果他真的出事了,于我来说就是家破人亡。"

陆非寻把苏靛蓝拥得更紧:"你还有我。"

苏靛蓝看着陆非寻,愣了会才慢慢道:"可如果他不愿意我和你在一起呢?"

万一,但凡有那么个万一,苏庆云始终不认同这段差距太大的感情,只希望她能走世间最稳妥的路,找一份安稳的工作,谈一段门当户对的恋爱呢?

"不会有那一天的,"陆非寻神色严肃,"我去窗口帮你缴费。"

苏靛蓝看着陆非寻离去的背影,静静发呆。

两个人经历了这么多,原本以为大家都是一样的,可其实还是不一样。他已经足够强大,而她才刚刚成长。她以为自己已经有了足够的能力去仰望星光,但一旦遇到危机,她的人生就开始暗淡。她负重前行,不知道还要走多久,才能变得像他一样。

不一会儿,护士找到苏靛蓝:"苏小姐,主治医师喊你赶紧过去一趟!"

陆非寻缴完费回到病房时，发现只有苏庆云一个人静静地躺在床上。

因为刚用了药的缘故，苏庆云慢慢转醒，精神状态好了一些。他一看到陆非寻，嘴唇艰难翕动，却说不出一句话。

"伯父，"陆非寻在苏庆云面前坐下，看到苏庆云干裂的唇，问道，"要喝水吗？"

因为久烧不退的缘故，苏庆云的喉咙确实有点干，他动了动嘴："喝。"

于是陆非寻喂苏庆云喝水。

苏庆云一边喝水，一边打量着陆非寻，觉得他身上难得的没有年轻人的造作之气，反而是浑身沉稳。

苏庆云以为陆非寻会说些什么，结果他却什么都没说。

苏靛蓝急匆匆赶回来，看到陆非寻坐在苏庆云面前，有一丝紧张，轻声叫道："爸。"

陆非寻对苏靛蓝说："你来照顾伯父，我就先回去了。"

苏靛蓝松了一口气，说道："我送你出去。"

陆非寻走后，苏靛蓝在苏庆云面前坐下。

苏庆云慢慢出声："他……怎么来了？"

"来看你。"苏靛蓝心虚地说。

"我一见他，这心就堵得慌。"

苏靛蓝反驳道："爸，他很好。"

苏庆云一字一句艰难地说道："我知道，就是觉得他人不错，才心里堵得慌。看到他……我就想到自己身上还背着一百万的债，他这么年轻，就有这么丰厚的家底……我就会想到你们俩差距那么大，要是真谈恋爱的话，你肯定要受委屈。"

苏靛蓝不想争执，干脆不说话。

苏庆云清醒了一会儿，很快又睡去。

第二天早上，陆非寻又来了，还带了两份粥。

苏靛蓝趴在床上熟睡，感觉有人摸自己的头发。苏靛蓝抬起头，看见陆非寻站在眼前。

第三天,陆非寻还是一大早就来医院了,依旧带着两份早餐。陆非寻话不多,但是苏靛蓝忙不过来的时候,他总会搭把手照顾苏庆云。

苏庆云的病情反反复复,可是清醒时候总会看到陆非寻。人心都是肉做的,看得多了便记在心里。

药水从针头缓缓地输送至血管里,苏庆云低着头,不知道在想什么。

下午四点时,庄清清提着两份水果到医院里来:"靛蓝,我来找你了!"

陆非寻恰好不在,苏靛蓝正踮起脚尖取柜子高处的东西,庄清清见了立马过来:"先别拿,我搬张椅子来。"

"谢谢清清。"

"你看你瘦成这样,太苦了,还是得找个男朋友!"

苏靛蓝无语,这都扯哪去了。

庄清清帮苏靛蓝拿完东西,立马说:"我去看看叔叔。"

经过几天的治疗,苏庆云好转了许多,人也有精神了。

庄清清一来就逗苏庆云笑:"叔叔,我看要不然给靛蓝找个男朋友吧?"

"清清!"

"我们学校有个学长,人特帅!现在就在一中当老师,一表人才,事业有成,家庭小康,绝不让靛蓝吃亏!"

苏庆云问道:"苏州人?"

庄清清笑眯眯地说:"对呀!叔叔,重点是那人一直喜欢靛蓝来着,你看这样多好呀!他家父母还是政府单位双职工,三观正,书香门第!"

苏靛蓝觉得庄清清不去当红娘可惜了,顿时想把庄清清拉出去:"你和我出来,我有些话和你说。"

"出去什么呀,你看我和叔叔聊得多开心,这人一开心,病就立马好!"

庄清清接着推销："叔叔，我那学长斯文腼腆，宜室宜家，特别适合靛蓝……"她突然感觉到气氛不对，回过头看见陆非寻正提着水壶走进来。

陆非寻为什么会出现在这里？庄清清崩溃了。

"陆……陆老师，您专程过来探病啊？"

陆非寻冷哼一声："嗯。"

庄清清冻住了，把苏靛蓝喊到一边去："这是怎么回事？他……你……你们，你不会真成功了吧?!真在一起了啊？"

苏靛蓝轻轻点头："这里不方便，回去再和你说。"

庄清清想到刚才那些话，彻底疯了！

苏庆云身体还没彻底恢复，又累了，看了这些年轻人一眼，干脆闭目养神。

庄清清不敢多留："我需要时间消化一下，刚才那些话当我没说，苏叔叔再见！哦，陆……陆老师，再见！"

庄清清走后，陆非寻出去接电话。

躺在病床上的苏庆云见床边只有苏靛蓝一个人守着，说道："刚才清清提到的小伙子不错，你有空去见一见。这种家里条件不算太好但也不坏，父母又知书达理的，能理解咱们这种单亲家庭。腼腆的话，性格多半温柔，以后也不会对你大声嚷嚷。要爸看，这种男孩子最合适结婚，你们谈谈看？"

"爸！"苏靛蓝喊出声。

胭脂

始终

"爸觉得人该活得现实点,你非要不撞南墙不回头……"苏庆云说完这句话,看到陆非寻站在病房门口,也不知道听见刚才那些话没。

苏庆云干脆装睡。

苏靛蓝看到苏庆云这样,急忙回头看。

苏靛蓝撞上陆非寻的眼睛,陆非寻很平静。苏靛蓝脸色羞赧:"非寻,你什么时候回来的?"

"刚才。"

"我们……"

陆非寻一如平常,苏靛蓝终于放下心。

陆非寻对苏靛蓝说:"饭点到了,你下去食堂买些饭菜上来。"

苏靛蓝被支开,苏庆云慢慢睁眼,看着陆非寻。

陆非寻在苏庆云身边坐下,拿起一个苹果:"削个苹果给您吃?"

"你刚才都听到了?"

"嗯。"

"既然你都知道了,那我也不瞒你了。我的确不赞同你们俩在一起,我们的家境太差了。"

"我不介意。"

"你是男人,当然不介意。可是你想过没有,在双方不对等的情况下,靛蓝有的只是你对她的喜欢,万一等到她不再年轻了,你又变心了呢?她不如找一个普通的男人过日子。"苏庆云看着陆非寻的脸,"你这样的条件太危险了,即使你不主动,也会有很多女孩前赴后继地送上来。你拒绝得了一年两年，能不能拒绝得了十年？靛蓝守着你，她太累了。"

陆非寻听着苏庆云的话，诚恳地说道："我一直认为，做比说重要。"

苏庆云意外地看着陆非寻。

陆非寻接着说："所以这些天，我一直留在这里帮忙。广州的公司里并不是没有事，只是我觉得靛蓝的家人更重要。我和她在一起，因此希望所有她困难的时刻，我都陪在她身边。"

陆非寻语气沉缓，包含着力度，苏庆云被震住。

"与其多说，不如真做。"

苏庆云被他的态度打动，但仍犹豫说："你的确是个干实事的人，这几天你的辛苦我也看在眼里。但你们不合适，我就这一个女儿……我还是不同意！"

"伯父，我一直以为我的态度足够明确。"陆非寻直视苏庆云，淡淡地说。

苏庆云和他对视，陆非寻的眼神十分的沉稳和坦荡。

苏庆云一下子就觉得自己很执拗。

"你真是认真的？"

"靛蓝对于我来说是不一样的。她让我对这个行业有了归属感，让我了解了肩上承担的责任的重量。可以说，如果没有她，我不会去参加《留住手艺》这个节目，也不会这么清楚地知道自己未来要什么。"

苏庆云沉默了。

"正因为遇到靛蓝，我才更了解自己。"陆非寻顿了顿，"如果一个人遇到了一个能够让他更清醒活下去的人，一定要珍惜。因为很多人一辈子都可能没有这个运气。"

陆非寻克制而礼貌地看着苏庆云："您担心我想不清楚，可我正恰恰是想得清楚，才会站在这里。"

苏庆云错愕地看着陆非寻，心里像掀起巨浪，久久难平。

人的心结一解开，病就好得快。没三天，苏庆云就退了烧，胃口变好，身上的炎症也没了，开开心心地准备出院。

出院的那天，苏庆云主动问："小陆呢？"

"爸？"苏靛蓝好奇苏庆云的态度怎么会变得那么快。

苏庆云说："天天都是他照顾我，一时见不着他，不习惯。"

等出了住院部，苏靛蓝忽然看到一辆车停在楼下，陆非寻站在车外，露出棱角分明的脸。

苏靛蓝更意外了。

陆非寻说："伯父，上车。"

苏靛蓝很惊奇："你从哪弄来的车？就为了接我爸出院？"

"嗯，前两天让楚译安排托运，把车送过来了。"

苏靛蓝心里感动，一转头又看到了苏庆云别扭的表情——心里明明高兴，又故意端着，她顿时什么都明白了，开心地笑了起来。

"你笑什么？"苏庆云生气地问。

"没笑什么。"苏靛蓝说。

苏庆云反驳道："你别想太多，我是前几天和小陆聊完以后，觉得小陆人不错。这些天他在医院也跟咱们受累了，我就别再拒绝他的好意了。至于你们俩的事情，我还得考察考察，你也别高兴得太早！"

当天晚上，陆非寻在苏家用餐。苏家狭小的老房因为陆非寻的到来而添了几分热闹。

吃完饭，苏庆云催苏靛蓝带着陆非寻下楼散步："你俩别搁我眼前碍眼。"

苏靛蓝笑着把陆非寻推出门："我们这环境虽然不比商业小区好，但楼下有棵大树，吃完饭不少人在楼下乘凉，还有人在楼下下棋，特别有趣，我带你下楼转转。"

两个人下楼之后，苏靛蓝站在树下一直傻笑。

"笑什么？"

苏靛蓝突然问："你是怎么搞定我爸的？"

陆非寻眼睛一眯："男人间的事情。"

苏靛蓝低头看着地上的落叶："我爸比较固执，认定的事情很难改变,除非他自己愿意想通,要不然没人能改变他的看法,你怎么说服他的?"

"你想知道?"

"想。"

"不告诉你。"

苏靛蓝笑了,认真地说:"非寻,我一直觉得没有父母认可的爱情是不会长久的,即使有幸步入婚姻殿堂,也始终是人生的一个大遗憾,所以我一直很担心……"

"真正靠得住的男人,不会让自己的女人纠结这种问题。无论你的原生家庭是什么样的,我都接受。"陆非寻语气坚定,"靛蓝,我只喜欢你。"

苏靛蓝猛地抬头看陆非寻,这世上有一种男人,他很沉默,却一直很坚定地守护着身边的人。

"非寻,我以为……"

"嗯?"

"我以为一直以来,都是我在苦苦追着你跑,不知道从什么时候开始,你已经转过身来,站在我的身旁了。"

苏靛蓝笑着主动抱住陆非寻:"你从什么时候开始喜欢我的?是拍节目的时候吗?"

"不是。"

"第一次见到我的时候?"

"不是。"

"那是什么时候?"

"薯莨园里,拿云南白药给你的时候。"

"你从那个时候就喜欢我了?"

"嗯。"

"亏我还垂涎你那么久,总想着怎么样倒追你……结果你那个时候就已经动心了!"

往事一幕幕袭来,苏靛蓝想起自己每次接电话时的紧张,有一种后知后觉的喜悦。

陆非寻静静站在树下,头顶是参天大树。他低下头,把手放在苏靛蓝的腰上,低声说:"我以为,我给的暗示已经足够明显了。"

"哪里明显了……"

"让你进我的书房,特意空出时间陪你修画,帮你一起做实验,给你我妈留下的扇子,把香云纱的展览搬到了苏州,就为了见你一面……"

陆非寻的声音越来越低:"为了你上综艺节目,我也走进公众视野,陪你一起在街头卖东西,在山上和你一起打树花,一起到深山老林里找矿物原石……直到我告白。"

苏靛蓝:"我……"

陆非寻轻笑。

苏靛蓝鼻子一酸,在陆非寻怀里轻蹭。

陆非寻一手揽住她的腰,一手抚着她的头发,让她安静地靠在他的胸膛上。

苏靛蓝呼吸间闻到的全是陆非寻身上的草木香,她抬头看月亮,只觉得岁月无尽好。

她想到一句词:柔情似水,佳期如梦。应该说的就是此刻了吧……

此时,一个高挑漂亮的女孩正提着一个行李箱,站在月色照不到的地方,沉默地看着不远处这温暖的一幕。

楚琳直到今天才知道陆非寻来了苏州,还是因为苏靛蓝家人生病的事。她还听说陆非寻替苏靛蓝出了一百万,就为了给她父亲解约。

于是楚琳不顾楚译的阻止,在楚译的吼声中冲出了门。

"非寻哥他又不喜欢你,你急什么?!你就算跑去苏州又怎么样,去了那边非寻哥就会喜欢你吗?"

"非寻哥喜欢别的女孩子,你既然早就知道了,为什么不早点告诉我!"

"告诉你有什么用?"

告诉她有什么用?楚琳站在生锈的铁门旁瑟瑟发抖,谁说没有用?

她可以在陆非寻刚喜欢上苏靛蓝的时候告白，努力让陆非寻喜欢她！而不是现在站在这里当个可悲的暗恋者！

楚琳提着行李箱的手攥成了死白色。

今晚小院里没什么人，苏靛蓝和陆非寻在树下站了一会儿。苏靛蓝说："太晚了，你回酒店吧，这些天你在这边一定落下了不少工作。"

陆非寻有几分不舍。但还是点头答应："嗯。"

苏靛蓝笑着挥手："拜拜。"

陆非寻把手放在风衣的口袋里，认真地看着苏靛蓝："回去早点睡，拜拜。"

苏靛蓝红着脸胡乱应，把陆非寻送出了小院。

几分钟后，苏靛蓝返回来准备走进楼道时，身后突然有个熟悉的声音喊住她。

"苏小姐，我们聊聊。"

苏靛蓝转身，看到了风尘仆仆的楚琳。

"楚琳？"

距离上一次和楚琳通话，似乎已经很久了。那时，楚琳在电话里一口一个靛蓝姐地喊她，现在却只叫她苏小姐。

"你和非寻哥在一起了？"楚琳睁大了双眼，带着恨意地望着苏靛蓝。

苏靛蓝想了想，诚实地回答："是的。"

"你们什么时候在一起的？问过我同意了吗?！"

苏靛蓝皱起眉头："为什么我们在一起，要经过你同意？"

"因为非寻哥是我的！从小到大他都是我一个人的，凭什么你出现了，非寻哥就变成你的？你刚刚怎么可以、怎么可以抱住他?！"

楚琳双眼发红，近乎偏执地咆哮道："我喜欢非寻哥二十年了！从我懂事起就喜欢他，你懂我有多爱他吗？我怕他不喜欢我，所以不敢告诉他，我怕告诉他，就连妹妹也没得当了！我努力变成电视台的栏目主持人，我想变得更好以后光明正大站在他身边，可你凭什么出来抢走他？你哪儿比得过我?！你甚至不如我那样喜欢他！"

"你疯了吗？"苏靛蓝问，"非寻不是物品，他也是我喜欢的人，他是我男朋友，我抱他，凭什么要经过你同意？"

"你还敢反驳我？连我哥都要让着我，你凭什么反驳我？"

"他们让着你是因为你是他们的妹妹，你又是我的谁？"

楚琳睁大眼睛，意外地看着苏靛蓝。

苏靛蓝继续说："之前那个报道，你害我第一次被全网围攻，让我知道原来新闻还可以这样失真。你甚至不是一个合格的新闻媒体人，你有什么资格认为自己比我好？你人品这么差，你有什么资格骄傲？"

"你……苏靛蓝，你竟敢这样说我？"

"楚琳，喜欢一个人要去努力，但不能这样插足进来。如果我和他分开了，你可以追求他，唯独不可以在我们两情相悦的时候，跑来我面前问我凭什么。你没有这个资格，对你不公平，对我也不公平！"

"苏靛蓝，我和你谈不了公平！我等了二十年，你才出现多久？你们在一起对我公平吗？之前是我笨，是我傻，不敢勇敢去追！你现在敢和我赌吗？如果非寻哥知道了你的真面目，他一定不会喜欢你！你根本配不上非寻哥！你以为我不知道吗？像你们这种穷人家的孩子，总想打着上进努力的旗号来吸引更优秀的人，你不过是贪图非寻哥身上的光环，满足你的虚荣心而已！就算是我哥，和他从小一起长大，他都没有向非寻哥一口气借过那么多钱！"

"楚琳，你是记者，最明白不了解的事，不要随意评论的道理。"苏靛蓝认真地看着楚琳，"我父亲刚因为拼命赚钱而生了一场大病。我们虽然不富裕，但也从没想过要占谁的便宜。一年也好，两年也好，就算有一天我们不在一起了，我也会把欠他的加倍还给他。如果我们这辈子一直在一起，我只会对他好，拼尽全力对他更好！"

"可你配不上他！"

"感情不能用配来形容，如果真的讲究身份、地位、容貌、学识，那就不是感情。楚琳，我以前也自卑过，可我现在想告诉你，就算所有的人都说我不配，我也不会再退缩，因为他那样好！如果我不行，我就努力，我相信总有一天，我会走到与他一样的位置，哪怕这个过程很难，我也会竭尽全力，永不放弃。"

楚琳愣愣地看着苏靛蓝，眼中全是不可思议。不久之前，苏靛蓝还是很好忽悠的人，甚至明明生气了，还会在电话里对她说没关系。

"你不想让步？"

"嗯，我不想。"苏靛蓝对楚琳笑了一下，眸光黑亮，"你知道我现在的梦想是什么吗？有生之年，坚持一门手艺，追逐一个人。"

楚琳的心倏地一紧，睁大眼睛，最后慢慢说："苏靛蓝，你会后悔的。"

下面是一则娱评消息：最近大火的非遗题材综艺节目《留住手艺》已经播到了收官的一期，节目弘扬正能量的同时，普通人快速成名的弊病也开始显现，传承人苏靛蓝涉及商业欺诈的事情，近期在社会中引起广泛讨论。

篾编传承人罗超的采访同期声："啊？苏靛蓝？这个小姑娘我不好评价呀。你们说她卖假矿物颜料盒的事？根据我们录制节目时她的行事风格来看……呵呵。"

罗超模棱两可的态度，在别人眼里看来就是一记实锤。原来苏靛蓝其心不正，风评不好，连同组嘉宾都出来指桑骂槐。

苏庆云盯着电视机看，脸色一点点变沉，就像要把电视盯出洞来似的。

苏靛蓝连忙把电视机关掉："爸，别看了，身正不怕影子斜。"

可她自己回房间也忍不住看网上的舆论风向。网上果然闹得沸沸扬扬，全在说她涉嫌商业欺诈的事情。

无巧不成书，还有人发了一张照片。

照片里是苏大教学楼的夜景，隐约可以看到一个女孩从背后抱住一个高挑的男人。图片再放大一看，可以辨认出是她和陆非寻。

网络暴力一时到达顶峰，苏靛蓝打开微博，里面全是骂她的留言。

"没想到这么早就开始钓凯子了。我查了陆非寻的行程安排，年初陆非寻在苏大开过一次讲座，照片里陆非寻的衣服和苏大学生发出来的现场生图一模一样。当时两个人都不认识，她还在陆非寻讲座上找碴，半小时后就抱上了?"

"苏靛蓝,脸是个好东西,可惜你没有。听说你没有妈妈?你妈知道你是这样的人,在你出生的那一刻就被气死了吧?"

苏靛蓝平静地关掉页面,给陆非寻打电话。

电话响了两声,并没有接通。

广州,楚译着急喊住陆非寻:"对不起,非寻哥,我……那张图片其实是我拍的,一直存在我手机里。一开始偷拍是想拿来逗你玩,后面一直忘了删,我不知道怎么会泄露出去……"

"最近谁碰过你手机?"

"我妹……"

"告诉楚琳,马上停下来。"

"非寻哥!"

"替我转述一句话,记者的话筒应该拿来捍卫真相,而不是用来伤人。"

"对不起,是我没管好她。"

"这些道歉的话,不该对着我说。"

庄清清着急赶到苏靛蓝家时,看见她把手机放在一旁,手里捧着本文物图鉴在看。窗台上还放了一盘切好的西瓜。

庄清清气急败坏:"现在外面都闹成这样了,你还有心情吃水果?"

苏靛蓝用牙签扎起一块瓜:"清清?"

"干吗?"

"自从我走上社会这个大舞台后,就一直处在漩涡中间,已经习惯啦。"

"姐妹,你现在内心很强大啊!"

苏靛蓝把瓜放进嘴里,笑着说:"一般般啦。"

庄清清本来是过来关心她,结果被苏靛蓝带着一起吃瓜。

两个人靠着窗台坐下,苏靛蓝看书,庄清清则不知疲倦地刷手机,看骂人的评论看得津津有味。

庄清清突然叫起来:"有条热搜好奇怪!那个接受采访抹黑你的罗

老师被扒了！有人放出了一段录音！"

"什么录音？"

庄清清急忙点开，背景音复杂，显然是在什么彩排的地方。然后苏靛蓝和罗超的声音传了出来，罗超说要给苏靛蓝指条明路，结果被苏靛蓝反驳。

苏靛蓝听着录音里自己的声音，义正词严地对罗超说："国家支持非遗文化，是因为它是珍贵的历史见证，是我们人文、历史文化从未断层的证明，是我们十四亿人的骄傲！因为很多非物质文化遗产不好保存，所以保护工作也很难开展。为了保留这些文化精粹，也为了留下这个活的历史见证，国家才会花费大量的人力物力对这些文化展开扶持。可是这些扶持不应该被我们视为赚钱的渠道。"

"靛蓝，看不出来，你思想觉悟那么高，不愧是我好姐妹！"庄清清激动地抛媚眼。

苏靛蓝也怔了，想起了那一天给她递东西的陌生女孩。

原来那个女孩录下了她和罗超的对话，现在因为她被误解而选择放出了这段音频。

苏靛蓝突然回头对庄清清说："清清，你相信好人会有好报吗？"

庄清清愣了一下，笑着说："相信啊！"

现在这一切，不就是好人有好报吗？

因为录音视频的出现，网上关于苏靛蓝为人的说法出现剧烈反转：

"现在真是一个贼喊抓贼的时代，实锤出现之前，谁也别轻易站队！"

"虽然有录音能说明苏靛蓝三观正，但不代表她自爱好吧？说不定她还是借着搞非遗传承的名头，一路跟到节目组追男人呢？有谁能证明她是真的热爱非遗？"

网上舆论分化成两道声音，就在这时，又一张照片在网络上疯传。

庄清清拿着手机，一手拿着牙签，像闰土扎猹一样扎瓜，一次一块放进嘴里："靛蓝，你人缘不错啊，这又是你哪个忠实粉丝？啧啧，照片里的你才十二三岁吧？"

苏靛蓝也来兴趣了，瞪大眼睛看刚刷到的照片。

照片里的女孩眉目清秀，穿着苏州市统一的校服，还戴着红领巾，坐在一口大钵前磨着石头，坐姿端正，稚嫩的脸上满是认真。

"这张照片我见过……"

"哪来的？？"

"大院里隔壁家哥哥拍的。"

这张照片刚洗出来那会儿她见过一次，后来那个叫金晖的哥哥搬家了，她就再也没记起过这事儿。

"啧啧，青梅竹马的哥哥都出来了。"

苏靛蓝笑道："胡说八道什么。"

这张照片出来后，没人再敢说什么了。

这世间很公平。时间既是无情的，又是有情的，人们嘴上可以否定很多事情，可时间却又能证明一个人。

在一张古老的照片被疯狂刷屏时，苏靛蓝从小就热爱矿物颜料的事情被证实是真的。她并不是以传承手艺作为噱头，想要出名的年轻人，而是真的拼了命想为这门手艺做些什么的人。

一时间，大家对苏靛蓝的支持到达了顶点，而事件的热度慢慢降下来，直到……

庄清清大喝一声："哎哟？！"

苏靛蓝正弯腰系鞋带："清清，别老一惊一乍的。"

庄清清拿着手机，整个人都在抖："陆非寻发微博了啊！"

"发了什么？"

"你自己过来看！"

苏靛蓝直起腰，凑过去看，赫然看见热搜栏里，陆非寻的名字旁边挂了个"爆"字，实时搜索量第一。她点开往下划，看到陆非寻发了一张合照。

巍峨壮丽的山顶上，远处峰峦重叠，自己和陆非寻紧挨在一起露出八颗牙齿的笑。这是陆非寻有史以来在公众眼里笑得最开心的照片。配文简简单单，只有一句话：浮生若梦，主动一步。

庄清清一脸坏笑："不愧是陆教授，太有魄力了，就这样公布恋情了啊。"

苏靛蓝手里拿着钥匙，整个人愣住。

庄清清又问道："你们商量好的？"

苏靛蓝红着脸："够乱了，他还凑什么热闹。"

苏靛蓝赶紧跑到阳台打电话，庄清清则在后面偷笑。

"非寻，你在网上发的那个……"

"吓到你了？"

"没有！"苏靛蓝心情复杂，"只是有点突然。"

"靛蓝，"陆非寻语气变得认真，"这是该给你的名分。"

苏靛蓝被逗笑："你都想好了？公开了就不能反悔了。"

"不会反悔。"

永远不会。

《留住手艺》第十二期播完时，恰好是二十四节气里的立冬，湘台为了拉高最后一期的网络收视率，特意把大家邀请回去，做了个直播间畅聊活动。

这次活动有出场费，且还能聚一聚，所以除了陆非寻因工作太忙推拒了之外，其他人都到了。

罗超一进录制棚，看到苏靛蓝时脸猛地变黑。

苏靛蓝也不介意，反而落落大方地笑着坐下，与大家打招呼。

梁波问："丫头，上次那个商业欺诈的事情，最后怎么样了？"

"谢谢梁老师关心，已经没事啦。"

关剑军则说："那就好，不过……没想到你和陆老师在一起了，什么时候的事啊？"

直播间里问这事，苏靛蓝赶紧笑着低头："啊，录完节目，私下里和您说。"说着，朝关剑军眨了眨眼。

关剑军、梁波、符金花三人笑得不行。这边其乐融融，罗超则脸色更加难看。

问答环节，苏靛蓝坦诚面对观众，直面弹屏上的一些尖锐问题。

"我一直觉得自己是手艺人,手艺人被质疑是好事,因为只有这样,我们才能更清楚自己在做什么。未来我会一直坚持把这门手艺传承下去,直到有一天人们提起矿物颜料,联想到的不再是寥落和困难。我希望越来越多人能从我们身上,看到年轻传承人的决心和力量。更希望能有更多人关注到中国的非遗技艺传承现状。我会加倍努力,也希望全社会能与我们一起努力。"

摄影机里的苏靛蓝,终于自信地说出这番话。

这一刻,她的眼里闪烁着耀眼的光芒。

绯红

求婚

　　立冬的直播节目播出后,《留住手艺》又再掀起了极高的热度。短时间内,湘台又在白天的黄金时段把十二期节目重播了一遍,收视率不降反升。

　　苏靛蓝和苏庆云做颜料的事情,也得到了相关部门的重视,甚至邀请他们到学校里做了几次课外活动与宣讲。

　　苏靛蓝被迫与陆非寻开始了远距离恋爱。

　　庄清清打趣道:"靛蓝,想不到吧,生活就是这么surprise!刚公开就异地的感觉怎么样?"

　　苏靛蓝无语凝噎。

　　庄清清得寸进尺:"不说话是什么意思?好呀,我要举报你,红了就抛弃生死之交!"

　　苏靛蓝忍不住抓头发:"清清,我好想打你!"

　　庄清清顿时收了戏,变得正经:"好啦,这不是最近看你忙,所以想和你开开玩笑,让你轻松一下嘛!"

　　苏靛蓝点头如捣蒜:"嗯嗯嗯。"

　　真的是挺忙的……

　　苏靛蓝停下来时,只要一放空脑袋就会想到以前的日子。想到刚开始认识陆非寻时,她脱缰野马似的耍赖,想到后来对他的敬重和崇拜,想到录制节目时,她认清彼此差距后的暗恋,想到刚在一起时的惊喜和不真实……

　　一直到现在,无时无刻深陷在对他的想念中,不可自拔。

如果说想要传承这门手艺是她的梦想,那陆非寻就是老天爷送给她的最大的幸运。

苏靛蓝慢慢笑起来。

庄清清一脸嫌弃:"完了吧,你又开始傻笑了!"

苏靛蓝傲娇地看了庄清清一眼,含羞带怯地撞了撞她:"清清,圣诞节快到了,我想找个时间偷偷飞广州,去德顺堂给非寻一个惊喜,你看这样好不好?"

"好,去啊,想见他就去!要不然你们俩都忙,这恋爱还怎么谈啦!"

苏靛蓝脸上浮红:"你别三句不离恋爱。"

"现在是恋爱的季节,要是可以,我还想和楚译谈恋爱呢!"

苏靛蓝大吃一惊!

"好啦,不和你开玩笑,你买张平安夜的机票吧,去给陆非寻一个惊喜!"

"好,谢谢清清!"苏靛蓝给了闺蜜一个熊抱,"我这就去买机票!"

也许是心中有希望,今年的冬天大家都觉得不那么冷了。

平安夜当天,苏靛蓝登机前偷偷给楚译打了个电话。

自从上次出了照片的事故之后,楚译心里内疚,刻意避开苏靛蓝一段时间,又专程来苏州替楚琳道歉。没想到苏靛蓝并不往心里去,安慰一番以后,楚译才真的相信苏靛蓝并没有生气。

此时,楚译接到苏靛蓝的电话,又惊又喜,下意识看向身边的陆非寻:"非寻哥……"

陆非寻正在视察周边产品的生产工作。

楚译走到角落里去接电话:"喂,靛蓝?"

"楚译!"苏靛蓝的声音里都是喜气。

楚译听到这一声,整个心都暖了,感觉喜气洋洋:"怎么了?你要找非寻哥吗?他在工作。"

"不是。"苏靛蓝笑着说,"我找你。"

机场登机口处,检票已经开始,苏靛蓝匆匆说:"先祝你平安夜快乐！我一会儿想给非寻一个惊喜，可以请你帮个忙吗？"

楚译："帮什么忙？"

苏靛蓝长话短说。

楚译听完瞪大了眼睛，正想说好，回头发现陆非寻站在身侧，应该是被他刚才的那声"靛蓝"招过来了。

完了……这还帮什么帮，全露馅了。

楚译捂着手机对着陆非寻苦笑，用唇语无声地说："非寻哥。"

陆非寻点了点头，眼底无波，表情明明看着很平静，却又让人感觉到他带着笑意。

楚译重新松开手机，对着电话说："好，没问题！一定保证完成任务，给非寻哥一个惊喜。"

苏靛蓝在电话那头浑然不觉："我搭乘的航班要九点才能到，可能有些晚，你一定要帮我盯紧他，让他工作再忙一些，我去伦教找你们。"

楚译连连应好，挂了电话以后哭笑不得对陆非寻说："非寻哥，你都知道了。"

陆非寻伸手："车钥匙。"

"你要出去？"楚译哭丧着脸。

"嗯，去机场接她，给她个惊喜。"

平安夜的航班，相较于平常莫名多些浪漫的气息，前排的情侣亲密并挨着，一直在窃窃私语。苏靛蓝则俯瞰城市的高空，满怀期待等着飞机降落。

飞机准点到达，苏靛蓝一路小跑到出口，远远就看到人群中那个修长挺拔的身影。

苏靛蓝一下就愣住了。

陆非寻穿着一件浅灰色毛呢大衣站在人群里，戴着口罩，仅是露出一双眼睛就足够瞩目耀眼。

苏靛蓝还是一动不动，陆非寻拉下口罩，露出英俊的五官。

周围突然全是尖叫声："啊啊啊！是陆非寻?！"

苏靛蓝脑袋一片空白，喜悦在心里炸开成一团风暴，跑过去牵起陆非寻就跑！

车子飞快疾行，从机场出发穿过闹市，直往城市的另一侧开去。

苏靛蓝看着窗外陌生的景色问："我们去哪？"

"带你去一个地方。"

陆非寻不明说，苏靛蓝也就不问，捂着脸看窗外，笑容从指缝间露出来。

直到车子停下，苏靛蓝看着车窗外"疗养院"三个字，猛地一愣。

"这里是？"

"给你的惊喜。"

一直到走到病房门口，苏靛蓝整个人都还在飘着。

苏靛蓝喃喃道："今天不是我要给你惊喜吗？怎么变成你给我惊喜了……"

陆非寻笑了："带你见长辈。"

这所疗养院不似正常医院，这里的病房条件非常好，一人一单间，氛围也轻松。

陆非寻和苏靛蓝还没走进病房，就听到里面传出的唱戏声，应该是隔壁的病友又来串门了。大家都是上了年纪的广东人，聚在一起唱起了粤剧。

陆非寻看起来很放松，苏靛蓝突然也不紧张了。

两个人走进去，里面的人马上看过来，一瞬间热闹声戛然而止，立马有人喊："老陆，这是？"

"哎呀！老陆！你儿子儿媳妇来看你了！"

苏靛蓝的脸一下子红透了。

众人议论纷纷："真人真的比电视上好看多了，老陆啊，你家儿子有福气喽！"

苏靛蓝的脸更红了，无措地看向陆非寻。

陆非寻淡淡地一笑："爸。"

陆明德眉开眼笑地坐在病床上："来了？"

病友们看着陆明德这脸上藏不住笑的模样，也全笑开了。大家闹成一团，有个老头说："现在年轻人恋爱都讲究兴趣爱好、三观一致。老陆，你们家做手艺的，她们家也做手艺的，这才叫真正的门当户对，天作之合，你得珍惜啊！"

　　陆明德不住点头："那是当然。"

　　苏靛蓝一愣，恰好撞上陆明德看过来的目光。陆明德眼里都是赞许和疼爱，对苏靛蓝的喜欢一点也不掩饰。

　　苏靛蓝忽然一阵鼻子发酸。

　　什么叫作真正的平等？真正的平等是尊重，是区别于世俗意义上的财富对等，是精神上的认可和包容，这才是真正的门当户对。

　　"怎么了？"陆非寻低声问。

　　苏靛蓝看着房里热闹的景象，轻轻说："没什么，只是忽然很感动，我何德何能可以遇到这样的家庭。"

　　陆非寻捏了捏她的手，然后笑了。

　　陆明德也终于把看热闹的老兄弟们赶走，开朗地看着苏靛蓝："来我这儿坐？"

　　苏靛蓝乖巧听话地走过去。

　　陆明德还没等她坐下就开说了："靛蓝啊，我其实对你很熟悉，阿译经常和我提起你。我这个儿子有点闷，不常说话，我只好通过很多其他途径去了解你，你不介意吧？"

　　苏靛蓝很惊喜："谢谢伯父。"

　　"还说什么谢谢伯父，以后该改口了！"

　　苏靛蓝害羞了，红着脸说不出话来。

　　陆非寻终于出声："别吓她。"

　　陆明德慈祥地笑了："人还没进门，你这就护上了？！"

　　陆非寻霎时被堵回去了。难得见他这个样子，苏靛蓝绷不住笑出声。这是发自内心的笑，笑容好看，看了让人觉得心里盈满甜意。

　　陆明德越看越觉得喜欢，觉得苏靛蓝干净漂亮，性格好，谦虚又有活力，不像自家儿子这样寡言少语。

陆明德突然叹了一口气："靛蓝啊,以后要委屈你了。我这身体也不知道能撑多少年,你帮我看着非寻。"

"嗯?"

"他和他哥关系不好,这两年尤其辛苦,我都看在眼里。我特别感谢你出现在他生命里。"

苏靛蓝认真地说:"我一定会的,这也是我的幸运。"

陆明德苦笑:"造成今天这个局面,都是我们当父母的不好。如果不是当年我们因为非寻太有天赋忽略了时庭,时庭也不会非要赌气证明自己。咱们做手艺的人,功利心一重就容易守不住初心,真想传承,不能太在乎表面的盛名。时间在走,岁月在变,唯有匠人的心不能变啊!"

"伯父……"

陆明德接着说:"我经常想,如果可以重来就好了,我想当个合格的父亲,多关心孩子一些。至少让时庭知道,我这个做老爸的并没有厚此薄彼,无论天赋怎么样,我对他和非寻的爱都是一样的,他不用靠赢过弟弟来证明自己。我只希望有生之年能看到他们兄弟在一起为德顺堂奋斗,把香云纱传承下去,这样我就死而无憾了。"

苏靛蓝深受感动:"我们会努力的。"

陆明德笑着不说话,自己看向窗外。

陆非寻带着苏靛蓝出去,一开门竟然看见陆时庭站在过道里。

陆时庭与陆非寻对视了一眼,神情复杂,然后一言不发地掐掉快燃尽的烟,捏紧了手中的果篮,沉默地走进病房。

人哪,总是人前热闹,人后有心结,但好在现在都烟消云散了。这或许是大家心里最心照不宣、最特别的一个平安夜了。

夜风颇凉,但心里的雪渐渐融化。

十二点一过,苏靛蓝笑着说:"圣诞快乐。"

陆非寻站在路灯下,突然抱住苏靛蓝,在她额头上落下一个吻:"圣诞快乐。"

一年后。

德顺堂香云纱和庆云堂矿物颜料非遗体验馆同时开班。

开班第一天，一百多位小朋友端端正正地坐在体验馆里学做手艺，感受中国博大精深的非遗文化。

不一会儿，体验馆里传来小朋友的哭声："妈妈，中国传统手艺怎么那么难呀！古人为啥这么想不开啊……"

"老师，我不想学了，这个石头好难磨啊！哇，我要回去告诉幼稚园的小琛，让他千万不要来，呜呜呜……"

还有小朋友认真地对着身旁的小朋友说："以后我不要穿有颜色的衣服了，给工人伯伯减轻点工作量吧。"

童言童语充斥着整个体验馆，惹得大家欢笑连连，场面热闹又喜庆。

北京某艺术园区里，苏靛蓝和陆非寻正在展馆布展。这里马上将一并举行两场特殊的展览，分别是香云纱国际时装展和矿物颜料中西方绘画展。

香云纱的展览选择了矿物颜料古画作为灵感，设计出一件件独一无二的香云纱服装。矿物颜料中西方绘画展，则创新性地把矿物颜料这种画材用在西洋画上，中外艺术交汇，碰撞出不一样的别致精品。

两场展览中西合璧，将中国的非遗技艺与国外艺术元素相融合，为中国非遗的国际化发展提供了新的传承思路，受到业内的极大关注。

刘东昇开始执导新一季的综艺节目，来北京拍摄时，特意抽空过来看展。

"小陆，小苏，这一年来你们的传承工作做得不错，庆云堂和德顺堂已经成为国内传统手艺崛起的代表了啊。"

苏靛蓝感激地说："谢谢刘导。"

刘东昇笑道："你们接着忙，我就是抽空过来看看，提前饱饱眼福。"

明日开展在即，今日所有展品都已到位，刘东昇一边看着，一边发出啧啧的惊叹。

"你们别说，香云纱这样设计，既有中国的古韵，又有国外高端定制服装的感觉，给香云纱赋予了新的生命。至于小苏这边，我还是第一次见到用矿物颜料画蒙娜丽莎的作品，国外名画也能这样玩，这感觉真新奇，哈哈！"

苏靛蓝被夸得直害羞。

刘东昇突然站定脚步，故意朝苏靛蓝问："听说你之前欠陆非寻一笔钱，最近终于还完了？"

苏靛蓝不禁站直，像个好学生一样乖巧地笑了。

"你们都成男女朋友了，还能这样尊重彼此，这份心性难能可贵，难怪小陆不食烟火，却为你动了凡心。"

苏靛蓝故意说："是我脸皮厚，缠着他！"

刘东昇意有所指地说："你又怎么知道，不是他先主动的呢？"说完，他笑呵呵地走了。

刘东昇离开后，展馆外又走进来一个人。

陆时庭穿着西装，脸上带着儒雅的笑容踏上红地毯，进来后也并不说话，而是先扫了周围的展品一眼，然后目光才慢慢落到陆非寻和苏靛蓝身上。

苏靛蓝碰了碰陆非寻的胳膊，小声道："非寻。"

"嗯。"

"哥哥来了。"

陆非寻抬头，静静地看着陆时庭。

陆时庭终于走上前，先将一份东西递给陆非寻："爸让我拿来的。"

陆非寻接过："嗯。"

陆时庭意味深长地说："最近我都在疗养院，陪在爸身边。看来，你确实把这次大展办得很不错。"

最近这一年，陆非寻把香云纱的文创产品越做越好，德顺堂这块百年老招牌也越叫越响亮。

"这一年来，你闹出来的动静越来越大，我看在眼里，确实有意思。"陆时庭释怀一笑，"你说的没错，做手艺确实要守住初心。不急功近利，稳扎稳打，这门手艺才能焕发出新的生机。这一点，你确实做得比我好。"

"哥。"陆非寻低声喊。

陆时庭冷着一张脸，撇开目光："好了，传承人谁当不是当？我承认自己输了。不过，你别以为我的让步是放弃，只要你稍微松懈一点，明年的今天就是我站在这里，你就还是个笑话。"

陆非寻笑着答："知道。"

陆时庭环顾周围一圈，主动拍拍陆非寻的肩膀。离开前又说："你也老大不小了，对身边的人好一点，不要整天不爱说话，没有女孩能受得了。还有……咱妈的事情我不怪你了，毕竟当年失去她的不仅是我……行了，我走了。"

陆时庭潇洒地离开后，苏靛蓝小心翼翼地看向陆非寻，忽然被陆非寻握住手。

"非寻？"

"我有些东西要给你看。"

"看什么？"

陆非寻把苏靛蓝带到展馆深处，周围都没有工人了，只有外头的蝉鸣声。

苏靛蓝满脑子都是刚才陆时庭的话，解释说："刚才哥哥的话你别往心里去。我一直都不觉得你高冷。相反，你在我心里是面冷心热的一个人，你特别棒。"

"嗯。"

陆非寻突然扣住苏靛蓝的手，把苏靛蓝拉到怀中。

苏靛蓝呼吸急促，就这样眼睁睁看着陆非寻抱着她转过身。

苏靛蓝整个人被抵在大面空置的展览墙上，突然一双手覆在她的眼睛上。她从没感觉这么紧张过，心里预感有大事要发生。

果然，周围越来越热闹，好像来了很多人。

苏靛蓝被捂着眼睛，突然听见了庄清清与楚译的声音，她的脑袋顿时一片空白："非寻！"

不知道谁开始带头起哄，庄清清一个劲儿乱叫："放开她！放开她！"

陆非寻终于放开苏靛蓝。

苏靛蓝睁眼的同时，看到墙面上的防水布被扯下来，露出一幅巨大的展画，居然是一幅临摹的《东江丘壑图》！

近十一米宽的巨幅，根据原画一比一绘出，人站在画下显得无比渺小。此刻他们仿佛被山水画包围着，进入了一个独立的世界。

因为感官太震撼，苏靛蓝语无伦次："这是什么时候准备的？为什么会有这样一幅画？"

陆非寻笑着看苏靛蓝。

苏靛蓝诧异地又看向庄清清："清清，你们又是什么时候来的？"

庄清清大笑："靛蓝，你是不是傻？"

"你们集体有事瞒着我？"

楚译和庄清清站在一块，对着苏靛蓝笑，就连刚才已经走了的刘东昇，也从一旁再绕了回来。

"哈哈，小苏，你还真以为我是来提前饱眼福的呀？我其实是接到了小陆的邀请，特意来见证你们的喜事的！"

"非寻？"苏靛蓝认真地望着陆非寻。

这一刻，她的眼睛湿漉漉，一双瞳孔倒映出陆非寻高挑的身形。

陆非寻站在浓墨重彩的《东江丘壑图》前，手里拿着一份锦盒。一身灰色的西装让他显得更加出色。

苏靛蓝突然觉得世间所有五彩斑斓的艳丽，都不及眼前这一抹灰。

外面布展的工人仿佛约好了似的，把一盆盆为展览增色的茜草、紫草、栀子、黄栌搬进来。一时在这巨幅山水图下，全是可以用来作染料的植物。草木和古画相映成趣，草香气萦绕在苏靛蓝鼻尖，勾勒出一个奇妙的世界。

独一无二，如此不同。

"知道我要做什么吗？"陆非寻问。

"求婚！求婚！"周围又传来起哄声。

"我是不是在做梦？"苏靛蓝抬手，目光迷离地捂住自己脸。

陆非寻单膝跪下，打开盒子，一枚钻戒闪闪发光，旁边还有一只晶莹剔透的家传玉镯。

"靛蓝，嫁给我。"

苏靛蓝眼里顿时泪光闪烁。

陆非寻捧着一束蓝草，沉声说："蓝草，古人常用来染出蓝色。后来人们用更高的技术提取出它的色素，制造出比青更青的靛蓝，这才有'青，取之于蓝，而胜于蓝'这句话，这恰好是你名字的出处。靛蓝，古人都说颜料入染缸，云易上色，你已经成为我心里的惊鸿。这一辈子，很荣幸遇见你，你愿意嫁给我吗？"

所有人都在喊："嫁给他！嫁给他！"

苏靛蓝泣不成声。

有那样一个人，初遇他时，他冰冰冷冷。后来，他成了她的铠甲，为她披荆斩棘，陪她守着弱小的梦想，像一盏灯火一样点亮了她的世界。

他陪她书写传奇，他成为她的勇士，一起并肩作战，献出足以推动整个非遗文化领域的力量。

从此无论是险峻的高山，还是宽阔的海洋，都有彼此一路同行。

"你……确定吗？"苏靛蓝带着哭音问。

"做一件事，为一个人。动心一次，从一而终。"

陆非寻为苏靛蓝套上戒指，将自己的幸福落了锁。

"从此，我的人生就拜托你了。"

八月的风，带着点凉爽。

时隔三年，陆非寻再回苏大办讲座。上课的时间已过半，校园里还是人山人海，不仅大礼堂里坐满了人，蹭听的同学们甚至排到了外面，窗户边的过道都站满了人。

陆非寻清雅的声音从里面传了出来："现在我国的非遗困境仍旧不容小觑，主要问题还是在于后继无人。曾经有句话说，家有良田千顷，不如手艺在身，但是放在当今社会，做手艺既劳累又获益少，不如从事其他行业自在。身为老手艺人的父母一面希望传承，一面却又不愿意自己的孩子受苦，这就造成了后继无人的局面。

"我们国家拥有悠久的历史，非物质文化遗产也有上万种，但是随着市场经济的发展，人们的观念转变，目前已有许多精巧的技艺失传。我个人认为，关注手艺人的生存现状，发掘并保护非物质文化遗产已经刻不容缓。如果每个人都为非遗文化的延续尽一分力量，这个局面将大大好转。"

礼堂内外，无论是坐着的同学，还是站在外面的同学全都在速记，风中满是笔尖与纸张摩擦的沙沙声。

"好，我们就讲到这里，先中场休息。"

课间，不少同学上来问问题："陆教授，您认为匠人精神是什么？怎么样才能把一件事做精、做细呢？"

陆非寻沉声："大国重器，成就辉煌的背后，来自各行各业每一位工人在他们的岗位上，对每个细节的严格把控。这些敬业的人，把手艺的精准、精确和精细视作自己生命的一部分。这种把本分做到极致的精神，就是匠人精神。"

陆非寻望着提问的同学说："只要你们愿意，也可以把一件事做精、做细。"

提问的同学怔怔愣住，缓了一会儿才激动地说："谢谢老师！"

"好了，都别提问了，一会儿还有互动提问时间，先让嘉宾休息。"苏大的校长忍不住拿起话筒，对着在场越围越多的同学们说。

周围终于安静下来。

陆非寻给校长一个友善而客气的微笑。

随后，陆非寻用手机回复几条信息，处理一些工作，最后点开一个视频。

两个月来，他进入高校巡讲，已经很久没回家了，这个视频还是半个月前拍下的。

那一晚，他凌晨两点才到家，屋内一片漆黑。

新购置的坐落在广州的平层大公寓，是他与苏靛蓝的婚房。卧室的窗帘没拉上，可以看见远处璀璨的灯火和繁华的城市夜景。月色与灯光融在一起，他看见床上那个纤细的身影。

苏靛蓝睡得很熟。几个月前她刚烫了卷发，此时乌黑微卷的长发洒落在枕头上，她净白的小脸朝外，他正好能看见她弯翘的睫毛和小巧的唇，恬静的睡容仿佛是一道宁静的港湾，承载着他对于家的渴望。

陆非寻贪恋这一幕，于是拿起手机拍摄下来。

画面里，床上的苏靛蓝轻轻动了动，并未被吵醒。随后，镜头里出现的是令陆非寻永生难忘的一幕。

女孩的手里，握着两个红本本，上面写着三个鎏金大字：结婚证。

她这个人，就算想他也不敢多说。那些他不在家的深夜里，她就一直抱着这两本证件入睡。

他是她的期盼，是她的守望，这份爱原来在不知不觉中，早已深入骨髓。

站在一旁的苏大校长虽然不知道陆非寻到底在看什么，可是他能看见这个曾经对任何人和事都无动于衷的年轻人，露出了最缱绻温柔的笑容。

（全文完）